念君歡

卷三

竄紅注目作家
村口的沙包——著

1 嫡女立威

這一夜，傅念君由儀蘭服侍著早早地睡了。

她睡得不安穩，恍惚醒來了幾次，似夢似幻間，竟分不清這是她已熟悉了幾個月的臥室，還是上輩子的那間閨房。

「娘子睡得不好，夢中一直在喃喃自語，怕是魘著了，一會兒奴婢們給您煮點安神茶，午間您再憩些吧……」芳竹和儀蘭邊伺候傅念君梳洗邊說著。

傅念君覺得頭疼，等穿妥了衣服，不先急著傳早飯，只說：「妳們先陪我去一個地方。」

「現在？」兩個丫頭對望了一眼。

傅念君點點頭。「就在府裡。」

站在青檀樹下，傅念君才覺得心緒平靜了一些。這是她第一天到這裡時，唯一覺得親切的東西。

三十年，什麼都變了，人、事、物……這棵樹卻好像還是一樣。

好像只有它，能證明她曾是「傅念君」。

傅念君靜靜地望著它發呆，清早露重，她的頭髮很快就覆上一層濕漉漉的水氣。芳竹和儀蘭怕她病了急得跺腳，可傅念君只是定定地出神，不為所動。

過了一會兒，一個小丫頭沿著遊廊跑過來，是傅念君房裡新提上來的眉兒，也是柳姑姑認的乾女兒。

「娘子，淺玉姨娘來了，等您有一會兒了……」

傅念君「嗯」了一聲。

芳竹打發眉兒先回去好茶好水交代著，一邊咕噥了一句：「也不看看好時辰，娘子還沒用早飯呢。」

「無妨，我也不餓。」傅念君的臉色還有些白，可神態已經回復了平靜，對兩個丫頭笑了笑。

是啊，她想那麼多做什麼呢？她早已開弓沒有回頭箭，只能往下走了。

淺玉日前回去忐忑了一晚上，總算想明白了，今天一早就把家裡的鑰匙帳冊都用匣子鎖了送到傅念君這裡來。

這些東西她從姚氏那裡取來，誠惶誠恐了幾天，自己都還沒捂熱。可是她記著老僕的話：二娘子是越來越厲害了，她這是看不得姨娘妳既要攬權，又不想解決麻煩啊。

淺玉心裡委屈。她在傅家熬了這麼多年，好不容易母女倆重新得了傅琨的抬愛，她自然是想好好做事辦差的，可她是個姨娘，能有什麼本事和金氏吵呢？

她心裡抱怨著，傅二娘子哪是越來越厲害、被神仙指路了，不過是表面上變了，不再瘋瘋癲癲的。這裡頭啊，和從前可是一點都沒變的，都只自私地想著她自己一人罷了。

當然這樣的念頭，淺玉也只敢想一下，連一個字都不敢多說。她惹不得金氏，更加惹不得傅念君。

傅念君見她這一副小媳婦樣，委委屈屈地頂著兩個黑眼圈，心想她倒也真是掙扎了一晚上才下定決心來的。

她望著面前那些東西，問道：「姨娘這是什麼意思？爹爹讓妳管家，我怎麼好插手？」

淺玉愣了愣。「這、這……實在是妾蠢笨，許多事處置不來，還望二娘子能受累些……」

其實傅家管起來並不難，排除三房、四房，傅琨手底下的那些管事都是忠心的老僕，有他們幫姚氏加持，姚氏也並不受累。何況姚氏在管家理事方面到底還是學過一二的，因此傅家的庶務理得還算清楚，淺玉接手了也沒太大問題，就是有刁奴受了姚氏暗暗唆使，想給淺玉下絆子，也被傅琨都發落了。

那些人通常都是姚氏的人，這樣發落了兩、三個，姚氏就安分了。畢竟不能等她重新接手回家事時，自己人都被趕光了啊。

刁奴都不是問題，煩就煩在三房、四房那裡。

二房陸氏寡居，她嫁妝豐厚，兒女僕婦卻都是勤儉恭敬，平素裡月例都有剩餘，加上人少，從來沒有什麼事。

可三房、四房就每天出著事，不僅整天胡鬧，產業也年年不見出息交付公中。

傅琨手底下的銀錢產業並不算多，賺的銀子一部分用於支出整個傅家大宅，還要接濟族裡貧苦人家，更要打點官場人脈。雖說他如此高位，歷年的孝敬不會少，但是傅琨並不貪財，他們送的也多是些書畫古籍，要說錢，傅家肯定是遠遠比不上那幕後之人的。

傅念君早就在琢磨這件事了，那幕後之人有財力用私煤礦做局，可見是財大氣粗，還有如魏氏姊妹這樣的人，培養一個要花多少錢啊，他說棄就這樣棄了。

銀錢是立業根本，尤其是在如今重商的大宋。傅念君想著正好藉這個機會做兩筆買賣，讓傅琨父子做事無後顧之憂才行。

從前的姚氏不擅此道，更別說這個淺玉了。

不過傅念君也沒指望她，就希望她聽話一點，也別再耍那些小心思給自己看了。

說起來錢這回事，遠的不說，近的就好比三房，裡面的寧老姨娘帶著個孫女，她也開不了口去要錢；四房的話，金氏比姚氏厲害的就是賺錢一道，她這些年來東摳西挖、積少成多，藏著產業出息，賴著公中的帳，本來傅念君想要好好跟她算算，她現在還有臉來討車馬費？

傅念君淡淡地望了淺玉一眼，淺玉低著頭，大氣都不敢出。

她嘆了一聲。「姨娘大可不必如此，東西妳收回去，我幫妳這回就是。當然我怎麼幫，也要看姨娘怎麼做了。」

淺玉呆了呆，有點聽不明白。二娘子這是什麼意思，要權還是不要權呢？

「四嬸那裡，自有我去應付，我保證她日後再不敢往妳的銀錢帳上動一分腦子。」

當真？淺玉心中一喜，可隨即又收住了欣喜，怯怯道：「二娘子需要妾……做什麼呢？」

傅念君很想翻個白眼。

她只要她乖順一點、聽自己的話，別琢磨些有的沒的，好好先當著這個家。

傅念君想自己平素那套同人說話的方式，大概在此刻是行不通的，只好再直白一點：「只要姨娘時時有今日這個態度，我自然會時時幫妳助妳，讓妳受不得旁人一點欺負。」

淺玉在回去的路上，只覺得傅念君十分奇怪。她竟然只是要自己這麼一個態度嗎？

她想著，傅念君昨天還明明是一副事不關己的樣子，今天卻又把事都攬到了自己身上，這是要幹什麼？

淺玉回去還是問了問老僕季婆婆，季婆婆也不大懂傅念君的心思，可到底比淺玉明白事理。

「既然看不穿，以後二娘子吩咐什麼，您就做什麼，有想不通的，就去問她，事事都多請教她一句……」這樣總不會錯了吧。

淺玉只覺得心裡頭很憋悶。

「您是做姨娘的，說來說去，還不就是『本分』二字。」季婆婆咕噥了一句。不服？沒有資格不服。

淺玉淡淡地嘆了口氣，也不知把那話聽進去了沒，只出神地望著在桌子旁吃著糕點的女兒。

她的漫漫好歹也是傅相的女兒啊，她想到傅念君今日這般與她說話的態度神情，咬了咬牙。只有她這個做娘的爭氣點，漫漫以後才會有條好出路。

§§§

傅念君既然答應了淺玉，就會把四房裡金氏這件事辦妥當。

金氏對她這麼位稀客表現得十分狐疑，尤其傅念君還對她笑得讓人一陣頭皮發麻。

「聽說四嬸要支車馬費？正好我閒來無事，特地給妳送來了……」

傅念君說著拍了拍手邊的匣子，裡頭是一串串整齊的銅錢，剛剛由帳房裡清點了送到傅念君手上。

金氏眼皮一跳，暗罵淺玉這個賤人亂折騰，不過轉念一想，傅念君有什麼本事插手？這些銀錢帳本她能懂啊？

這麼一想，金氏笑道：「麻煩二姊兒了。」

說罷她上前要去接那匣子，卻被傅念君抬手按住了。

「先不忙，四嬸，這車馬費能給您，不過麼，之前您欠的帳也得先算算。」

金氏收回手，冷笑一聲。「欠帳？二姊兒可是糊塗了，我幾時欠過妳的帳了？」

「是不欠我，只是欠傅家的罷了。」傅念君微笑。

「四嬸的車馬費知道向公中要，可是產業出息卻年年不交，這是什麼道理？」

金氏沒想到傅念君會這麼不客氣地直接責問自己。這裡還有這麼多僕婦丫頭呢，這讓她這張臉往哪兒放？

金氏漲紅著臉道：「二姊兒年紀輕輕知道什麼，當家的是妳母親，妳又知道這裡面的門道了？」

傅念君微笑。「四嬸的意思是我不配管這些事？」

金氏吊著眼梢，眼中流露出一個意思：難道妳配？

傅念君也不生氣，還是靜靜地看著她，把盒子往自己懷裡挪了挪。

金氏氣得要命，只道：「二姊兒，一碼事歸一碼事，妳這是什麼意思？」

「沒什麼意思。」傅念君笑著說：「就是想不通而已，四嬸年年不交出息給公中，明明富得流油了，卻還要來折騰這麼一星半點的車馬費，我心疼而已，替我爹爹心疼錢，不行嗎？」

她這最後一句話簡直是在大聲嚷嚷。

行行行就妳孝順！

金氏的臉漲得更紅了，她心裡也知道跟傅念君對上沒好果子吃，瞧連姚氏都奈何她不得，自己難道能比姚氏厲害？

可一向素來還有點眼色的金氏，近幾日是憋得狠了。

她以前被姚氏壓、被三房壓，現在還要被傅念君壓，被淺玉那賤人壓，她嚥不下這口氣！

外頭金氏的貼身婆子一看知道不好，這車馬費本來也不過是個由頭，是金氏想欺負一下淺玉。就像傅念君說的，她也不是非要折騰這些小錢，這會兒賣二娘子個面子不就好了，這還要爭什麼？

「去、去請四老爺，請大娘子……」那婆子吩咐著。

但此時的金氏絲毫不能體會她的良苦用心。

「二姊兒，妳少胡說八道！我們四房的產業還不用妳來指手畫腳，我沒本事，給公中賺不了什麼大錢，妳要是這樣糾纏不休，豈不是要我拿嫁妝來填的意思？」

一副傅念君敢說個「是」，就要開始躺地哀嚎的架勢。

她抵死不認能怎麼樣？傅琨都沒來問她要錢，傅念君憑什麼？

傅念君冷笑，金氏就仗著傅琨父子做不出這種事，才敢一年年地這麼耍無賴。

不過沒關係啊，她就怕別人不跟自己耍無賴。在這方面，她傅念君可是光腳的不怕穿鞋的。

傅念君輕輕「嘖」了一聲，輕鬆地擺擺手，讓芳竹端上來一些東西。

「妳鋪子裡莊子上的夥計學徒、莊頭農夫的口供，我看看，這是怎麼說的來著，前年大豐收啊……還有帳本，不錯啊，挺齊全的……」

金氏臉色大變。「妳、妳哪裡拿來的這些東西……」

傅念君揮開芳竹的手站起來身道：「四嬸真是糊塗，這世上還有錢辦不到的事？」

她想了想，沒等金氏回答，又自顧自回答：「或許有吧，這樣的話，那就用權去辦。」她聳聳肩。「有錢有權，妳覺得那些人對妳有幾分忠心？」

這世道的市儈和現實，可不用傅念君來告訴她。

何況金氏是個內宅婦人，雖說還算有些見識、有些小聰明，但終究沒那麼大本事裡外一把抓。那些莊頭掌櫃都是很會見風使舵的，本就是傅家的產業、傅家的人，只不過撥給金氏管理，哪裡就是金氏的了？沒那麼好的事！

傅念君拿金氏開刀自然不會是無準備之仗，這些東西憑她如今的手段要去取來，不過是很容易的一件事。她甚至不用什麼強硬手段，底下那些眼明心亮的人自然會懂。

四房是什麼東西？不過依附傅相這棵大樹罷了，還真敢把自己當個人看？

這麼個女人對傅念君來說，不過是開胃小菜罷了。

傅念君望著金氏目瞪口呆的樣子，又道：「四嬸也別整天哭窮，誰都曉得您不缺錢花，大姊更不缺。那張壽春郡王的畫像可不便宜吧？瞧瞧，當真是富貴的吧？」

她說著還把臉轉向兩個丫頭，似乎要尋求認可，芳竹、儀蘭的臉頓時黑了一大半。

正好傅允華此時被人攙著走到了門口，想來替親娘助陣，一聽這句話，差點昏倒在房門口。至於她父親四老爺嘛……自然是請不來的。

人家一聽這裡有事，只揮著袖子罵兩聲「庸俗」，就又縮回去欣賞他新得的書畫了。

金氏最不能讓人家提起傅允華這事，因為一提，眾人就會想起傅允華那件丟盡臉皮的大事，讓大家想起來她其實與傅念君是一路貨色。

金氏急得跳起來。「二姊兒！妳還好意思說，難道這不是妳、妳先起的頭？」

不然傅允華能有途徑去買畫嗎？

「是啊。」傅念君坦然承認，給了她一個少見多怪的眼神。「那是因為我有錢啊，我外祖母是什麼人，我舅舅是什麼人，用我來提醒您？怎麼，我有錢自然是隨便花，四嬸口口聲聲說沒錢，大姊倒也挺豪氣的啊！」

這話可真不要臉。就妳有錢是吧！一副財大氣粗的土財主樣子。

金氏氣得臉紅脖子粗，什麼話都說不出來。

芳竹和儀蘭都開始偷偷抿著嘴笑。她們娘子可真夠厲害，是啊是啊，四夫人非要說四房沒錢，沒錢大娘子還能花重金求購壽春郡王的畫像？

這不是打臉嘛！可真是有意思。

「阿娘……」傅允華顫巍巍地被丫頭們扶著，摸著門框進來了，她連忙去拉金氏。「算了、算了，阿娘，別和二姊兒爭了……」

傅念君見到傅允華這一副我見猶憐的柔弱樣子，不覺得適才自己出口有多傷人，反而好整以暇地看著這母女倆，悠悠說著：「所以四嬸，別再說四房沒錢的話了，徹查起來的話……徹查，不行！怎麼能徹查！那豈不是傅允華高價買畫像的事也要被作為證據了？

金氏理智回籠，忙服軟道：「好好好，二姊兒，我不要什麼車馬費了。是我糊塗了，想著老爺日常出門，想讓淺玉姨娘看著補貼些，沒想到扯出這麼多事來……」

這會兒示軟還有用嗎？

傅念君輕輕嘖了一聲。「敢情我適才說那麼多都是白說了？車馬費這些錢有什麼可算的，我說的是四房，四夫人您，什麼時候把欠公中的出息補出來？非要我鬧得人盡皆知嗎？」

金氏瞬間又大怒，表情切換自如，抬手就砸了手邊的茶杯，喝道：「傅念君！妳別欺人太甚，把傅家弄得烏煙瘴氣，威逼嬸嬸要錢，還顧不顧妳自己的名聲了？」

傅念君冷笑。「名聲？我要這東西有什麼用？無論我做不做這事，我在您嘴裡，在大家嘴裡，我的名聲不都是這樣了？還有區別嗎？」

幾句話一出，堂中的丫頭婆子都低下了頭。

這才叫破罐子破摔吧，二娘子難道真是與崔家退親之後受得打擊太大，完全不打算再對自己的名聲拯救一下了？這是什麼事啊……

芳竹和儀蘭卻眼睛一酸，心想娘子為了相公和這個家，真是不容易……四房這樣的行為，日積月累，早就成了沉痾。好在如今是傅家無事、傅琨一帆風順的時候，可若等到有事時呢？金氏難道會立刻拿錢出來嗎？

誰都知道，根本不可能。

娘子根本就不是為了幫淺玉姨娘，她是為了傅家啊……這樣的事，總要有人先去做，總要有人挑破膿瘡。

姚氏不敢，淺玉更不敢，只有傅念君敢。

金氏呼哧呼哧喘著粗氣，一雙眼睛血紅地瞪著傅念君，傅允華急得在旁邊流眼淚，替自己的親娘順氣，轉頭對傅念君道：「二姊兒，這不是妳該管的事，我們都是待字閨中的小娘子，何必沾染這些銀錢俗事？妳、妳踰矩了……」

傅念君揮揮手，根本不在意她，只道：「大姊自然可以不用管，妳會花錢就可以了。」

會花錢去買畫像就行了。傅允華頓時又被刺了個臉色煞白。

傅念君蹙了蹙眉，不耐煩道：「四嬸別拖了，四叔父和我爹爹都不會來的，妳如果要撕破臉皮，我也不介意奉陪……」

說著便讓芳竹、儀蘭帶好東西，準備往門外走。

就這樣？她這是……

金氏渾身一凜。不行！

她失態地要去握傅念君的手臂，幸好被芳竹隔開了。

「妳、妳……要多少？」金氏慘白著嘴唇說道。

眾丫頭僕婦們在心中大喊。這樣就妥協了？四夫人這麼快就敗下陣來了？

金氏的手微微發抖，她不是怕傅念君，只怕事情鬧大。傅念君有人相護，可他們呢？若是鬧得人盡皆知，說不定會分家……一樣都是丟臉，可分了家，她就再沒機會賺錢了。

傅念君微笑，她當然能猜到金氏的心思。

她也怕，也怕脖子挺太硬給閃了。傅念君沒想過分，畢竟做人不能做絕。

傅念君微笑。「按照帳面來算吧，去年出息的一半，前年出息的三分之一，請四嬸盡快補齊。以往的就罷了，到今年年底的話還有一段時間，想來您到時就知道該怎麼做了……」

金氏心裡定了定，她沒有要自己全部吐出來。

「我會親自盯著的。」傅念君又多說了一句，瞟了一眼睜著雙大眼看著自己的傅允華，只說：「四嬸的好茶是沒機會再嚐了，下回吧。」

說罷也不再多說，抬腳就走，到了門口才讓丫頭把「車馬費」擺回桌上去。

這什麼意思？打發叫花子嗎？

金氏在傅念君的身影消失後，把那匣子一把打落在地，氣得牙關發抖。

可是她有什麼辦法呢！傅念君要拿她開刀，府裡根本沒人出手阻攔，她算是終於看明白了。

「阿娘……」傅允華想去扶她，卻被金氏不客氣地迴身一巴掌抽在臉上。

「滾！沒用的東西！」

所有人都懵了，她們是第一次看見四夫人打大娘子啊，就連上回那麼丟臉的時候，她都沒動手，這次竟然……

傅允華捂著臉，眼中水氣迅速瀰漫，臉漲得通紅，最後再也忍不住，哭著跑走了。

阿娘瘋了，阿娘瘋了。被傅念君逼瘋了啊……

金氏抖著手撐在桌上。是啊，就像傅念君說的，她是有錢有權的，她有那樣的父親、那樣的舅家，他們四房敢和她作對嗎？

她一直都是傅相的嫡長女啊！是這個家裡身分最尊貴的女人。

只是從前，她們都忘了……那個胡鬧又讓人鄙夷輕視的傅念君，真是徹底死了……

§§§

得知傅念君這一回與四房的交鋒，傅家眾人反應各不相同。

淺玉自然是鬆了大大的一口氣，一顆心也放下了，看來金氏不會再來給自己難堪了。

而三房的反應則是驚覺這是一場殺雞儆猴，五娘子傅秋華年紀小看不懂，可她還有個厲害的親祖母寧老夫人，她琢磨著就把三老爺手上的產業也理理，把歷年來賺的錢送一些過去。

傅念君倒沒有針對三房的意思。三老爺在外做官並不容易，身邊帶著妻兒，家裡還有老小，傅念君也不想太過計較，只讓他們不用放在心上。

寧老夫人卻還是謹慎，從去年的出息裡剝了部分下來，直接添給了淺玉姨娘。雖然不多，但也不至於被四房拿了話柄。

最開心的要數姚氏了。這個金氏，她早就看不慣了，可是礙於妯娌情面，自己也不能向她施壓，這次傅念君出手真是好，可算是讓她們狗咬狗一嘴毛了。

姚氏甚至痛快地在屋裡吃了兩碗飯。

傅梨華陪著她吃飯，也暗暗地邊上罵著：「果真是個潑婦。」

她說的自然是傅念君。不過轉念一想，她就琢磨著，讓這潑婦去鬧吧，越鬧越大才好，傅念君越差，才顯得她傅梨華難能可貴不是？

因此姚氏母女這裡，竟是風平浪靜。

她們的反應傅念君早能預料，這母女倆的腦子尚且不如三房裡一個老姨娘清楚，這點她一直清楚。

可惜張氏已完全被傅琨與姚氏隔絕開了，整天在針線房裡窩著，連遞句話出去的工夫都沒有。就算她看得明白，但只能在原地急得團團轉，無法出手提點。

張氏也知道，沒有她在旁提點，姚氏一定想不明白。傅念君哪裡是衝著四房去的，她是在讓整個傅家看看，傅相的嫡長女、傅二娘子，到底該是個什麼樣子。

她這是在一點點地把威勢建立起來，把以前臭掉的名聲以另一種方式拿回來。這個家，與其說是淺玉姨娘在管，不如說是已經落到傅念君手裡去了。

張氏心裡越來越慌。

四房也想去找傅琨告狀，可是傅琨的態度已經很明確了，也很熟悉。

就像那時林小娘子胡鬧一樣，他永遠是溫言相勸，從不責怪，甚至還說要教訓傅念君，可是其實呢？

張氏算是摸清楚了，這根本就是和傅琨父女倆慣常的招數，一個唱白臉一個唱紅臉。傅念君放肆，可卻又有所依據，這種放肆根本是如了傅相的意啊！

姚氏不得傅琨的心，張氏早就知道，只是這麼多年了，竟還是一點進展都沒有……

若姚氏現在聰明點，就應該立刻去拉攏淺玉姨娘，萬萬不可讓傅念君的攬權之路如此平順才是。可張氏也知道不可能，現在淺玉已超越了傅念君，一躍成為姚氏最想拔出的眼中釘了。

她只能暗自嘆氣。都什麼時候了，再不長點心，可怎麼辦呢……

§§§

絲絲這些日子過得叫一個春風得意，正應了春風樓之名，只覺得渾身哪兒都痛快。雖然春風樓還沒有重新修葺一新，不能開門迎客，倒是不妨礙她與貴人公子們把臂同遊。

這會兒的天氣好得很，早沒了早春料峭的寒意，時節臨近寒食和清明，各家出門遊玩的人就更多了，展墓、禁煙、插柳、踏青、蹴鞠、饋宴、詠詩等等，甚至還有鬥雞、鏤雞子、牽鉤、鬥百草、抛堶，花樣繁多，整個世間好像都一瞬間活泛了起來。

絲絲與幾個官妓同幾個少年郎君出城遊玩，玩得酣暢淋漓，累了就到依山傍水的莊子裡歇腳。滿屋子的歡聲笑語，更讓她一掃前段日子的陰霾。只不過她怎麼覺得身上冷颼颼的？好像有人一直盯著自己？

抬眼望過去，只見一雙凌厲的眸子鎖在她身上，盯得她頭皮發麻。

這對眼睛的主人是個與這目光極不相稱的少年郎，面容嬌豔似外頭的春花，臉上還有薄薄的紅暈，不知是不是騎馬時被外頭太陽曬的，嘴唇也比別的男人鮮嫩紅豔些。

怎麼看都是個花俏小郎君，甚至半點不輸她們這些容貌都算不俗的官妓。這人是……

「齊郎君，喝酒嘛……」有個官妓輕衫飄蕩，就要倚進齊昭若的懷裡餵他吃酒。

旁人身邊都有嬌滴滴的美人相伴，只有他落拓不羈地一條腿踩著眼前的凳子，正專注地盯著絲絲……

絲絲吞了口口水。也太專注了吧。

那官妓見齊昭若根本不看她，一個勁地盯著絲絲瞧，不由嘟了嘟紅唇，更加把力，扯了扯本就已經很低的前襟，軟著身子像蛇一樣纏著他，要坐到他大腿上去。

「走開。」齊昭若像撥開一隻蒼蠅般揮開她，絲毫沒給她半分注意。

他自覺沒有用幾分力氣，可他畢竟是拉開一石二強弓的臂力，那嬌嬌怯怯柔若無骨的美人被他這麼一揮哪裡吃得消，立刻就驚叫一聲倒在了地上……

見過不憐香惜玉的，還沒這見過這麼把美人當根草的。躺在地上的美人眼裡含著淚，杯子裡的酒已經灑濕了輕薄的衣袖和前襟，看起來楚楚可憐。

眾人也都驚了，齊昭若性情大變就大變吧，在這女色上竟也變得這麼徹底？

不過自從有了當日茶坊門口那一齣後，眾人哪裡還敢惹他，只是安靜了一瞬，滿堂又繼續哄鬧起來了，好像什麼事也沒發生過。

那躺在地上的美人被一個憐香惜玉的公子哥兒撈了起來，一把摟在懷裡道：「小玉可摔著了？我瞧瞧，呀，酒都灑了可不是，我給妳舔乾淨……」

小玉被他一陣搓弄，立刻就嬌笑起來，早把齊昭若對自己的怠慢丟開了。

她埋怨地想著，長得好又如何？這般不知情識趣，還出來玩什麼？

另一邊的絲絲則繼續被那目光盯得如坐針氈，她旁邊的郎君是她的老相好，也是上回攔了傅念君的路、被齊昭若「捏了肩膀」的人。他自然也注意到了。

那郎君注意到齊昭若虎視眈眈的眼神，推推絲絲的肩膀，結巴道：「妳坐過去……」

真孬！絲絲恨恨地想，卻沒辦法，只得起身走向齊昭若。

這個齊昭若，她只大概能認出個形貌，只因他並不是自己的恩客。

絲絲的面貌並不算極美，甚至在座幾個小一輩的官妓，都有兩個勝她一籌。而齊昭若這人，對美貌有極高的要求，他更願意去捧邀月樓蘇瓶兒的場。可蘇瓶兒今天卻沒來。

她當然不敢出來，絲絲冷笑。

荀樂父子出了這麼大的事，蘇瓶兒怕自己與他們的事被人抖落出去，影響自己的名聲和邀月樓的生意，這些天都如驚弓之鳥般，時時望著春風樓的風向，緊盯著絲絲如何應對。

絲絲可不像她這麼縮頭縮尾，荀樂都被革職了，她還怕什麼？

該怎樣就怎樣，她現在可是痛快著呢，人家傅二娘子交代她辦的事，說明後頭有傅相公、有傅家，荀樂父子還能如何翻盤？

絲絲面上帶著柔媚的笑意，舉著酒杯貼近齊昭若。

「齊大郎，請飲酒吧……」

這齊昭若長得好，絲絲還是第一次這麼貼近他細看，何況他從前又是蘇瓶兒的相好，自己也沒近過他，藉此次機會一看之下，她倒也瞧得心下一陣跳。

畢竟這般漂亮的少年郎誰不喜愛？

齊昭若眼睛閃了閃，竟沒像剛才推開小玉一樣推開她，就著絲絲的手就飲下了那杯酒。

眾人看在眼裡，更加明白了，那推絲絲過去的少年也鬆了口氣。齊昭若要是喜歡，自然無人敢再和他爭。

說起來，這大概也是齊昭若墜馬後出來玩第一次有入眼的女人，他們先前還當他學了和尚做個清心寡欲的樣子呢。

酒酣耳熱之際，眾人也不想著回城了，打點著就在這莊子裡住下來，這些官妓自然也跟著住下了，有什麼不妥當的就派人回城去置辦，誰讓這些紈綺少年郎們都是憐香惜玉之人呢。

齊昭若自然也帶著絲絲進了一間廂房。

絲絲垂首坐在床邊，臉上布滿嬌羞。她心裡雖對自己一遍遍說著，這齊昭若只是個繡花枕頭，自己可不似蘇瓶兒那般要對他上心。可到底他生得確實好看，燈影幢幢底下這麼一瞧，她也不是塊石頭，自然擺不出一副冷冰冰的姿態。

齊昭若坐在桌邊一杯杯地飲酒，自斟自飲，沉著臉讓人摸不透心思，面上哪裡有半點旖旎之色。

絲絲緩緩坐到他身邊，想到適才小玉那一推，也不敢太過放肆，只抬手按住了齊昭若執壺的酒，輕道：「讓妾為郎君斟酒吧……」

齊昭若抬眸望了她一眼，一雙本該常含春意的桃花眼卻冷冰冰的。

絲絲渾身一抖。

他這樣子，太古怪了……他這到底是看上自己了？還是沒看上？

說看上吧，為何對自己這麼冷淡？說沒看上吧，又在這麼多人面前給了自己抬舉。

絲絲想不通了。可想不通歸想不通，她還是替他斟了酒，抬手微笑道：「請郎君滿飲此杯。」

齊昭若不接，只是抬手揉了揉額際，依然保持這種令絲絲腳底發寒的眼神。

她悄悄嚥了口口水。

齊昭若突然伸手握住了她的手腕，絲絲一驚，似乎能感受到他那掌心的薄繭摩挲著自己嬌嫩的皮膚。他一個養尊處優的公子哥怎麼手心裡有繭呢？她想著。

她卻不知齊昭若每日要花多少時間來練武。刀槍棍棒，前世熟記於心，今生卻無比陌生的東西，全部在這麼短的時間內撿起來，花的又豈是常人能想像的工夫。

絲絲被他這麼一握，手裡的酒杯自然傾斜，灑了一桌子的酒水，杯子也落到了地上。

絲絲手腕吃痛，哀叫了一聲。「齊……啊！」

她一瞬不防，竟被齊昭若握著手腕提起來往床邊走去。

齊昭若握著她的手腕，根本沒有顧及美人的小碎步，大步流星，直接一把把人「砰」一聲甩在床上，發出極大聲響，甚至把隔壁正準備大展拳腳的男女也給驚到了。

「這、這麼大動靜啊……」那邊的少年郎咂咂嘴。這麼粗野，不知是誰？當真牛嚼牡丹。

少年郎脖子上的玉手卻纏了上來，身下的官妓扭著身子在他耳邊吐氣如蘭：「許是人家戰況激烈，好檀郎，你可不能輸了人家……」

那少年就嘿嘿笑起來，忙道：「我這就讓妳親自嘗嘗……」

接著便是一些不堪入耳的聲音。

而與另一邊旖旎氣氛完全相反的這裡，絲絲只覺得背上一陣刺骨地疼，一雙眼睛驚恐地盯著居高臨下望著她的齊昭若。

不、不會吧……才出了龍潭又入虎穴？這齊昭若竟也是喜歡這般粗暴行徑的？

隨著她這想法還沒落實，她就見齊昭若矯捷地撲了過來。

絲絲在心中大喊，這就來了?!完了完了……

誰知齊昭若撲了過去，卻是壓住她的身子，一隻冰涼涼的手就這樣緊緊扼住了她的喉嚨，冷冰冰的聲音湊在她耳邊道：「妳是誰的人？說！」

2 不速之客

絲絲顫抖著睜開眼，望進他滲人的眸子，只覺得渾身上下的汗毛都倒豎起來。

好可怕！他比荀樂父子還可怕！這哪裡是對她另眼相看，他的狠勁，簡直像她是他殺父仇人一般。

絲絲痛苦地嗚嗚了兩聲，一雙素手握住了齊昭若的手腕，示意他鬆開些。少年的手腕並不粗壯，可是卻極有力，絲絲甚至能摸到他快速跳動的脈搏，充滿霸道張揚的活力和生機。

她的心沒來由地跳慢了一拍。他能隨時扼死自己！

「我、我……」

「說！」

齊昭若深深擰眉，他的耐性其實一直不太好，更不想花時間和一個官妓廢話。他只想要他的答案。

「妳到底，是誰的人？」他又問了一遍。

說什麼說啊！絲絲欲哭無淚，她漲紅著臉咳嗽了兩聲，眼睛裡充滿水氣，可眼前的少年對她這楚楚可憐的樣子依然無動於衷，冷硬地像一把鋒利的刀。

絲絲的腦子此時都成一灘泥了，哪裡還能清楚明白地理解齊昭若問的是什麼。她動了動蒼白的嘴唇，戰戰兢兢地回答他：「你、你的……我我我，我是你的人……」

男人都愛聽這樣的話沒錯吧？他是想讓自己這麼回答沒錯吧？

在妓館裡，這是娼妓與恩客最常見的調情手段，哪個娼妓會對這樣的話不熟悉呢？

「妳到底是誰的人？」

「郎君當真是討厭，妾自然是你的人啦……」

「好心肝，那就證明給我看看呀。」

「你壞死了……」

諸如此般對話。他想聽的是這個吧？

絲絲哭喪著臉，對著齊昭若這張漂亮的俏臉，勉強擠出一個自以為嫵媚的笑容，可在她心中，此時卻只覺得這張漂亮臉蛋真是長在了地獄羅剎身上啊。

陡然間齊昭若的眸中就閃過一絲陰霾。她膽敢這麼調戲自己？

他手上的力道又加重了一分。

絲絲被逼得脖子往上一仰，「呃」了一聲，渾身都開始冒冷汗。他不是來和自己玩情趣的，他、他真的動了殺機……

絲絲的眼淚是真的再也止不住了，順著臉頰流了下來。

「能好好說話了嗎？」齊昭若又問道。

絲絲可憐兮兮地點點頭。她一直在好好說話啊……

齊昭若又把手上力道放鬆了些，坐直身子起來，可是絲絲知道，他的手隨時又可以掐上來，置自己於死地。

齊昭若垂下了眼睛。

荀樂父子……春風樓……魏氏……

齊昭若對荀樂父子的印象不深，卻還是能隱約記得荀樂這個名字。

荀樂品行不端被革職的事，如今發生了，他才漸漸有了印象。這件事會發生，沒有錯，可是發生在這種時候，他就是覺得不妥，好像與他所知有所出入，總覺得不應該就這麼發生……可他真的記不清了。

他的前世裡，哪裡有這麼多閒工夫去管旁人。他側眼見絲絲正弓著背，壓抑著咳嗽，整個人蜷曲得如蝦米般。

不應該是通過這個官妓來揭開這事的……

他畢竟也不算笨，自然這朝堂上聰明的人很多，許多人都懷疑這春風樓不過是被人拿去做局了，但是大家都知道明哲保身。

看不清是誰在鬥，只要不牽扯到自己身上來的，那就是各人自掃門前雪，裝作看不見罷了。

但是齊昭若不一樣，他太想找出那個人了。這樣的事，他總覺得和那人有關係，那人埋藏得太深，淺顯的線索他根本找不到，也不指望，只能自己去挖、自己去證實。

「齊大郎，你、你到底要我說什麼……」絲絲緩過勁來，顫巍巍地縮在床尾，脖子上一道青痕十分惹眼。

齊昭若冷笑。就這點能耐，她有那個本事拿下了荀樂父子麼？

「荀樂父子的事，是誰指使妳的？」他再一次問道。

絲絲渾身一僵，只好抖著嗓音道：「無人指使……」

還是不肯說實話。齊昭若欺近身去，微微瞇了瞇眼，絲絲就嚇得尖叫了一聲，一把把旁邊的被子往頭上一蓋。

她縮在被子裡瑟瑟發抖。齊昭若，竟是來為荀樂父子尋仇嗎？她、她今天要死了嗎……

她閉上眼睛，卻還是咬緊牙關。

齊昭若擰眉看著眼前這瑟瑟抖動的一團，這個女人還真是……

他想了想，決定換種方式，一把掀開她的被子道：「妳認識魏氏？」

絲絲此時的神情已經有些恍惚了，先點點頭又搖搖頭。「知、知道……」

「說說看吧。」

齊昭若站起身來，拍了拍自己弄皺了的袍服，也算離她遠了些。

絲絲攥緊了拳頭，張了張嘴，開始吞吞吐吐地說話。

她能說出什麼來呢？她根本不瞭解魏氏，也不知道傅念君和魏氏的事。她、她難道真的要把傅二娘子說出來嗎？

終於到了再無話可交代的份上，絲絲咬了咬後槽牙。「齊……」

她剛提高了嗓音，就被齊昭若打斷了。

「好了。」他抬手制止她。

絲絲有點不明白，她支支吾吾扯了幾句，根本什麼都沒說，依照齊昭若剛才那種恨不得要掐死她的狠勁，他怎麼可能就這樣不追問了？

但齊昭若卻是真的不打算追問了，他反而對絲絲露出了一抹笑容，儘管這笑容在絲絲眼裡看起來有些滲人。

「我知道了。」他兀自說著。

知道了？

「妳不錯。」他吊著眉毛說了一句。

不錯？

「我自會去找妳的主子。」

他說完這一句，就拉開了房門，涼風灌了進來，吹得絲絲渾身冰涼。再一抬眼，哪裡還有他的身影……

絲絲臉色煞白。這個齊昭若，真的是有病吧？一整個莫名其妙啊！

她捂著脖子咳了兩聲。

傅二娘子……自己要想辦法告訴她。這個齊昭若，這個齊昭若……

她渾身又是一抖。光是想起他的眼神，就讓她雞皮疙瘩起了一身。

§§§

隔天，絲絲大有死裡逃生、劫後餘生之感，一夜都沒睡的她臉色十分蒼白，整個人憔悴萬分。她哪裡還能睡得著呢？

因為脖子上的痕跡明顯，她用厚厚的絲巾將脖子捂了起來，還有幾個少年圍著她調笑。

「是齊大郎太厲害了吧？瞧絲絲姑娘的反應，嘖。」

「是啊，脖子怎麼了？可不是這齊大太孟浪，傷了絲絲姑娘？」幾人嘻嘻哈哈笑作一團。

絲絲卻毫無興致搭理他們。

她該怎麼辦？齊昭若還會不會來找自己的麻煩，傅二娘子，傅二娘子……

她現在滿腦子都是想去尋傅二娘子拿主意。傅二娘子可不能不管她啊！她她她，可都是聽了傅二娘子的吩咐。

她昨晚沒把傅二娘子供出來，絲絲拍了拍自己的胸口，幸好沒有。傅二娘子定然還會護她周全的。

絲絲只顧著出神，卻無預警地被一隻大手遮在自己眼前揮了揮。

「絲絲姑娘，齊大郎呢？他在哪？」其中一位少年問道。

絲絲回神，扯出了一抹僵硬的笑。「齊大郎他……」

這會兒終於有下僕來通報了。「各位郎君，昨兒半夜，齊郎君騎了馬就走，這、這可真是……咱們這裡人少，竟都沒發現！」

那前來回報的老兒急得滿頭大汗。齊昭若是誰？那可是邠國長公主的寶貝兒子啊，要是出了事，豈不是這滿莊子的人都要給他陪葬！

「半夜?!」有人驚叫了一聲。

這裡可不是京城，他、他怎麼敢半夜策馬出門？黑燈瞎火的，若是出了事可怎麼辦！

「還不派人去追！我們趕緊走，快！」

莊子的主人是個十八、九歲的年輕郎君，連忙火急火燎地招呼眾人趕緊回城。

而眾妓聽說了齊昭若半夜策馬而出的消息，都把同情的目光投在了絲絲身上。這可真是……難怪她一張臉怎麼白慘慘，好像死了娘一樣呢。

這會兒她們哪個不是受了一夜雨露而面帶春情、嫵媚蕩漾，偏絲絲這慘模樣，原來是這麼個道理。

有人不禁發出了一聲嗤笑，正是昨天被齊昭若下了面子的小玉。

瞧瞧，還不是絲絲更難看。她把頭微微地昂了昂。

絲絲卻顧不得她們，她背心裡連連流著冷汗，心裡也只有一個念頭，就是快些回城。

§§§

絲絲發生事情這天，傅念君正好趁著天氣好，來城東看了看房子。

她來這裡不為別的，就是為了購置房產。這裡有二十餘間破敗的民居，都不算大，略略能遮蔽風雨罷了，傅念君轉了一圈，卻相當滿意。有隙地可以種蔬食，有井水可以灌溉。出乎她意料地好。

那賣房的人不信地望了牙人一眼，心下奇怪。這樣一個小娘子，難道能買得起這麼多房產？

這裡因臨著一大片罪臣籍沒的舊宅，官府一直沒給說法，要拆要留沒個準數，因此這片地方也賣不出什麼好價錢。

可儘管如此，這裡畢竟是開封府，是東京啊！二十餘間房子是什麼價錢？非豪商巨賈不能吞下啊。這房產主人也是一貨行的二把手，闔家即將南遷，見了這些破敗房屋也懶得花錢修葺打理，索性想找個機會一次性脫手出去。

傅念君當真覺得這是老天給自己的好機會。開封府的房價是一年比一年厲害，甚至有些年頭裡，直接成倍地翻。三十年後這些房子，可就不是她能買得起的了。

傅念君向那屋主點頭。「這些房子極好，難為員外肯割愛了。」

那人愣了愣。「承蒙小娘子不棄，只是我家中因走得急，這現錢……」

「不成問題。」傅念君說道：「不如找個地方坐下談談。」

那人大喜過望。沒想到這小娘子還真是這麼富啊，也這般豪爽！

傅念君當然也心疼，可是她早就琢磨好了，和那幕後之人的拉鋸不是一年兩年，她和傅家都太需要錢了，她不可如此短視。依照她的推算，這些房子買下修葺，租出去不消三五年，定然全數回本。

「娘子，這麼破的屋子，也要平均三十貫錢一間，太不值當了。」芳竹也替她心疼。這都還沒娘子的一間淨房大呢。

傅念君笑了笑，這兩個丫頭啊，也是見慣了富貴，便不知外頭米珠薪桂了。傅家的宅子本就是數一數二的，京中誰人不知，當年就要值一萬多兩銀子，一兩銀子約合一貫多銅錢；如今幾十年過去，早就翻了一倍不止，傅家這所宅子，如今可是最起碼值三萬貫。這普通民房如何與傅家宅邸相比？

傅念君知道，今年是開恩科之年，進京學子不計其數，而等殿試過後，這些學子，或等授官，或流連不去，將住得城外那些旅舍都滿滿當當，她這些房子租給他們，怕是還供不應求。且說到日後，因為時局漸穩，而當今聖上又頗重文人，開科取士將會越來越多，簡言之，到了傅念君所知的那三十年後，這東京城裡的人口之眾都不可同日而語了。

這些房子，定然會為她和傅家賺取穩定且越來越豐厚的收入。

「娘子能一下子拿出這麼多銀錢嗎？」儀蘭是替傅念君擔憂。她的私產雖豐厚，卻不至於一下子能拿出近一千貫錢出來，還有官府過戶手續、修葺房子，這些都是錢啊……

傅念君道：「這自然是要通過爹爹的，這樣一筆進帳，我若吞了，豈不當真是別籍易財了？」這是不孝的大罪。她的私房歸私房，這些錢，本來就是她為傅家和傅琨賺的。

兩個丫頭見傅念君如此篤定，也不再勸什麼了，娘子如今做事已經越來越有主意了。

在茶坊和那屋主談妥了手續契約，便另約了時間帶人去錢莊給他取錢、去官府過戶，那人收了訂金後便喜孜孜地走了。

傅念君略坐了片刻，待要出門時，卻見一個熟悉的身影在門口縮頭縮腦的。

「阿青，你怎麼來了？」傅念君笑道。

「阿青等了您有一會兒了呢。」芳竹說著：「娘子，前兩日您自己說要喚他的，您忘了呀？」

傅念君一笑。是啊，本來她就要找這小子，讓他想辦法這些日子多往和樂樓去混混，探探和傅寧交情匪淺的那個胡老闆。這幾日忙著替淺玉把家理出來，倒也忽略了。

「進來吧。」她對阿青道：「怎麼瞧你這樣子，反而不是來聽我吩咐，是有話要和我說啊？」

阿青臉色一變，立刻立正站好。

傅念君奇道：「真有事？」

阿青漲紅著臉點點頭。「其實，也不是我有事……是春風樓的絲絲姑娘……」

「她又怎麼了？」傅念君點頭。這個絲絲，還真是一齣接一齣的，這回不知是想請她辦什麼事。

芳竹和儀蘭在後頭撇撇嘴，瞧著阿青這侷促的樣子交換了個眼神。

美色惑人……芳竹做了個口型，儀蘭微微抿唇笑了。這傻不愣登的阿青，人家絲絲姑娘說什麼他都肯辦，也不管娘子有無工夫搭理。

「她說請您一定要和她見個面……」阿青也知道不好意思，低著頭說著。

傅念君說：「我最近太忙了，有什麼事讓她對儀蘭講吧，她託我辦的事我會盡量滿足，只要不再是那些古怪的。」

她可真沒本事把周毓白給她弄來，周毓白又不是她親哥。

阿青見傅念君抬手就要招呼儀蘭，忙急得擺手。

他可是答應了絲絲姑娘，一定要請到傅念君本人的。

「娘、娘子，絲絲姑娘說，務必請您本人『親自』走一趟，想是有什麼大事，要不您去看看……」

旁邊芳竹不客氣地嗤了一聲：「能有什麼大事，你到底是誰的人啊。」

阿青聽了這話臉又更加紅了，差點把頭埋進自己懷裡，臉上的神色都是愧疚和不好意思。
阿青總覺得無望了，卻聽傅念君道：「好，我去見她。這點工夫，擠擠時間總歸是有的。」
或許絲絲確實有事。
「下不為例。」傅念君對露出喜色的阿青說著：「再沒下一次了。」
阿青連忙點頭。他知道是自己踰越了，他、他對娘子有愧。傅念君望著他退出去的身影，笑嘆著搖了搖頭。
隔天，傅念君果真沒有食言，去見了絲絲。她想著，這也該是她最後一次來見她了。
絲絲在雅間裡已經來回走動了好幾趟，這短短兩天，她已經急得嘴角都起泡了。
「二娘子，您終於來了！」她見到傅念君，好像連聲音都有幾分激動的顫抖。
傅念君愣了一愣，這麼興奮是為什麼？若不是芳竹虎視眈眈地攔著，絲絲都要衝上來拉自己的袖子了。
傅念君好笑地在桌邊坐下。「妳尋我要說什麼？想好要我幫妳做什麼事了？」
絲絲急得滿頭汗，她深知此時此刻長話就應該短說。
「二娘子，齊、齊大郎，就是那個齊昭若……」
傅念君眉頭一挑。老毛病犯了？這回不是要周毓白，是要齊昭若了？
「齊昭若也不行。」傅念君無奈地說著。
絲絲眨了眨眼，傅二娘子是不是誤會了。
「不、不是……」絲絲忙道：「是他、他要找您……」
「找我？」
通過絲絲？這沒頭沒尾的話聽得傅念君一頭霧水。

「絲絲姑娘，請把舌頭捋直了再說話吧。」芳竹看不下去了，端了一杯水給絲絲。這是在她們娘子面前鬧什麼呢，不曉得她們娘子很忙嗎？絲絲哪裡有空喝水，深吸了一口氣，才提高了嗓音道：「二娘子，齊昭若要尋是誰算計了荀樂父子，您、您有危險……」

她一口氣說完，傅念君微微驚愕，卻不算太驚訝。

他也記得荀樂啊……她張了張口，正要說什麼，雅室的門卻被人「啪」地一腳踹開了。似曾相識的一腳。

屋裡除了傅念君以外的芳竹、儀蘭，還有絲絲，都忍不住驚叫了一聲。

傅念君垂在椅子側邊的裙襬被風帶得微揚，可她卻沒有任何動作，反而望向那個一腳踹開門的罪魁禍首。他的身邊還跟著一個面露難色的夥計。

「郎君、郎君，這樣是不成的，您、您不能隨便闖進來啊……」

「滾開。」他只吐出這麼兩個字，就大步跨過了門檻。

絲絲見到來人就忍不住渾身發抖。

他、他怎麼來了？齊昭若，齊昭若怎麼來了……他難道是跟著自己來的？

後知後覺的她忙向傅念君解釋：「二娘子，不、不是我……」

她可什麼都還沒說啊。雖然她本來就是打算來向傅念君說齊昭若的事的，可沒要把他帶來啊。

「我知道。」傅念君站起身，微微笑著，先對那愁眉苦臉的夥計道：「這位是我們的朋友，有勞你帶路了。」

那夥計如釋重負，忙躬身往後退，也根本不想去管她們兩個年輕貌美的小娘子私下約見一位俏郎君。他只知這位郎君可是凶得很，他那踹門的一腳，若是踹在自己身上，哎喲喲，可不得了。他甚至還體貼地幫他們關上了格扇。

齊昭若的到來，瞬間讓這間不大的雅室裡冷了好幾分。芳竹和儀蘭也不自覺地後縮，從前她們兩個就有些怕齊昭若，到了如今，是越來越怕了……

「果然是妳。」

齊昭若的一對幽沉沉的眸子鎖在傅念君身上。

「是啊。」傅念君坦然承認。

「齊郎君有話可以直接來問我，何必這樣嚇她？」她指的是絲絲。

齊昭若轉眼望向絲絲，絲絲在他目光中蹬蹬倒退了兩步，還踩上了後頭芳竹的腳尖，疼得芳竹齜牙咧嘴地卻不敢吭一聲。

他早就猜到絲絲會立刻來找自己背後那個出主意的人。跟著她，他也不用費心安排。

「多謝。」他冷冰冰地吐出了一句。

多謝？對她說的嗎？絲絲眨眨眼，有些不可置信。

「我、我不是……」她依然想向傅念君辯解幾句。

傅念君了然地朝她們三個笑了笑。「妳們別慌，齊郎君是有話想問問我，無礙的。」

齊昭若心裡突然有些不痛快。

她的態度和上回也差太多了吧？倒是見風使舵得快。上回不願意和他講話，這次倒肯了。他的眼神又放回那三個瑟瑟發抖的女人身上，看來好好說話都是沒用的，還是不光彩的手段有用得多。

傅念君倒也不是多想護著絲絲，只是齊昭若人都站到她面前了，她也不得不硬著頭皮和他說幾句，否則他以後次次這樣不依不饒，遲早壞自己的大事。

芳竹、儀蘭和絲絲三人一起縮到了靠窗的美人榻上。她們不敢出去，更不敢放齊昭若與娘子單獨談話，只能用這樣的方式，隱約地能看見他們對坐的身影，也算妥當。

傅念君親自倒了一杯茶。

齊昭若等著她把茶遞過來，可是緊接著就見她把茶杯貼上了自己的唇沿。

這女人……他瞥見她手邊另一個杯子，應當是她剛才用過的。她是故意的！

傅念君看見了他的眼神，只當沒看明白。她在心裡冷笑，他可是自己的仇人，能忍著沒往他臉上潑水就算她肚量大了，還指望自己給他倒茶？

傅念君放下杯子，笑得十分親和，說道：「齊郎君勿要客氣，這裡的香茶挺不錯，若是喝不慣，盡可以再點。」

齊昭若：「……」

齊昭若看著她這並不真誠的笑，心道她還真有本事，剛才還一副被迫妥協的樣子，這會兒脾氣又硬了，自己究竟是哪裡得罪她了？

他低頭想了想，想到自己上回對她的態度也確實不算好，便道：「傅二娘子，從前我們兩個……」

從前我們兩個？傅念君一嗆。

「……我們兩個的事，就過去吧。」齊昭若接了這後半句話。

自己這身體的原主到底是和她什麼關係，他也不想再追問了。

傅念君的臉色也有點不好看，他這口氣，好像一副他吃虧、被她占了便宜的樣子。

「我這次來，想必妳也清楚。」齊昭若的話音陡然淩厲了幾分。

「是為了荀樂父子之事。傅二娘子，是妳做的。」他用了極肯定的語氣。

傅念君只說：「世上大概也只有你會這麼篤定。」

齊昭若也說不上來為什麼，他第一次見到她，就覺得這傅二娘子是個十分聰敏靈秀之人。她這雙眼睛，讓他覺得有些熟悉……在哪裡見到過呢？

腦海中有個人影一閃而過。曾經也有一個姓傅的小娘子……

他打住思路，覺得自己當真是想太多了。都是姓傅而已，她們同宗卻不算同族了，前後還相差了幾十歲年紀。

「齊郎君想問我什麼？你與荀樂父子也是舊相識麼？」

傅念君低頭看著自己的茶杯，手指一點點地摩挲著茶杯杯沿，她其實是在掩飾自己的緊張，她很怕，怕齊昭若因為這件事看出來了。傅家，傅淵，魏氏，並不是只有她知道啊……

「那個死了鄭家夫人，她背後之人，是誰？」

齊昭若的眉眼沉沉，傅念君抬眸，在他眼中只看到洶湧澎湃的殺意。

她握著杯子的手差點不穩。

她驚愕地意識到：齊昭若……也在找那個幕後之人！

齊昭若卻自動把她的表情理解為被自己拆穿而吃驚，只道：「你們傅家對付荀樂父子，表面上看來為的是張淑妃，但是這個魏氏，她的來路不簡單，想必傅二娘子比我清楚，她背後做局之人，恐怕也讓令尊和令兄感到恐慌吧？」他冷冷一笑。「所以，他是誰？」

他就這麼直接問出來了。

傅念君定了定心，努力維持著不動聲色的表情。她在齊昭若這幾句話裡聽出了他的急躁。

他並不在乎傅念君是怎麼發現魏氏的異常，只是急切地追問背後之人是誰。這說明什麼？

旁人猜不到，但傅念君是知道他的，坐在自己面前的這個人，不僅僅是邠國長公主的兒子齊昭若，更是周紹敏。

她突然很快反應過來一件事：在她死後，周紹敏，很可能也被殺了。

這個猜想，讓她身上的雞皮疙瘩不由自主地一點點爬上了手臂……

他被殺了。所以他也會回來，所以他會這麼急迫。

他沒有贏，他和自己一樣，最後的結局都是失敗。

可他明明都殺了當時的皇帝一家啊……誰殺了他？誰會有本事殺了他？

齊昭若自己已經告訴她了。那是個強大到如今傾她與周毓白兩人之力，都尚且無法找到行蹤的幕後之人。是那個魏氏嘴裡地位非凡、背景強大的郎君。

如果真的是他，三十多年的蟄伏，為的是什麼？是怎樣的不共戴天之仇，他要毀了周毓白和周紹敏父子兩代人？這其中，定然圍繞不開皇室……周家皇室……

齊昭若見她突然失語，更加篤定了傅念君已經摸到了對方的行蹤。

「妳……」

他只說了一個字，傅念君就抬起頭打斷了他。

她微微笑著說：「齊郎君今天是以什麼樣的身分來問我這話？」

齊昭若默然不語。

傅念君說：「你的母親是邠國長公主，如今朝局如何，相信不用我來為你分析，你們齊家如何選擇更不是我們能置喙的。皇家家事，我父親也一向不敢過問，齊郎君本事大，我也不瞞你。確實，這個魏氏是個意外，她到底有什麼祕密，傅家還在調查；我父親是個忠君愛國之人，若真有人如此手眼通天，威脅到朝廷和百官，他絕對會追查到底。」

齊昭若聽她這番義正辭嚴的話，倒顯得自己是個小人，想來藉機探聽傅家機密了。

長公主如今地位頗尷尬，她有意捲入儲位之爭，朝中諸位大人都知道。文臣們通常都不喜歡這樣的公主，前朝出了個了不得的太平公主，本朝因此對公主們更是能防就防。

傅琨確實沒有必要和齊家的人有什麼往來。傅念君表現出來的態度，就是防備。

齊昭若心底一陣煩躁。他原本就不算是很擅長使心計的性子，他的父親周毓白是那樣的人，可他從來沒有教自己如何成為那樣的人。這麼多年來，他幾乎只靠自己長成了這般樣子。

他知道傅念君不是個普通的小娘子，傅相公的女兒，必然是耍慣心眼的。

「傅二娘子，妳是把我想成什麼樣的人了？」

他的聲音很冷，傅念君攥緊的手心卻在流汗。她只能這麼做，現在必須擺正自己的位子，把自己當作不知前世任何事的傅琨嫡長女，這就是她面對長公主的兒子時該有的態度。

絕對不能讓他起一絲一毫的疑惑。

齊昭若不知她心底的暗潮洶湧，只抱臂冷笑道：「我以為二娘子是個聰明人，傅家如今境況，豈是敢將人往外推的時候？」

傅念君心中暗恨。她當然知道傅家境況危險，用不著你來管！

她壓抑下火氣，只說：「齊郎君勿怪我不客氣，實在是長公主的脾氣大家也都知道，我父親也不敢存什麼拉攏心思，傅家如何，就不勞掛心了。」

齊昭若這回倒是笑露出了森森白牙，不似那種陰森森的冷笑。

這小娘子倒是會賭氣，她可知傅家以後走上的路？

他望著年輕的小姑娘白皙精緻的秀臉，似乎還沒他的巴掌大。她也不知怎麼就這麼容易生氣，雙頰上還染了薄薄的一層紅暈……

他猛地察覺到自己的失態，很快偏轉開頭，不敢再看了。

「傅二娘子若肯告知，他日，我必有重謝。」齊昭若擲地有聲地扔下了這句話。

他的「謝」字，與旁人的，可是大不一樣。

傅念君第一次發覺，這個人並不像個貴族公子，更像一個重諾言情義的江湖兒郎。刀頭舔血，快意恩仇。周紹敏……確實是那樣的一個人吧。

恩是恩，仇是仇；冷酷，有時卻又衝動熱血。所以他那麼毫不猶豫地殺了自己……

雖然能理解，卻不能釋懷啊。傅念君在心裡苦笑。

齊昭若見傅念君又不說話了，也頗覺無奈。這個小娘子的神思還真是不定。

「告知……」傅念君幽幽道：「齊郎君為何覺得我會知曉？」

齊昭若蹙了蹙眉。「妳會不知？」

「若當真是個厲害人物，又豈會這般容易露面？」傅念君嘆了口氣。

她原本以為齊昭若會有些生氣，可他倒表現得很平靜。

「是麼……」他喃喃道：「什麼線索也沒留下麼……」

「沒什麼線索也是線索。」傅念君說著：「畢竟能如此挑釁傅家，又有財力能力籌謀的，必然不是普通人。」

她說這句話，既是合理分析，也是在試探齊昭若。

齊昭若的眼神果然閃了閃。傅念君知道，他其實應該比自己更加接近那幕後之人。畢竟他比自己晚死，他知道得更多。

傅念君站起身來，整了整裙子，對齊昭若微笑。「我只是一個普通閨閣小娘子，太多事情不知道，若是齊郎君有想法，不如可以找機會與我兄長接觸接觸。」

齊昭若嗤了一聲。「普通閨閣小娘子？」

怕是沒人比她更不普通了。她倒是機靈，這話是想誘他去與傅家直接談，雙方對等地談；用他的籌碼去換傅家的合作，一切公事公辦。

他垂眸思索了下。傅家……有沒有必要呢，這倒是值得想一想。

傅念君打量著他的神情，心中也捏了把汗，不由暗道好在他如今成了齊昭若，到底顧及著身分，自己與他這樣虛與委蛇，他倒還肯聽幾句。

其實傅念君也不是真的想拉攏他和邠國長公主，先不論長公主那脾氣性子，就齊昭若來說，於自己本就是把雙刃劍，甚至對內的刀鋒還更鋒利些。

齊昭若與周毓白相比，沒有後者那麼複雜聰明和難以捉摸，其實他更適合合作。

但是自己面對周毓白，起碼還能用「預見未來事」這個做籌碼，可對齊昭若來說呢，他現在並不缺這些遠見。

他缺的，只是礙於齊昭若這個人的身分地位，無法做到他想要的事罷了。他現在頂著個紈絝的名號，無人無財，就像被折了手腳。她也幫不了他。

傅念君感慨，老天爺固然對自己沒有什麼同情心，好在對齊昭若也是一視同仁嘛。

齊昭若略微一沉吟，就也不再多說了，離去前只深深瞧了傅念君一眼，接著丟下冷冰冰的一句：「告辭。」

沒禮貌的傢伙啊。

傅念君看著那扇微微晃動的門板，想到當時的周紹敏一腳踹開東宮寢殿格扇，他今天又是踹門而入的。有本事再踹啊。

她撇撇嘴，她大概是一輩子都不會對這個人有什麼好感了。

直到齊昭若起身離開，一直縮在一旁的兩個丫頭和絲絲才覺得鬆了口氣。

這個人比花嬌的少年，怎麼會帶給人這樣強的壓迫之感？她們幾個心裡頭都有這麼個疑問。

「還縮著做什麼？」傅念君提高了嗓音，芳竹和儀蘭才戰戰兢兢地跑過來。

相較之下，絲絲顯得更加害怕。「傅二娘子……我……」

傅念君抬手制止她說下去：「我知道，這不是妳的本意。」

傅念君吁了口氣，腦子裡的事情依然很雜，須得好好理一理，她沒有心思再應付一個絲絲。

「我允諾妳的事情依然未變，這次不怪妳，但這也是我最後一次來見妳了。」

她對絲絲笑了笑。畢竟絲絲不是她的親信，自己拿她做親信也太過惹眼。互相合作，合作完了自然也就散了。

絲絲見傅念君還對自己笑了一下，更是又慌又愧，低著頭什麼都說不出來。傅念君又吩咐了幾句，才和兩個丫頭先行一步。

絲絲一個人留在雅間裡，發了好半晌呆，才敢偷偷摸摸地摸出茶坊，找路回去。她這回，好像給傅二娘子惹了不小的麻煩啊。

3 合理猜測

齊昭若出了門，小廝阿精已經探頭探腦有一會兒了，冷不防被人一巴掌打在頭上。

「看什麼？走。」

阿精委屈巴巴地瞧了惜字如金的自家主子一眼。

咦？怎麼臉色這麼差？他斗膽問了一句：「不知郎君是去見過了哪位小娘子？」

為什麼知道是小娘子呢？因為他聰明。

他們郎君這麼神神祕祕的，怎麼可能來見男人嘛，阿精自認非常瞭解齊昭若。

齊昭若只是瞥了他一眼。「你也認識。」

阿精捂嘴輕叫了一聲：「難道是傅二娘子？」

齊昭若沒有回話，阿精知道這就等於默認了。

竟然真是傅二娘子啊！阿精兩隻眼睛閃閃發光，興奮道：「那傅二娘子啊，郎君，小的覺得她挺好的，她上次不是給我指路去尋壽春郡王救您嘛，雖然到最後壽春郡王好像也沒出啥力……」

阿精搔搔頭，嘿嘿笑了兩聲。「可就是不知為什麼，壽春郡王和傅二娘子都挺聰明的樣子。」

大概是他們身上那種大權在握的自信，讓他有這種錯覺吧。

阿精想了想又點點頭。當然是錯覺，他家郎君又不是被壽春郡王救出來的。

「也挺樂於助人。」他補充了一句。畢竟當時齊昭若的那些狐朋狗友，哪個不是對他避之唯恐不及。

不過周毓白真的沒有為救他出力嗎？阿精一個小廝當然看不出來什麼，可齊昭若卻擰著眉。他從獄中脫險，到底是不是周毓白籌謀的？

他的這個爹爹，如今的表兄……他真的看不穿！

那張對著他總是表情淡淡的臉，自己去他府上，周毓白對他的態度也依然故我，什麼都看不出來……齊昭若心中一陣鬱悶。

周毓白什麼都不肯告訴自己，他想從傅念君這裡下手吧，她卻厲害得很，什麼都不肯說。兩邊都是硬骨頭。

他醒來還沒弄清楚形勢，便莫名其妙入了局被關進了牢房，當真是憋屈。

阿精見齊昭若臉色更沉了，覺得他是想到了在獄中的黑暗日子，忙勸慰道：「郎君是吉人自有天相，本來也就不會有事的。」

齊昭若沒聽見他的馬屁，嘴裡正念叨著：「傅二娘子……」

阿精側耳聽了聽，隨即瞪大了眼睛。乖乖！這是要舊情複燃了？

這麼想著，他又在心裡打了自己一個巴掌。有沒有舊情其實他也不知道，可不能再胡說了。

他換了一種方式。

「郎君您這是，對傅二娘子上心了？」

阿精頗覺善解人意地輕問了一聲。自從郎君失憶，還是第一次重新燃起對美人的欲望啊，難得啊難得！

「上心？」齊昭若的秀眉糾結在一起。

阿精自從覺得自己「立了大功」，而加上齊昭若也確實「默認」他立了大功，近來是越來越膽大起來了。

他惋惜地一嘆。「可惜您和傅二娘子是沒機會了，其實你們也挺般配的……」

阿精想來想去，和他家郎君有來往的小娘子們，不包括那些身分低賤的，到底還是只有傅二娘子最合適嫁過來做少夫人啊。

當然，他其實也就只接觸過這一個。又漂亮，身分又高，人也聰明……看起來。就是名聲不好聽，那麼很巧，齊昭若反正名聲也不好聽嘛，大家就誰也別嫌棄誰了。

「可惜？」齊昭若也竟沒打斷他的胡言亂語，他不明白阿精這可惜一言從何而來。

阿精點點頭，一副挺為齊昭若和傅念君抱屈的樣子。「要不是長公主上次不分青紅皂白上門一頓排揎，想來現在傅家對齊家和您也不會這樣不假辭色……」

齊昭若自醒來後，要接受的人和事太多了，當日邠國長公主上門羞辱抹黑傅念君一事他其實不太記得，他那時尚且在西京「養病」。

阿精見他不記得又很感興趣的樣子，立刻便活靈活現地對他講了一遍。

傅念君和杜家的糾紛，到杜家李夫人拖長公主下水，聯手要拿下傅念君為齊昭若「出氣」，再到周毓白及時解圍，力證齊昭若與傅念君二人清白種種。添油加醋，唾沫橫飛，街邊說書的都沒他能說。

齊昭若臉色越聽越沉，阿精猶自不覺，還想喝口茶繼續，結果發現身上也沒帶錢買路邊茶喝，只好嚥了口口水。

「上回馮翊郡公到府不是還同您說起嘛，如今在宗室中，傅二娘子可是極有名的……」

馮翊郡公周雲詹，已故秦王周輔的長孫，與齊昭若關係還算不錯，從前他沒失憶時，兩人甚至經常一道瞞了家裡出去喝喝花酒。雖然多數時候是齊昭若攛掇周雲詹。

「有名？」齊昭若勾了勾唇。「因為我七哥嗎？」

阿精聽了這話嘿嘿笑得更起勁了，看著齊昭若的樣子帶了兩分揶揄。

怎麼覺得他們郎君這話有些嫉妒。這是好現象啊，還不承認對人家上心了？

齊昭若擰了擰眉。「七哥他……」

周毓白是他的父親，雖然不是今生的父親。他該娶的，難道不是他的母親嗎……可就算是他母親，他也不喜歡。

周毓白和別的女人，齊昭若從沒有想過。

「他是不會喜歡這些女人的。」他比任何人都篤定。

齊昭若冷冷地扔下這半句，便大步往前走了。他太瞭解他的父親了。

阿精卻不知道，跟在齊昭若身後撇撇嘴，心裡不敢苟同。不喜歡女人難道喜歡男人嗎？

他轉念一想，難道郎君自己對傅二娘子動了心不肯承認，嫉妒了也不肯承認，於是反而推託是壽春郡王不好女色？這這這……他家郎君竟是這麼卑鄙的人嗎？

阿精瞧著齊昭若的背影，不由就多了幾分審視。

§§§

此時的壽春郡王府，周毓白斜靠在榻上看書，忍不住輕輕打了個噴嚏。

正在為他布置香爐的小廝嚇了一跳。

「郎君可要請郎中？」

周毓白揮揮手。「把香爐抬下去。」

在門外的單昀耳朵尖，心道這兩場雨一下，可別讓郎君著了涼患病就不好了。正好郭巡正邁著大步走過來。

「單護衛！」五大三粗的郭巡朝門口的單昀拱了拱手。

「您還親自當班呢？」

單昀是周毓白的親信，守門這樣的事是不需要他來做的。

「我做放心些。」

單昀年輕卻嚴肅的臉上常年沒什麼表情，沉默剛毅，看起來倒不像是個青年。

郭巡尋常不大進來周毓白的內院，他一直是在郡王府外院行走的，見張九承的時候還比見周毓白多多了。不過最近嘛，郎君親自發話，由他親自遞消息進來。

單昀心裡看得明白，這郭巡是沾了弟弟郭達的光。

那個郭達，之前就被郎君指派到傅相公家去了。

其實這件事也不大妙。周毓白身為皇子，固然是一人之下萬人之上，可是上有官家後妃，下有文武百官，身上不知有多少雙眼睛盯著。他在當朝宰相家裡安插眼線，這樣的事，無人揭發也就罷了，一旦傳出去，他的好名聲可怎麼挽救？讓傅相如何看他？

因此辦這件事，周毓白甚至都沒囑咐張九承，讓單昀直接安排下去了。

單昀在心裡嘆了口氣，望了望這院子裡因為下雨已落光了的桃花、光禿禿的枝椏，地上倒是一片被水浸透的粉色。

終究啊，他從小看到大的郎君，也長大了……到了慕少艾的年紀……

「單護衛？單護衛？」

郭巡蒲扇般的大掌在單昀面前揮了揮，單昀抬頭，見他咧著大嘴笑著：「你這是突然想什麼呢，這麼出神？」

單昀指指他的衣裳。「這件脫了，郎君適才在打噴嚏，別帶了雨水濕氣進去。」

郭巡撇了撇嘴。郎君這裡沒有僕婦丫頭伺候，所以單護衛都這麼婆婆媽媽起來了。

周毓白在裡頭咳嗽了一聲，這聲咳嗽聽在兩人耳朵裡有那麼些刻意。

「我幾時這麼嬌弱了？都進來。」房裡傳來聲音。

郭巡和單昀兩人對望了一眼，推門進去。

周毓白坐在榻邊已直起了身子，頭低垂著，一隻手正輕輕抬起，揉著自己的後頸，緩慢輕柔，似乎是脖子不舒服。

不過是舉手之間，單昀和郭巡便覺得自家郎君別有一番瀟灑氣度。

只是堂堂皇子，身邊卻連個知冷熱、伺候按摩的丫頭都沒有。

郭巡看不過眼，粗著嗓子道：「郎君，要不喚個丫頭來伺候吧，您這兒來往都是男人多，也太艱苦了。」

周毓白輕笑一聲，只說：「我用不慣。」

郭巡竟又繼續說：「沒有丫頭，您就乾脆先娶個媳婦吧……」

旁邊的單昀聽了這話恨不得踹他一腳，要他廢話！官家和娘娘都沒發話，輪得到你對郎君說討媳婦的事？

單昀壯著膽子打量了一眼周毓白的神色，見他沒生氣，這才微微鬆了口氣。

咦不對，怎麼是這麼個反應？難道說，他還真打算討媳婦了？

周毓白此時正似笑非笑地看著郭巡，沒接他的話，只說：「別廢話了，郭達今日和你傳了什麼消息？」

郭巡立刻正色，心裡只想，郎君這般關注傅家，想來肯定是非常大的事，他們兄弟更不能馬虎、懈怠半分。

「回稟郎君，他說……」

周毓白和單昀都側耳恭聽。

「傅二娘子請您注意身體，此時天氣容易生病。」

單昀：「……」

周毓白也頓了頓，挑了挑眉梢。「就這樣？」

郭巡點點頭，反而十分期待地望著周毓白。

「這話可是郎君與那傅二娘子之間的暗語？」

果然很難揣摩啊，他差點就以為是一句尋常的殷切問候了。可畢竟誰也不會讓他們兄弟真的只帶這麼一句話吧，要知道郭達要聯絡上郭巡也得費些工夫。畢竟在傅家安插人，除了要防傅家，還要防旁人。

單昀在旁抽了抽眼角。他覺得這根本就是傅二娘子故意的，消遣他們吧。

「下去吧。」周毓白吩咐郭巡。

單昀卻在郭巡出門後，忍不住對周毓白道：「郎君可還要吩咐郭巡兄弟倆繼續……」

他覺得往嚴重了說，這傅二娘子也太欺負人了。這不是沒事找事麼，還沒人敢這麼對他們郎君的。

周毓白卻是又笑了一聲。從這短短的一句話裡頭，他能瞧出來小姑娘有些怨氣，卻又要像那天在馬車裡一樣，逼著自己、又得小心翼翼地巴結自己。

說巴結也不大妥當，她膽子大得很，也不怕自己，是故意惡作劇吧。聽說她在自家都敢隨便用不入流的法子，去消遣自己的同胞長兄。

他吩咐她有消息要及時傳遞，她的重要消息就是這個嗎？若是去問她，她肯定又會振振有詞地說，要他注意身體怎麼不算是大事。

她對自己看來是有些不滿啊，卻不敢表達。這種感覺，其實還挺痛快的。

周毓白一抬眸，看見單昀瞪大了眼睛盯著自己，神情彷彿見了鬼。

「怎麼？不怕你的眼珠子掉出來？」

「屬下不敢。」單昀忙低下頭。

周毓白將手邊的書捲起來，左手握著有一下沒一下地輕輕敲在右手上，瞧著單昀的目光讓人覺得頭皮發麻。

「出去吧。」

單昀聽到這三個字就如蒙大赦，趕緊抬步跨出了房門。

他都不敢回頭去看。還有他適才問的那句「還要不要讓郭巡兄弟倆繼續」，郎君到底沒有回覆他。

不是忘了。而是他自己問錯了這句話。

單昀從小跟著周毓白，對他太瞭解了。他這個主子，從小就思維敏捷，在他面前從來不會有話是他漏聽或漏答的，更別說這也算是調查傅家的「大事」。

單昀吁了一口氣，他剛才那個樣子，沒回答，說明他還挺喜歡郭巡傳來的這條消息，甚至期待著下次也收到這樣不像話的消息。

用著這樣難得珍貴的手下人傳這樣的話嗎……單昀渾身一凜。

難道說其實最早郎君安插郭達過去，本來也沒指望做「大事」？

單昀覺得天旋地轉。傅二娘子……難道真是他猜的那樣？

「單護衛！」突然有人在背後喚了他一聲，單昀冷不防被嚇了一跳。

竟是去而複返的郭巡。

「單護衛，你可別踢這柱子，把郎君的房子踢倒了怎麼辦？」他的視線放在單昀腳上的大皂靴上。

單昀尷尬地收回腳。「你做什麼？」

郭巡有些愁眉苦臉，輕輕把單昀拉得更遠了一些，還回頭望了望，確定離周毓白的房間有些距離了，才壓低聲音道：「單護衛，我是個粗人，你給我提個醒吧，我適才回話是不是有點不對？哪裡犯了錯了？」

「怎麼這麼問？」

郭巡搔搔頭。「就是覺得郎君的表情怪怪的，態度也很說不清。你出來的時候，他是個什麼模樣？」

能是什麼模樣？單昀在心裡嘀咕一聲。八成心裡和臉上都正蕩漾著，幸好他沒敢回頭看。

不過這話他可不敢說出來，只好對郭巡道：「沒有，你以後只要不自作聰明就行了，按往常那樣回話就成。」

這不只是給郭巡提個醒，也是給他自己啊。單昀心道。

但凡碰到和傅二娘子有關的事，自己是一句話都不應該說。

「單護衛，你說傅二娘子是不是真對咱們郎君有想法啊？」

單昀嚇了一跳。連他都能看出來？

「去去，胡咧咧什麼，人家是傅相的嫡長女，再胡說，小心郎君聽到了不饒你。」

郭巡咕噥了一聲。「我又沒胡說。」

他這都是合理猜測好麼。再說看郎君那天在馬車上一副欲拒還迎的樣子，他都還沒說呢好不好。

「反正不關你的事。」單昀瞪了他一眼。「把嘴閉嚴實了知道嗎？」

郭巡點點頭，再也不敢提了。

周毓白在房裡安靜地看書，卻完全不知道自己的形象，在下屬們心目中已經來了個天翻地覆。

§§§

傅家這幾日倒是十分風平浪靜，一度讓人有種歲月靜好的錯覺。

傅琨甚至還誇了淺玉一、兩次治家有方，淺玉聽了卻不喜反慌，整日惶惶。

她心慌也是情有可原，連下人們都知道，雖然如今明面上仍是淺玉姨娘當家，但其實許多事都是要經過二娘子之手的。

本來就是嫡長女，要怎麼做都是說得過去的。

那些僕婦中有一、兩個眼明心亮的，也曉得多去傅念君那裡巴結巴結。

傅二娘子從前荒唐，可是現在再瞧瞧，這幾個月來人家可有還做過什麼荒唐事？大家私下裡細細一想，覺得確實也是，這神仙指路一事如今聽來倒也不算太虛妄。

讓人慢慢轉變印象是件需要時間的事，府裡的下人們也都有眼睛，如今連三郎都與二娘子漸漸親近起來了，看來這二娘子是不會再「發病」了。

說到傅淵，他也確實是忙，他與陸成遙兩個備考之人，如今是恨不得夜夜不睡地挑燈通宵看書。

傅琨也覺得他這般壓力是太大了，但傅淵也是個執拗性子，傅琨也幾次向傅念君感嘆，他從小就是這般太過板正的性格，對自己要求太高。他身為傅琨的嫡長子，自尊自傲容不得他自己有一點點名不符實。

傅念君倒也挺佩服傅淵的，能將規矩和嚴謹刻在骨子裡，以他這般家世出身的貴公子來說，太不容易了。她也履行了承諾，常常會做一些宵夜給傅淵送過去，兄妹二人雖然依然話不多，卻顯然也不像從前那麼冷漠了。

如今姚氏和女兒傅梨華也知道要收斂鋒芒，姚氏這段日子被打擊得狠了，又加上身子有些不舒服，倒反而不露面了。她不露面，傅梨華也不好意思再囂張。

而四房經過傅念君的一頓收拾，更是安靜得很，一時間府裡竟全部消停下來了。昔日吵吵鬧鬧的姊妹相爭場景，竟是再也沒人敢上演。

傅念君在房裡由衷感嘆：「還是位高權重得好啊。」

芳竹和儀蘭聽了笑道：「娘子您現在是人心所向。」

傅念君嘀咕：「哪有什麼人心所向，很多人本來就是不辨黑白，以成敗強弱論是非罷了。」

從前是姚氏強她弱，自然姚氏說她有病她就有病；如今是她強姚氏弱，自然人人都道傅二娘子從前不過是明珠蒙塵。

這般道理，不止在外頭，在後宅也是好用得很。

可是府裡消停，傅念君心裡卻依然沉甸甸地壓著很多事。很多時候，比起風平浪靜，她更喜歡看波濤洶湧，起碼還能有所應對。

她可以斷定自己身邊不止有周毓白的人，在那幕後之人的安排下，肯定還有人混入了傅家，她卻還沒有辦法抓出來。

還有傅寧，他下一步到底想要做什麼？他如今在傅家讀書勤懇，待人誠摯，根本毫無任何可指摘之處。而和樂樓胡先生那裡幾乎也無任何進展，傅念君心裡可以大概肯定這個胡先生是幕後之人的爪牙之一，這個生意做得極大的胡先生，應該是為他的主子源源不斷地輸送銀錢的錢袋子。

可是他顯然與魏氏這般的死士不是一個層次的，和樂樓和胡先生的背景更深更乾淨，這樣知名的大商人，就是官府素日也要給幾分薄面。他們手裡，有許多傅念君根本探查不到的人脈和關係。

這件事好像就此陷入了一個僵局。傅念君像站在一座高山之前，她看得到，卻爬不過去。

她在猶豫要不要把這胡先生一事告訴周毓白，由他去查，一定會比她自己查得更清楚。可她又怕，怕他若做起事來毫不顧忌，傅寧、傅家，將會陷入何種形勢？

傅寧會不會很快就被當作廢棋清掃？傅家會不會被拿來擋刀？

說到底，她還是怕周毓白此人太過聰明的腦子，以及太過殘忍的性子。

雖然與她面對面時是如此出塵清俊，對她也無半分傷害之意。她確實無法想像，他是個會毫不猶豫犧牲自己表弟的人。哪怕他這一次，確實出手救了齊昭若……

她腦海裡對淮王這人片面單薄的印象，始終揮之不去。

周毓白明明是個有血有肉、會笑會怒的少年郎，在萬壽觀裡他還會站在樹下折柳而笑，對她說著：「我猜對了。妳沒有穿鞋子……」

在上元節時說她總是闖禍，在馬車裡時又板著臉說她狡猾。

傅念君無力地倒在床上，掐了掐自己的臉，當真奇怪，她怎麼覺得想起來心裡就悶悶的。

她嘆了一聲。

可周毓白不是別人啊，他也是那個她前世裡常常在傳聞聽說的，性格孤僻，乖張厭世，連親兒子都不聞不問、冷漠以對的頹廢王爺……

淮王與周毓白這兩個影像，有時在她腦中漸漸割裂開來，有時卻又重新模糊地疊加在一起。

到底哪個才是真正的他啊？

傅念君哀叫了一聲，翻身把臉埋進被子。

芳竹和儀蘭見她這樣，也嚇了一跳。

「娘子這是怎麼了？」儀蘭小聲問芳竹。

芳竹想了想只道：「或許是累著了。」

「看著不像。」儀蘭不同意。「倒像是有煩心事。」

芳竹撇撇嘴。「再大的麻煩事，妳見過娘子有這樣過？」

儀蘭想著也是。再大的事對她們娘子來說，都是不麻煩的。那麼說明，只有「人」才會給她帶來麻煩吧？

這是哪個人讓她這麼輾轉？兩個丫頭對視一眼，也不敢去問。

傅念君喪氣地握拳捶了捶軟軟的被子。

這兩世為人，她不止是有些分不清自己了，也快分不清別人了。

「我該怎麼辦呢。」她埋在被子裡嘀咕了一句。

房裡四下無聲，只有開著的窗戶裡吹來陣陣淡淡的清風，裹著外頭清新的草木泥土香。

傅念君蒙在被子裡，竟漸漸地伴隨著這樣舒緩靜謐的氛圍睡了過去。

迷迷糊糊地，她好像做起了一個夢……

§§§

「我說娘子，妳怎麼在這裡？不能在這裡玩的，走走，去那裡，去院子裡。」

傅念君抬頭，見到一個吊著眼梢、眉毛修得很細的年輕女子，正頤指氣使地對自己講話，臉上粉敷得很白厚，說話又拿腔作調的，一雙上挑的眼睛顯得有些尖刻。

但是美人依然算是美人。有些眼熟。

傅念君卻在疑惑另一個問題，為什麼自己是抬著頭？她覺得自己的脖子有點痠。她不算矮，可竟要這麼抬頭和這個女人說話麼。她低頭看了看自己手腳。

她的手上此時正抱著一個鞠球，兩隻小小的手緊緊地抱著懷中這個寶貝。

小手小腳，竟還是個小孩子模樣。

傅念君驚愕了一下，四周望了一圈。來來往往的下人，很熱鬧、很熟悉，卻好像沒有一人注意到自己。

這裡是傅家啊，是屬於她的傅家。三十年後的傅家。

她又很快明白過來了。

「哎，來個人。」傅念君看見面前的那女人，又揮手喊了不遠處的一個小丫頭。

小丫頭急急忙忙地跑過來。「陳娘子，有吩咐嗎？」

「去，把大娘子帶走，別待在這裡，一會兒蘇姨娘帶著大哥兒要過來賞花，別讓他們見了不開心。」

蘇姨娘就是傅寧庶長子的生母，這個家裡的「夫人」。

陳娘子指點著說完，就扭著身子扠著腰走了。她走路與她說話都是一般腔調，妖嬈嫵媚，多看了卻讓人十分膩歪。

傅念君隱約想起來了，在她小時候，剛剛從陸婉容身邊被接到傅家時，確實家裡有這麼個陳娘子，是一個管事的渾家，卻能常在傅家內院行走。

她當時不知道這陳娘子是誰，可等長大幾歲就懂了。這個陳娘子為什麼在傅家這麼囂張，不過是因為她有一陣入了她父親傅寧的眼，人人都把她當半個主子看。

後來，在傅念君十四歲時，這個陳娘子就已經在她面前換了副面貌。哦，她那時候，似乎正是開始與宮裡說親吧，而陳娘子也人老珠黃，受盡了傅寧和府裡姨娘們的厭棄。

傅念君笑了笑，都是這麼久遠的事了啊……久到在她的記憶裡留不下一絲一痕的印記。

身邊小丫頭要來牽傅念君的手，傅念君卻退開了。因為她一鬆手，手裡的鞠球就會掉下去，她還挺喜歡抱著它的。

「娘子，我們去看看花吧……」小丫頭耐心地哄著。

「帶我去看看青檀樹吧。」傅念君稚嫩的嗓音迴蕩在自己耳邊。

她抱著鞠球小步來到了種植青檀樹的院子裡，這裡空置著，聽說從前她父親和母親的新房是做在這裡的。不過現在早已沒有新房了，也沒有她母親陸婉容的半絲氣息。

「有個人在啊……」小丫頭咦了一聲，顯然也很奇怪。傅家的客人怎麼會出現在這裡呢？

傅念君看到了樹下一個模糊的身影，好像是個男子。她好奇地抱著鞠球咚咚咚跑了過去。

那人坐在一張外型十分特殊的椅子上，正仰頭望著什麼。

傅念君走近他，脆生生地問道：「你是誰？你也喜歡很這棵樹嗎？」竟也有人同她一樣呢。

那人回過頭來，她覺得有些面熟。

原來已經不年輕了啊……傅念君看到了他鬢邊的銀絲。可是儘管如此，這依然是個很漂亮的人。

他的眉毛眼睛、鼻子嘴唇，都是俊朗而極有輪廓，尤其那一雙眼睛，她覺得再也沒有更美的了。即使皺紋爬上他的嘴角和眼角，讓他臉上有著濃濃的風霜之色，可依然是個很漂亮的人。

「是啊，我也種了一棵，卻沒這棵好看。」

他的眼眸深幽幽的。傅念君童言無忌，沒答他的話，反而眨著大眼睛，對這個陌生人笑了笑。

「你真漂亮。」她覺得比她父親還要好看上許多。

那人只是深深地望著她，就像剛才望著那棵青檀樹。

他緩緩地勾了勾唇角，問她道：「妳叫什麼名字？」

傅念君雖然記得母親告訴過她，女孩子不能隨便透露自己的閨名，可是眼前這個人，看起來卻讓她很親切。

「我叫傅念君。」

「傅……念君。」

那人重複這三個字的時候，話音有些顫抖，原本放在膝蓋上的手也緊緊地攥在了一起。

「你怎麼了？」傅念君好奇道：「你認識我嗎？」

「不。妳的名字很好聽，很好聽……」那人喃喃地說著。

「是麼？」傅念君歪頭想了想。「你也這麼覺得？」

「是啊。」他說著，似乎想伸出手來摸摸她的頭。

傅念君嚇得退了半步，他就收回了手。

她好像有點後悔了，因為他眼睛裡光芒的陡然黯淡。

「當然是好聽的，這是我幫妳取的……」他說這句話時聲音很低。

「咦？」傅念君忍不住又湊近了他，笑咪咪地說：「你是我爹爹的好朋友嗎？你是我伯父嗎？」

「伯父……」他笑了一下，只低頭說：「就當是吧。」

他看起來很不開心，讓她想替他捋直眉間的刻痕。

當然這是孩童天真的想法。她知道皺紋這種東西，是歲月的寫照，永遠也無法抹平的。

傅念君輕輕地上前去拉了拉他的衣袖，用乖巧的聲音道：「伯父，你來和我踢球玩吧。家裡沒有人和我玩。」她的大眼睛眨了眨，帶了些興奮。

可那人卻猶疑地搖了搖頭，指指自己的腿。「我站不起來的。」

傅念君有些可惜地望向了他的雙腿。

「原來你是……」癱子啊。她把這幾個字憋回去，她年紀雖小，卻知道有些話不能亂說。

他望著自己笑了笑，眼中有波光滑過。

他笑起來真好看啊。她不禁想著。

青檀樹瑟瑟投下樹影，落在底下兩人的身上。一坐一站，一大一小，安靜細膩得讓人不捨得打破。

可不識相的人總是那麼多，突然有幾個人腳步重重地沿著遊廊走了過來，傅念君嚇了一跳，回頭一看，是幾個配著武器面目冷肅的高大護衛。

他們氣勢逼人，直接不客氣地走到了他們面前。

「王爺，您又亂跑了，請和我們回去吧。」為首一人拱了拱手，態度卻不見絲毫謙卑。

傅念君仰頭，看見那位伯父轉回頭依然對她微微笑著，那雙漂亮的、眼尾微揚的眼睛中帶著深深的遺憾。

她不由想著，同樣是這樣的眼睛，為什麼她覺得長在陳娘子臉上那麼醜惡，在這位伯父臉上就這麼漂亮呢？

「我要走了。」他說著。

「再見。」傅念君點點頭，頓了頓，又補了一句：「下次再一起玩，等你腿好了。」

她笑了笑。他也笑了笑，笑容中卻沒有一絲歡欣，是傅念君看不懂的哀傷。

「妳要……好好長大啊，念君，平安地……」

他的聲音隨著風飄散開去，坐著的椅子被那為首那個高大的護衛推走了。他們團團圍著他，像一座座冷硬殘酷的高山，阻隔她的視線。傅念君覺得他一定很難受。

「再見啊！」她揚起小手臂大力地揮手。

沒有人回答她。他聽到了她在身後清脆的聲音，卻只能低著頭，被人推著，越來越遠地離開……再也不會見面了。

因為揚手揮舞，傅念君手裡寶貝了一路的鞠球就這麼滾落，可她卻沒注意到。

好奇怪，明明是第一次見面，卻這麼捨不得。小小的傅念君想不明白。

她抬手揉了揉眼睛，小丫頭過來阻攔她。「娘子，不能揉，奴婢先帶妳去洗手吧……」

傅念君睜開眼睛的時候，遊廊上已經沒有任何人了。

「他是誰呢？」傅念君問那小丫頭。

小丫頭也才是十來歲年紀，哪裡又會懂，只能對傅念君遺憾地搖搖頭。

傅念君神情鬱鬱地被小丫頭領回房去午休，忘了掉在地上的鞠球，也忘了那棵青檀樹，被詹婆婆抱在懷裡，無限溫柔地哄著睡了一覺。醒來後，她才覺得心裡的不愉快逐漸消散了幾分。

詹婆婆摟著她，心疼每日都要用點心的小念君沒有胃口，傅念君卻只一直記得那位伯父漂亮而哀傷的眼睛。

「我什麼時候才能再見到他呢？」

「或許明天吧。」詹婆婆說著，其實她也不知道傅念君說的是誰。

傅念君點點頭，才總算有心思吃東西了。

當然，她也不會知道，在接下來的日子裡，再也沒人提起他，他也不再出現。隨著日復一日年復一年，她這小時候與陌生人的片刻相遇會迅速地被淡忘，如同這個她討厭了好幾年，最後卻還要努力想一想才能記起來的陳娘子一樣，最終什麼痕跡都沒有留下。

等到她長大後聽聞人家說起淮王時，只是會訝異一句：「便是那個殘了腿，從來也不出門的古怪王爺麼？」再笑著說：「當真是個孤僻性子啊，難怪有周紹敏那樣的兒子……」

……

傅念君悠悠地睜開眼，發現天色已經暗了，房裡點起燈，柔和的暖光透過自己身前半透明的帳幔落下來，罩下一片朦朧，讓人恍惚地分不清夢境和現實。

傅念君眨眨眼，覺得眼睛無比乾澀。

終究是回不去的，夢境只是夢境啊。她扶著額頭，心中卻滑過一絲隱隱的痛楚。

夢中人自然不知是夢境，就算她有意識地提醒自己那是夢境，最後也會陷入身不由己。可是醒來後，那青檀樹下的人影卻又在腦海中清晰起來。

她小時候，竟然早已見過周毓白？就在她的家中，還和他那樣地說過話……

是因為太久太遠，所以她都忘了嗎？他不過是自己年幼時，偶然一面之緣的「伯父」而已，可是他的那句話此刻卻一遍遍地在她耳邊重複著。

「妳的名字，是我起的……」

傅念君深深地蹙著眉，右手不由自主地按住了胸口。這種感覺是怎麼回事？

她深深地蹙著眉，她為什麼會覺得那麼難受？好像小時候那種排山倒海而來的悲傷，又一次侵襲了她的全身，看著他被人圍擁著推走，連再見都沒和自己說……

四肢百骸，都像浸泡在冰冷的湖水裡一樣。很痛，也很不捨。

她閉著眼睛，發白的指節將胸口的衣服都捏皺了。

「娘子醒了！哎呀這幫偷懶的小蹄子，也不注意著點……」

芳竹見到傅念君已經坐起身，忙要來打開帳幔伺候傅念君起來用飯。

「娘子妳怎麼了！」她驚叫了一聲，誰料一看之下竟見到娘子這副模樣。

她忙探手摸了摸傅念君的額頭，只摸到一手的冷汗。

「娘子可是做了惡夢？別怕別怕，快快，去準備安神茶來。」芳竹連忙仰頭朝外喊道。

芳竹第一次見到傅念君這副痛苦的表情。這夢得多厲害啊，讓她們天不怕地不怕的娘子嚇成這樣。她握住了傅念君的左手，甚至還能感覺到她整個人隱隱顫抖著。

「為什麼……」傅念君從牙齒縫裡擠出了這幾個字。

為什麼她會有這樣失常的狀態？明明是一個夢而已。

可真的只是一個夢而已嗎？她幼年時與淮王周毓白相見的場景，原本在她的記憶中被抹得乾乾淨淨的片段，卻以這種方式清晰地重新回到她的腦海中，自己還產生了這麼大的反應。

「娘子，別怕，惡夢而已，什麼都不是，什麼都不是……」

芳竹一個勁地安慰著傅念君，儀蘭聽到動靜也匆匆地跑進來。

「怎麼了怎麼了……」儀蘭看著傅念君這副駭人的神情，立刻倒了杯溫茶過來服侍她喝。

「安神茶已經在煮了，娘子先喝口水。」

兩人又急著去拿乾淨的帕子給傅念君擦臉。

傅念君慘白著臉，在兩個丫頭一陣擺弄之下總算回復了些心神，蜷曲的身體漸漸放鬆。她適才繃緊的一對玉白小腳，因放鬆下來竟開始抽筋起來，芳竹替她輕輕地揉著。

不久後，醒來時那種幾乎將她吞沒的窒息感覺，淡淡地散去了。

她閉眼呼著氣靠在床頭，由丫頭們在房裡點燃清新的安神香。

芳竹儀蘭和柳姑姑在門外偷偷商量。

儀蘭擔憂地道：「這樣不行，簡直像中邪一樣。姑姑，您拿個主意，要不要請個仙姑來看看？」

芳竹也提議：「或去廟裡求個符，燒個香壓壓驚。」

畢竟那個什麼李道姑，在她們看來根本就是個江湖騙子。

柳姑姑也咬了咬牙，見過了傅念君剛剛的情況她也覺得不妙。「我去請示相公，抽個空確實得去拜拜，別人家府裡都是夫人們張羅，咱們府裡這，唉……」

兩個丫頭都不言語了，姚氏怎麼可能為傅念君去祈禱求福呢？

「妳們兩個進去吧，今晚守夜當心點，別讓娘子又睡得不安穩了。」柳姑姑嘆息著說了一句，自己下去準備晚膳了。

做了這麼一場惡夢，傅念君也沒有什麼胃口，用了點清粥小菜後，就打發芳竹去尋郭達來，就是那個郭巡的弟弟。

芳竹感到為難。「此時內院要鎖門了，娘子有事不如明天再說？」她頓了頓。「何況他是……唉，不是您說，要當心些不能被人看出破綻麼？」

傅念君淡淡一笑，確實是她沒想周全。「那就明天吧，也並不急在這一刻半刻。」

好在這天晚上傅念君總算沒做夢，芳竹打了地鋪睡在傅念君床邊，主僕兩人一夜安睡。

傅念君再醒來的時候，就覺得頭腦清醒了很多。

是啊，怎麼可能次次做夢？還是那麼古怪的夢……可不知為何，她卻又有些隱隱的失落。夢裡那個坐在青檀樹下微微仰頭的身影，讓她無法忘記。

郭達收拾乾淨了和另一個管馬房的老廖一起來回話。

經過傅念君一番安排，如今郭達領了差事在給她趕馬車。反正他哥哥就是做這個的，想來也算是給他用武之地了。

郭達心裡叫苦，他和他大哥怎麼說也是周毓白手底下數得上的好手，這趕車……算了，他混進傅家這些日子，在後院伺弄花草，也並不比趕車好到哪裡去。

但是，這不影響郭達依舊嚴重懷疑自己的大哥郭巡，他是否和傅念君短短一次會面，已經給這位小娘子留下了不太好的印象？

現在整個傅家都是這位傅二娘子說了算，她要給自己安排個好活計，還不是動動嘴皮子的事。

傅念君循例問了他們幾句，老廖是個老實人，在馬房裡也待了很多年，餵馬馴馬都很有經驗。

「你先下去吧，還有幾句話我再問問程訓。」

郭達現在叫做「程訓」。老廖不疑有他地離開了。

郭達站在原地，很是一番忐忑。「這個……二娘子要帶什麼話給我家郎君？」

他雖然和郭巡是親兄弟，卻完全沒有他大哥的魁梧豪邁，只是個很不起眼的年輕人，放在傅家一眾小廝裡，估計還會被嫌棄長得不夠體面機靈。

當然在馬房裡還是有人欣賞他的，每回郭達鏟糞、餵草料、刷馬毛，老廖都會誇他有一雙天生一副適合餵馬的好手。

郭達欲哭無淚。

不過也正是因為他夠不起眼、夠普通，周毓白才能放心把他安排到傅家來，傅念君見到他這樣子想來也不會有太大的排斥。畢竟他瘦弱得彷彿廚房裡隨便哪個大娘都能把他撂倒。

傅念君頓了頓，只說：「去安排一下，我要見你家郎君。」

好傢伙！這主動的……郭達瞪了瞪眼，老實道：「可是這怕是不行吧，娘子也知道，我是……」

「我不知道。」傅念君很直接地把他的推拒之詞堵在了喉嚨裡。

她雲淡風輕地說：「你都能順利做『奸細』了，這件事當然也沒問題，遞個話回去就好。如果連這件事都辦不好，我讓老廖天天讓你洗馬棚、運馬糞。」

「奸細」二字一出，郭達就感覺到身上嗖嗖多了四道冷光，來自芳竹和儀蘭。

他臉頓時黑了一半，心裡暗暗叫苦。

奸細什麼啊他！哪有一來就暴露身分的奸細，瞧瞧他在傅家都幹了什麼？天天累得像牛一樣，傅二娘子還總是傳些沒用的廢話讓他帶去給自己大哥。

郎君坑他，傅二娘子也坑他。咱們做人不能這樣好不好……

「我試試吧。」郭達只能硬著頭皮答應下來。「但是二娘子，我們郎君可並不一定會答應。」

郭達很認真地補了一句。

畢竟他只能幫忙傳話，郎君怎麼決定，又豈是自己能左右的。還要幫助她去見周毓白，那他成什麼了？七夕節搭鵲橋的喜鵲嗎？他才不要。

做傅二娘子的專屬信鴿，已經是他忍受的極限了。

傅念君揚了揚眉。「他會答應的。」

喲喲喲這自信。郭達撇撇嘴。

「那小的告退了。」他懶洋洋地說。

傅念君點點頭，還不忘記催促他：「盡量快點。」

郭達咕噥了一聲：「伺候完貴府的金貴馬就去。」

他一出門，芳竹和儀蘭就開始發洩她們的不滿。

「這人也太無禮了……」

「自然，他是壽春郡王的人，又不是我的人。」傅念君說著：「再說，我們對他也不算客氣呀。」這也是實話。

沒想到兩個丫頭卻突然叛變，反過來勸傅念君：「這確實是，娘子，您多少該顧及下壽春郡王吧，這樣對他的親信，他要是知道了會不高興的。」

「就是，還覺得您多刻薄多壞呢。」

「是啊是啊，您要將溫柔端莊的一面表現出來……」

傅念君抽了抽嘴角。「首先，我就是故意的。別人指東我就往東，說什麼聽什麼，妳們覺得我是這樣的人？其次，我確實挺刻薄挺壞的呀。」

芳竹跺跺腳。「娘子可不能這樣！您要去見壽春郡王，得給他留個好印象啊！」

傅念君在心中嘆了口氣。她現在已經放任她們天馬行空地想像了。

她要去見周毓白，是真的下了決心，多少也是受了那個夢的影響。和樂樓的胡先生，還有傅寧，她不想再等了。

雖然與周毓白坦白會有風險，但是這是目前唯一能進行的線索了。

而且她相信，經過這一次，那幕後之人一定會開始防備，並以比從前更周全的準備來對付傅家。

郭達如何把消息遞出府去傅念君管不著，他在傅家的任務是只要把馬養好就可以了。

傅念君想著不用兩、三天，一定會有回覆，反正她近幾日來她也沒什麼事。但是只有她自己這麼想。

「去……廟裡？」傅念君有些驚訝地聽著柳姑姑給自己回話。

「是啊。」

柳姑姑溫和地笑著，臉上的皺紋在白日裡看得格外清晰，樸素平凡，卻很親切。

傅念君與她不能算親近，可是這位姑姑確實是個忠心的老僕。與其說柳姑姑是對傅念君忠心，倒不如說是對她過世的生母大姚氏。

自然，這樣的老僕是忠心，可是因為是長輩，她對於傅念君，便隱隱帶了幾分來自她自己，或者說是來自大姚氏的希冀和敦促，這樣的親切便顯得有些踰越了。

傅念君做事不大喜歡受旁人的束縛，因此雖敬重柳姑姑，卻只讓她接管自己房裡的事，外頭的事情，她倒更寧願吩咐懵懂的芳竹和儀蘭。

不會，可以教，但是總想來影響自己的人，她就不大喜歡了。就如同這一次。

傅念君道：「姑姑好意，是去大相國寺嗎？」

柳姑姑擺擺手。「大相國寺人多又雜，這些日子全是去遊玩的，娘子金尊玉貴，擠了磕了反倒不好……」

傅念君微微蹙了蹙眉。

大相國寺是皇家廟宇，幾代主持都是受皇帝封禪的高僧，而時人崇道者多於崇佛者，僧廟便不似道觀這般多。御街上有東西景靈宮，城內還有太一宮、太清觀、萬壽觀等等，僧廟不多且偏遠，不去大相國寺，還能去哪裡？

「是天清寺。」柳姑姑道。是在城外的。

旁邊芳竹也勸道：「娘子最近心緒不好，正好能出去踏青走走，紓解紓解，天清寺也有一位不世出的高僧，若是有緣，娘子便可以請大師指點一二。」

傅念君想了想，點點頭，說道：「好吧，正好近來三哥考期將近，我也想為他去求個好籤。」還有那個死了的魏氏，她和傅淵商議過的，為她捐些香油錢，一直拖著沒有去辦。

傅念君並不特別崇尚道家或佛家，她只覺得，不論哪個神佛，自己心意到了就好。

柳姑姑和藹地說：「如此，我就吩咐下去了。」

「姑姑。」傅念君卻說：「這件事悄悄地辦吧。」

柳姑姑知她是不想讓人知道她出城，想到傅念君從前種種名聲，柳姑姑也說：「娘子放心，這話只給相公回過。」

而傅淵又一向對女兒管得鬆，何況大宋子民，男女出行皆不忌諱，尤其是這樣春景正好的時候，出個門罷了，也沒有什麼大礙。

「好，那就麻煩姑姑了。」傅念君點點頭，看著柳姑姑退出去了。

傅念君的神色卻不是太好看，她撐著下巴，若有所思。芳竹和儀蘭見她如此神思，立刻認罪。

「娘子是否怪奴婢們自作主張，我們實在是看您這幾日心事重重，前日又做了可怕的惡夢，便和柳姑姑商量了一下……」

「慌什麼。」傅念君打斷她們，只說：「天清寺是誰挑的？」

「是柳姑姑。」芳竹老實回答。

儀蘭到底比愣愣的芳竹多幾分聰明，這些日子傅念君的性子變化，她也多少能摸清一二。她試探地問道：「娘子可是覺得天清寺有什麼不妥？」

傅念君微微嘆了口氣。「沒有。」

她只是覺得有一些古怪，又說不上來。算了，柳姑姑也是一片好心，雖然她並不太喜歡這樣的安排，可是這樣的面子總是要給的。

「出城的事妳們安排一下，多帶兩個人手。」傅念君吩咐下去。

如今傅念君下達的指令，傅家幾乎無人敢拖沓一步。

§§§

隔了一日，傅念君坐著輕便的小馬車出城去了。

天清寺位於汴京城外東南處，那裡有座自然形成的寬闊高臺，因最早附近居住姓繁的氏族，故稱為「繁台」，如今正是寒食清明時節，繁台之上春來早。

四下望去，桃李爭春，楊柳依依，晴雲碧樹，殿宇崢嶸，還有一座久負盛名的繁塔在此。有了這般熱鬧，天清寺建在此處，也不算顯得落寞。此際城內出來許多郊遊踏青的人，擔酒攜食而來，在此飲酒賦詩，看舞聽戲，賞花觀草，燒香拜佛。

「『台高地回出天半，了見皇都十里春』，繁台春色，依然不負盛名啊。」

傅念君在馬車中探出半張臉，聽著外頭的嬉笑之聲，瞧著這種種熱鬧，不由莞爾微笑道。

「娘子果真好文采呢。」芳竹眨著眼睛由衷誇讚道。了不得，她們娘子現在也會出口成章了啊。

郭達坐在前頭趕馬車，正趕得睏，聽了這話差點一不留神摔下去。

他只聽後頭傅念君的笑聲傳來：「這不是我寫的，拾人牙慧罷了。」

是嘛是嘛，這才正常……

傅念君抿嘴笑了笑，寫這詩的文人啊，此時大概還是個在故鄉寒窗苦讀的童生吧。

好在車裡的柳姑姑和芳竹、儀蘭根本不懂這些，沒有覺得多奇怪。

柳姑姑只能勉強湊個趣，對傅念君道：「這繁台，也是『梵台』，果真是與佛有緣。」

傅念君笑著點點頭。

天清寺不大，今日因著天氣好，香客也挺多，絡繹不絕地進出山門。

因昨日來打過招呼，提前有知客師父前來相迎傅家女眷。畢竟是傅相公家的家眷，天清寺也不會怠慢。

傅念君一行人過了山門，就到了一個很大的庭院，左右兩個井亭，庭院兩側，有寬大的廡廊。知客師父很盡職地介紹著前殿裡的四大天王，傅念君一直跟著他慢慢地往後走，等過了大雄寶殿，就是供奉羅漢的聖閣，傅念君都進去看了看。

聖閣後面卻還有幾個院子，傅念君見兩個丫頭也有些疲累，就不去了，索性進了偏院去用齋飯。

一路還聽見芳竹在邊上嘀咕：「還沒外頭繁台好玩……」

柳姑姑正教訓這不著調的丫頭：「是讓妳來玩的還是有正事？玩心也太重了……」

芳竹只好閉了嘴乖乖跟在後面。

外頭天氣很好，眾人又走了些時候，難免覺得熱，往廂房裡一坐，倒是涼快起來了。一位小沙彌端上了清茶給眾人解渴。

傅念君見芳竹、儀蘭兩個丫頭湊在一起，憋著笑正說著什麼，便問：「在講什麼？」

她們兩個小心翼翼地湊過來，輕聲說：「娘子，這場景像不像上回在萬壽觀，咱們痛打那個杜淮的時候？」

就連站在門外的大牛、大虎都沒變。

傅念君想到了當日杜淮的狼狽樣子，也沒忍住，一下笑出來，柳姑姑反而疑惑道：「這是怎麼了？笑得這般起勁。」

女孩子們黃鸝一般清脆的笑聲傳出門去，讓去而復返的小沙彌有些不好意思。

這裡的齋飯做得粗糙，當然給香客食用的比寺裡僧人吃的還要好很多，但對習慣錦衣玉食的傅家人來說，就有些難以下嚥了。

柳姑姑也不捨得再去說芳竹和儀蘭，她自己都覺得這滋味實在是不太妙。這天清寺還真是沒聽說過齋飯出名，不過做成這樣也太……

傅念君反倒一口一口地吃了下去，她瞧著坐在下首、有氣無力撥弄著碗裡飯菜的兩個丫頭，適才飯前歡悅的氣氛在她們身上一掃而空。

傅念君只輕輕嘆了一句：「這世上的佛寺，可不是個個都如大相國寺一般。」

兩個丫頭抬起頭來，似乎不太明白她說的話。

「大相國寺乃是國寺，且不說它，這東京城裡，乃至開封府裡的寺廟，都已沾染了太多世俗的煙火氣。」

在營營逐利的世俗社會，僧眾經常要與俗家男女打交道，更難抵擋金錢與美色的誘惑，相國寺中更屢屢傳出和尚娶妻賣肉之事，百姓們也都見怪不怪了。皇家崇道，民間亦然，對如今佛法不算昌盛的世道來說，和尚喝酒吃肉、眠花宿柳都太過正常了。

甚至有些寺廟之外的那些小家小戶裡，都有幾個人盡皆知的「梵嫂」，都是嫁了那些和尚做渾家的。所以對於天清寺還保留著的這幾分方外清淨，傅念君當然有些意外。

畢竟三十年後的天清寺，不過是與眾寺廟沒什麼不同的去處罷了。

「看來如今的方丈，確實是個不負虛名的高僧吧。」傅念君對柳姑姑說道，是肯定了她的選擇。

柳姑姑微笑著點點頭。「是啊，一會兒用過齋飯，娘子可去見見方丈大師，聽聞他能通曉天命，若得其點化一二，就是大福氣了。」

傅念君不作聲。命嗎？她的命，還能算出來麼……

用完了齋飯，傅念君應柳姑姑之言去布了香油錢，又為傅琨、傅淵求了兩道符，便去觀音殿中搖籤。

天清寺不算大，齋飯又難吃，這午後的香客倒比先前少了些。

傅念君跪坐在蒲團之上，手中搖著籤筒。搖出來一支，她拿在手上細細端詳了一下。

「施主可是要解籤？」身後傳來一道蒼老的聲音。

傅念君回頭，見是一個乾瘦傴僂的老和尚，臉上道道皺紋，步履蹣跚，身上隨意裹著一件半新不舊的僧衣，一雙草鞋上還沾著泥點子；若不是沒有頭髮，這模樣倒更像田裡耕作的老農，全然未能與城裡那些體面的禪師相比，更別說常能與文人貴客同行的那些「詩僧」、「文僧」了。

傅念君起身行了個合掌禮，老和尚倒不客氣地向她攤開了手，傅念君見狀便將手中的籤遞到他枯木般的掌中。

那老和尚的眉目平淡，倒是有幾分禪意，傅念君便知他該是這天清寺如今的住持方丈。

「敢問禪師法號為何？」傅念君輕聲問道。

「三無。」

這方丈的法號還真是極為古怪，傅念君想著。

老和尚眉眼不抬，卻彷彿立刻看穿了她的疑惑，只道：「無念為宗，無相為體，無往為本。」因此法號為三無。

傅念君有些汗顏，她原就不是精通佛法之人，面對這老和尚，更有了幾分心虛。

老和尚卻只盯著手中的竹籤，看了半晌，緩步重新將竹籤插入香案上的籤筒，淡淡道：「施主的命，佛祖無法為妳指明，且不用再求了。」

竟是這麼一句話。

傅念君一愣，心中大驚，暗道這老和尚果真有幾分道行麼，她還未將心中之問吐出呢。

她想問觀音大士的，確實是前路。前路艱險，她該如何？

傅念君忙問道：「可否請禪師指點一二？」

老和尚轉過身來，望著傅念君，說道：「人人的命數上天皆有安排，但是施主妳的命數，上天安排不了，既安排不了，貧僧又如何為妳指點？」

傅念君噎了噎。她確實是……她這條命，都不是自己的了……

她心中湧上強烈的不安，自己死而復生後，對於這三十年前的一切，一直都充滿了疑惑。她一次次地想問問上天，究竟這是一個玩笑，還是另有深意。她面對的種種人物、齊昭若、幕後之人……

他們好像與自己有著千絲萬縷的關係，他們也與自己一樣，命不由天嗎？

這種變化，這老和尚也能勘破嗎？

傅念君的心中有太多太多的問題，可是話到嘴邊，卻不知該從何說起。

那老和尚卻像沒事人一樣，也不理會她，自顧自地轉身負過手就要往外走。

去與知客師父商量布施粥米的柳姑姑不在此，芳竹和儀蘭站在殿外，自然沒有聽見他們二人談話。傅念君咬了咬牙，跟上了老和尚的步子。

「妳們先等在這裡。」傅念君吩咐兩個正準備跟上來的丫頭，在丫頭們不解的眼神中追上了老和尚。

老和尚傴僂著身子，邁著蹣跚的步子，草鞋在地上拖行著一步步地走，晃晃悠悠，看起來一點都不像個高僧。

走了一段路，他才止步，回過頭來對傅念君揮揮手。

「施主走吧，貧僧要去菜園子裡瞧瞧菜，地方髒，別汙了妳的鞋子。」

原來他這副模樣，竟是常年在菜園裡勞作。這個高人還真是……不一般。

傅念君臉皮厚了厚，只回答老和尚：「禪師受佛祖點化，當是入世渡世人苦厄而來。小女子並無難為之意，只是心中實在惶惶，厚顏懇求大師幾句提示，請您不要見怪。」

那老和尚卻是盯了她一眼。「貧僧連自己都渡不了，何以來渡施主？」他頓了頓，又嘆了一句：「施主，看穿並非能夠扭轉，妳的命，已經被人改過了，貧僧無能為力。」

妳的命已經被人改過了……

這句話狠狠刺進傅念君耳朵裡，將她定在原地。

一瞬間，她的腦子裡竄過無數的念頭。什麼人竟然還能夠改命?!她和齊昭若兩人，他們回到三十年前，難道真的並非是偶然……那幕後之人，又起了何種作用？

那人的情況顯然與她和齊昭若不同，比他們知道更多事，勢力也是他們遠遠所不能及地深厚。這到底……

只一瞬間，傅念君的思緒又是一片紛亂，額上竟沁出一層薄薄的細汗。

「禪師，我、我……該怎麼辦？」她急急地上前踏了一步，那老和尚反倒倒退了一步。

見她這般神色，老和尚也沒有什麼意外，只搖頭嘆息。

「胡鬧啊，當真是胡鬧……怎麼辦，還能怎麼辦呢？人家改過，妳便不能再改回去麼？貧僧早已說過，妳是命格不受上天指引之人，妳做什麼，全在妳自己一念之間。我猜不到，旁人也猜不到……」

傅念君渾身一凜，竟是脊背僵硬，再也說不出話來。

若真如老和尚所言，三十年前的局面，會是由自己這個變數引起翻天覆地的變化麼？

可是若真是如此，那三十年後的她，從何而來……

這一直是她無法想明白的事，因此對於是否拆散傅寧和陸婉容，她也常常陷入十分糾結的情緒。有些事改變了，對日後不會有太大的影響，可有些事改變了，就是完全不同的局面。

「禪師，可是……」她一陣迷茫。

「沒有可是了。」

老和尚打斷她，神色間竟突然出現一絲焦慮。

「天機洩露太過，上天也容不得我。施主，妳去吧，再也莫來尋貧僧了，就當是為貧僧著想，讓我多活幾天吧……」

傅念君知道，老和尚一定知道更多的事，可看他的樣子，是已經不願意再說了。

「我、我究竟是誰……」傅念君低頭喃喃念了念。

老和尚嘆了一口氣，望著頭上此時已漸漸聚集起來陰雲的天空。

「撥亂反正，談何容易。」扔下這八字，他轉身而去，竟再不復剛才的腳步拖沓，飛快地急走離開，逃離傅念君如同避鬼怪般，一點都不復適才步履蹣跚的模樣。

這高人，也並非都是先故弄玄虛一番再指點迷津，也會有這般的……

傅念君卻根本顧不得笑，她望著老和尚的背影消失在樹叢掩映之間，沒有再去追。也沒有來得及去道一聲謝。

撥亂反正，談何容易……

撥亂反正……

這幾個字不斷地在她耳朵裡迴蕩，給她帶來了比適才更加排山倒海而來的震驚。

她不是笨人，很自然的，她腦中因這四字，頓時生出了一個極其可怕的猜想。

難道說，她本來就是「傅念君」？

不是三十年後傅寧的長女傅念君，而是這三十年前傅琨的長女傅饒華。那個已經消失、被她認為是被自己奪舍的「傅饒華」，才是「亂」？

只有這樣，她回到這三十年前來，才能稱之為「撥亂反正」。

她並不是借人家的身體還陽，而是回到了自己身上？她本來就該是傅琨的女兒、傅淵的妹妹麼……

傅念君被這念頭驚得大駭，身形不穩，竟一個踉蹌差點往後栽去。一聲尖叫在她耳邊響起，很快就有兩雙手拖住了她的肩膀。

幸好芳竹和儀蘭不放心，等了一會兒又跟過來看看，竟是見到傅念君這般模樣。

傅念君只是睜著眼睛，雙眸無神，整個人輕輕地發抖，臉上皆是冷汗，一看就是受了十分大的驚嚇。

「怎麼在寺中還會魘怔了？」芳竹急得差點流淚，頓時口不擇言：「看來什麼道家佛家，一樣都不可信！」

儀蘭卻沒顧得上她，只一個勁地替傅念君掐人中。「娘子，娘子！娘子您怎麼了！」

傅念君卻只覺得她們兩個的聲音遙遠縹緲。

她在心中一遍遍告訴自己，老和尚的話未必可信，自己的猜測更是無稽，可是依然控制不住，覺得心底有無限的恐懼蔓延上來。她在怕什麼，連她自己都說不清楚。

最終在渾渾噩噩之下，傅念君被芳竹和儀蘭扶回了禪房裡小憩，她靠坐在床頭，整個人閉著眼睛，依然是令人心驚的蒼白和脆弱。

柳姑姑急急忙忙地趕回來，也急道：「怎麼會這樣？」

芳竹和儀蘭忙把適才傅念君遇到一個老和尚的事給柳姑姑說了。

「什麼禪師？究竟是什麼人……」柳姑姑卻蹙眉不解。

芳竹和儀蘭面面相覷。「難道不是天清寺的方丈大師嗎？」

話音剛落，被柳姑姑請來替傅念君看病情的三性方丈已到了門口，因為與一位香客講經，他暫且耽誤了些時辰。寺裡的高僧都通藥石，柳姑姑火急火燎地派人去請，他自然立刻過來了。

芳竹和儀蘭見到來人，都驚訝地叫了一聲。這一位，才更像一位住持方丈該有的打扮啊。

三性和尚聽完了兩人所言，立刻便向柳姑姑行禮告了個罪。

「那位是貧僧的師兄，法號三無，他年輕時便有慧根，常與寺外施主居士們批命，因此惹過不少事，怕是二娘子是被他幾句話給嚇到了……」

名字與人皆是一般奇怪。

柳姑姑問三性和尚道：「那位三無禪師，可真有斷命之能？」

難道他真是說了什麼了不得的話，才將娘子嚇得不輕？

三性頓了頓，搖了搖頭道：「佛祖引人向善，渡人苦厄；而世間眾人，因果報應，皆在宿命之中，今時結善緣，他日便收善果。命之一字，玄之又玄，又豈是能如此輕易掐算的？何況修佛之人，乃以立身養性、鑽研佛法為本意，並非江湖術士啊。」

意思是三無和尚根本沒那麼大本事。

想來也是，若真是佛法高深、慧根深種的高僧，怎麼接任主持的反而是他的師弟三性。

柳姑姑現在沒心思去追究那位目前消失蹤影的老和尚了，她心裡也急。「大師，勞煩您替我們娘子看看，她這些日子常常魔怔，會不會是遇上了不乾淨的東西？」

年紀大些的人總是更相信鬼神，哪怕在這個無數佛祖羅漢坐鎮的寺廟裡。

三性過去替傅念君號了號脈，便轉頭吩咐小沙彌去煎了碗安神茶過來。

他只勸柳姑姑道：「是貧僧的不是，讓傅施主在寺中受了驚嚇，無礙的，且休息片刻。另外，傅施主年紀輕輕，思慮卻太重，往後還請諸位多多為她調理休養才是正經。鬼神之事，到底是不能妄言的。」

柳姑姑聽了他這話，心裡也定了幾分，想到傅念君在傅家也常常忙綠，淺玉姨娘還會用各種瑣事煩擾她，她也確實辛苦。

這沒娘的孩子，總是比旁人的擔子更重些。想到這裡，柳姑姑也是一陣心酸。她陪著三性出門，順便再想多問幾句定定心，這高僧嘴裡說出來的話，總是有讓人更加平心靜氣的功效。

芳竹和儀蘭在傅念君的床前趴著，心裡悔得要命，她們怎麼就那麼不小心呢，讓那個瘋瘋癲癲的老和尚嚇到了娘子。

不過他究竟說了什麼，能將娘子嚇成這副模樣。她可是面對邠國長公主、周毓白、齊昭若等人，都能面不改色又談笑自若啊。

傅念君睜開眼時，就見到兩個丫頭兩對骨碌碌轉著的大眼睛。

她微微坐起身，向她們抿了抿唇道：「我沒事。」

這可一點都不像沒事的樣子。芳竹和儀蘭說道：「娘子先休息一會兒，咱們早些回去，正好天也沒上午好了。」

本來還抱著幾分踏春賞景的主意，可傅念君這副樣子，就實在不是個好打算了。

傅念君點點頭。「扶我起來。」

稍稍坐了坐，喝了杯茶，傅念君的臉色也終於恢復了一些。

柳姑姑也回來了，張羅著早點回家去。

「剛才天氣還晴，這會兒說陰就陰了。」柳姑姑嘀咕著，親自扶傅念君上了馬車。

馬車出了天清寺，這時繁台上的人卻少了很多，已不復適才那般熱鬧。行了一段路，馬車突然晃了下，車中的傅念君也跟著顛簸了一下。

「怎麼了？」柳姑姑忙問外頭。

好在郭達的駕車本事還算不錯，很快就穩住了車身。

「這條路……」柳姑姑微微蹙了蹙眉，覺得好像有點不大對勁。

郭達卻已一個跳躍下了車，身後騎馬的大牛、大虎也跟著拉緊了轡繩。

傅念君立刻在心中升起了警惕。郭達是周毓白身邊的人，就算武藝不高，卻絕對不似一般的護衛家丁。

郭達盯著附近的草叢，眸光一閃，往後叫道：「趴下！」

這一句自然不是衝車內四個女人喊的，而是對著還分不清楚狀況的大牛、大虎二人。

兩人也算機靈，立刻相繼躍下馬來，只落地的片刻，他們就聽到頭頂的「嗖嗖」聲破空而去。

有人躲在暗處對他們放箭。

儀蘭和芳竹透過窗戶縫往外望了望，就嚇得尖聲大叫起來。一枝枝的箭篤篤篤地射在馬車上，比滂沱大雨的聲音更加清脆響亮。

傅念君眼疾手快，一把把窗戶闔上，將兩個已經嚇傻的丫頭拉趴在地。

「別叫，也別動。」

柳姑姑也瑟瑟發抖地學著傅念君趴在地上。

「快走！」郭達反應最快，立刻叫喚大牛大虎，說罷又重新跳上車，飛快揮動鞭子驅趕前面的馬。

這是尋常女眷出行，哪裡會配備精悍的駿馬和護衛，郭達就算會武藝，此時也沒有稱手的兵器，如何能順利脫身。不說人，這時的馬都已被嚇壞了，長長地嘶鳴著只肯原地打轉。

好在這裡並不算偏僻，有行人見到此般亂象，已經大喊大叫起來。只是人人都知道明哲保身，誰也不會上來見義勇為，皆是越退越遠。

傅念君在車上高聲向郭達道：「快往人多的地方去退，萬萬不可中了他們的計，被引到無人之處去就麻煩了！」

這亂箭看似無章法，可傅念君卻能從射在外頭車壁上的密集聲音判斷，西南方向過來的箭似乎少一些，他們理應往西南方向去奔逃。然而這場埋伏顯然有備而來，這也許是對方的計謀……

此時的馬車已陷入劇烈的顛簸，車上的人皆是面色慘白。而大牛、大虎早已棄了馬，下來一左一右穩住了車身。

駕車的郭達苦笑，現在這馬可不是他說往左就往左，往右就往右的。

他一咬牙索性把馬鞭丟了，一下騎在馬背上，右手放在嘴邊吹了聲響亮的口哨。

他這口哨不是尋常人玩樂時胡吹的，傅念君聽在耳朵裡，曉得是特殊的暗號。難道說……

郭達花了老大的勁吹完了一聲口哨，彎腰躲過一枝箭，漲紅著臉大喊道：「還不動手，要死人了啊！」

他這句話喊得響亮，根本不是給傅念君等人聽的。很快，這箭落在馬車外的聲音就稀稀落落小了下來，四周卻開始喧嘩起來。

樹叢、草叢裡都有不斷的人聲傳來，隱約能看見十數個身影利索地鑽出。隨著漸漸沒了聲響的箭聲，傅念君在車中能聽見重重的腳步聲、馬蹄聲……

馬車裡的芳竹、儀蘭都嚇得瑟瑟發抖。

所以這到底是什麼情況？外頭都是什麼人？

5 雨中同行

傅念君的臉色沉沉，她慢慢地撐起身子，理了理衣襟，對還像壁虎一樣趴著的兩個丫頭道：「起來吧，沒事了。」

郭達求助的人，自然只可能是周毓白的人。周毓白的人會在此，她們的安全自然就無虞了。

柳姑姑也抖著身子爬起來，一邊拉著傅念君的手，一邊語不成句地問道：「娘子，您、您怎麼樣？受傷了嗎？」

「我沒事。」傅念君的反應很平靜，一點都不像死裡逃生後的樣子。

車外的郭達齜牙咧嘴地從馬背上爬下來，倒並不是這會兒這馬就安靜了，而是有個弟兄親自來幫他控制住了差點脫韁而去的馬。

有人起哄笑道：「你這小子，可是越來越沒本事了。」

郭達只能撇撇嘴，嘴裡嘀嘀咕咕的，卻不敢真的罵出來。

柳姑姑貼著耳朵在聽，嚇得不輕。「怎麼、怎麼都是男人，難、難道是盜匪……」

可是繁台附近，如何可能會有盜匪橫行呢，這可是東京城外啊。

柳姑姑止住了話頭，只能望向傅念君，傅念君卻是垂眸思索著什麼。

突然馬車又一陣顛簸晃動，嚇得剛剛要爬起來的芳竹和儀蘭又一個撲身趴了回去。外頭的哄鬧聲更響了。

傅念君蹙著眉，聽出來他們這是正用刀快速劈斷射在外頭車壁上的箭。她覺得奇怪的是，這些動作如此粗魯、言談又不加拘束的人，竟然也是周毓白的手下嗎？

「走走，快走，一會兒引人來了。」有人在外頭呼喝。

郭達快速爬回了原位，隔著簾子輕聲喚了一句：「二娘子……」

「快走吧，我知道。」傅念君只冷靜地吩咐了這六個字。

郭達噎了噎，對比起旁人來，傅念君確實可以稱得上是臨危不亂了。

「我知道」？她一下子都能想明白了？

郭達也懶得去計較她到底是不是真明白，「駕」的一聲催起了馬。

馬車又動起來，車中的柳姑姑和芳竹儀蘭皆是滿眼驚恐。可是傅念君說了無事，她們就是再怕，也只敢縮著發抖。

馬車再次停下的時候，傅念君默默在心裡數了數。六個彎。

這短短片刻，就已經轉了六個彎，看來這繁台附近還真是別有洞天。

她沒有理會兩個已經呆滯的丫頭，自己掀開車簾。此時的天空已經漸漸落下了雨，給四周的青翠蒙上了一層薄薄的雨霧，灰濛濛的，讓人的心境也頗受影響。

傅念君視線所及之處，有一輛馬車停著，背後靠著一個小小的土坡。四周有十幾人或策馬，或站立，有的正警惕著周遭，有的卻把眼神忍不住瞄到傅念君身上來。

這些人打扮皆非尋常護衛，更像是民間走南闖北的遊俠，受雇於走南闖北的鏢隊和貨行，就是這些人。

傅念君轉頭望向郭達，這小子卻不知為何有些不好意思地低下了頭。這種表情，很少會出現在郭達臉上。

「其實，有沒有那些人的埋伏，你都是想把我帶來這裡的吧？」傅念君問道。

郭達點點頭，小聲說：「不是二娘子說要見我們郎君的？」

傅念君噎了噎。她有說要以這種方式嗎？東京城裡難道沒有合適的地方？

她嘆了口氣。算了，若不是這些人趕到，她也不知道會遇到什麼情況。

不遠處的馬車緩緩駛近，直到兩匹馬的馬頭快要頂在了一起才停下，而對方的車夫赫然就是與傅念君有過一面之緣的郭巡。

此時郭巡、郭達兄弟兩人正面對面大眼瞪小眼。

車裡的芳竹和儀蘭也顫巍巍地爬了過來。再怎麼樣，也不能讓她們娘子一個人應付這外頭的「盜匪」吧。

對方的車簾打開，裡頭依然只有一個人。一如往昔，淵渟嶽峙。

芳竹輕輕捂嘴叫了一聲。

「壽、壽春郡王……」

可周毓白此時的臉上卻不如以往般帶著淺淺笑意，只如這籠著煙雨的山林，有些寒意逼人。他沒有工夫給兩個丫頭多少關注，只抬眸望進傅念君的眸子裡。

「過來。」他說著，語氣中卻難得帶了一些不容置疑的強硬。

聽到這句話的郭巡和郭達都默默低下了頭。

他們郎君這樣，實在是罕見。不，他出現在這裡，已經是罕見中的罕見了。

芳竹和儀蘭此時早已顧不得害怕，滿心都是不可言喻的興奮和激動，對於對方這樣有些不合理的要求也沒想到有異。

只有柳姑姑還算清醒。

「壽春郡王？」她心中起疑，立時便做了決定，想將傅念君拉到自己身後。

便是皇子又如何？她這麼想著。

傅念君卻微微朝她搖了搖頭，面色沉重。

「姑姑等我片刻。」說罷也不再聽她的回應，上了周毓白的馬車。

柳姑姑急得立刻想伸手去拉，卻被芳竹和儀蘭雙雙制住了。

兩個丫頭此時也總算有些回神了。今天的事不尋常，傅念君素日和她們說的，也終於算是讓她們記起了一些。

「姑姑，娘子和郡王是談正事。」儀蘭正色道。

「不錯，姑姑，您不要摻和了。」芳竹也跟著說道。

柳姑姑反而呆住了。怎麼好像無理取鬧的人是她？她望向那對少年男女，覺得這之間有很多她不知道的故事？

隨著傅念君的上車，周毓白的馬車漸漸後退了幾步，此時車中對坐的兩人，臉色都不算太好看。

「跑了，一個都沒抓住。」周毓白擰眉說著。

簡單乾脆的一句話。他說的自然是剛才那些伏擊之人。他手下那些人必然已去追，只是傅念君也明白，若真追到了，就不會是現在這情況。因此她並不怎麼意外。

「這些人手，也不是郡王您慣常用的吧，讓他們跑了也不稀奇。」傅念君倒也直接。

「哦？妳看出來了？」

「不難看出來吧？」傅念君無奈地反問。

「這些人江湖氣重，絕不是您王府裡出來的人，何況這裡是東京城外，用王府裡的人也太張揚了。」

這道理她還是明白的。周毓白在江湖市井之中，自然也有些人手，江湖勢力有時用處甚至大於廟堂。

但是傅念君不理解的是，他竟然一點都不介意讓自己知道麼？郭達是這樣，這些人也是這樣。都不打一聲招呼，全讓她知道了，他就不怕自己……陣前倒戈？

周毓白倒確實是無所謂，只說了一句：「所以妳何必挑這麼個地方……」

好像這是一副怪她的意思？還是她的錯了？強詞奪理啊這人！傅念君無言。

她出門上香是她自己的事，她說要見他可是另一件事啊。

他們到底為什麼要自說自話、混為一談？她嘆了一口氣。

周毓白倒是因為她這一嘆反而鬆開了眉頭。

他問著：「妳沒什麼想法？」

傅念君低頭看著自己的手，只道：「該有什麼想法呢？哦，有的，謝謝您出手。」

她此時的心境還沒完全回復，從頭到尾整個人都顯出疲累和灰心。周毓白自然也看出來了。

「妳怎麼了？」他問道。

傅念君搖了搖頭，對周毓白露出一個比哭還難看的笑，說道：「這次埋伏，您應該也看出來了吧？他們或許並不是想下狠手，只是為試探而來。」

周毓白點點頭。會安排埋伏之人肯定只會是那幕後之人，他衝傅念君而來，極有可能是因為荀樂父子一事而懷疑到傅念君身上了。

可他對傅念君安排這樣的射殺卻極不合情理，動靜還那麼大。打草驚蛇。

「試探……」

周毓白撐著下巴，喃喃地重複咀嚼這兩個字。

「妳的身上。」他倏然盯住了傅念君的臉。「有他想要的東西吧。」

換句話說，傅念君可能已經暴露了。

或許旁人不會猜得這麼深，可他們早已確定，這幕後之人的本事比起傅念君來說只大不小，那麼他經過這一次失敗後，盯上了傅家還說得過去，為何會盯上傅念君呢？

或許就像能預知太湖水患一事周毓白會用圩田之法，他也能一眼就看穿，這件事和傅家父子其實並無多大關係，都是出自傅念君之手。

「不止。」傅念君說道：「不止是試探我，更是試探郡王您。」

周毓白眸中的光芒閃了閃。她說得沒有錯。

「或許，他想確認的，就是我們之間有沒有某種連繫。」傅念君蹙著眉說著。

她定下心來，細細一想就能想明白此中關節。

對方派來的人本事如何？如果很高超，豈會沒有一箭將車外的郭達，還有大牛大虎兄弟射死嗎？僅僅只有皮外擦傷，還能撐到救兵過來。

傅念君在箭雨之中毫髮無傷，根本就不是因為我方有所防範，而是因為對方並未有趕盡殺絕之意。

如果是因為對方的本事很差，那麼周毓白這手下十數個人去追，會短短時間內連個蹤影都沒有追到嗎？

結論很明顯了。這幫人一開始的目的，不過是虛晃一槍、打了就跑，自然不會留下任何蹤跡。

周毓白自然也很快想到這一層，此時倒是雲淡風輕起來。「看來妳身邊果然有他的人。」

「您也是。」傅念君回道。

因為傅念君身邊有對方的人，所以她今日來天清寺，不是什麼祕密。

因為周毓白身邊有對方的人，所以他出門，也不是什麼祕密。

對方要的，只是確定一件事，確定傅念君與周毓白之間的合作關係。顯然，對方已經得到答案了。這一次，是他們疏忽了。

不過要說輸贏，倒是還為時尚早。

傅念君看周毓白靠在車壁上閉目，臉色恢復了一貫的高深莫測，就知他心中大概已有了盤算。

她眨眨眼，望著他的側臉，此時卻不由想起那個古怪的夢……

夢裡的他……已是兩鬢染霜，滿面風塵。

此時的少年郎卻依然是如珠玉在側，可同日月爭輝，無論何時何地都有神仙般的從容自在。

皮膚怎麼那麼好呢？平日是用什麼好東西？

傅念君看著看著，不由就把念頭轉到了一些奇怪的地方去了。連她自己都沒有發覺，她其實是刻意忽視那個夢帶來的巨大震撼。

她並不想將眼前這個人，想像成夢裡的那同一個人。他們，不該是同一個人的啊。她愣愣地出神，心尖上彷彿被什麼悄悄地撥動了下。

周毓白睜開眼，就覺得對面的小姑娘好像把一張俏臉挪近了好幾寸，一雙眼睛正眨也不眨地盯著自己。

他的臉在傅念君的注視下，漸漸露出了一抹類似於窘迫的神情，雖然很淡，卻是真實存在。

「咦？」傅念君還暗自驚奇。

周毓白撇開臉，甕聲甕氣地說了一句：「妳靠那麼近做什麼？」

傅念君才覺得自己確實有些失態，訕訕地收回目光。兩人之間的氣氛有些尷尬。

她很想解釋兩句，說自己並不是對他起了輕薄之意，只是想到那個夢裡的他，所以才有些……不受自己控制罷了。

可是想來想去，這樣的話說與不說都是尷尬。她索性閉嘴了。

馬車裡安靜下來，只能聽見外頭大雨不斷敲打在車壁上的聲音。

「我……」傅念君先開口說了一個字。

他們剛剛講到哪裡了？被她自己沒來由這麼一打斷，周毓白接下來要說的話是不是也忘了？

她偷眼望過去，看見周毓白正好也在看她，立刻下意識便仰頭去看車頂。這一下太過，還有點閃了脖子。

傅念君隨即就聽到了一聲輕笑。確實是有點狼狽啊……

好在這時車壁外有人在輕叩，反而替侷促的傅二娘子解圍了。

說起來外頭這些人也實在可憐，雨越下越大，又是荒郊野外的，那十數個遊俠沒有任何遮蔽物的，就這樣露天淋著。

人人心裡都奇怪，怎麼郎君和個小娘子鑽進馬車裡就沒了動靜，是要他們等到什麼時候？有人的眼色跟著就曖昧了起來，和夥伴們擠擠眼、捅捅肩的小動作不斷。

那邊的柳姑姑也是心急如焚，一個勁地催促著郭達，煩得他差點從車上摔下來。如此一來，最後的重擔只能落在郭巡身上了。

郭巡也是滿臉尷尬，輕輕敲了敲馬車壁。

「郎君，雨越下越大了，再下去怕是路都不好走，您看是怎麼個說法？」

他在心裡痛罵弟弟郭達不厚道，更罵單護衛不上道，尋常這樣的事怎麼輪得到他來做？打斷郎君和傅二娘子的好事啊……他可真倒楣。

車中的人沒有立刻回答。

郭巡一顆心都提到了嗓子眼，才聽見車裡的人悠悠吩咐了一句：「去天清寺避雨。」

現下雨這麼大，確實不適合再趕路，這裡又是城外，泥路也不好走。郭巡在心裡鬆了口氣，轉頭立刻吩咐眾人動身往天清寺方向去。

可傅念君還坐在車裡。她得下去啊……

「郡王，我……」

她剛開口，周毓白就打斷了她：「妳的車上不嫌擠麼？」

這句話，竟是讓她與自己坐同一輛車的意思。

傅念君低頭嘀咕了幾聲，周毓白就當沒聽見。

而她另一邊自己的車，哪還有別的什麼選擇，郭達一揮鞭子，車裡的人摔個東倒西歪，柳姑就是再要喊叫，也是無人理會她了。

一路上，傅念君和周毓白不再對這次的伏擊之事多做交流，兩人都有自己的心思在琢磨。

回到天清寺山門口，傅念君才敢悄悄地掀開一條窗戶縫往外看了看。此時天色已經不早了，可因為下雨，外頭更是顯得昏沉沉。這雨也沒有減小的趨勢。

周毓白彷彿看出了她的憂心，說道：「若是雨不見小，只能今夜住在天清寺了。」

傅念君心裡咯噔了一下，轉回頭的動作十分緩慢。

「您不是……在開玩笑吧？」

周毓白挑了挑眉，只道：「妳想回去？路上可未能保證安全，我的人也不是鐵打的，淋著這麼大的雨趕路護送妳……」

「不敢勞駕。」傅念君只說著。

「那麼妳自己回去？」周毓白道：「可還有命回傅家？」

他這句話裡帶了幾分戲謔，可他們兩個都知道，這不是一句戲言。

那幕後之人安排的伏擊人手已退，可是不能保證他們就沒有後續的安排了。

傅念君垂眼。幕後之人盯上她，很可能是意識到她這個人給如今局面帶來的變數。在她的猜測裡，這幕後之人比自己能預知更多的事。

從前的傅饒華他沒放在眼中，可如今她只是對魏氏一事出過手，還做得算隱密，他卻立刻盯上了自己，而不是傅琨傅淵，甚至不惜在今日安排埋伏，這也算是一項證據。

傅念君有些自作多情地想，會不會在那幕後之人眼中，她和周毓白是同等難纏、讓他不得不忌憚的對手？

礙著這層猜測，她也確實不敢再單獨上路。她往後的日子，可能一天比一天危險。

傅念君苦笑了一下。「恐怕防過了今天，日後也難說。」

偌大一個傅家，不能說四面漏風，可是姚氏、傅梨華、三房、四房，甚至那個拎不清的淺玉姨娘……能下手的地方太多了，傅念君不可能全部顧及到。

不過相反地，對方應該也會顧及傅家的護衛，不大可能在府裡直接下手。傅念君打定主意，待明日回家後不出傅宅就是，等摸清對方下一步的舉動再做打算。

周毓白卻彷彿看穿她的心思，只說了一句：「只守不攻，便只能永居於劣勢。」

傅念君抬頭望著他，心裡琢磨著他說這話，想著他是打算如何出手。周毓白卻對她勾唇笑了笑，一雙微揚的鳳眼中光華閃爍。

「何況此際在對方眼裡，傅二娘子，妳可已經是我的人了。」

「轟——」的一聲，傅念君整張臉頓時通紅。

他說的是什麼話？怎麼這般輕薄！

這個人還是壽春郡王周毓白嗎？他是不是什麼別的混帳假扮的？

傅念君此時唯一的念頭竟是想去捏捏他那張臉，瞧瞧是不是本人。

周毓白卻安之若素，完全沒有傅念君那種羞窘，臉上一派正經，只點頭繼續說：「他要對付妳，便是對付壽春郡王府。傅二娘子是個聰明人，何況又口口聲聲是要助我之人，與張九承張先生一樣，我日後還要多倚仗妳的……咦，妳的臉這麼紅做什麼？」

這最後一句，分明是故意的！這混帳小子，傅念君心裡氣極。

他分明是想報了剛剛的仇吧，覺得自己剛才被她「調戲」了，是要「調戲」回來嗎？

誠然傅念君對剛剛的失態並不覺得是調戲，而周毓白此際也覺得自己光明磊落得很。

她是他手下的人，這本來就是事實啊。

是這小娘子先前總想與他耍心眼，他一再縱容，如今是她耍不成罷了。為了救傅淵，她是把自己都搭進去了。

幕後之人現在的目標可不是衝著傅家而去，而是她。只有他能護她。

周毓白發現自己倒反而有些樂見這樣的情況，一種他還沒動手拉，她就自行走到了他身邊的感覺。挺痛快的啊。

周毓白心情大好，一掃適才臉上的陰霾，還湊近往傅念君紅得發燙的臉上瞧了一眼，只感嘆道：「傅二娘子，妳是想到了什麼？」

傅念君卻不是那等因他三、兩句話就無力招架的小娘子，她別的優點沒有，就是臉皮厚。

她看了回去，說著：「我是在訝異，您怎麼能將我與張九承張先生相提並論？」

周毓白蹙了蹙眉，只聽她又繼續道：「我比起張先生來，難道沒有更賞心悅目一些？拉攏我當手下，確實是郡王您賺了。」

她大言不慚地甩下這一句，飛快地鑽下了車。

天清寺已經到了，再不下去，外頭郭巡又該催了。周毓白愣了愣神，就瞧見她兔子一樣跑得沒影。

他輕輕哼了一聲，咕噥了一句：「又被她扳回一成……」

下次吧。他勾了勾唇。

來日方長，總能贏回來的，他可不喜歡認輸。

§§

傅念君等人重新又回到了天清寺，這沒有什麼奇怪的，此時天清寺裡已經聚集很多前來避雨的遊人。寺裡的茶水都有些供不應求。

三性方丈也是個極寬厚有德的高僧，對於來避雨的遊人，並未有推拒的，也未有分個高低，統統安排了歇腳處。

郭達期期艾艾地蹭到傅念君身邊，滿臉的不情願，完全是因為頂著兄長將他揍出來的滿頭包才不得不過來。

傅念君正和知客師父說話，見郭達過來，她只能暫且聽他說，想必也是周毓白有所吩咐。

郭達壓低了嗓音對她道：「二娘子，咱們郎君的身分不能見光，這寺裡人多眼雜的不是辦法，您能不能給想個主意？」

傅念君好笑，看來那一位，到現在都是只能在馬車裡坐著了。

想著這會兒正縮手縮腳、窩在馬車裡的壽春郡王，傅念君不由臉上掛起一抹笑意。

郭達見她彎了彎唇角，心裡一驚。這二娘子莫非是在嘲笑他們郎君？幸災樂禍？她這膽子還真夠大的。

「好，我知道了。」傅念君應承下來，便重新走向知客師父。

這位知客師父就是適才招待傅家女眷的那位，十分和善有禮。

郭達只聽傅念君和他說了幾句什麼，知客師父就點點頭，隨即就答應讓人卸了門檻，直接讓周毓白的馬車駛進後院裡。

郭達不由好奇。「二娘子是說了什麼，能讓出家人壞了規矩？」

傅念君笑道：「師父們都是仁慈之人，我只對他們道，馬車中是一位我在路上巧遇的姊姊，此時正有些不方便露面……」

至於怎麼不方便，出家人又不會真的細問。

傅念君的神態表情，是一貫練起來的行雲流水，真誠自然。就是假的，也能讓人家聽起來覺得有底氣，知客師父自然也就很快信了她，安排一間廂房給她這位「姊姊」整頓收拾。

郭達只覺得自己臉上直抽筋。

姊姊？這藉口也太……她是故意的吧。

傅念君固然要考慮到自己的名聲，不過讓周毓白頂著大姑娘的名頭，她就是覺得很痛快，不過這種痛快來得快，去得更快，她很快就嘗到自作孽的味道。

天色漸暮了，天清寺裡點上了燈，可是在這厚厚茫茫的雨霧中，這點燈光顯得十分微不足道。

天已經越來越暗，可雨勢卻絲毫沒有減弱的意思。適才來避雨的遊客們，也只能同還沒離開的香客擠在一處，誰都回不了家。

誰能想到會入邪般來了這場大雨，這老天爺也是太不給人面子了。

傅念君無端想到那位三無法師，在他說一些古怪的話和「天命」、「天機」的時候，天色就漸漸不好了。她甩甩頭，擺脫這些無稽的念頭，柳姑姑現在對她寸步不離，她也不可能再去尋那個老和尚。

亮堂的明間裡擺上了飯，因為人多，這會兒的飯還不及晌午時的滋味。畢竟這裡不是大相國寺，三性和尚又是個不重口腹的高僧，他收留了這些人，已經把倉裡的陳米都尋了出來。

門外的雨仍似瀑布般傾瀉而下，從屋簷上方蓋下一層綿密的雨簾。

這時頭上有片瓦遮就不錯了。何況對傅念君幾個來說，幾乎還是經歷了一場死裡逃生。

四周不斷有女眷的嘀咕聲傳來，她們在天清寺沒有特殊的對待，這裡是廟，不是客棧，要端飯進屋裡享用顯然是不可能的。

有幾位小娘子白著臉，一粒粒地數著米往嘴裡塞。

傅念君微微嘆了口氣，周毓白不能出來，自然就沒有飯吃。一旁還有人在說起今天下午見到有人圍追一輛馬車，漫天地射箭，卻被別人嘻嘻哈哈地說他胡吹，那人辯解這著自己所言不虛，你來我往，又給堂裡添了幾分熱鬧。

傅念君用完餐，知客師父就等著和她說話。

「傅施主，今日的情況您也見到了，即便將所有的廂房騰出來，依然不夠給各位施主。上天有好生之德，此時此刻，人也應無貴賤之分了。」

傅念君點點頭。今日滯留於天清寺的女眷之中，她確實應該是身分最高的一位了，知客師父是想讓她做個表率？

沒想到對方接下來的話竟是這樣：「傅施主您看這樣，與您一道前來的小娘子，妳們住同一間廂房可否？」

傅念君的臉頓時黑了。

寺裡預備給傅念君安排的，確實已是最大最好的一間了。搭兩個地鋪，柳姑姑和兩個丫頭都能擠得下。特殊時候，本就該相互扶持，何況是好姊妹，住一間房也無大礙吧？

知客師父有些忐忑地望著她。

傅念君身後的芳竹和儀蘭一個大喘氣，差點昏厥過去，而扒著門框偷聽的郭達更是差點把門框上的木頭都掰下來。

老話怎麼說的，夜路走多了容易碰到鬼。這二娘子才走一回，就碰到了啊。

可他又掩飾不住心裡的興奮，偷偷摸摸、躡手躡腳地摸索著出去，給窩在廊下啃硬饅頭的兄長報信。

主子們還能吃上熱飯食，可是跟著來的車夫下人們，有兩粒饅頭果腹就不錯了。

「不行！」柳姑姑聽到了知客師父的要求，愣了愣神，反應過來以後當先大吼一聲，嚇得知客師父倒退一步。

那可是個男人啊！孤男寡女共處一室，瘋了，真是瘋了！

傅念君立刻給芳竹遞了個眼色。

芳竹會意，跳起來一把去捂住了柳姑姑的嘴，忙道：「姑姑，我們去給娘子布置房間……」

柳姑姑面露掙扎，芳竹和儀蘭合兩人之力才把她拉下去。

傅念君心裡捏了把汗，這柳姑姑確實喜歡踰越，她若是真嚷嚷出來，她日後才真沒法做人了。

她向知客師父點頭微笑。「今日是上天發威，師父說得對，人無貴賤，貴寺給我這般好的容身之所，不敢再多有挑剔，我與我那位姊姊多謝各位大師和佛祖行今日之便。」她說得極是體貼客氣。

知客師父心裡也鬆了口氣。這位傅二娘子，看來脾氣很好啊。

§§§

郭巡正領著一票有氣無力，餓得前胸貼後背的粗野漢子蹲在廊下吃饅頭。

這饅頭硬得扔在地上都能砸出個坑來，他還得小心點咬，不然給磕倒了牙就划不來了。

郭巡是回味著王府裡的好飯菜，那邊的漢子們也都想著市井裡的酒肉香味，邊想還邊咂著嘴，更是咂得郭巡一陣煩。

「快都閉上嘴，吃個饅頭這麼多聲音，不想吃是不是？」郭巡順便瞪了旁邊兩個人幾眼。「不想吃就拿來，給郎君拿過去。」說罷，便不由分說地搶下了他們手裡比磚頭還硬的饅頭。

那兩個人「啊啊」了兩聲，敢怒不敢言。每人一共就兩粒饅頭，還被搶走一半，是要餓死他們嗎？一天下來又是打又是追，狗都沒他們累吧？

不過也沒人敢說什麼。

郭達蹭蹭蹭地跑過來，看在郭巡眼裡，只覺得他眼角眉梢都是不懷好意。當下沒吃飽的情緒就發洩出來，他一巴掌拍在了郭達頭上。

「你小子賊眉鼠眼的幹啥呢！」

郭達也沒計較，只對兄長輕聲道：「不大妙，咱們郎君有危險。」

郭巡一聽，眼裡就迸發出寒光來。可是一想又不對，郎君有危險，這小子會是這副表情？

「到底什麼事？」

郭巡站起來，和弟弟走到牆角，確定沒人能順著風聲聽到他們的說話聲。

郭達嘆了口氣。「傅二娘子這是自己下套給自己鑽呢，為了圓咱們郎君不露面的藉口，她不是說了什麼，郎君是她某個不方便的『姊姊』麼……」

「是啊，這又怎麼了？」郭巡還暗自誇了傅二娘子一回呢。

郎君住到了全是女眷的院落裡去，比在男客們那裡方便得多。

畢竟這寺裡今日這麼多人，他們也怕有漏網的小蝦米，戳破郎君的身分就不大妙了。像個大姑娘般憋在屋裡雖說有點委屈，但是安全嘛。

「哎，這不是姊妹、姊妹的，就弄出問題來了。」郭達嘖嘖嘆氣。「寺裡師父們說房間不夠了，讓她們『好姊妹』住一間呢，你說這……」

這叫什麼事啊？郭巡也張了張嘴，差點沒跳起來。怎麼還會有這齣？

「那傅二娘子怎麼應的？」他忙問弟弟。

郭達給了他一個「你自己體會」的眼神，滿面灰敗。

「能怎麼應？不想被拆穿，還不是要聽著師父們安排，今日誰都沒本事擺架子……」

「這幫禿驢！」

郭巡罵了一聲，這是要害他們郎君丟清白了啊！

可是他心裡也知道，這都是沒辦法的事，聽說方丈都把自己的屋子讓了出來。

不說那些主子，他們這些下人就烏壓壓擠滿了廊下，寺廟就那麼大，能去住哪兒？還不得靠這些和尚騰地方。

郭巡煩躁地扒扒頭髮。「不行，我得去守著。」

郭達連忙拉住兄長，指指對面一排也正啃著硬饅頭的旁人家護衛們。

「現在咱們郎君可是個『小娘子』，你過去，讓人家都怎麼看？」

他們能守的，也就是在這個地方了，到了夜裡，師父們自然會把女眷住的院落給鎖了，前面這些殿宇，有空的就全部給他們當做容身之所。

郭巡也靜下心來想了一想，說到底，他們要保護郎君，可也得瞧瞧郎君心裡是怎麼想的不是，沒得好好一樁美事被他們攪黃了。

他摸了摸下巴，也換上了和郭達如出一轍的賊兮兮表情。

「那你說，傅二娘子和咱們郎君，是不是本來就有點……那個啥？」他說著，把兩隻手的大拇指靠在一起。

郭達咕噥了一聲。「我怎麼知道。」

他還覺得傅二娘子這是故意給自己創造機會呢，不然她想和堂堂壽春郡王一間房，比登天都難好嗎。

郭巡想到之前單護衛和自己說的話，人家可說了，傅二娘子對郎君來說不一般，反正就是琢磨著這裡頭有那麼點意思。他想了想，索性下定決心，一拍腿道：「就這麼著吧，我不管了。」

管郎君是水深火熱還是深陷溫柔鄉呢，他都裝作不知道。

郭達驚訝地張大嘴巴。說實話，他們兄弟跟在周毓白身邊這麼久，他是真沒見過大哥撂挑子不幹的時候。至少郎君沒囑咐時，他們下人心裡也該有個底啊。

郭巡拍拍他的頭，把剛剛搜刮的兩粒硬饅頭塞給郭達。「去去，這事兒你別管了，一會兒讓二娘子的丫頭帶給郎君吃。」

6 另有所圖

傅念君拖著千斤重的步子來到自己的房門口，因為故意走得慢，短短一段路，她的裙子下襬和繡鞋已再度濕了個透。

柳姑姑臉色很不好看，可是也不知該說些什麼。

推開門，桌前已經坐了一位豐神俊朗的少年。柳姑姑剛才沒看清，這下在燈火底下一瞧，也是覺得這少年如珠如玉一般，當真是名不虛傳。

她忐忑地望了傅念君一眼，這樣的極品，她們家娘子會不會……可一定要把持住啊。

傅念君嘆了口氣，由身後兩個丫頭飛速地闔上門，深怕這位「姊姊」被人看去了。

周毓白挑了挑眉，眼中雖有一絲不解，可也能大致猜到，她們會進來這裡，一定是無處可去了。

兩個丫頭手上甚至還抱了兩床發黴的被褥，很顯然是她們今晚的鋪蓋。即便如此，也比什麼都沒有的郭巡他們強上很多了。

這間廂房雖然大，卻也並不大多少。不過是有一架屏風隔出了個內室來，窗邊多一張榻，兩個蒲團。

這一間小小的房裡，一下子就擠進了那麼多人，難免顯得侷促。尤其是只有一個男人、四個女人的情況下……

周毓白笑了笑，倒是很從容的樣子。

他打量著她們身上的衣服都濕了，便道：「幾位要換衣裳，我可以迴避。」

他的神態太過磊落，動作太過優雅，乃至於連心裡最不舒服的柳姑姑此時也覺得，適才是否自己太過小人之心了？

傅念君說：「郡王還是留在屋內為好，一會兒小沙彌會來送熱水，不能被拆穿……」

「拆穿」二字，越說越輕……

幾句話交代明白了，周毓白也不得不接受下自己「好姊妹」這個身分。他閉了閉眼，臉上的神色看起來不大對勁。

而傅念君這裡則是幾個人下意識地往牆角縮了縮。現在場面就有些尷尬了。

傅念君咳了一聲，只好硬著頭皮說：「今天的日子，實屬特殊，郡王，眼下的情況，您……」

她想說您老就將就一下吧。可她也說不下去了，她畢竟是個小娘子。

周毓白是什麼人呢？讓他和這四個女人共處一室，聽來實在有些不像話。他大概這輩子都沒這麼狼狽過吧？

想著想著，傅念君就低了頭，臉上也有了臊意。

周毓白睜開眼，看見傅念君臉上閃過幾抹羞澀，心中暗道，她倒還知道不好意思？自己幫了她一把，她就是這麼給他要小心眼要到收不了場？

他嘆了口氣。「眼下這天氣，確實也沒更好的法子了……」

四個女人面面相覷。

就這麼接受了？不推脫一下？

周毓白負手站起來，瞧了瞧內室的床，只轉頭說：「這裡是我的？」

傅念君只能點頭。「自然。」

這位大爺可是皇子，誰敢讓他打地鋪。

芳竹和儀蘭倒是有些不忿了，心裡暗道這位也不客氣一下，再怎麼說她們娘子也是女孩子吧？不過她們也只敢想想，哪裡敢真的說出口。

小沙彌敲響了門，送來了熱水。

這會兒寺裡能供出熱水來就不錯了，乾的柴禾都難找，她們女眷這裡已是優先滿足，可饒是如此，依然還是不夠。

每個人只稍微洗了洗手臉，就將就著準備睡了。

外頭可怕的狂風暴雨敲打在窗戶上，彷彿誓要破窗而入，可以想見明日這片大地經過這般狂烈的洗滌過後會是個什麼樣子，眾人心裡都不由感嘆，老天爺這是對人間懷著多大的不痛快……

靠窗的榻上被傅念君收拾了出來，雖比不上裡頭的床，可也不差什麼。

柳姑姑和兩個丫頭就擠在地上，用蒲團和草席墊了，三個人蓋兩床被子。她們心裡忐忑，肩並肩躺在一起也不敢再說話，畢竟裡頭可還有著一位呢。

她們這裡暗幽幽的，周毓白那邊卻一直亮著燈火，一點不甚明亮的光芒，透過屏風朦朦朧朧地越過了界。

一點兒聲音也沒有。傅念君躺在榻上，也不知自己豎起耳朵想聽到什麼。

她閉上了眼，覺得這一日的經歷，只能用奇妙來形容。

迷迷糊糊地，她好像睡著了，等猛地睜開眼睛時，四周依然只有呼嘯的風聲和可怕的雨聲，那一點朦朧的燈光倒是還在，憑一己之力驅趕著這屋裡沉甸甸的黑暗。

他或許是睡著了吧。傅念君想著。

她沒來由覺得心裡一陣驚惶，四周瀰漫著的涼意入骨，濕漉漉的水氣拚命想鑽進身體裡，她只想坐起身來倒杯熱茶喝。

不知是不是白天被嚇著累到了，柳姑姑和兩個丫頭竟然都沒醒，傅念君只能自己走到桌前倒茶。這茶沏下去的時候還是滾燙的，可此時已經偏涼了。

屏風上有一個模糊的影子晃過，傅念君嚇得差點扔了茶杯。

是一個人影……他竟還沒睡……

周毓白聽到了動靜，悄悄走出來，傅念君只能見到他背光的挺拔輪廓。

「麻煩幫我也倒一杯吧。」他像說著悄悄話般低語。

傅念君又倒了一杯，抬頭時卻見他已轉身入內了。她只能端著兩個杯子踏入他的天地。

這裡有扇靠北的窗，此時自然是關著的，他就站在窗前。

床邊上有座小几上點著油燈，一燈如豆，燃出了這屋裡一陣不大好聞的油腥味。藉著這光，傅念君看見床上整齊的被褥沒有人動過。他真的沒有睡。

傅念君將茶遞給他，周毓白回過頭朝她笑了笑。

「謝謝。」

她低了低頭，喃喃道：「這都怪我。」

周毓白啜了口茶，只問：「什麼？」

「我沒想個更妥善的說法，讓您只能在這裡委屈了。」她有點不好意思。

周毓白卻盯著她的頭頂，幽幽嘆了口氣。「我不睡不是因為這個。」

他覺得傅念君真是個奇怪的人，有時他覺得她自私利己，可有時候她為別人考慮的又遠遠多於自己。

就像她對那個春風樓的官妓那樣。明明是用了就可以丟的人，她卻真的把她當作幫手一樣謝著。他不知道原來一個人身上，可以同時出現這樣兩種極端的矛盾。

聽他這麼說，傅念君的心裡總算鬆了鬆，只要他不覺得是被她占了便宜就好。

但卻又突然聽到周毓白下一句故意說著：「不過我確實是有些吃虧的，畢竟我這般人物，哎，傅二娘子妳是不是……」

「不是不是什麼都不是。」她連忙否認。這人還挺自信的啊！

周毓白輕輕笑了笑，彷彿覺得這樣逗她很有意思。

「我都沒說完呢，妳否認什麼。」他嘆了口氣。「在這種情況下過夜……我也沒想過，其實還挺不錯的。」

傅念君覺得他是有意安慰自己，她真沒覺得有什麼「不錯」的。

她見自己手裡的茶杯已經空了，想著也該回去繼續去睡，她和周毓白畢竟也沒有到把臂言歡徹夜不睡的地步，何況是這樣糟糕的氛圍下。

她正想轉身，卻聽周毓白說了一句：「傅二娘子，妳該好好想想自己的事了。」

這句話來得突然，傅念君卻蹙眉點點頭，只道：「確實，如今我處境艱難，是要多想想對策。」

抬眸，卻見周毓白一副好像對她所言不敢苟同的表情，一對鳳目揚著睨她。

難道他說的不是這個？傅念君想了想，她的事，還能有什麼別的。

周毓白見她一副苦惱的樣子，心裡也多了兩分怨氣。聰明人迷糊起來，可真是蠢到家了。他暗自腹誹。

見他好像賭氣似地微微偏過頭，傅念君更是不明所以了。

她輕輕打了個呵欠，又要轉身。

「站住。」他突然微微提高了嗓音。

傅念君很無奈地回頭輕輕「噓」了一聲：「您輕點成不？吵醒了她們怎麼辦？」

孤男寡女這樣說話本來就不妙，還不是這位大爺懶得動手，連倒茶都不會。

周毓白反倒被她這俏皮的樣子逗笑了，也真的壓低了聲音：「妳沒有別的話說了？」

這話裡倒還能聽出兩、三分溫柔來，傅念君是覺得自己睡糊塗了。他這麼問，她只得又走回他身邊。

其實他們卻沒注意，外頭柳姑姑幾人，哪裡真會睡得不省人事。柳姑姑此時正渾身緊繃地握著兩個丫頭的手腕，不讓她們出聲。

她們都是傅念君貼身伺候的人，怎麼可能真的這麼不著調，主子起身她們反而睡得雷打不動。不過是柳姑姑早提防著他們兩個有內情，不敢輕易起身罷了……

果然吧，窸窸窣窣地聊了這麼久。

柳姑姑越聽那動靜，心裡越是沉甸甸的。她甚至早就確定了，娘子和壽春郡王不止是認識，更是「交情匪淺」。

芳竹和儀蘭也一頭冷汗，她們倒不是怕傅念君和周毓白兩人發生何事，是拿不準柳姑姑的想法。

三人大氣都不敢出，只得僵硬地繼續躺著，豎起六隻耳朵想把那對男女的對話都聽在耳裡，可惜什麼都聽不清。

周毓白說著：「妳不是和郭達說要見我？見到了，卻什麼都不說了？」

是啊，還有這樁事呢。傅念君微微嘆了口氣。誰知道今天會發生這麼多事呢？

「有個線索，想告訴您。」

「是在我上回說了那些話後想明白的？」周毓白微微勾唇。

傅念君頓了頓。「也是也不是。」

周毓白逼自己呼了口氣。他沒辦法一直逼迫她，他本就不是這麼個性子。而她想說和不想說的話，都是她自己的決定。可是他就是有點……難以接受。

「如果不是和傅家有關的線索，妳大概也不會來主動和我說。」他的話音中突然含了三分銳氣。

傅念君臉上閃過一絲尷尬。他說得確實沒錯。

她低了低頭，說著：「我所知道的，確實也很有限……」

如果可以，她倒想直接讓他去找齊昭若問算了，周紹敏一定比她更加清楚自己父親身邊發生的各種大小事情。

可齊家與邠國長公主，都和周毓白的關係甚為微妙，周毓白是不會信任齊昭若的。

「說說看吧，是什麼人……」

傅念君告訴他關於和樂樓的胡先生，還有傅寧。這是她目前唯一敢篤定的線索。

周毓白點了點頭。「我會立刻安排下去。」

傅念君頓時有些好奇，她說什麼，周毓白都信她，他就不怕嗎？

「郡王，您就不擔心我其實是……另有所圖？」

周毓白倒是對這四字咀嚼了一下，回頭對她笑了笑。

「另有所圖……我倒真希望妳另有所圖……」

他望著她時的眼眸，好似剛剛琢磨出來的玉石，泛出陳年幽幽的光澤，不耀眼，卻透進人心裡。

傅念君忙轉開頭。

「我去睡了。」她緊握著早已冰冷的茶杯轉身，回到了外間窗邊的榻上。

周毓白似乎還站在窗前，他朦朦朧朧的影子投在屏風上。傅念君沒有再看一眼，她躺回去閉上眼，逼自己快點入睡。

這一天的煩亂，和周毓白奇怪的態度，都讓她覺得十分疲憊。

§§§

隔天起身時，雨還未停，可是依然有了好消息。

天清寺裡算上傅念君，有三、四人是城裡的大戶出身，被困城外一夜，他們的家人自然會派人來尋。第一個便是傅家。

回城的路不好走，但怎麼樣也不能繼續留在天清寺裡了。

傅家只有一個開路的護衛先抵達，後頭的人馬還未趕到，周毓白的人卻已整裝完畢要離開。

那些江湖遊俠的漢子休息了一晚上，顯得神采奕奕，似乎一點兒也不被這雨所擾。

他們和傅念君一起到了寺中，卻又兵分兩路離去，知客師父到底有所懷疑，可是出家人乃避世之人，不問，也會不說。

等傅家接應的人都到了，傅念君重新上車後才發現這輛車不是自己的那輛，而是和周毓白的換了一下。

郭達依然是她的車夫，只嘿嘿笑了兩聲，說這是他們郎君想替娘子減少些麻煩。

傅念君默了默，想著他確實心細。

柳姑和兩個丫頭還不明就裡，可傅念君知道。她自己那輛車，就算車身上已沒有箭矢，可那些亂箭射出來的斑駁痕跡，依然很明顯。她要向傅琨交代，又得花一番工夫，不如說是出來匆忙，與別家換了輛車，倒還能圓過去。

她遇到埋伏這件事，她不想告訴傅琨，也不能告訴傅琨。若傅家十萬火急地戒備起來，恐怕才是正中那人下懷。

她得想想，好好想想……

傅念君靠坐在車壁上，一路上叮囑了柳姑姑和芳竹、儀蘭三人好幾遍。昨天的事該怎麼回覆、怎麼解釋，都不能出錯。

她不擔心芳竹和儀蘭，更不擔心大牛、大虎和郭達。身邊這些人，她只擔心柳姑姑。柳姑姑的主意太大了，常常會想「為了她好」，而做出一些傅念君不是很需要的決定。

回城之後，雨勢才略有減小，傅琨擔心得一夜沒有睡好覺。

他知道傅念君宿在天清寺，也不該有什麼危險，可就是不放心，還後悔自己平素沒給她多派兩個人手。

傅念君拒絕了傅琨的提議，只說自己平安無事，昨天這樣的事是天有不測風雲，真的不是人力所能控制。

傅琨見她確實也沒有大礙，只好讓她先回去休息。他也實在很忙，公事私事，因為這場暴雨，都堆到了他面前。

這場雨波及了城內外數十戶人家，許多人家被水淹了、被風吹坍了，竟是在小範圍內成了一次災情，連聖上都被驚動了。

傅琨身為丞相，又是眼皮子底下的事，自然也要費些心力。而傅家族裡，幾戶貧家受災的情況也不算輕，又都等著伸手來拿銀子。

傅念君洗完澡躺在床上時還在想，這樣一場突如其來的大雨，好像就這麼打亂了很多人的腳步，也包括她自己……

§§§

雨停的時候，天地間好像已徹底換過了一番面貌，花草樹木，皆不是原來模樣。

對窗的圈椅上有個年輕人已不知坐了多久。

「郎君。」身後有下屬在稟告。

他輕輕地「嗯」了一聲。下屬報告的事是他最關心的，關於那兩個人的事。

「果真……」

他的手攥上扶手。無論是否重來，那兩個人終究會走到一起。

這就是所謂的「宿命」麼？當真可笑。

可他是不信命的，宿命也好，天命也罷，早在他睜眼的一刻起，都已全部改變了。

下屬繼續問：「傅二娘子那裡可還要繼續尋機會……」

他擺擺手。本來也不指望這一舉能將傅念君弄死。不過這一回出手看似魯莽，對他而言倒是值得的，他確定了很多先前不大確定的事。

其一，周毓白與傅念君，兩人早已是一條船上之人。

其二，就是傅家。

「她到底不是那個傅氏嫡長女了……」他喃喃說了一聲，聲音只夠鑽進自己的耳朵裡。

那個能用傅氏支撐著壽春郡王奪嫡，聯合世家大族借勢借力，左右逢源長袖善舞的傅氏嫡長女；那個曾經耀眼不可方物，讓皇室珍而愛重的京師明珠……即便她再回來又能如何？

他隨便出手就幾乎能置她於死地，可見如今她在傅家的影響力，不過就是一個尋常閨中小娘子。

這也說明，今時今日，她只有自己一身可以倚靠。

無人無勢，無權無財，甚至傅琨、傅淵父子，怕也與她依然離心，不可能盡數信任她。

他輕輕笑了一聲。她和他之間，差了的又何止是十幾年。不足為懼。

「暫且放著，這條命什麼時候都好拿。」

下屬應諾了。

「盯著點傅家，看看有沒有動作。」他又囑咐了一句。

自從魏氏那件事後，傅家的勢力一直在暗中打探他的線索，這個時候敵不動我不動，比的是耐心和眼力，看誰能占取先機。

他不急，可以慢慢耗。傅琨這個人，他還要捏在手裡好好玩玩。

至於這回的事，他也能猜到，傅念君若還算聰明，必然不會告知傅家。傅家有動作，才是給他的好機會。

他這樣大的威壓勢力，也好讓這個不知天高地厚的小娘子好好警醒警醒，不要以為趁他不注意除去一個魏氏，就自覺可以大勢在握。

他先前有所失算，心緒跌宕，是因為驚詫於傅念君的「歸來」，可近來細細琢磨調查，卻又發現如今的傅念君，也不似他記憶中的那個。沒什麼值得慌亂的。

「下去吧。」他淡淡地吩咐。

屬下恭敬地退下了，不敢稍有抬眼望向那個背影。

傅念君這裡，她也早就拿定了主意，遇伏之事絕對不能告訴父兄。

傅琨和傅淵這些日子各有事情忙，告訴他們無濟於事，只是打草驚蛇。

那些殺手的行蹤，有周毓白的人去摸索，她現在躲在府裡不出門，能做的只有一件事：把藏在自己身邊的奸細找出來。

她去天清寺的事，在那場大雨前沒多少人知道，這事兒都不用想，就知道是她房裡的人往外遞的消息。

選天清寺的人是柳姑姑，難道還不夠明顯嗎？

「娘子真的要那麼做嗎……」儀蘭揪著帕子，很是憂心地問道。

柳姑姑待傅念君平常如何，她們也都看在眼裡。

傅念君撐著下巴，姿態看起來很是閒散肆意，可是儀蘭知道，她心裡的想法之複雜，難以揣測。

§§§

芳竹喘著大氣兒跑進來。

「娘子、娘子……」她一個深呼吸，急得要命。

「柳姑姑，柳姑姑，真的從相公書房裡出來了……」

「哦？」傅念君站起身，冷笑道：「就知會有這齣。」

柳姑姑必然不肯聽她的話，要把周毓白的事情同傅琨講個一五一十。

「娘子……」儀蘭要勸傅念君：「姑姑也是怕您、怕您受了委屈啊……」

傅念君冷笑。

「她何曾是為了我，不過是為了她那一份幾十年來對我阿娘的忠心。」

沉默的儀蘭和還在喘氣的芳竹都知道，這句話沒說錯。

「走。」傅念君說著：「好好去迎一迎柳姑姑。」

柳姑姑從傅琨書房裡出來時，腳步有些重，低下了頭，她也不知自己這麼做對不對。

她想到了傅念君，及笄幾個月，親事卻依然乏人問津，就連三房裡傅秋華都有人來問詢了。

她這麼想著，心下又定了定。

遇伏之事她可以不說，這是為了娘子。可與周毓白相遇之事，她就不能不說了，這也是為了娘子。

她若是與壽春郡王這麼不清不白地拖著，地下的夫人知道了可怎麼放心？

姑娘們的青春就這麼幾年，她瞧著那位壽春郡王，並非對傅念君無意，不管他這是衝著傅家，還是衝著傅念君本人而來，總歸都是個契機不是？

何況生得這般模樣，按照傅念君的秉性來說，焉有不喜歡的道理？

柳姑姑不懂什麼前朝後宮的彎彎繞繞，只覺得傅念君的親事是壓在眾人心上一塊沉甸甸的大石，她有義務要出一份力。

她想著傅琨適才的神色，他聽了自己的話好像不怎麼歡愉。相公或許並不屬意娘子配與壽春郡王？

柳姑姑自然揣摩不透，可她不後悔盡了自己的本分。這麼想著，哪知道還沒走回屋，就見到傅念君帶著人在院外的遊廊上等她了。她有多久沒見到娘子對她露出這種神色了？

冷冰冰的，帶著漠然和疏離。

「姑姑告狀可是告好了？」她冷冷地說著。

柳姑姑看這個自己一手帶大的孩子，用這樣的語氣對自己說話，心裡一酸，跪了下去。

「娘子，是我僭越了，可是為了娘子的終身，我不後悔，娘子要罰悉聽尊便……」

傅念君卻似氣急，只道：「姑姑嘴上把好門，這府裡多少人多少雙耳朵眼睛，妳這話讓人聽去了，還不知他們歪曲到何處了！」

她身後兩、三個婆子丫頭只能眼觀鼻鼻觀心，不做聲響。

傅念君這話一說，不就坐實了柳姑姑告狀是一件有辱她聲名的事？

這可了不得。四下裡哪還有人敢說一句話。

柳姑姑跪在地上，就如同當時苦勸傅饒華不要被齊昭若迷了心神，拿嫁妝去填他的爛帳時一般模樣。

傅念君冷笑，只道：「姑姑是仗著我阿娘，便如此不把我的吩咐放在眼裡了麼。」

她也早不是當時的傅饒華，不會再暴跳如雷地要把柳姑姑趕出去。

「娘子……」柳姑姑面上表情糾結。

她就真的要把自己的名聲和終身放在腳下踐踏嗎？她若再與壽春郡王私下相見，少年男女最是情熱，若萬一與他犯下大錯可怎麼辦啊！

「來人。」傅念君不等柳姑姑再要開口，只淡淡吩咐著身後的人：「柳姑姑年歲大了，也不適宜多在我身邊伺候，妳們陪姑姑回去收拾細軟，今日就去莊子上醒醒神吧。」

她睨著柳姑姑。「那裡是我阿娘的陪嫁，在城外，想來給姑姑住著也算相得益彰。」

傅念君自管家以來，說一不二，如今只是輕輕淡淡吩咐一句，也沒有人敢辯駁。

芳竹和儀蘭素日是她最親近之人，芳竹絞著手在旁邊乾看著，只有儀蘭心軟，拉著傅念君要勸。

「回去吧，也不是多大的事。」傅念君甩了甩袖子，說罷提腿便走了。

她帶出來的幾個婆子心領神會，立刻去扶地上的柳姑姑，態度倒也恭敬。

「姑姑，請吧，二娘子過幾日變了主意，倘或您就回來啦……」

從前不也總被罰去洗衣服麼，也就幾天的事。

柳姑姑垂著頭無力地搖了搖。她知道不一樣，娘子早就不一樣了……

儀蘭見著柳姑姑這模樣，實在於心不忍，腳下頓了頓，還要去趕傅念君的步伐，卻被芳竹一把拉住了。

「妳清醒點！別讓娘子不好下臺。」

芳竹已經很久沒有用這種呼呼喝喝的語氣和她說話了。儀蘭一向脾氣好，可今日卻忍不住了。

「那可是柳姑姑！」

芳竹冷笑。「就妳一個情深意重？妳的主子是誰妳鬧不明白？」

話裡帶刺，聽著怎麼都讓人不舒服。

其實也很好理解，從前傅饒華就是喜歡芳竹超過儀蘭的，可是現今，人人都知道二娘子不同了，自然不可能慣著底下人潑辣耍橫，自然是穩重細心的儀蘭更得她眼。

而現在傅念君攬了府裡的權，她身邊兩個貼身丫頭自然跟著水漲船高，可是眼明心亮的小丫頭都知道去拍儀蘭的馬屁，芳竹那性子，日後在主子面前肯定是討不來什麼好。

「我也是為了娘子！」儀蘭也冷著臉回嗆，一跺腳轉身去追傅念君了。

「真是個油滑又裝腔作勢的小蹄子。」芳竹暗自罵了一句。

在場剩下幾個人都聽見了，柳姑姑也頗為尷尬。

「好好辦娘子的差事，不許馬虎！」芳竹轉頭，橫眉怒目地朝旁人撒氣。

接著朝柳姑姑倒是點點頭。「姑姑先去住著吧。」說罷也轉頭走了。

眾人見了她二人吵架，也只能在心裡唏噓。

這是怎麼了，二娘子身邊的親近人，不過一日就全亂起來了。

§§§

傅念君處置了柳姑姑的消息瞞不了人，很快全府裡都知道了，也包括傅琨。

他自然知道緣故，不過也不會橫加干涉。只是當傅淵拿著兩日來二十篇文章裡挑出的兩篇過來請他指點時，他便向長子提了提這事。

傅淵這幾日讀書辛苦，人也瘦了幾分。傅琨把前因後果一講，傅淵也蹙起了眉頭。

「壽春郡王？」

傅琨點了點頭，嘆了一聲：「卻是他啊。」

「如此看來，爹爹，當日魏氏出事、荀氏父子倒臺，你我猜測有人暗中提點念君，恐怕就是他了。」

傅琨點頭。「不會再有旁人。」

傅淵的臉色也寒了寒。這可不是個好現象，說明兩人之間的關係早就已經不是泛泛了。

周毓白這人他多少還是有些瞭解，先決條件不如肅王和東平郡王，要出手做事，必然慎之又慎，他會這麼草率地通過傅念君來辦這件事？這讓人怎麼都想不通。

還幾次三番私下見面，不管是否是商量正事，都有點不合情理。

「他要聯合爹爹和傅家的勢力，為什麼要用這樣的法子？」

若是要爭取傅琨的支持，直接與傅琨或傅淵接觸才是上策，傅念君不過是個婚姻不能由己做主的小娘子，在她那兒下工夫做什麼？

傅琨閉著眼睛用手指點了點書案，在長久的無聲後終於開口：「你想遠了，我與傅家，或許他想要，也或許他有更想要的。」

「這是什麼意思？」傅淵不解。

「費盡心機接近念君，通過她來提點你我……看似拐彎抹角，也許不止為了傅家，也是為了念君這個人。」

傅淵嗆了嗆，神色有點不好看。

「您是說，他、他看上了念君？看上了念君才屬意傅家和您的支持？」他竟不禁有點結巴。

論先後、論輕重，先傅念君後傅家，重傅念君輕傅家。是這麼個意思吧？

傅琨遲疑地點了點頭。

傅淵也能從自己父親這一遲疑中看出點門道來。雖說只有這樣能解釋得通，但說人家壽春郡王周毓白一心思慕傅念君，還這樣費盡心思……這件事太難讓人相信了。

傅淵根本無法想像。

他知道連一向看重女兒、寵溺她有些過頭的傅琨也有點不能接受。不說雲泥之別吧，就傅念君從前那個荒唐習性和名聲，怎麼可能進得了皇室？

雖說如今她脾性大改，可到底依然不是什麼雍容的大家閨秀，他都覺得她有時耍起無賴來真是讓人無話可說，常常一句話就能把人氣得半死，不溫柔也不賢淑，算計起旁人來一點都不會心軟，也就偶爾朝著爹爹賣乖耍滑時還可愛點。

他這哥哥都享受不到她那待遇。這府裡要說親近，她就只親近傅琨與二夫人陸氏兩人罷了。

她這樣的性情名聲，嫁去做王妃，未來還有可能成為太子妃、皇后……怎麼可能！

傅淵暗道，那位壽春郡王是世人口中神仙一般人物，若真是瞧中了傅念君，那他這眼光還挺……特別。

傅淵咳嗽了一聲，將自己的心思拉回來，轉回頭正色看著傅琨變幻的臉色，顯然他好像也想到了什麼，鬍子不自覺地抖了抖。

「爹爹。」傅淵說著：「這事還得再看看，也未必就是那方面的……」

傅琨看了兒子一眼，他還未娶親，在這情愛之上看不大通透也實屬平常。

傅琨摸了摸鬍子。「壽春郡王隨了他外祖父，舒相公當年是多通達聰慧之人……罷了，不管他想從傅家得到什麼，必然還會有後招，我們且等著就是。」

就是傅念君那裡，不能再讓她隨意拋頭露面了。

如今最重要的是應付殿試，朝廷裡也為這次科舉忙碌起來，傅琨雖多年不管學政，但是他的父親桃李滿天下，他的同窗、師兄弟、學生更是多不勝數，這些日子來往傅家的人也雜了很多，他沒有工夫去盯著女兒那裡。

傅淵倒是看出了他的憂思，只說：「爹爹可放心，念君已不同往昔，自然有分寸，不會在這當口鬧出什麼後院失火的事來，她要處置柳姑姑，我看是別有深意。」

傅琨也點點頭。「由她去吧。」

傅家後院這一畝三分地，他們都相信傅念君想整肅乾淨也不是太難的事。

說完了傅念君的事，傅琨才動手看了傅淵新作的兩篇策文。傅淵的才學自然不用多說，在今年進士科學子之中，不說拔得頭籌，也不可能在五名之外。

大宋科舉（注）分為州試、省試和殿試三級，而在開封府府試中，傅淵就奪了魁首，傅琨怕他鋒芒太過反而折損氣運，在省試中便有意讓他退讓。然而殿試卻大大不同，很多時候，殿試成績的好壞，當真是要瞧瞧祖宗墳上冒不冒青煙。

殿試之時，皇帝親自坐鎮，旁邊自然有權知貢舉等考官數人，出的題目倒也不至於特別難，就難在一個臨場應變上，還要對時間的把控極有分寸。

過了幾道考試能到了殿試的，多數學子的水準考官們也都有數，要讓皇帝過目，不過就是瞧瞧他們的氣度能耐，隨機應變。

那些骨子裡就卑怯的窮家子弟，許多見了那場面就要腿軟，何談考試。不過若是此等場面都應付自如的寒門子弟，如現在的參知政事王永澄，那就真的是人中龍鳳了。

開國之初，好幾位狀元就是因為比旁人更快交卷，而得皇帝一青眼。

殿試的規矩，考生要親自將試卷呈於皇帝案上，皇帝自然不會立刻親自判卷，可是不妨礙他看看考生的字跡和品貌。因此這殿試上爭的第一可與平時大不相同，皇帝多半會記住第一個學子，再往後的，他哪有這麼多工夫？

只要這第一個交卷的不是太猥瑣不堪、滿肚子草包，點狀元的機會可是比旁人大上許多。

因此只為了這一眼的機會，如今的學子們便追求寫文章迅速，學子們書房裡最不缺的就是成把的香，斷成幾截，個個都掐著那點滴時間寫文章。

傅淵自然也不例外，可傅琨是看不起這樣做派的，只說：「此乃歪風不可長，念書無捷徑可走，科舉理應如此，你若爭了做那第一交卷人，又能證明你才學如何？」

注　宋代科舉與明清還是有所不同，現在多數小說的科舉制都參照明朝，宋朝相對而言自由度大一些，就是不太完善。

傅淵被他點醒，從此便不再追求這個第一，在眾考生的答題應試速度上只能算是中間程度。

傅琨指出了傅淵文章中的幾個小問題，對他耳提面命的，依然是殿試之時的氣度應對。不求快，不求標新立異，只求穩中求勝。傅淵素來就比常人沉穩，這些話即便傅琨不說，他也能做到。

父子倆又說起今次進士科的幾位知名學子。

最出色的要說是那位省試裡摘了省元的蘇選齋，他是江南人，二十歲年紀，驚才絕豔，在東京城中，也數得上風頭無兩，出榜之後怕又是哪位大人的東床快婿逃不掉了。

江浙素來出才子，有兩個也曾來拜會過傅琨，他如今再說起這幾人來，也是存了要為傅梨華擇婿的意思。

他們父子早就清楚，不出意外，傅梨華的夫君應當會在新科綠衣郎中挑選。本來傅念君的婚事才該盡早……只是鬧了壽春郡王這齣戲，傅琨倒是決定先看看風頭。

不過這個蘇選齋他們是不指望配給傅梨華的，嫁不出去女兒的孫計相早就虎視眈眈，來和傅琨打過招呼的。

他家三個閨女長得實在是……不過若非實在拿不出手，按照孫家和傅家的交情，傅淵的妻子必然是他家大娘子了。

傅淵如此人品相貌，孫計相自他十歲後就斷了心思，雖說女兒是自己的好，可做人也得摸著良心說話吧，那位大娘子，哎……倒是那個蘇選齋就跑不掉了。

傅淵還說起那位多日不見蹤跡的崔涵之。

傅淵從前欣賞他不是沒有道理的，這人在讀書上確實很有天賦，退親後更是沉得住氣，整日閉門不出埋頭苦讀，絲毫不為親事自苦自惱。

「依我看，二甲頭幾名當是沒問題，若得機緣，入了一甲也是沒有問題。」

傅淵說著，臉上倒是有了兩分嘲諷之色。這個機緣，自然就是傅琨。

可是崔家和崔五郎是自己作死，否則他們郎舅二人同榜登科，也算一樁佳話。如今誰都知道傅家與他們崔家退親，朝中泰半大人都不會再想招崔涵之為婿了。

倒也不是怕了傅琨，而是多一事不如少一事，就連孫計相家中還有兩個不忍睹卒的小娘子都輪不到他。

傅琨看了他一眼。「好了，回去念書吧，沒有幾日了，這幾天好好休息，別的事就先擱置吧。」

「是。」傅淵垂手應了。

7 留有後招

近日，誰都知道傅二娘子屋裡不太平。

先是伺候她多年的柳姑姑被貶去了城外的莊子上，接著屋裡兩個大丫頭又明裡暗裡地槓起來，鬧得滿院子小丫頭們人心惶惶，也沒個主心骨。

這些小丫頭很多都是傅念君買了沒多久的，也沒教多長日子，都還懵懵懂懂，素日被教育得只知道聽柳姑姑和芳竹、儀蘭的吩咐做事，根本不會、也不敢有什麼主意。

而這些小丫頭中，眉兒當是最被人同情的。

她是柳姑姑擺了席面認的乾女兒，是和她關係最近之人。柳姑姑如今犯了娘子的忌諱，那她自然也不能再是小丫頭中的頭一份了，相反境遇還不大好過。

芳竹或許是因為柳姑姑生氣，也或許是與儀蘭賭氣甩臉子幾日沒說話，滿肚子火沒處撒，首當其衝的就是眉兒。

她素日就脾氣暴，小丫頭們最怕她，眉兒可算是吃了好幾頓排頭。好比這日早上給娘子打的洗臉水太燙，娘子吩咐了一句重新打一盆，眉兒就被芳竹拎出去教訓，將整盆熱水一把掀翻在她手裡，雖然手上沒燙出泡，可也紅腫得消不下去。

小丫頭們年紀小，也不懂禮，見她被如此輕視，也都存了看好戲的意味，話裡話外不無諷刺，有兩個還敢對她動手動腳，眉兒只能眼睛、鼻子紅著默不吭聲。

不過她也算命好，還沒被欺負幾下，就被儀蘭救了。

儀蘭現在和芳竹唱對頭戲呢，加上她又一直與柳姑姑親近，自然要照拂眉兒，親自取了藥膏給她，還安慰她叫她忍忍，等過幾日風頭過去了，柳姑姑沒事，她也就翻身了。

可眉兒心裡自然一清二楚，柳姑姑是被傅二娘子懷疑了，恐怕是不可能沒事的了。

她想到自己的任務算是完成了，可卻沒想到會傅二娘子對柳姑姑這樣不留情面。這些日子柳姑姑待她如親女兒一般，她又不是鐵石心腸，偶爾想想，也覺得十分愧疚。

可是在傅家，她還要繼續待下去啊，說再多只能把眼淚往肚子裡吞。

不過儀蘭就照顧了她這一回，芳竹知道了，卻是變本加厲，這天二話沒說，讓人收拾了眉兒的幾件衣服扔在地上，就要把她趕到莊子上去陪柳姑姑。

眉兒抱著芳竹的腿苦求也不頂用。

「手上一個不痛快就幾日不幹活，以為自己是主子了？姑姑在莊子上一個人冷清，妳不是最貼心的好女兒麼，這就成全了妳的心意，去陪她吧。怎麼，還是妳平日的孝順都是裝的，到底還是貪圖娘子身邊富貴？」

四周都是冷眼和嘲諷，每個人都在看她的笑話，眉兒的心底一片冰涼，進也不是退也不是。

她想過自己若是身分暴露會怎麼樣，不過一死了之，連毒藥她都準備好了，可她卻沒想到有這樁事。傅二娘子沒懷疑她，可卻因為柳姑姑的關係，她竟被殃及了。

若真被趕去莊子上，她該怎麼辦啊？恩公沒有告訴她這種情況要如何應對。

她不過是個十來歲的小丫頭，根本拿不定大主意，一時間慌張得不知該如何應對。

好在儀蘭又及時來救場，和芳竹一頓好吵，兩個人越鬧越大，最後還驚動了二娘子。

晚間時候，儀蘭終於來看眉兒，握著她的手流淚，只嘆氣說著：「妳是個好孩子，姑姑臨行前託付我要照管妳。妳放心，妳沒犯錯，她們沒法把妳趕去莊子上。」

趕去莊子上，柳姑姑這樣年紀的還好說，不過洗洗衣服打打水，做些粗活而已，那些犯錯的丫頭被攆一向都是主家默認隨莊頭處置，嬌嫩的花骨朵全部便宜了那些懶漢鰥夫。

儀蘭囑咐她：「不過娘子房裡的事妳不能再沾，先去小廚房裡燒火劈柴吧。」

這是最好的處置了。

待過了兩天，眉兒發現再沒有一個人多看自己一眼時，她心裡雀躍不已。在廚房裡做事再苦再累，卻有個好處，可以和採買的通個氣兒，溜出去半日。

她不就能去問問，自己下一步該怎麼做了？

上一回有人聯繫她，還是讓她想辦法把天清寺的事透露給柳姑姑，讓傅念君能夠出府。那之後，就再沒人給自己遞過消息了。

眉兒打定主意，挑了個陰天出了府，去暗巷裡換了身髒衣服，才敢往目的地而去。

§§§

「娘子料事如神，那丫頭已經出府了，他們幾個一路跟著，想來不會出岔子了。」

芳竹神采奕奕地和傅念君稟告，說完還不忘大大地誇一句：「娘子的後招太精妙了！」

傅念君點頭接過儀蘭遞過來的一盞茶，微笑道：「是妳們兩個演得不錯。」

一個紅臉一個白臉，將個眉兒騙得團團轉。

芳竹和儀蘭相視一笑，哪裡還有在人前冷冰冰、看對方不順眼的樣子。

儀蘭不由好奇道：「不過娘子怎麼會想出這麼個法子，若是她安分守在府裡再沒動作，豈不是功虧一簣了？」

難為她和芳竹兩個辛苦地唱大戲，柳姑姑的罪也白受了。

傅念君輕輕嘖了一聲，說道：「下人也分三六九等，我身邊是這樣，那人身邊更是如此……」她稍微多解釋了一、兩句。

幕後之人麾下的人馬可是比她這手底下幾個小嘍嘍多多了，可就是因為人多，所以難管。他身邊如魏氏那般的人，需要從小培養，花費無數心力財力，暗衛之流更是菁英中的菁英。可他野心太大，布局太大，處處要安插人手，自然就不可能個個都精心培養，一層層鋪陳下去，不就是三六九等。

就如眉兒一樣的，估計有不計其數，也很難以管轄，對方顧不到這麼多，就是給了傅念君機會。

傅念君早就懷疑眉兒了，就算沒有天清寺這事，她八成也要試探的。

她觀察了數日，發現這丫頭不過是比尋常剛買進來的小丫頭沉穩能幹些，可要說受過少訓練，恐怕真不多。

十一、二歲的小丫頭，若是精心培養出來的，怎麼可能送到她身邊來端茶遞水，豈非大材小用。眉兒不過是對方手底下的第九等人，這樣的人，要編個局套她進去太容易了。

很快，傅念君就等到了消息。

眉兒進了一家新豐綢緞莊。這地方，八成就如王婆子茶肆一般，是他們一個據點吧。

她勾唇笑了笑，這人的產業還真是不少。

「程訓呢？」傅念君問道。

大牛說：「聽您的吩咐，已經去了。」

化名程訓的郭達自然只有一個地方可去，壽春郡王府。

傅念君所能安排的，只有府裡的前半程，至於這府外的後半程，自然要交給周毓白去辦了。

這件事甚至不用雙方多做交流，他們兩個心領神會。

有周毓白在，這個新豐綢緞莊，就沒那麼容易像王婆子茶肆那樣，被一把火燒乾淨。府裡的戲依然要演下去。

眉兒膽戰心驚地回去，心下惴惴，想到剛才掌櫃對自己的冷眼，依然還是一陣哆嗦。

他厲聲詰問她出來有沒有人看到、要做什麼事。眉兒只好忐忑地把自己如今的處境告訴了他，期待對方能帶來上頭對她新的指令，甚至心裡存著一絲渺茫的希望，她或許能就此逃離傅家。

她是第二次去新豐綢緞莊，上回也沒出太大的事，眉兒自然覺得這次也一樣。

掌櫃的只揮手讓她回去安分地待著，傅家怎麼發落她她就怎麼受著，再不許自作主張壞人大事。眉兒只能沮喪地拖著步子回去。

可沒想到，一回去芳竹就領著人等著她，一副準備等著罰她的樣子。

「好啊，不僅好吃懶做，還趕偷跑出去玩，反了天了妳！這次我看什麼人還能再護得住妳！」

眉兒徹底嚇呆了，她沒想到芳竹把她都趕到廚房做燒火丫頭了，還不肯放過自己。

旁邊的人也都摸著鼻子納罕，這回芳竹姑娘的氣性也太大了吧。只是傅念君不發話，眉兒就沒資格爭辯，很快被人拖著出了門要趕去莊子上陪柳姑姑。

她們這樣的小丫頭，都是簽了死契賣進來的，主家也沒要妳的命，誰都不敢說什麼。

眉兒還只管坐在破舊的驢車上低頭嚶嚶地哭，卻不知道這一出城，就是一腳踩進了閻王殿。

且說到她去過的新豐綢緞莊，那掌櫃的深藏不露，也慣於處理這些事，他知道眉兒八成是露馬腳了，自然就很快給上頭去了信兒，得到一個字的回覆：殺。

眉兒就這樣無聲無息地死在路上，到了莊子上，柳姑姑只能見到小姑娘僵硬的屍體。

送眉兒出去的時候，傅念君就料到了這些事，她有時覺得自己心腸也挺硬的，不過人活一世，本來就是無奈。她前生可有犯過任何錯，還不是一樣死在東宮，眉兒自打入了火坑，就是為了送命而活，同樣沒有選擇。

她心裡想著，不知這回周毓白能抓到新豐綢緞莊這條線索，也不枉她差點被人一箭射死在野外。

那人還真當自己把日月乾坤都握在手中了，他若還是一個勁地埋頭幕後，恐怕後院著火的情況只會越來越多。他不露頭，傅念君和周毓白拿他沒辦法，可他一旦想做點什麼，哪怕只是點點微瀾，若還想全身而退，就是太看不起他們了。

周毓白很快就掌握了新豐綢緞莊，他也不怕動靜大，因為他知道對方的手段，必然斷尾求生、徹底放棄這個地方，他所能做的，就是盡量利用這斷掉的一截尾巴查出更多的線索。

刑訊逼供，沒人會比宮裡出來的人更拿手，新豐綢緞莊的大掌櫃也算有點能耐，在他們眼皮子底下就自盡了，倒是還有個二掌櫃和兩個夥計，問出了一些東西。

在周毓白的書房裡，負責這次刑訊的單昀一臉愧意，覺得自己有辱主子的信任。

周毓白沒責怪他，他看著手邊的供詞，其實多少也都猜到了，把它們甩到了對面張九承的眼前。

紙上刺眼的一個「周」字格外明顯。

再說到張九承，他這幾日正是難得地神采奕奕，因為他一直處在亢奮之中，雙頰都泛著不自然的紅光。原來是這幾天周毓白把和樂樓、胡先生和傅寧的底細交給他去處理，張九承日日伏案、嘔心瀝血，就是因為這件事的棘手而如此興奮。

且不說傅寧，這個胡廣源，初看時還覺得沒什麼，越查卻越亂，背景複雜得讓人難以抓住頭緒。自然，這天下間凡是有能耐的大商戶背景都很不凡，腳下踏著黑白兩道，江湖和朝廷都有牽連；但是這個胡廣源卻又不一樣，從他發跡開始，受過什麼人幫助、幫助過什麼人，與什麼人稱兄道弟，與什麼人又是有仇有怨，細細要整理起來，真是幾日幾夜都搞不清楚。

「這是有人都處理過了啊。」張九承感慨。

他幾十年的眼力放在那裡，自然能通過那厚厚一疊胡廣源的勵志發跡史看出點別的東西。

大商戶背景不凡，可卻不可能人人沒有短處。

短處必然存在，就如一個人磕磕絆絆地長大，必然會摔跤。商場又有如戰場，資歷不夠的時候，仇家、親友都可能留下自己的把柄，也正因如此，大家彼此牽制、相互合作，才有一個穩定局面。

刻意掩飾的複雜背景之下，這個人卻全無把柄可抓，這就是有大大的內情了。

傅念君如今手段不夠，自然查不到什麼，但是張九承可是身經百戰，這回是根硬骨頭，他怎麼能不興奮。

周毓白望著他閃閃發亮的眼珠子，就知道他在想什麼。早前他就與張九承談過。

「先生大概也能肯定了吧，這胡廣源，就是那人的錢袋子，握住他，就掐住了對方的咽喉……」

張九承回他：「而且，或許我們還能拿過來用用……」

還連連點頭，錢啊，金山銀山，誰會嫌多。

周毓白咳了一聲。「不義之財，你還是別惦記了。」

這老兒平日自己生活也不講究，倒是很喜歡斂財，不僅喜歡斂財，更喜歡從別人嘴裡奪食。

周毓白也從張九承嘴裡意識到，和樂樓的胡先生，遠比他和傅念君想得更是個人物。

張九承拿起手邊的兩張紙，枯瘦的手摩挲著下巴，臉上同周毓白一樣沒有什麼驚異的表情。

周。是那位二掌櫃交代的。

他說著：「這也不算多大的線索，會謀算著害您的必然是皇家之人。」

皇家之人自然姓周。

周毓白道：「也不算沒有進展，你瞧瞧他交代的時間，那時候是什麼事情張先生可記得？」

兩年前的秋天。

那個二掌櫃顯然不如大掌櫃那般忠心和受重用，他說自己只見過那位主子一次，還是兩年前。

單昀用了些法子「幫」他回憶，確定了一個大致的時日。

周毓白的記性很好，那段日子，正好是聖駕蒞臨行宮之時。

國朝素重簡樸，即便是皇室中人也不敢太過奢靡，帝后出行遊玩更是少之又少。那年秋天，是因為張淑妃身體有恙，才破了一次例，即便如此，御史台的奏疏還是將皇帝煩擾了好幾個月。

張九承眼睛一亮。「只要查查那段時日誰留在京中即可。」他頓了頓。「郎君心裡可有人選？」

一直以來，張九承覺得會害周毓白的不出那幾個人選，都是他的哥哥們。

大皇子肅王，六皇子周毓琛，就是二皇子傻子滕王和瘸腿的三皇子崇王都不能排除嫌疑。臥薪嚐膽蟄伏十年這樣的例子，還不用旁人來說。

但是，說這段時間派出去守著消息的人都是同一個回覆，張九承也不禁疑惑，難道是他想岔了？

確實是他想岔了。

周毓白「嗯」了一聲。「姓周的很多，八成在宗室裡頭。」

張九承點點頭。「太祖和秦王都有血脈留下，問鼎大位按理說他們也有機會。」

但是這機會，幾乎渺茫得可以忽略不計。

且不說宗室子弟有多少能耐和權力能這樣算計周毓白，就說如今活著的皇子都有五個，肅王還生了嫡子的，怎麼數都輪不到宗室子繼位，這還有什麼好拚的？

前朝不是沒有先例，小宗入大宗，那是在嫡系無血脈的情況下；太宗繼太祖位本來就是個例外，現在已經不是國朝初立之時了，誰有這個能耐學太宗啊。實在想不明白。

周毓白倒是不急著追根究柢，人家為什麼要對付自己，等抓到了人自然就清楚了。

「主要盯著那幾個吧。」他吩咐一直伺立在旁的單昀：「周雲霰，還有周雲詹兄弟。」

太祖的嫡系血脈，就剩周雲霰一個了，他年紀也比周毓白長好幾歲，按理說他是最有可能的，可是這麼多年他一直安分守己，從來不在人前冒頭，皇帝也不大喜歡他，一直冷著，眾人和他自己，對他的期許不就是留條命，不至於讓太祖香火徹底斷絕，讓太祖皇帝添了汙名。

就這種時時刻刻在皇城司眼皮子底下的人，能翻得出什麼浪來？皇城司就算落沒了，也不至於瞎。

而周雲詹和周雲禾這兩個堂兄弟就更差得遠了，秦王一脈在他在世時就已凋敝，到了孫子輩，這些人就更什麼出路了，不得不說，太宗皇帝或許早就防範著他們，對宗室的控制是嚴而又嚴。也是因著這一層，他們幾個對周毓白來說實在不值一提。但張九承也明白，此時他們不能抱著任何輕敵的態度，如今已然確認那人是皇家中人，再不可能的情況他們也要去試。

周毓白喝了口茶，說著：「阿雍是不是很長時間沒來了？給他去個信兒。」

周紹雍是肅王的兒子，但一向很喜歡周毓琛和周毓白這兩個年輕的叔叔。

張九承聞弦歌而知雅意，咸寧郡公周雲禾素來和周紹雍關係好，他兩個年紀小，又是一般活潑性子，平日就很討宗室裡那些公主、郡主的喜歡，之前沒出肅王和周毓琛那事時，兩人也常常結伴一起過來玩。

後來局勢不對，周紹雍自然就走動得少，周雲禾也沒那個臉常來叨擾周毓白這個叔叔，畢竟他和周紹雍的身分還是不能比的。

現在要見周紹雍，張九承自然知道，周毓白是想從那周雲禾身上瞧點什麼出來。這麼一個孩子，他們郎君幾時曾這樣費心過，看來確實是上心了。

主子是這個態度，張九承和單昀自然也就打起十成的精力去辦。

周毓白說完這件事，多嘴問了一句：「傅寧這個人查得如何了？」

要說胡廣源和那幕後之人關聯甚大，這幾乎可以肯定的了。但這個傅寧，周毓白心裡多半也猜測，是傅念君請他幫忙的「順帶」，傅寧和傅家有關，卻未必和他有關。

但是這點忙是傅念君親自開口的，他自然不會不幫。他想到那日昏暗的燭火下她說起傅寧時的神色，心細如他，總覺得傅念君對這人有幾分不同尋常的關注。

張九承覺得查胡廣源的事是對他的考驗，那麼查傅寧的事就是對他的侮辱了。

這個人總結起來就四個字，乏善可陳。

「許是對方明棋暗棋都想布一手，把這麼個無足輕重的人安排過去，算是出其不意？」

張九承實在想不到其他可能性。

人品才學只能說是中上，可是這是東京，那是傅家，中上的人實在是不夠看的，何況傅琨父子不是笨人，這樣一個從小見識有限的少年郎，能在他們手下翻出什麼浪來？也不知胡廣源這麼費心調教他是為了哪般。

事出總有因。周毓白蹙眉，傅念君這麼忌憚的人，沒道理只是個普通人。

「消息上說，他不是還有個眼睛不好的寡母麼？仔細查查。」

從傅寧身上查不出什麼，那麼只能從他身邊之人下手了。

張九承見周毓白這般費心，不禁不懷好意地嘿嘿笑了兩聲。他自然是想到了那日郭巡對他神祕兮兮地透露周毓白的「風流韻事」，忍不住咳了一聲。

見周毓白的眼神望過來，他才佯裝正經道：「這次的消息，胡廣源啊傅寧啊，可又是郎君從傅二娘子嘴裡聽來的？」

周毓白只覺得這老狐狸賊兮兮的。

「先生想說什麼？」

張九承望天。「也沒什麼，是想說這傅二娘子能耐真大，什麼都知道啊。能耐更大得是，還什麼都能讓郎君你相信。」

前半句還算正常，這後半句，就有些促狹了。

周毓白只好說：「用人不疑，疑人不用。」

張九承點點頭。「郎君可是終於把老朽當日的話聽進去了？」

「什麼話？」

「娶妻啊。」張九承瞪著眼，不免又開始埋怨郭巡對他兩個的猜測有點過。

當日張九承自知爭取錢婧華沒有機會，就給周毓琛提了三個備選，這傅琨的女兒，也是值得一娶的。

何況這個傅二娘子雖古怪，但也給他們幫了不小的忙，讓郎君「以身相許」去報恩正是合適。聽郭巡說模樣長得很不錯，總好過孫計相家裡的三個無鹽女。

周毓白對他這般切態度不置可否，只說：「不急。」

還不急呢？這眼下年紀都到了，只等科舉一過，趁著這朝裡大人們四下結良緣的春風，周毓琛和周毓白的婚事肯定要定下了。

這會兒定了，翻過年去成親他也已經十八、九歲，算得上晚了。

張九承狐疑地望了單昀一眼，單昀也瞧不出周毓白的心思，只好朝張九承使了個眼色。

張九承自我解讀一番，只在心裡嘀咕，這小兒女之間就是矯情，說不得是他們郎君要同那傅二娘子玩個你情我願的真心遊戲，才不好貿然上門去提親。畢竟傅二娘子那般名聲，還退過親，要宮裡點頭也頗為難。

他倒是有個餿主意。

可以同傅家談妥了先娶傅念君為側妃，周毓白尋個高僧道士，弄個由頭說今年不利娶正妃，待拖過年去，早點生了孩子，這側的自然也就扶成了正的。不僅宮裡沒話說，傅琨怕還是要大大地謝謝這女婿如此費心。

不過此際，張九承覺得那小娘子在他們家郎君心裡非同一般，倒是說不出口了。

周毓白卻對他們的小動作一清二楚，也不拆穿，故意將茶杯輕輕放在光亮的花梨木桌面上，發出不小的一聲響動。

他在心裡嘆了口氣，原來想著張九承這老兒近來辛苦，沒想到他辛苦歸辛苦，這不要他操的閒心還是一點都沒落下，真會沒事找事。

「先生這麼淡定，是對付胡廣源的事有頭緒了？」

他一提這話張九承瞬間就蔫兒了，像被人掐住了七寸。

「這、這個嘛……還要點時間……」

他雖曉得這胡廣源有內情，卻一時半刻沒能耐突破他那些天衣無縫的背景。沒有弱點又沒有把柄，就很難算計對方，這對張九承這樣習慣又喜歡勾心鬥角的人來說，真是像背上癢了卻抓不到，憋屈極了。

周毓白只淡淡掃了他一眼說：「那一會兒我給我外祖父寫封信，單昀親自送過去。」

單昀和張九承都是立刻大驚失色。「郎君！」

周毓白的外祖父是已經致仕的舒相公舒文謙，是當年東京城裡無人不知的角色。

當年獨生女兒被冊封為后，舒文謙就在幾年時間裡急流勇退、回歸田園。他本是淮南東路通州人士，榮歸故里，買屋置宅，安分守己，讓皇帝放心，更讓後宮放心。雖然當年多少文武官員懇求舒文謙不要致仕，這些年也常有人勸他復出，可舒文謙就真的收了心一般，斷斷不肯再沾染半點朝堂之事，只傾心於山水農家。

也是因為他這般態度放著，多少本來有意支持舒娘娘母子的人馬也都收了心思，皇帝、張淑妃、徐太后、徐德妃也一年比一年放心。

有人說舒文謙是個酸儒，將女兒外孫棄於不顧，只管明哲保身，使如今嫡出的七皇子反而處處落了下風，在朝中無半個人可倚靠。

但那是蠢人之見，聰明人都知道，若非當年舒文謙此般態度，舒娘娘在宮中怕也是活不過三年。

朝中自然有下一個文臣的女兒可以補上，也會有下一個皇后再踏上那條路，甚至周毓白這個嫡子，都無出生的機會。

周毓白的品行聰慧，多數隨了外祖舒文謙，這樣一個人，怎麼可能真的會讓自己的女兒和外孫陷入虎狼環伺的境地。舒文謙的後手，只是無人得知而已。

而周毓白這一句話一出，張九承和單昀知道，他無疑是要用這張最後的底牌了。

張九承如何能不急，只是區區一個胡廣源，就已經將他們逼到如此地步，日後再來大事，他們該如何對付？

周毓白卻是一貫的沉著冷靜，只說：「此際不用，更待何時。」

在他看來，這已經是最合適的時機了。

「萬萬不可！」張九承勸誡：「若是被人察覺舒公之舉，怕又將是一場驚濤駭浪。」

舒文謙當年就讓人十分忌憚，不過好在家境乾淨清白，並非士族出身，皇帝最喜歡用這樣的臣子。如現在的參知政事王永澄，為今上賣力的程度，可真是讓傅琨等人都嘆為觀止。

如果一旦被宮裡任何一人知道舒文謙並非退隱，而是時時為女兒和外孫留著一手，不說他會遭來怎樣的殺身之禍，周毓白也就再無問鼎大位之希望了。

周毓白對著張九承笑笑。「先生多慮了，我外祖父是何許人也，豈會因為這一點事被人抓住把柄？」

張九承冷靜了下來，聽完這句話也覺得自己是失態了。

是啊，這祖孫倆是祖傳的七竅玲瓏心，想抓他們的尾巴沒那麼容易，何況這麼多年來舒公又何曾真的掉以輕心。

「那胡廣源也是淮南東路人，這可是大大的緣分。」

周毓白心裡閃過一絲疑慮，真的這般巧麼，他與自己的外祖父還是同鄉。

張九承默了默，心裡也承認這事怕確實只有舒文謙出面才能查明白了，畢竟用他手底下那個人對付胡廣源，正好是叫豺狼對虎豹。

張九承這話，就要說到兩淮一個響噹噹的人物，董長寧。

這人在兩淮兩浙幾乎無人不曉，家中財貲萬貫，做的還都不是那好做的生意。

票號客棧酒樓自不用說，連海事也這一塊兒沾手，還有個巨大的船場。從這些生意來看就可知這人有些來路，而旁人更不知道的是，他起先發家並不是靠這些，而是靠漕運。

大宋漕糧分四路向京都汴京集運，其中來自東南六路的淮汴之粟更是占主要地位。淮汴之粟由江南入淮水，經汴水入京，可想而知這兩淮水路是多大一塊肥肉，敢於去朝廷嘴下分食這塊肥肉的人也絕非善類，這董長寧就是這麼一個敢拚的人。

再要說到朝廷對漕運一事的舉措，三司使總領漕政，每年各路轉運負責徵集漕糧，再由發運司負責運輸入京。有發運使一員駐真州，督江浙等路糧運，所在糧倉稱轉般倉，豐則增糴，饑則罷糴，將當納糧額折交斛錢，另從本地倉儲中代支起運。若耽誤可航期，發運司則以一百萬貫的「糶糴(注)之本」，就近趁糧價賤而糴糧起運，不過說是一百萬，朝廷卻不能控制這個定額，所以這裡頭可做文章的地方就大了。

江南各路漕船按期至真州等倉後，還可裝官鹽返航，增加效益，發運司掌六千艘左右漕船，卻是遠遠不夠的，因此每年都會招募客舟與官舟分運，徵召一批商船直運至京。東南六路漕米數目不定，太宗時始定歲運江淮稅米三百萬石，如今已到五百萬石，可對這肥沃的兩淮兩浙之地來說，當真是綽綽有餘，這一來一回，能賺錢的地方就更多了。

但凡沾上這漕糧、官鹽的生意，自然是金山銀山都任你往家裡搬。

而如此寶地，發運司又是遍地撈金的好去處，這真州發運使可當真是人人搶破頭都要爭搶的肥缺中的肥缺，自然又是非皇帝親信不能擔任。

不錯，這董長寧在淮水運河上翻騰時，那時的真州發運使正好就是周毓白的外祖舒文謙。

那些想做漕運生意的商戶，自然是循了風氣，比肩接踵地去走舒文謙的路子，可是個個都被他拒之門外。

董長寧那時還是個沒背景沒底氣的江湖混子，專做那些見不得人的漕口生意，也就是跑跑野船，偶爾還吞官府的漕糧，他知道自己沒能耐，走不通也不屑去走發運使的路子。

那年是個荒年，兩淮的漕糧被當地官府做了假帳，想找替罪羊，得到點消息的大商戶都是猴精，全都消停了，不敢像往年一樣和官府合作，生怕裡頭有內情。偏董長寧那時候年輕氣盛，覺得機會來了，硬是一口想吞下這根硬骨頭，拿全副身家去搏。結果就是，發運司收糧的當口，幾百艘船都沉在了江裡，最後一查，那批漕糧皆是包給了一個叫董長寧的人。

這不僅是家財敗盡的問題，恐怕連人頭都不保了，舒文謙自然知道這是官場中慣常見的骯髒手段，叫尋常商戶來賠付損失。

往年這樣的事也不是沒有，發運使這職位不求有功但求無過，本該不沾半點是非的，可他卻保下了董長寧，調了真、泗二倉餘糧救急，親自寫摺子請三司撥款。好在荒年歸荒年，國庫還是有錢的，這件事也算遮蓋了過去，但是皇帝對舒文謙此舉略有不滿，這等好撈銀子的位置就再不肯讓他坐下去了。

舒文謙倒也覺得無妨，他本就不貪圖那些不乾淨的錢財。董長寧親自去給舒文謙跪下叩頭，謝他第二次救命之恩。

舒文謙這才恍然，原來他與這後生的緣分，早就開始了。

當年舒文謙做開封府通判之時，就審過一樁案子，一個年輕人殺了叛逃多年的賊子，這賊人姦淫擄掠，在家鄉犯過錯，可是到開封之後隱姓埋名做了平頭百姓。

那年輕人為了一個義字，獨自北上，替兄弟報仇砍斷了對方的手腳，只是運氣不好，嚇死了

注　米糧、稻穀的買賣進出。

對方的老娘，這就算犯上了人命官司。

對方家裡有錢有人，而這年輕人除了一口刀一條光棍，身上半個子兒也沒有，舒文謙見他意氣風發如此磊落，也算法外開恩，將其判了兩年；發配回原籍之時，還親自給這年輕人送了行，「長寧」這名字就是他起的，希望他得長久安寧，不再陷於如此江湖。

也是因這一回際遇，董長寧算是卯著勁兒要出人投地，誰知又得了舒公大恩。兩回的救命之恩，董長寧要說為了舒文謙肝腦塗地，那也是半點不會猶豫的。

他也算是個能耐人，解了漕糧之困後，回到故地就有怨報怨有仇報仇，行事越發老辣，幾年時間就幾乎吞下了淮水漕運的整條線，坐穩了兩淮第一的大商戶。

舒文謙當年是個直臣，自然不能和這樣的人多有牽扯，直到他回到故鄉通州之時，董長寧才敢再次登門造訪。

周毓白清楚，他外祖父和他是一類人，就算旁人都以為他們大概要成聖人了，其實也不過是俗人罷了。或許他第一回救董長寧只是一時惻隱，第二回救他，可大概就不是什麼湊巧了。

那時舒文謙可能就已經意識到，他的女兒，或許已經逃不掉了。為了女兒和外孫，他必須要為他們尋好保障。董長寧就是最合適的人。

周毓白知道，董長寧後來如此迅速做大，外祖父必然也有提點他幾句。

但是董長寧和舒文謙，胡廣源與幕後之人，這兩邊的關係仍舊不同。

胡廣源是僕，幕後之人是主，而舒文謙和董長寧之間，也不過是恩義人情的牽絆。所以董長寧是周毓白能動用的最後一張底牌，不可能無限制地讓他使用。

張九承才會讓他想想清楚，將這樣的機會折在胡廣源這裡，值得不值得。

可周毓白做事從不會過分瞻前顧後，要廢掉對方臂膀，他也必須要有所付出。

周毓白下決心定好的事，單昀和張九承自然也不敢再提出異議，周毓白寫給舒文謙的信，也是第一次這般慎重，由單昀親自護送南下。

「先生這兩天也勞累了，去休息兩天吧。」周毓白說著：「這幾天就要殿試了，京裡會忙一陣子，也要給對方一個喘息的機會。」

周毓白微微笑著，張九承點點頭，聽他的話下去了。

8 新科進士

因著皇帝身體微恙，春日裡又小有災情，成泰二十九年的恩科已經比往年晚了一些，可到底還是在四方學子的翹首以盼中到來了。

這次科舉小小的延期，倒是讓傅念君開心一把。

她買下的那些屋子經過簡單的修葺，已經全數租給上京赴考的學子。能有資格參加殿試的學子不多，有些人省試過後不急著回鄉，就是為了瞧瞧這最新的熱鬧，因此東京城如今的客棧旅店幾乎都是客滿，她這些屋子也都供不應求。

相較於旁人的忐忑緊張，傅淵倒是稱得上舉重若輕，傅念君給他送最後一頓宵夜時，還十分促狹地讓小廝傳了句話，問他中意京裡哪家酒樓的席面，趁早訂好了去，免得到時喜報傳來傅家手足無措。

傅淵對她這種別具一格的鼓勵不做聲響，但是貼身伺候他的小廝能瞧出來，二娘子這幾句話，確實是讓三郎君很是受用。

殿試兩日後，皇帝召見新考中的進士，金殿傳臚，親賜綠衣，各位新科綠衣郎肅立恭聽傳臚官親誦姓名、宣布名次，皇帝親自賜宴慶賀，就是那人人嚮往的瓊林宴。

這瓊林宴也十分妙趣橫生，除了皇帝的親自接見，皇后娘娘還會親自賜宮花給諸位進士，尤其是那頭幾名的俊秀，賞賜的花更是豔麗至極。這簪花遊街，乃是每次恩科後必不可少的活動，新科的狀元、榜眼、探花諸人更是被宮裡女官、公主們偷偷躲在簾子後評頭論足一番後，還要接著跨著白馬去大街上給大姑娘、小媳婦看個遍，當真是辛苦。

這回的狀元倒是出了個大意外，頭籌並非花落那個驚才絕豔的蘇選齋，而是個名不見經傳的人，四方寄予厚望的蘇選齋竟意外落到了三甲，讓許多人不甚唏噓。而傅淵卻點了探花，若說在民間，這狀元郎在眾女子的眼中，倒還不及探花郎幾分。誰都知道這探花多數情況下定然是生得十分俊秀出塵，否則怎配得上這二字。

至於崔涵之，他考得也相當不錯，二甲的前幾名，雖不如一甲風光，卻因他生得好，在街上也引來不少膽大的女子。陸婉容的哥哥陸成遙也恰恰掛在二甲榜末，總算是名正言順的新科進士了。

傅琨也確實為這兩個孩子開心，府裡下人都領到了傅念君發下去的賞錢。

知曉這時分是熱熱鬧鬧的遊街，傅念君早就在街邊酒樓訂下了個好位子，定要瞧瞧傅淵的風采。她早前甚至還去邀請了傅琨，傅琨只無奈地朝她搖頭道：「妳啊，真是調皮。」

傅念君嗑著瓜子，心情甚為不錯。

旁人覺得那是天賜的榮耀，可她曉得對傅淵來說，這又是簪花又是拋頭露面，還被人咬著帕子惦記，大概是天下最痛苦之事了。她都能想像到他黑著一張臉，被人往身上甩鮮花香囊的窘迫模樣，何況被點作探花，這時人們的注意就集中到他的相貌上，這大概讓一向清傲的傅淵十分憋屈吧。想到她這位哥哥的表情，傅念君實在不得不出門來親自瞧瞧。

「妳很開心？」

旁邊的聲音溫和輕柔，卻立時讓傅念君收了滿臉促狹之意。

她回頭，只能說：「我這自然是為兄長開心。」

周毓白朝她挑了挑眉，一副完全不信的樣子。

他為什麼出現在這裡，傅念君也很不解，雖說她如今被那幕後之人盯上，不該隨意出府，但也不至於讓堂堂壽春郡王親自作陪的地步。他大概是有些什麼別的計量，傅念君暗忖。

本來最應該出現在這裡的是陸婉容，可陸婉容自從對傅淵的心意戳破後，自然面對傅念君不如往日親近了，今日這般日子，更是羞得不肯出門。傅念君倒是覺得沒什麼，陸成遙也在隊伍之中，陸婉容看自己的親哥哥旁人能說什麼？她卻有點喜歡給自己找不痛快了。

傅念君不大會安慰人，一時也不知該怎麼勸陸婉容走出來，只願她能早點看明白，早點給自己一個解脫。

「妳兄長能有今次機會高中，無限風光，豈不是還要謝謝傅二娘子？」

傅念君被旁邊的人打斷心思，眼睛不由朝他望過去。

周毓白正撐著下巴，一雙微微上揚的鳳眼裡透出光芒，似乎在微笑。傅念君心裡頓了一下，沒來由想起那夢境裡的一個側影。

不知為何，從那次之後，她就會頻繁地想起他。不止是眼前的這個「他」，更是那青檀樹下的「他」。

她低下頭說：「郡王說這樣的話是什麼意思？他是我哥哥。」

「妳這般想看他笑話的樣子，倒是真像他親妹妹。」

聽他這話，傅念君也有點不好意思起來，她在周毓白面前也不用費心撒謊，反正他都能看出來。

遠處的鑼鼓越來越近，傅念君忍不住微微伸長脖子，要去看看那最春風得意的狀元郎。周毓白舉杯喝茶，心道若不是他還坐在這裡，她怕是半個身子都要探出去了。

傅念君今次出來，當然不止是為了看傅淵，更重要的是，她想瞧瞧這批新科進士也只有這次機會了。

或許就有幾個她眼熟的，能讓她想起一些線索。

這一看之下，連傅念君都難免有些失望，心道難怪傅淵會被點為探花，畢竟除了他，這前頭幾人都有些登不上檯面。

這狀元郎黑瘦矮小，形貌寒酸，眼神都不知往何處擺，半點風流氣度都談不上；落後他半個馬身的榜眼比他好些，但卻有些年紀，身量略微發福，一把隨風飄晃的鬍子，讓那些正值豆蔻的小娘子都不願再望去第二眼。

再後面跟著的，就是意氣風發的傅淵，世家公子出身，風度自不必說，如此挺拔俊朗，如松竹一般，帶給人一股清正之氣。有了前頭兩人的襯托，當即便引得旁邊樓上什麼亂七八糟的東西都往傅淵砸，砸得他旁邊牽馬的內侍有些手忙腳亂，算是一路被砸過來的。

其實只要不是太過分的，他並不會理會，但看到有個體積不小的香梨，他就有點忍不住了。真的很痛啊！

那樓上被他一眼瞪過來的小閣內，卻是一陣女子的尖叫，正好就在傅念君的隔壁。

傅念君雖看不大清傅淵的神色，卻也大概能想像，不禁又低頭彎了彎唇角。但她很快又抬起頭，再次聚精會神地將目光重新投向那熙熙攘攘的隊伍。

她這太過聚精會神的模樣，讓周毓白一時側目。

芳竹離傅念君近，她打量著周毓白的神色，急得出了一背心的汗。在她看來，壽春郡王對自家娘子的意思已經很明顯了，若是無意，還會特地來陪她看遊街？若是無意，怎麼會幾次三番地來見面？再說都在一個屋裡睡過了……

可她們娘子，從前就是走在路上有年輕的郎君多看她兩眼，她都會覺得對方思慕自己，反而到了壽春郡王這裡就好像怎麼也不開竅似的。今日是多好的機會啊，生生要被她錯過了！

芳竹藉著遞上一杯茶的機會朝傅念君眨眨眼，示意她要和周毓白多說話。

周毓白倒是好整以暇，似乎一直保持臉朝著她的樣子，傅念君想了想，也確實有兩句話想問問他。

「郡王可知道，這狀元郎是何來路？那位叫蘇選齋的學子又怎會落到三甲？」

周毓白倒確實知道，他著說：「這狀元名喚秦正坤，河東路代州人，家境貧寒，念私學考上高中省元卻還落到同進士的人，這蘇選齋大概也算是前無古人了。

傅念君點點頭。「確實罕見。」

真正的有才之士，不管家境如何貧寒，如參知政事王永澄那般，考了一、兩次試自然就初露鋒芒，到了縣州府後自然會有欣賞他的大人們提攜指點，結個善緣。

大宋尚文，斷不會出現地方上打壓才子的風氣，所以周毓白話中透露的，這秦正坤連這等待遇都沒享受過。

所以要麼就是他確實是運道太好，要麼就是他真是被忽視了的明珠。

周毓白見傅念君興致勃勃，便說起這次殿試的試題，名為「民監賦」。蘇選齋的破題是「天監不遠，民心可知」，他才高又自傲，做好後便興沖沖地捧著卷子打算面呈皇上，可誰知今上看了卷子很不高興，冷冷地讓交給考官，照常閱卷、定名次。考官當然會意，不敢再將蘇選齋放在上等，直接就遠遠地放在三甲裡頭。

周毓白是皇子，這宮裡的事沒人比他更清楚，伺候皇帝身邊筆墨的內侍都是有才之人，有一中貴人喚作桓盈，便有幸目睹了這一幕。他便說只那開頭八個字，就大大犯了官家的忌諱，任憑他後面的文章意涵千秋，都是無用功了。

原因就是那蘇選齋的破題帶了十分濃厚的警告意味，今上如今年紀大了，越加不喜旁人對自己的說教，面對御史台的大人們沒轍，可這個連功名都沒有的布衣又算什麼？他便如此任性了一把。

這任性一回，就足以大大影響此次殿試判卷的風向。考官們由此就特別注意每份卷子的開頭兩句，免得再讓皇帝不高興。找來找去，發現秦正坤的卷子的破題為「運啟元聖，天臨兆民」，他們估計這兩句皇帝一定喜歡。待今上重新到詳定官的辦公地點來，他們便將秦正坤的卷子呈上去，今上看了喜笑顏開，說：「這都是祖宗們的事，朕怎麼敢當？」

就這樣，秦正坤成了第一名。

其實他那篇文章，與蘇選齋的截然相反，只那開頭幾句諂媚之言入了皇帝的眼，後頭寫的，不過是平平無奇。可人生的際遇本就如此奧妙，秦正坤與蘇選齋這兩個人，因為皇帝的一時好惡，自此就顛倒了人生。

傅念君嘆了一聲。「倒是可惜那位蘇學子了。」

「也沒什麼可惜的。」周毓白說道：「他為人頗為張揚桀驁，自視甚高，如若不然，若真是可造之才，如傅相、王相等人又豈會放過？」

傅念君恍然大悟，這就說明皇帝這一舉動在大臣們眼裡其實無傷大雅，考官們和朝堂上的某些大人，或許也覺得蘇選齋在官場上要提拔起來有些困難，所以就由著皇帝去了。

「不過郡王可是有別的想法？」傅念君覺得周毓白把這件事打聽得那麼清楚，肯定是有所圖。

周毓白微笑。「從前或許不會想那麼多，可是如今狀況，總覺得每個細節都不能放過。」

傅念君點頭，那幕後之人有沒有插手科舉之事，她也說不好；那個秦正坤是不是經過他的點化才一舉奪魁，她也不能肯定。但蘇選齋儼然是被廢了，而這樣的人，對周毓白倒反而有用。

他們兩人正說著話，卻聽見外面響起數聲尖叫，來自一些小娘子，可這聲音和剛才被傅淵瞪了幾眼的那種興奮完全不同。

傅念君和周毓白同時起身，傅念君偷偷拉開竹簾一條縫隙往外看，狀元的馬離他們這裡過去還不遠，可此時馬上卻已無人，而後頭幾個騎馬的學子正費力地控制胯下受了驚嚇、恨不得四處亂竄的馬。

這是……怎麼回事？

傅念君不由側頭看向周毓白，他瞇了瞇眼，眼神鎖定對街樓上的一間雅閣。

那裡人影重疊，還傳來嬉笑之聲，傅念君凝神看了看，分明看到了一個熟悉的身影。

周毓白淡淡地撇了撇唇。「又在胡鬧了。」

傅念君覺得他這恨鐵不成鋼的樣子，倒真像是個做爹的。那個正在對街樓上胡鬧的人，除了齊昭若還有誰。

此時齊昭若手裡正拿著弓箭，一雙眼睛冷冷地盯著已嚇得鑽到馬腹底下去的狀元郎秦正坤。

孬種！齊昭若在心中暗罵。

他身邊的一班狐朋狗友聽到他嘴裡嘖了一聲，自然也跟著起鬨，有誇他箭術好的，也有嘲諷秦正坤乃無膽鼠背的，只有周雲詹拉了拉齊昭若的袖子，讓他別再胡鬧。

齊昭若適才射出的一枝箭險險擦過秦正坤的頭頂，人們只聞破空之聲，跟著就見那箭矢狠狠釘在臨街一小販搭作舖位的木板上，此時正有兩、三人圍著奮力拔出那枝箭。

那遊街隊伍中的內侍都是宮裡人，自然認得這幾位大爺。領頭那內侍心裡暗暗叫苦，得罪了這一位，還不知邠國長公主怎麼去宮裡鬧呢，只好派了個小黃門（注）上樓去「慰問」這位不知怎麼被狀元郎惹到的齊家郎君。

一番嬉笑，也沒人真敢把齊昭若怎麼樣，那位被嚇破了膽、不斷被眾人指指點點的狀元郎秦正坤，自然也不敢為自己討什麼公道。

齊昭若感受到樓下有人投來的視線，回望過去，眼神對上，正是高坐於馬上的傅淵，定定地望著他。

傅淵好像第一次認識齊昭若這個人，齊昭若也是第一次見到這個未來傅家的掌事人。

自他上次和傅念君談過之後，心中便考量著有意尋求傅家的同盟，但是這段時間他有別的事耽擱，而且傅家的境況也讓他起疑。

就如這個傅淵，這樣聲名赫赫的探花郎，他竟無半點印象。

齊昭若只能得出一個結論，傅家的命數已被人改過，如此一來他只能保持按兵不動，好好再觀察觀察這對傅氏兄妹。

而他這段時間忙的其他事……

他微微轉回頭，朝同樣正望著樓下蹙眉的周雲詹笑了笑。「在看什麼？」

那張不同於尋常漢人、稜角分明的臉，此時像籠罩著淡淡的薄霧，讓人覺得很是疏離。

周雲詹素來不屬紈絝那掛，在宗室裡地位也不算高，眾人都想不通這位馮翊郡公怎麼會和齊昭若臭味相投玩在一起。早幾年的時候，兩人一同出現的場合確實不少，只是後來也就淡了。但

注　北宋時屬入內內侍省，為初補內侍，即小太監。

是最近齊昭若卻好像又突然想起這個人，三番兩次地邀約，他那些酒肉朋友都不大喜歡周雲詹的冷臉，可是齊昭若依然故我。

周雲詹搖搖頭，只問他：「你好端端的，惹他做什麼？」

齊昭若大剌剌地癱在一把椅子上，滿不在乎地說：「瞧他那窮酸樣不順眼。」

周雲詹蹙了蹙眉。齊昭若打量著他的神色，心底冷笑。

他為什麼要試探周雲詹，其實也是當日傅念君的話給了他一點啟發。他要找那個害了自己的凶手，在毫無頭緒的情況下，他只能用最蠢的法子將不可能的人排除，其餘的一個個去試。

雖然蠢，但是未必沒用。

他知道，今上崩後，繼位的是三皇子崇王，至於其他人……

大皇子肅王被貶庶人後幽禁半生，二皇子滕王親手弒弟也不得善終，周毓琛死狀最為淒慘，而他的父親周毓白則是雙腿被廢、被圈禁十年……

除了崇王，全都是敗者。

世人的想法都很簡單，成王敗寇，榮登大寶、擁有一切的人，自然就是造成這一切的罪魁禍首。年少時的周紹敏一腔熱血，將母親的死、父親的殘、自己得不到的父母關愛，全部歸咎於帝位上的那人。

終於，等他有足夠能力策反禁軍，一擊將帝后太子諸人全部殺了，他才覺得自己替父母、各位伯父和周家列祖列宗們報了仇。

死前意氣風發，死後重生又憋著一口氣，等如今終於緩過勁來，他才能好好想想這些事。想到自己的幼稚，和生前那股自以為是、不服輸的勁。

其實今日的崇王，日後的皇帝，並不是最終勝者。

他沒有贏，贏的那個人，是最後活下來的人。

所以他那四個伯父都能排除嫌疑，剩下的，他自然很快就聯想到宗室裡，那幾個幾乎被人遺忘的角色。

周雲霰、周雲詹、周雲禾……

三十年後天寧節的那個夜晚，帝后太子全部伏誅，他周紹敏也死在了宮門口，有他這個叛賊兒子，周毓白必然也沒有好下場。

太宗嫡系的皇子皇孫全部殞落，這樣好的機會，自然就便宜了宗室裡這些郡王、郡公。

他不知道這些揣測到底能不能做真，也不知道這些宗室子弟是否此時就已一片狼子野心，他猜不透，只能一個個去試。

周雲霰乃太祖後裔，平時就被皇城司盯著，周雲禾又年紀尚小，只有這個周雲詹，寥寥幾次會面，都讓齊昭若覺得深不可測。因著這個原因，他近來的心思，自然都放在了周雲詹的身上。

周雲詹見他眼中毫不掩飾的殺意，只微微垂眸，狀似無意地瞥了一眼重新爬上馬背、正瑟瑟發抖的秦正坤。

「到底是狀元郎，長公主知道了，怕是又有幾天不讓你出門了。」

齊昭若瞇了瞇眼，將視線重新投在那架弓上。若是可以，他倒是真想一箭射死那個秦正坤了事。

他本就不善於勾心鬥角，最中意的法子就是將日後會給他父子帶來困厄的人全部殺了。今日是他沒有忍住。

理智回籠，齊昭若也不得不承認，他總是會犯這樣意氣上頭的毛病，他與周毓白之間尚且隔著一道厚厚的藩籬無法跨越，他如今是邠國長公主的親兒子，不再是周紹敏了。

他總是無法協調好這個身分。

「關就關吧，也不在乎這幾天，喝酒。」

他站起身來，直接去拿桌上的酒壺仰頭往嘴裡倒，這舉動立刻引來幾個人爭相模仿。

紈絝們學不來才子們的清雅，倒是崇尚起這別樣瀟灑。

周雲詹見他此狀，眸光也閃了閃。

對面樓上的傅念君知道這情形後，自然立刻就變了臉色。

她記不得秦正坤了，可顯然齊昭若記得，否則就不會有這一箭。也說明，這秦正坤確實是和周毓白大有關聯的人，起碼是害過他的人，讓齊昭若一見之下就失控了。

果真不是什麼巧合麼……

傅念君不禁又有點在心裡惱怒齊昭若這廝衝動，若他真要為他爹爹著想，豈能做事還這般不經過大腦？

她自己只因破了魏氏那一局，即刻就引來殺身之禍，齊昭若這一箭，同樣可能引起對方的猜疑。他這不是把自己跳出來當靶子麼，周毓白真是生了個蠢兒子！

她突然又意識到自己其實沒資格來替周毓白生氣，只好轉而在心裡說服自己，她沒有生氣，她這是為了自己。

她雖不喜歡齊昭若，可到底如今他們的立場還算一致，她是為了活命，他是為了報仇，他還不知她的存在，可她知道，她不希望他就此殞命，徹底輸給了幕後之人。

外頭的熱鬧漸漸散去了，隊伍又重新向前移動，鑼鼓喧天，這一場玩鬧很快被人遺忘。

傅念君悠悠鬆了口氣，這個秦正坤，還得去問問傅淵……

她正這麼想著，就注意到周毓白的視線，似乎已經打量了她許久。

「郡王……我臉上有東西？」傅念君訕訕地問。

周毓白的眼神有些不同於適才的溫和，多了一絲打量和疏離。

她知他心細如髮，此時必然已連想到齊昭若身上去，畢竟她的反應太奇怪了。她胸中一跳，手心冒汗，直覺可能他接下來要問的話，自己會答不上來。

想到當日在傅家梅林之中，她是如何信誓旦旦地向他賭咒，說自己和齊昭若斷無半點關係，彼時她是真正想以幕僚之位自處，知道要向他表了決心，他才會肯護自己、與傅家合作。她知道他雖後來救了齊昭若，一大部分的考量是出於局勢，邠國長公主的心思至今仍在肅王那裡，周毓白就始終不會視齊昭若為自己人。

傅念君心底叫苦，她和齊昭若的關係說起來真是孽緣，他殺了她，可是又和自己同病相憐，兩人自三十年後而來，皆是為了改命求生、挽救家族。

這種關係她怎麼好對周毓白啟齒呢？若他此時對她起疑更是大麻煩，現在的傅家和她，已經和周毓白確確實實綁在一起了。

不知為何，此時望著他冷冰冰的眼睛，傅念君也沒什麼別的想法，只想請他相信自己，話到嘴邊，卻又一時全堵住了。

可是沒想到周毓白卻暫且放過她，只說：「妳哥哥高中，貴府恐怕今夜辦席面要忙，時辰也不早了，不如妳先行回去吧。」

傅念君咬了咬唇。「我……」

周毓白微微笑了笑。「放心，今天這樣的日子，妳是安全的。」

傅念君也不再多說什麼，翻上兜帽，推門出去了。

這間茶樓今日人多，傅念君甫踏出門，就被旁邊房裡衝出來的人差點撞了個踉蹌，是個身形渾圓的小娘子，她直接跑下樓梯，嘴裡還哭喊著：「這種窩囊鼠輩，怎麼好嫁！爹爹害我！」

身後有人急急地喚她，她哭著回過頭來，圓臉細眼，鼻子生得大而拙，嘴唇上翻，牙齒微凸，而此時更是脂粉糊了滿臉，褐黃色的肌膚再擋不住。對方這一回頭也看到了傅念君，愣愣地朝她盯了一眼。

那姑娘身後又趕來了兩、三個小娘子，皆不是什麼美人，此時察覺到她的目光，也都轉過頭直接在樓梯口打量起傅念君。

傅念君注意到她們所在的客室，猜測這些小娘子應該就是剛才朝著傅淵投擲果子的人。

她並不歧視醜女，可對這般無禮的人沒有什麼好感，只得將兜帽往下又拉了拉，快步走下樓梯。

那一開始還嚷著「爹爹害我」的小娘子倒是立刻不哭了，由著那兩、三個小姊妹追上了自己，幾個人偷偷地咬耳朵。

芳竹一路都悄悄捂著嘴，只敢出了門後偷偷向傅念君嘀咕：「娘子，她們剛才應該沒看清咱們吧？」

「那幾個是什麼人？」傅念君問道。

聽芳竹的意思，該是她們認識的。

芳竹倒也不意外傅念君想不起來，畢竟傅二娘子在這東京城裡沒朋友。

「是孫計相家中的小娘子啊，您小時候和她們常見，不過嘛……」她嘿嘿笑了兩聲，不敢再說下去了。

小時候您不是每回逮到了都大罵人家醜女、豬臉，把她們孫家從夫人到僕婦全得罪遍了，好在傅琨和孫秀兩人交情深厚，沒有為兒女之事交惡。

到了後來，就是人家反過來瞧不上傅念君了，覺得她花癡放蕩，多看她一眼都嫌礙眼，連帶和傅家所有小娘子關係都不好。

所以因著父輩，本來最應該成為手帕交的孫、傅兩家小娘子，成了如今的陌路不相識。

傅念君恍然，原來就是那位孫計相家中的三個千金，他們家中大娘子該有十八了吧，應該就是剛才那位……

確實是婚事艱難了。

只是傅念君沒空對她的相貌身段評頭論足，她想起剛才對方嘴裡說什麼鼠輩、窩囊、嫁與不嫁的，又是怎麼回事？難道是指秦正坤？

孫計相是此次榜下捉婿的中堅力量，早就瞄準了狀元郎，只是人人都當狀元大概十有八九花落蘇選齋了，即便他馬失前蹄，二甲進士也總跑不了。可誰知他一敗塗地，反而冒出了個秦正坤，難道說孫計相就立時改主意，要招秦正坤為長女婿了？

然而傅念君越想越覺得有可能。孫秀居此高位，比之傅琨也不過差半個肩膀，殿試的名次不是今天才出來的，他有心打聽，提早得到了消息也不無可能。他幾個女兒可能是今天趁著遊街來看看這些新科進士，那孫大娘子就目睹了剛剛秦正坤被齊昭若一箭嚇得鑽到馬肚子底下的場景，由此大失所望，才有適才的失態之舉。

傅念君剛剛才肯定這秦正坤與幕後之人有關聯，轉眼又得知他或許要成為孫秀的東床快婿，這局勢對傅家和周毓白，可就是大大的不利了！

「回家！趕緊回家！」

傅念君大聲催促趕車的郭達，她要立刻去探探傅琨那裡的口風，究竟是不是她猜的那樣。

芳竹和儀蘭完全無法理解傅念君這忽而變了三變的臉色，撞見了孫家小娘子們而已，怎麼好像如臨大敵？

而那邊樓上的孫大娘子也被勸住了，她的妹妹孫二娘子替她擦眼淚，在她耳邊輕聲勸哄：「大姊，可不能再說那樣的話了，幸好這裡沒人認得妳，沒被什麼人聽去，不然可怎麼好。」

嫁與不嫁的，還編派起自家爹爹來，可是不孝的罪名。

孫大娘子被妹妹勸哄著往回走，那邊還有兩個小姑娘卻是一對眼，一個輕道：「怕還是讓人聽去了，剛才那個……是傅家二娘子吧？」

這位是孫大娘子的表妹，姓于，父親在鴻臚寺當差，在晉國公趙家與傅念君有過一面之緣。

孫大娘子擦乾了淚，也輕聲道：「果真？我還以為我看錯了。」

許久未見，剛才傅念君又只露出半張臉，她實在不敢確定。

對方點點頭，當日趙家文會，傅念君和錢婧華兩個怕是沒什麼人不記得，一眾未嫁小娘子，沒有哪個能蓋過她們的風頭。

孫家三個小娘子生得不好看，尋常也不大參與這樣的活動，而傅念君在趙家文會露面，怕也是這幾年的頭一次了。

孫大娘子咬了咬唇，有些不忿。「她為何出現在這裡。」

孫家二娘子和三娘子對視了一眼，頗覺無奈。

孫家三個女兒都不好看，可是心態卻大不相同。孫大娘子恨嫁已久，又因身為嫡長女處處被人拿去比較，兼之從小受母親溺愛，心中便常常有不平之意，只覺得自己這般家世才華，被相貌拖累太過，就又怨恨起天下男子都是有眼無珠，只識那些紅粉骷髏。長此以往，她日日在痛恨中掙扎，難免有幾分不正常，孫計相為此也覺得對不起她，更縱容助長了她這脾性。

孫二娘子雖然長得也不好看，卻比她姊姊好一些，起碼身量苗條，自己也願意花時間調理飲食香膏等彌補自身不足、修身養性。她也不愛爭搶，與傅念君同年，及笄還未滿一年，將將到了說親的年紀。

孫三娘子年紀最小，還十分怯懦害羞，因為懼怕大姊時常發脾氣，就跟著二姊讀書學習，孫家又是詩書世家，因此氣度看來還是不錯的。

孫二娘子嘆了一聲去勸她大姊，她能夠理解姊姊這種不平，適才匆匆一眼，傅家二娘子精緻的半張小臉在兜帽下難掩光華，如雪如緞般的肌膚透著瑩潤光澤，正是大姊日日羨求也求不來的東西。

乍然見到秦正坤是那般慫樣，又被那個傅二娘子比到了塵埃裡，孫大娘子便有些受不了。她立刻站起身，對眼前三個妹妹道：「她畢竟本性難改，在外頭會男子，我們去看看到底是何等人物！」

「不可啊大姊……」

「斷斷不行的……」

三人連番勸阻，可孫大娘子哪裡肯聽，憋著一股邪火就要去隔壁扣門。

9 孫家有女

周毓白待傅念君走後，就獨自坐在桌邊飲茶，望著那澄清的茶水就一陣心煩意亂，恨不得此時手邊多幾杯酒出來。

單昀去了通州送信，此時在他身邊跟著的是暗衛裡調出來的陳進，他隱在角落裡，連呼吸都讓人無法注意。連他都能看出周毓白此時的不悅。

周毓白也不知自己在患得患失什麼，他知道傅念君對自己有所隱瞞，可是她這隱瞞卻與齊昭若有莫大關係。他們兩個人之間不是尋常關係，可又確實不似外頭傳言般的男女之事。

難以言說的羈絆。這個發現確實讓人不悅。

他手裡轉著茶杯，覺得自己這想法荒謬，可又無法不在意。

墜馬受驚後性格倏然變化的齊昭若，與從前傳聞迥然不同的傅二娘子，預知前事、能提前示警……

傅念君或許已非傅念君，齊昭若亦不再是齊昭若。

這般鬼神虛妄之事，即便要去相信都是艱難，更別說如今只是他的揣測了。

他甚至剛才起了念頭要將齊昭若抓來問問，可一瞬間又止住了心思。他幾時會這般衝動了，傅念君此時待他之心不過如此，他硬生生要去挖她的祕密乃不智之舉。

周毓白幽幽嘆了口氣，他會等她自己告訴自己的，至於齊昭若，只要鬧得不是太過分，他不會去插手，也沒資格插手。他與邠國長公主這個姑母能保持著如今的關係，就已經不錯了。

周毓白的思緒此時卻驀然被打斷，他聽到門外的推擠吵鬧之聲，角落裡的陳進立刻要動身，周毓白朝他使了個眼色，他便一躍藏身於房樑之上，靜觀情勢。

今日外頭人多，這茶樓裡的夥計也不可能盡數照顧到。周毓白尋常也不大出門，也並未勞師動眾，那門外幾人分明是女子，他直覺是有人走錯了房間，可誰知門外一陣推搡後門便被輕輕推開了，一個女子的聲音鑽入他耳內：「我偏要看看傅二的男人是什麼樣子……」

傅二的男人……

躲在房樑上的陳進差點腳跟一滑摔下來。周毓白頓時就黑了臉。

可是門外的聲音卻戛然而止了。

因為屋中的青年緩緩轉過頭，背著日光，卻依然能見到他清俊的輪廓，身形瘦而挺拔，可是那冷冷射來的視線就半點不像這屋裡的暖意融融，彷若在千年雪山頂上淬煉而出的清冷。

如神仙中人，讓人難以直視褻瀆。

他沒有說一句話，僅僅是這樣望過去，就讓那門口擠作一堆的小娘子們失了話音和動作，久久無法回神。

陳進見周毓白沒有指示，也不敢稍有動作，畢竟看來並不是刺客。

孫大娘子的話音戛然而止，她在隱約見到這少年郎君面容之時就愣住了，再也說不出一句無禮的話。孫二娘子第一個回神，臊紅著一張臉，再也不敢朝周毓白投去第二眼，匆匆道了一聲歉，就拉著孫大娘子的手把她拖走了。

門扉重新闔上，一室寂靜，陳進躍下來，見到周毓白臉上的不悅。郎君被這樣冒犯，怕還是頭一次吧。

周毓白朝陳進飛過去的眼神都像帶著冰刃，陳進渾身僵硬，只好說：「郎君，要卑職去打聽打聽那幾個小娘子的底細嗎？」

周毓白只是淡淡地不說話，這小子還沒練出單昀的眼色。

陳進卻只想抹額頭擦汗，心道剛才和傅二娘子在一處時，郎君那表情神態還春風化雨的，轉眼就成了這冰天雪地，實在讓他這個做下屬的難以招架啊。

「走吧。」周毓白站起身，不再多做停留。

而另一邊，那四個小娘子直到回到了雅閣裡，仍還是臉紅心跳，暗自回想著剛才那一幕，她們就覺得腦中一片紛亂。

尤其是孫大娘子愣愣了半晌，才揪住妹妹的衣袖忙問：「那人是誰？」

這傅二偏愛美少年的毛病可是一點都沒變，竟還真能找上這般、這般出眾的……

孫大娘子還抿著嘴，仔細回味著適才那讓人今生都不會忘卻的驚鴻一瞥。

周毓白不太在人前露臉，她幾個一時也沒猜到是他，倒是孫大娘子的表妹于娘子琢磨了一陣，喃喃道：「似乎有些眼熟來著……」

周毓白的畫像那會兒私下流傳，她也是有幸見過一、二次的。

她突然一驚，忙壓低聲音道：「不會是那位壽春郡王吧？」

孫家三個小娘子也都愣住了，孫大娘子第一個反應過來，大聲道：「不會的！不會的！」

和傅二在一起的人怎麼可能是壽春郡王？

孫大娘子如此激動，旁人也不好再說什麼，孫二娘子只好勸她：「大姊今日實在是唐突了，即便傅二娘子出門會友，和我們又有什麼關係？這樣闖進人家房裡去，若裡頭的人認出我們，豈不是讓爹爹丟臉？」

她一邊勸一邊朝妹妹使眼色，孫三娘子也立刻會意，知道大姊怕是又犯病了，若是惹她不快，一會兒這屋裡的東西怕是全部要被砸光。她忙把隨身攜帶的藥丸掏出來，遞給自己的二姊。

孫大娘子還犯倔不肯吃藥，孫二娘子又是一陣好哄好勸，才終於讓她吃了藥穩住情緒。

其實倒也不怨孫大娘子心裡有點別的想頭，她身為孫秀的嫡長女，本就是地位非凡，若非生得這般，當皇子正妃也是使得的，她母親從小也這麼念叨她。可與她年紀相仿的六皇子、七皇子皆是人中龍鳳，又怎麼會屈就她這個醜女，而再往上的二皇子、三皇子，年紀大不說，又是傻又是瘸的自然不能與孫家結親。

傅念君身為傅琨的嫡長女，又生得如此出眾，本該將孫家這幾個甩開很遠，可她自甘墮落，名聲糟臭，不過也能間接安慰一下婚姻不順的孫大娘子了。

可今日乍見傅念君的美貌，又得知她可能與那位如新雪皓月般出眾的壽春郡王偷偷私會，兩廂對比，孫大娘子如何會不崩潰。

孫二娘子倒是看得很透，相貌是天生的，人家傅二娘子好與壞都影響不了孫家人，因此她也只把這事兒當作她大姊的一次犯病，只叮囑妹妹和表妹，不許對旁人多言，免得引出些不必要的麻煩。

§§§

傅琨這日也因為傅淵高中，多喝了幾杯酒，到了晚間才與傅念君見上了面。

傅念君親自熬了醒酒湯，命人給傅琨和傅淵送去。傅琨知她不會無緣無故等自己說話，一定有事要問。傅念君這才把今日街上的事說了一遍，又問孫家如今對秦正坤和蘇選齋有什麼打算。

「我聽爹爹說，孫世伯先前有意招蘇選齋為婿，可今日這孫大娘子的情狀，彷彿不是這麼個情況？」

傅琨長長嘆了一口氣，前兩天時他其實已經隱約知道了。

「妳孫世伯這事確實有些不厚道。」他說著：「因為蘇選齋落了三甲就棄他，這非是君子之道，莫不成就只能狀元是他家的才成？」

蘇選齋和孫家大娘子未訂親，只是這消息總歸多少被人傳出去了，那蘇選齋又是個張揚性子，在江浙學子中怕是不少人知道，他等一放榜就要成為孫計相的女婿了。

「那爹爹是如何勸說孫世伯的？」傅念君覺得傅琨既在心中不認同孫秀這般做法，一定會出言說兩句。

傅琨只說：「我勸他，這秦正坤他若喜歡，招了女婿也無不可，可蘇選齋這事兒既然已放在那裡了，也不可當作沒發生。他還有兩個女兒，也早就可以說親了啊。」

傅念君恍然，即是叫秦正坤和蘇選齋都做了孫家女婿，這倒是能體現孫計相愛才敬才之舉，還言而有信，不以功名論高低。

只是這境界不是每個人都有，傅琨是打定了主意今後要急流勇退，自然可以，但是孫計相無子，這當口顯然還要再為老妻女兒們在前程上搏一搏，犧牲一個女兒給蘇選齋這個人，顯然不值得。因此他恐怕是不會接受這個建議的。

但傅念君也覺得有些奇怪。「孫世伯給三個女兒挑挑揀揀這麼久，若是有合適的也早就定下了，他如今咬著不肯鬆口家中二女兒的親事，會不會是已經有安排？」

傅琨默默點了點頭。

「前陣子官家身體有恙，肅王日日服侍榻前，幾日幾夜不闔眼，人都瘦了一圈，回去就病了，舊傷未癒，又添新病，官家和太后娘娘都很心疼。」

這話兒傅琨沒拆穿了說，可傅念君卻聽出來了。看來這陣子宮裡的風向，在往肅王吹啊。

她抬眸。「爹爹的意思是，孫世伯家中二娘子的親事，要往肅王殿下那裡……」

傅琨坦言：「不是肅王府，卻也不遠了，大約是邠國長公主那裡。」

傅念君愕然，邠國長公主府裡，不就是指齊昭若？

她知道齊昭若逃過死劫，必然往後的際遇是她所不能預知的，只是沒想到這變化來得這麼快、這麼讓人覺得……有點好笑。

她想從前的齊昭若如果在，對於娶這麼一個夫人，大概是死活不會同意的，但現在的齊昭若麼……她其實也不知道，卻有點抑制不住地幸災樂禍。

傅琨打量著她的神色，覺得她好像有點在憋笑，不禁嘆了口氣。

「妳這調皮性子，是越發不加收斂了。」

傅念君聽他這半含責備的話，口氣就先軟了三分，帶了些撒嬌意味。「那爹爹覺得這事能不能成？」

傅琨嘆了口氣。「不好說啊。」

傅念君望著他的神色，覺得牽扯到立儲之事，傅琨的態度有些不似從前了，他是不是有些新的考量？

傅琨回過頭，看著傅念君的眸光閃了閃，欲言又止。

「爹爹……」

傅念君正想問，傅琨卻自己岔開話題：「恩科已畢，妳三哥眼看就要入朝，他的親事也要相看起來。念君，還有妳……」

傅念君笑了笑。「我不急的，總得先緊著大姊。」

傅允華那裡聽說也已經相看了，同樣是今年的新科進士，只是出身不高，相貌才華名次都不算特別理想。

四房的金氏自然不肯，可是四老爺不耐煩這些事，隨便就給女兒定下了。而傅琨是早就撂開手不打算過問的，傅允華自己也沒臉再求到伯父面前，只能就先這麼商量著，還想著能不能天上砸個餡餅下來。

「爹爹可是給三哥相看好了？」

傅琨搖頭。「總要讓他自己先中意。」

傅念君暗道，等那塊冰山自己先動心，怕是很困難。

接著，她見傅琨露出疲態，本想再問問秦正坤的幾句話也難出口。總歸狀元郎是欽點，她也不能做主更改，想著就暫且把這事放下吧，與傅琨告辭幾句就離開了。

門外候著的是一個圓潤肥矮的婆子，姓姜，也是從前大姚氏手底下的人，幫著淺玉和傅念君協理家務。

眉兒死後，傅念君沒有急著把柳姑姑調回來，反而又派了兩個人手過去，請她們好好照看柳姑姑，如今她自己的身邊還是危機四伏，想著柳姑姑暫且留在府外也好。

姜婆婆給傅念君回稟了幾句交代的話，主要是今日送來給傅淵的賀禮，傅念君心細，想著其中或能瞧出些送禮之人的心思。

姜婆婆特地來這一趟，就是告訴她，崔家的禮十分之厚，原本在上回退親那件事後，崔家與傅家畢竟起了嫌隙，崔家的奚老夫人再有能耐，也不至於這兩個月上門討嫌，但歇了沒多久，顯然她心思又活泛了。

難不成他們還沒放棄？傅念君琢磨著。

自己這條路走不通，就想走傅淵那條路？如今傅淵正是鮮花著錦，若是不出意外，就會入值集賢院。每年恩科結束，受皇帝青眼的學子都有幾個固定去處，不出昭文館、集賢院、史館三館，或廣文、太學、律學三館這幾處，經過歷事才能放個外任，日後回京就職，步步高升。

集賢院中的老大人個個都德高望重、學富五車，而因集賢院不設常職，他們同時又兼京中高位，傅淵跟著他們若能得一二提攜，必然是受益匪淺。

傅念君倒覺得傅琨在兒媳婦之事上不用愁，傅淵如此風度相貌，往集賢院中一放，長眼睛的大人自然會相了他去做女婿，雖說礙於傅琨，他們的選擇或許會受影響，但是傅淵本人無疑是能大大加分的。

也更因如此，人人都知道傅淵日後只會越來越好，有意來結親的人家自然就坐不住了。這位奚老夫人怕也是抱著這個念頭，崔家女成不了正妻，當做個貴妾怕也是好的。

傅念君勾唇笑了笑，關於傅淵的婚事，還不用她來發愁，傅淵若真那麼容易任人擺弄，就不是傅淵了。

她沒有為崔家擔心，反倒為陸婉容擔心，特地多問了姜婆婆一句，二房那邊的禮可有踰越。這話問出口她又覺得自己傻了，陸婉容上頭還有個陸氏呢，怎麼可能出這樣的紕漏。

但她終究放心不下，第二天就去了二房，先和陸氏打過招呼，兩人沒細說，陸氏就讓她先去見陸婉容。

陸婉容如今的氣色倒是好了不少，人也不似從前萎靡，雖然還是瘦，精神倒是不錯的。但傅念君前世做了她的女兒自然知道，陸婉容是個心思重的人，沒那麼容易走出來。這些日子陸婉容對自己也多有避忌，傅念君也不好開口直接提傅淵。

她與陸婉容閒聊了幾句，倒是陸婉容主動提起了。

「傅三表哥才高，點了探花，我昨日並未親自去賀喜，念君，妳莫怪我。」

傅念君道：「自然不會，哥哥也不會計較，大家都是親眷，何必拘泥虛禮。」

陸婉容咬了咬嘴唇，躊躇了一下，開口便問：「妳的親事，傅相公可有籌畫？」

傅念君不料她開口就問這個，只道：「婚姻大事我又豈敢過問，爹爹如何想法，我也不知道。」

她邊說，邊打量陸婉容的神色，心裡越來越奇怪。陸婉容此時是個心性未定的少女，很不擅長掩藏心思，她問這話就一定是事出有因。

陸婉容朝她淡淡笑了笑。「是了，是我失禮，我們做女兒的，自然事事都聽家族安排。」

傅念君額際一陣跳。不對，她若真有這番心思，又豈會有傅寧那回事，陸婉容一定是有了心事，還是與姻緣有關，還不願告訴自己。

傅念君去握住了她的手，只覺得那手冰涼入骨。她用掌心替陸婉容取暖，說道：「妳心中有什麼念頭，不如告訴我，瞧妳，別再把自己折騰病了。」

陸婉容緩緩搖了搖頭，抽出了手，垂下眼睛，長長的睫毛有氣無力，眼中閃過一絲落寞，只說：「念君，有妳在，真好。」

傅念君見狀，更加肯定這段時間陸婉容身邊有事發生，心中立刻鎮定下來，四下覷了覷，想尋找有無異常，果真見到陸婉容手邊有一冊書，裡頭夾著兩張花箋，一杏紅色一淺青色，十分花俏。

傅念君多覷了兩眼，陸婉容就急急忙忙將那兩張花箋塞了回去，本來也只留了兩分心，可這一欲蓋彌彰的舉動立時就讓傅念君的懷疑上升到了七、八分。

陸婉容素雅喜淨，不會偏愛如此俏嫩的顏色。

傅念君對她笑了笑，陸婉容很快將臉上的一抹慌張神情斂去，和傅念君談起家常來。

兩人說完了話，傅念君立刻去見陸氏。

「二嬸可曾留意過三娘慣用的花箋？我適才瞧她手裡兩張花箋皆非凡品，還不欲我看見，彷彿是謝公十色箋。」

謝公十色箋不說十分珍貴，也不易得，傅念君並不記得陸婉容有收藏花箋的雅趣。

陸氏聽她這麼說，也立刻發覺不對，馬上招來了一個丫頭相問，那丫頭答，平素陸婉容寫最重視的信箋也不過是用薛濤箋(注)，並未看過她手裡有什麼謝公十色箋。

那麼這東西，無疑就是從旁人手裡得來的了，十色箋，共有十張，還有的必然在對方手裡。

傅念君幾乎第一時間就想到了傅寧。

陸成遙前段時日與傅淵一樣，忙於備考，怎麼可能有心思來討妹妹的歡心，而陸氏的兒子傅瀾素來玩心重，這幾日又不在府中，陸婉容態度又如此遮掩，唯一的可能，就是傅寧了。

陸氏直直地望著傅念君。「妳不會無端留意她手裡的兩張花箋，就直說吧，妳懷疑什麼？是否她又與妳三哥那裡……」

傅念君搖搖頭。「應當不會，三娘不是那樣的人。」

陸婉容也是受陸家教育長大，即便一時心裡還有傅淵，也斷斷不會再做出什麼越軌之舉，這點傅念君和陸氏都能肯定。

注　唐代名妓薛濤所製的深紅小彩箋，如今亦指紅色八行箋。謝公十色箋則為宋初謝景初受薛濤造紙箋的啟發，在益州設計製造出「十樣蠻箋」，即十種色彩的書信專用紙。

傅念君想到了剛才陸婉容在提到親事時的悵惘神色，立刻想到了一個可能。「二嬸有多久未與陸家聯繫？會否陸家已替三娘訂下親事了？」

陸氏蹙眉。她與娘家關係並不大好，而陸婉容是跟著外祖母長大的，與父母關係也淡薄，也因此到傅家來一住這麼久，仰仗著姑母和大哥反而讓她更覺自在。

「我這就寫信去問問。」陸氏說著：「這事來得古怪，妳也知道她，有什麼話都喜歡憋在肚子裡，讓人不耐煩猜。」

這倒是，傅念君也曉得，陸婉容不笨，可是心性有時卻太過敏感細膩，總愛想得多。而陸氏性格冷然，自然不耐對她噓寒問暖、時時寵著，姑侄倆平素也不大會比肩談心，陸氏偶有一、兩句提點，陸婉容也不易像傅念君般容易體會。加上出了傅淵那件事，她如此一個人憋在屋裡，就更容易心思鬱結。

前幾個月傅念君得空，還能多陪陪她，可是這段時間來她自己都自身難保，哪裡有空日日來陪陸婉容解悶。

「我也是適才偶然聽她提及，似乎對姻緣之事有種無力和認命之感。」傅念君說著。

陸氏輕輕嗤笑一聲。「朽木。」

她輕輕瞥了一眼傅念君那略顯焦躁的神色。「妳心裡是否已經知道誰給她傳花箋了？對方是想藉著三娘婚事不順下手？我倒不知這傅家還藏著這麼個有野心的主，想藉此攀附陸家不成。」

傅念君知道瞞不過陸氏，幾句話一說，陸氏就和她想到一塊兒去了，她只好嘆氣。「我懷疑是六哥兒房裡的伴讀傅寧。」

陸氏說：「好，我去仔細查查。」

陸氏向來就是這樣，不問因果，做事果斷。

傅念君心裡有些不好受，可又有點鬆了口氣。陸婉容一生悲慘，究其原因是她這一輩子在這個節骨眼上踏錯了重要的一步。她不知傅寧是用何種圈套誘她入局的，只能防範未然。好在二房裡有這樣一個陸氏，只要陸氏留心留意，傅念君相信這次陸婉容的事一定能夠挽救。

就是傅寧……她不知道他結局會如何。

§§

隔天，陸氏就送了急信去西京洛陽，並招來陸成遙問話。

陸成遙馬上要啟程回去，畢竟他高中，總要回家的，只是京中座師同窗輪番慶賀，耽誤了一、兩天。陸氏問他陸婉容可要同行，陸成遙老實交代，妹妹有些不舒服，或許並不與他同行。總之很快他就要回來就職的，覺得妹妹留在傅家反倒方便。

陸氏意識到這裡果真有問題了，陸成遙是真的什麼都不知道。而陸婉容可能是在逃避，逃避回洛陽老家，或許真就像傅念君所猜測的，陸婉容與親長發生了什麼事，只瞞著她和陸成遙。

陸婉容則發覺這兩天自己屋外似乎多添了兩個婆子，來回走動，見到出入的丫頭更虎視眈眈的，她自己要出去走走也覺得她們似乎盯得很緊。

是因為她做了什麼事？陸婉容心裡不由忐忑了一下，可轉念一想，她與傅寧之間不過是君子之交，斷無什麼曖昧可言，他不過是好心幫過自己幾次忙而已。

陸婉容想來便覺得一陣惆悵，看著那兩張花箋呆呆地出神，傅淵就是喜歡謝公十色箋的啊……

一次偶然的機會，她在花園裡遺落了一篇謄抄的傅淵的文稿，被傅寧拾到了，陸婉容當即嚇得臉色慘白，可傅寧卻溫和地將東西交還於她，還微笑著坦言：「我也十分欣賞三郎君的才華。」

他們二人此前也有數面之緣，還曾一道受過傅梨華的奚落，當時為他們解圍的就是傅淵。二人同樣對傅淵懷著熱忱的欣賞之意，加上傅寧為人溫和，言談有趣又坦然磊落，陸婉容心裡便漸漸對他生出一些親近之感。

他們一樣仰慕傅淵，一樣在傅家地位尷尬，這樣的情緒帶動著，陸婉容自然就視傅寧為朋友。而且她如中毒般不可自拔，日漸無比期待著從傅寧口中聽到有關傅淵的隻言片語。

人人都不知道，這段日子，傅淵漸漸成了陸婉容心中一個隱晦的創口，連她自己都覺得要發黴腐爛之時，傅寧的出現無疑就像一味緩解痛苦的良藥。

她心裡許多連不敢對傅念君表露的情緒，似乎都能夠找到一個出口。

她對傅寧絕無什麼男女之意，只當做個十分特殊的朋友罷了。這麼想著，陸婉容便也不管外頭走動的婆子了。

陸氏總覺得陸家不對勁，因此多留了一個心眼，除了陸婉容，也讓陸成遙暫緩兩天回去，她總要把洛陽的消息弄明白才肯放心。

自然，她當然不知道，此時這多留的一個心眼，會使陸成遙的人生發生不小的改變。

陸家的信很快就來了，是她的兄長，陸成遙和陸婉容的父親陸三老爺親自修書。

陸三老爺的信裡什麼都沒提，平常得很，可就是太平常了，有種故作輕鬆的冷漠。

緊接著，陸氏就又收到了她嫂子的信。陸婉容的母親一直不待見陸氏，猶豫了一番，實在忍不住就在信裡多說了兩句，詞句很酸，透露出的意思是，陸婉容的親事要定下來了。

她說得不多，可加上陸氏自己的人回去打聽走訪了一圈，陸氏立刻就明白，陸家的不滿是針對她。

恐怕陸婉容有心於傅淵卻遭拒一事，陸家已經知道了，而她這個做姑母的，自然難辭其咎。

陸氏將傅念君叫到屋裡，傅念君還是第一次見到陸氏，用這般嚴肅的態度來處理事情。

從一張小小的花箋起始，陸氏見微知著的本事遠勝於她。這件事，不只是小兒女的私情了。

「二嬸，陸家已經知道了三娘的事，您心裡有數是誰說的了？」

陸氏橫了她一眼。「這件事，三娘那個糊塗哥哥不清楚，也就妳、我、三娘和三哥知道，不是我們這裡，自然就是妳三哥身邊的人。」

「是傅寧……」傅念君還是說了出口。

即便不說，陸氏也已經猜到了，府裡來往的男丁就那麼幾個，傅寧最有機會。

「這個人，果真不簡單。」陸氏說道。

傅念君心裡一片冰涼，對陸氏說：「他這麼做，特意繞過了您和陸表哥，讓陸家自行決定三娘的親事，我猜陸家定然因此對三娘十分不滿，就隨便給她指婚，她心裡淒苦，傅寧才好趁虛而入。」

陸氏掃了她一眼。「妳是這麼想的？」

傅念君愣了愣。

陸氏嘆了口氣。「三娘不過是可有可無的一個棋子，是陸家，要遭大難了。」

傅念君詫異，陸氏究竟查到了什麼？

「不僅僅是三娘的婚事匆匆定下，幸好我叫成遙暫緩兩天回去，洛陽那裡，已經也替他定了人家，與肅王大有牽連。」

傅念君微愣。她在前世的記憶裡只知陸家敗落，卻不曉得他們家敗因是在肅王這裡。

也是，肅王沒有好結果，跟著他的黨羽自然只能走下坡路，陸家即便逃過了一時，可始終被人握住把柄，不敗也難。

陸氏仰頭喝盡了茶杯裡的茶，將其重重地放在桌子上，眸中隱隱含著怒氣。「看到了沒有，他們就是這麼糟踐自己子女的，蠢得無藥可救。而那兩個小的呢，一個只知功名利祿，不知道睜眼看看局勢；一個只耽溺於男歡女愛，不過一個男人就把自己這輩子折騰壞了！」

傅念君汗顏，陸氏罵的不止是自己的小輩，也是她的親娘和親舅舅啊。陸氏確實是氣得狠了，可她無人可說，只有傅念君。

傅念君仔細想了想，就能大概明白了。

「傅寧是受人指使，在傅家謀畫；他與三娘親近，後又將三娘與我三哥之事透露，他背後之人將這個消息傳給陸家，又藉肅王之名拉攏。陸家老爺夫人與您一向離心，就悄然訂下三娘的婚事，三娘知道後，大約會覺得是我三哥與陸表哥籌畫通知陸家，才有如此了無生趣的意味，若又在這個節骨眼上訂親。好，完全是可以當做抵罪了，您、陸表哥、三娘與陸三老爺夫婦全部離心，好歹毒的連環之計。」

她咳了一聲，綜合自己所知道的蛛絲馬跡，繼續說：「我是說假如，發生了些事，她必須要嫁給傅寧，那陸家那裡必然恨死您，而傅寧背後之人終於可以收網，藉此婚事威脅陸家，陸表哥是……再出點別的事……」

從一個小姑娘的慕少艾之思，結合陸老三爺夫婦攀附肅王的意圖，就可以完全瓦解掉陸家兩代人之間的連繫，將陸家完全玩弄於鼓掌。

難怪陸家後來會這麼恨陸婉容，老死不相往來，而陸氏的女兒傅七娘子長大後，與傅家、陸家也全無半點聯絡。

陸氏臉上的怒氣終於消退了些。「總算還有個妳能夠說話。」

她繼續道：「傅寧背後之人不僅僅是要捏住陸家，也是針對你們傅家。我這麼一個婦人，終究是維繫陸家與傅家的橋樑，他要從我這裡切斷，早就將傅寧安排進傅家。念君，先前妳遇到的那些事，怕也是這個人做的，是我看走了眼，傅家的敵人中竟還有這般人物。」

傅念君卻不再似以往害怕，敵方厲害，友方也不差啊。陸氏也是聰明人，這次能將這件事給破了，陸家的宿命或許也會改變，就像傅淵一樣。

前世裡，傅淵身敗名裂，傅琨扶持傅寧可以說是無奈之舉，可今生有傅淵在，傅寧恐怕再難出頭，那幕後之人安排得再詳盡，想要方方面面算無遺策也是不可能的。

「二嬸，肅王殿下不可靠，萬不可讓陸家折進去。」傅念君對著陸氏，也就直話直說了。

陸氏嘖了一聲。「我自然知道，肅王並非成大事者，且他如今風頭大盛，敗象也不遠矣。竟還有我兄長蠢得往人家圈套裡鑽，連誰要害他都弄不清楚，以為真是肅王要費心拉攏他了，可笑！放心，我一向贊成陸家保持中立，若是實在不行，我也會拖住這兩個孩子。成遙是陸家後繼之人，不能讓他父母給毀了。」

陸氏從前兩耳不聞窗外事，可今次卻是下定了決心，不想入局卻已身不由己，傅琨若有擇主之日，她就是摁著陸成遙的頭，也勢必要叫他跟從。他是陸家的長子嫡孫，論起來，他父母也只有騙他回去成親這招。

傅念君看見陸氏眼中隱隱的殺氣，倒是覺得這次那幕後之人幫了傅家一個忙。

她猜測那人也知道陸氏的厲害，否則不會刻意在布局時繞過她，也不會在自己的印象中，用陸氏再醮之事構陷傅琨。

這就說明，對方知道陸氏的聰慧。

有陸氏扶持陸成遙，架空陸三老爺的勢力、掌握陸家並非難事。

而陸家是前朝勳貴，人脈廣闊，又在潮州一帶頗有產業，她相信幕後之人奪取陸家，一定是榨取乾淨後再棄之不用。但這一回，陸氏出手，陸家就不一樣了，陸家與傅家聯手……

傅念君不知為何心跳得有些快。

一代表世族，一代表文臣，這樣的支持，周毓白也可以輕鬆一些了……可頓時她又收住念頭，覺得有點對不起陸氏，這個關節，她竟想這些。

「那現在，二嬸打算怎麼做？」傅念君問她。

陸氏冷笑。「成遙是斷不能送回洛陽去的，我會親自和那兩個孩子詳談，這個時候陸家就如虎口，得讓他們警醒些。」

她說著就是一臉不耐煩的表情。「都是算盤一樣的性子，不撥就不會動，笨得要命。」

也只有傅念君會在她一句話裡聽出十句話的意思。

傅念君微微勾了勾唇。「陸表哥為人淳厚，這樣的品性本就不善於功利計較，您以後為他聘一門好妻子就是了。」

陸氏嘆了口氣，她決定要做這件事，才發現這幾個孩子要她手把手教，實在讓人頭疼，可人家都一隻腳踩到臉上來了，她也不可能再嚥下這口氣。

「那個傅寧，和妳父兄交代一聲，暫且留著他，我自有主意。」

傅念君點頭。「原本就是要留著的，這麼個人很必要。」

她也希望他留在傅家，好歹還能保全一條性命。

傅念君從陸氏這裡出來後，就去了傅淵那裡。

傅淵忙了這幾日，好不容易得閒在家休息，他一向冷淡的神色如今看來也帶了些暖意。畢竟高中探花，他也只是個十幾歲的少年，難免會有這樣的情緒。

傅念君只和他略微提了幾句傅寧的事，提到他和陸婉容私下有來往時，傅淵立刻警覺地蹙起眉頭。

「我早就懷疑他是幕後之人手下的暗棋，有些行為確實古怪，可見他這麼久來也無害傅家之意，便留著沒動，聽妳的意思，這是衝二房去了？」

傅淵也是那少有的一句話中聽出來十句的人，省了傅念君很多口舌。

「哥哥先不用管，二嬸說她有辦法，我們只靜觀其變就好。你如今風頭正盛，很多人盯著傅家，我們先安頓一些時日。」

傅淵點點頭，也直言不諱：「我從前不大喜歡二嬸，只覺得她待人冷漠，事不關己，但見妳和她走得那麼近，又覺得也好。妳與她一樣，皆是自立堅強、堪為頂樑柱的女子，即便傅家遭難，我和爹爹不能護妳，妳也能保護好自己。」

他竟會說這樣的話。傅念君驚訝地抬眼望他，有些感動。

傅淵卻微微偏過頭，很是一本正經。「我只是就事論事，當然，我如今也出仕了，有我和爹爹，妳也不需要太累。」

傅念君彎唇笑了笑，傅淵或許從前不是個好哥哥，可他確實是認真在學，她很慶幸自己當日的決定。他們或許不會如那些從小一起長大的兄妹那般親密，可就像他說，她總算也能依靠他了。

傅琨和傅淵是她這輩子的家人，他們都不會再踏上那條悲慘的路了。

「也不太累，最累的，是想著去哪裡找個嫂子。」傅念君丟下了這句俏皮話，在傅淵還沒從裝模做樣的呆愣中回過神，就一溜煙跑了。

她這句也是真心話，傅家的宗婦，也不知哪位小娘子可以勝任。

§§

陸氏的手段如何，傅念君是不需要懷疑的，只是自那之後，陸成遙就沒再提過回家一事。他的庶弟親自來過一趟傅家，想也知道會說些什麼，可二房那裡態度堅決，他也只能悻悻而歸。傅念君知道就算是陸三老爺夫婦親自來了，結果也還是一樣。

陸氏雖只是姑母，可她一樣是傅家的二夫人、傅琨的弟妹，傅念君知道陸氏親自找傅琨談過，她相信傅琨心裡也有底。陸家如此不著調，陸成遙又已成器，在京很得幾位大人的賞識，同時又與傅淵交情不錯，扶他上位是個划算之舉。這樣發展下去，日後的傅家與陸家，便就不再是二房那若有似無的姻親關係可比擬。

傅淵必然是要問鼎權力巔峰的，而陸成遙沒有這個能耐，卻可以做他臂膀；而從陸成遙起，陸家也可以完成從守舊士族到清貴世家的轉變。

傅念君猜測陸氏的下一步，必然是要收歸潮州本家的權力，慢慢將陸家之權奪回到陸成遙手中，這些事，怕是沒有三、五年做不好。

而另一邊，陸婉容則徹底與傅寧斷了來往書信，也不知陸氏和她說了什麼，躲在屋裡又哭了多少日。傅念君猜測，她大概是因為猜疑了自己的姑母和親哥哥，心裡覺得太過愧疚。由此陸婉容又生了一場大病，什麼親事不親事的，也就無法再提了。

傅念君覺得洛陽陸家那裡催促不了多少時日。幕後之人也不是蠢貨，他若遲遲等不到陸家回應，必然明白他的布局已被京城這裡識破，自然只能放棄用肅王為餌誘陸三老爺入局。他此般為了陸家，怕是前期也投了不少心血，計畫卻提前被人扼死，傅念君覺得十分痛快。

她母親與舅舅本該承受的災厄，似乎是化解了；陸家，或許也會因此有翻天覆地的變化。

只有傅寧，傅念君見到他一面，在遠處匆匆掠過的側影，只覺得他似乎更瘦更羸弱了。

她握緊了拳頭，不願再多看一眼。

10 一盅糖水

齊家。

齊昭若一邊理著袖口，一邊大步往外走，不忘吩咐阿精：「把我的弓拿上，那些讓人別餵太飽，今天出城打獵，吃多了怎麼跑……」

阿精亦步亦趨地跟在他身後，前頭的齊昭若卻突然停住了腳步，害他差點一頭撞上去。

對面廊下正站著齊昭若的母親，即一身雍容華貴的邠國長公主，她身邊站著一向寸步不離的駙馬府總管內監劉保良。

齊昭若望著自己母親的神色，卻是淡淡的。

邠國長公主由侍女扶著走近，一向對誰都是不帶好顏色的臉上，只有對著齊昭若才會露出兩分溫柔來。

「若兒，上次和你說的事，你考慮得如何了？」

齊昭若蹙眉，是關於他的婚事，孫計相家的次女。

邠國長公主一直怕他不肯答應，聽說那小娘子長得不好看，她望著自己兒子穿著騎裝的筆挺身影，心裡也對孫家的女兒一陣厭惡。

其實齊昭若倒是不在乎孫家小娘子美或醜，是如今根本沒有心思想這些。

「我現在不想成親。」

邠國長公主豎起柳眉。「那你要等到何時？你年紀不小了，今次你的婚事官家肯定是要指派下來的，和你六表哥、七表哥一道，你想逃也逃不了。」

齊昭若說：「阿娘的心思何必瞞人，說得這般冠冕堂皇。拉攏孫計相想做什麼您心裡有數，我不想聽從您的安排，是不希望您選了一條錯誤的路。」

他也直接不客氣地拆穿了她，那眼神讓邠國長公主都看著有點發怵。

她是越來越不懂這個兒子了。可是某些時候，連她自己都不能不承認，現在的齊昭若，性子裡的執拗卻與她極其相似，連劉保良都說郎君從前太過性軟，經過一次大劫磨煉成這般也是好事。

可邠國長公主不習慣兒子反駁她，只道：「你又知何為正確何為錯誤？阿娘是為了你好，你現在日日同那些狐朋狗友，還有周雲詹混在一起，就是正確嗎？」

真不知他又發什麼神經，突然盯上了周雲詹。

邠國長公主那雙與齊昭若一模一樣的美眸中也射出精光，從前她這般威勢凜人時，齊昭若就只敢到自己面前來撒嬌耍滑討她歡心，可現在，他就像長出了一副鐵骨，再也不會有那樣的時候。

齊昭若說：「阿娘若要一意孤行，只會拖齊家下水，有些事，很快就能見分曉。」

肅王並非明主，齊昭若知道他的結局，又豈會往火坑裡跳。他到現在都不能將邠國長公主視為自己真正的母親，他當然會盡力保全他們，可是她若還要往死裡闖，依照他的性子，也不可能上演孝子拚死護母的事，因此懶得和她廢話解釋。

他現在一門心思都在周雲詹身上，沒空來安慰一個婦人。

邠國長公主豎起臉，身邊的僕婦都被她這模樣嚇到了，大氣都不敢出。

這不知好歹的混帳小子！

她在心裡忍不住罵道，官家身上不好了，立儲之事拖不得，宮裡徐太后、徐德妃也屢次給她施壓。齊家必須要踏出明確的一步，拉攏孫秀是徐太后一直耳提面命要她去做的事。

以邠國長公主的心高氣傲，孫家那個女兒她怎麼可能看得上眼，只是配不上也有配不上的好處，成親後齊昭若要是不喜歡她，再納上幾個貌美的妾室就是，她要的，只是孫家女這個身分。

此時，她突然想到了什麼。

「若兒，我是你母親，難不成會害你？你老實說，難道還惦記著傅家那個不成？」

傅家？傅念君……

齊昭若勾了勾唇角，有點諷刺地想，傅家和傅念君可比那什麼孫秀有用多了，只有他這個母親看不見罷了。

「是又如何？」齊昭若甩下這麼一句話，完全顧不得邠國長公主鐵青的臉色，抬腿就走。

邠國長公主氣得將十指都攥進手心。

好得很！那個傅念君果真是狐媚，事情都過去這麼久了，還不肯放開她兒子！

邠國長公主心裡也不無喪氣，拉攏傅琨已然不可能，自從上回她衝動上門去教訓傅念君後，就注定了傅家已無機會與她建立合作。

肅王要立太子，必然要文臣的支持，傅家指望不上，孫家必得要爭取。

宮裡隨著皇帝的一場病，徐德妃和張淑妃的關係已惡化到這麼多年來前所未有的地步。御史台早就蠢蠢欲動，要上疏給皇帝將立儲之事提上議程，可後宮那兩位主子勢均力敵，這個出頭鳥難做啊，朝臣們也都繃著一根弦不敢放鬆。

邠國長公主知道自己已騎虎難下，張氏先前算計得差點讓她獨子殞命，她又以解肅王之局為條件，牽線錢家小娘子與張氏為媳，徐太后逼迫著讓她拿出相應的好處給肅王，她必須要助徐德妃和肅王母子這一把。

邠國長公主打定主意，不管齊昭若答應不答應，直接求了賜婚的聖旨，總歸由不得他了。

想歸這麼想，她心裡卻有一絲不確定，如今的齊昭若，恐怕不會那麼容易聽話。

劉保良在旁勸她：「大郎君有自己的主意，少年兒郎一時氣盛，公主再給他些時間。」

依他看，齊昭若如今雖在長公主面前叛逆，可比以前在外鬼混在家裝乖的樣子厲害了不少，他和周雲詹還有那幫紈綺來往，恐怕也不只是為了玩樂。

「去肅王府，讓雍兒陪著若兒一起出城去，回來給我報告。」邠國長公主吩咐，心裡埋怨著周紹雍和他爹肅王一樣不著調，她不說就不會主動點，以前成天往齊家跑，現在這節骨眼卻見不到人。

長公主吩咐完還是不放心，傅念君一天沒有訂親，她就覺得她總還有和齊昭若糾纏的一天。既然已無可能娶她為兒媳來打自己臉，長公主索性把頭顱揚得更高些。

「這傅家的二娘子及笄也有些時候了，怎麼還未訂親，讓人去探探消息，傅家是怎生主意。」

劉保良垂手應了，心裡也感慨，長公主大約是後悔當時的一時衝動吧。

§§§

東京城裡一家腳店（注1），一個相貌俊秀的青年此時正喝酒喝得潦倒，髮髻鬆散，長衫凌亂，酒樓裡的夥計已側目向他望來幾次。

「再來一壺，要千日春……」他喝得雙頰微紅，眼神也混混沌沌的，口齒也不太利索。

夥計這些日子見多了這些落魄學子，這幫人，借酒買醉的可真不少。

「客官，咱們這裡可不是遇仙樓，哪來的千日春。您瞧，是不是先付兩個銅子兒，小的再打酒來？」

懷裡。

蘇選齋摸摸口袋，掏出來幾個銅錢，夥計一瞧就撇撇嘴，把他手裡的一壺酒一併奪了捂在懷裡。

「您這些錢啊，可不夠喝一壺的。」

他聲音大，引來不少人回頭側看，蘇選齋在其他客人或嘲諷或看熱鬧的目光之下更顯狼狽。想到沒多久前，他還是遇仙樓的座上賓，這東京城裡的富戶員外哪個不想巴結自己，連那些大人也都將自己引為貴客，嘴裡只喝千日春，還要裝模做樣品評一番，可轉眼，如今卻連這普通水酒都支付不起了。

他自五歲開蒙起便讀書勤謹，天賦過人，一路考到了省元，也是伴著一路讚嘆和掌聲。但自從殿試落選，他便一夜之間從雲端跌落，重重摔進了泥土裡。

他當然可以再考，勝敗乃兵家常事，可是蘇選齋也不是個蠢人，他很敏感地從某些大人對他唯恐不及的態度裡發覺，他或許是沒有機會了。

落魄之時，本來就不能指望圍繞在身邊的人態度如舊，可是蘇選齋很快又接到「有心人」透露的消息，因為他「聲名顯赫」，很快就要外派去某個小縣城任官了。

對方笑呵呵地拍著他的肩膀，恭喜他高升。明眼人卻都看得出來，他是得罪人了。

他本可以下屆恩科再考，自然又是一番天地，如今授官，他便無可能再問鼎權力中心，甚至連京城也回不了。不過是個比胥吏（注2）好不了多少的小官。在大宋，這樣的小官不知有多少，

注1　宋代酒的製作權由國家壟斷。官府定量把酒買給一些大酒店，這些獲得釀酒權的店家，稱為「正店」，反之，沒有獲得權利的則為「腳店」。腳店賣的酒，由正店供應。

注2　古代掌理案卷、文書的小吏，相當於現代的公務員。

能否糊口溫飽都是個問題。

最怕的不是別人不給自己活路，而是給一條讓自己無法拒絕的下坡路。

他並非豪門權爵出身，唯一能倚靠的也就是科舉一路。科舉失利，為人所忌，對他這樣的人來說，這一生也就到此為止了。

孫秀孫計相甚至都曾有意於他，可是到了這會兒，蘇選齋早就看明白，旁人以往對他所謂的欣賞，不過是在他的才華能夠得到「證明」的前提下，而如今秦正坤才是那個有「才華」的人。

蘇選齋的手指摳著桌面，語氣有些不善地對夥計道：「給我酒，我自是有錢！」

夥計見多了這樣的人，來這裡裝大爺，也得先掂量掂量自己的能耐。他撇嘴道：「見著了銀錢，自然好酒好菜給您端來，您這空口無憑的，難道還想賒帳啊？」

蘇選齋聞言臉色通紅。突然，哐啷啷幾聲，桌上便被擲下了幾串銅錢。

「去打千日春來。」

那人在蘇選齋面前坐下。

「好嘞。」夥計眼疾手快，立刻換了副面孔，捧著錢就去遇仙樓給大爺們打千日春。

蘇選齋抬頭，見到面前是個陌生的中年文人，面白長鬚，自己不認識。

「多謝這位官人施捨，蘇某卻不想再喝了，告辭。」

他踉踉地站起身，對面那人卻道：「區區一點挫折，就這般要死不活，你這樣的人，還想出頭？」

蘇選齋臉露驚怒之色，那人卻兀自說：「坐下，你若不甘心還想翻身，就坐下。機會，只有一次。」

蘇選齋心裡的念頭轉了很多，最後還是收回腳步，坐了下來。

……

晚上上燈時，周毓白等到了江埕的回信，他算是張九承的半個學生，也是周毓白的幕僚，卻喜歡做個帳房先生，尋常時候很少露面。

這回蘇選齋的事，周毓白吩咐給他辦。江埕雖不如張九承那般能說會道，卻也是聰慧有識之人，應付一個乳臭未乾的蘇選齋毫無問題。

只是周毓白現在還不能見蘇選齋，一來是要等晾晾他再做打算，二來也有心探探他的底。他只讓江埕給蘇選齋帶話，讓他寫詩詞，卻不是考教他正經詩詞歌賦，竟是讓他寫在青樓溫柔鄉中從各位花娘身上得來的感悟，怎麼溫存旖旎、怎麼豔麗嫵媚就怎麼寫，反而弄得蘇選齋臉色通紅，以為江埕是在耍他。

可他又不敢不從，他除了相信江埕別無他法。

江埕也有些不明白周毓白的意圖，在他看來蘇選齋雖然有才學，心性卻實在不夠堅定，近些日子不是泡在花街柳巷，就是各個大小酒館，十分頹敗。加之他從前為人張揚囂張，樹敵不少，文章又被皇帝厭棄，怎麼看都沒有被拉攏的價值。

這人才濟濟的東京城，實在不缺他這麼一個人。

張九承卻是能夠看出些周毓白的想法的，他只對江埕道：「這便是你只能為郎君手下一謀士，而他卻為你我之主的原因。你年紀不小，卻也短視，郎君從小處境艱難，他可有那等資本學人家從小豢養謀士、商戶和刺客？他身邊有我們這幾個人已經大不易，他要做大事，用人還拘這些小節？不夠堅定、張揚囂張，這些並非不可饒恕之罪，蘇選齋是個能夠教出來的苗子，雪中送炭、知遇之恩，還會有比這更容易捕獲人心的方式？」

若是蘇選齋樣樣都好，周毓白還會選擇這麼一個人麼？他有這些毛病，才能好好用他啊。

江埕恍然大悟，向張九承作揖道：「是學生狹隘了。」

張九承摸著鬍子，心裡暗忖，幕後之人扶秦正坤壓蘇選齋，他們就也可以再用蘇選齋打回去。

孫計相不是不想要這個女婿嗎？

張九承嘿嘿笑了兩聲，也得先看看他們郎君同意不同意了。

§§§

五月初五，是熱鬧非凡的端午節。

這是個繼上元之後，最令人期待的大日子，今日，無論男女老幼，比肩繼踵，皆趕往金明池遊玩。

金明池乃皇家園林，每年春日開放，以示天子愛民如子之心。對於普通百姓來說，金明池便如仙境一般，無論這春日裡的哪一天，都比不上今日。

波光浪花，返照著矗立在水中的島上宮殿，池中龍舟昂首，小船簇擁，橋飛千尺長虹，柳絲拂水，而岸上更是閣樓巍峨，樹叢環繞，彩棚人聚，伎藝湧動……

與總是負載糧秣舟楫、河水混沌的汴河不同，每年春夏，金明池都會用這樣碧澄的春波，向百姓們展示它最美的面貌。

傅念君下了車，望著眼前的繁華熱鬧，一時有些怔忡。

芳竹和儀蘭都十分雀躍，指著遠處裝滿大旗獅豹、蠻牌棹刀和神鬼雜劇的彩船，興奮得無以復加。在這裡，不止她們，幾乎每個百姓都如此歡騰，不為美景美食，只因這震地的鑼聲和簇新的包裝錦繡中，他們的天子會隨著槍劍繡旗而來……

不同於上元節時宣德樓城門上的遠遠一望，這是皇帝真正切切地帶著百官和后妃宗室們前來觀「水戰」。原本金明池的開鑿目的就是為此，神衛虎翼水軍，每年都要在這裡操教舟楫。

太祖時期，天下方穩，太祖此舉除了彰顯國力，自然也是給那些不肯安分的前朝舊臣和士族們威懾。但經過兩代帝王，如今天下太平，這金明池觀水戰就真正成了「與民同樂」。

這也是光宗道武皇帝為數不多的被後人稱讚的一件事，身為一個皇帝，他對平民的親切和放縱，真可說是古來少有。

所以如今的水戰，更像是給百姓娛樂的表演，沒有這麼濃重的征伐氣息，越來越趨近於一種伎藝。

「娘子，今日相公和三郎君都伴駕，不知道我們能不能瞧見他們呢。」芳竹仰高著脖子，賣力地想看清遠遠的高閣上是否有熟悉的人影。

「妳在這裡看怎麼看得到。」儀蘭說著：「等咱們一會兒，肯定能看見……」

她說得那麼篤定，傅念君臉上卻僵了僵。

傅念君出現在這裡，可不只是出門看熱鬧，是周毓白說，今日要與她相見。她發現，他是越來越喜歡在人多的場合約自己見面了。

雖然說她現在的處境還挺危險，一落單就有可能招來像那日在繁台時被人追殺的境況，可是混在這樣的人群中，不是很容易被人識破身分嗎？

她覺得他的論調哪裡怪怪的。

而芳竹和儀蘭對他這樣的邀約竟越來越習以為常，芳竹還在馬車上十分自然地問她，壽春郡王是不是會給她們訂一間觀賞水戰視野最好最佳的小閣。

金明池是皇家園林，自然是先緊著皇家眾人和官員，但是大宋素來民風開化，這庶民也有庶民的需求，因此附近搭的酒樓茶坊，如著名的樊樓，只要肯花錢、有門道，自然可以不用和眾人一起臭烘烘地擠在池邊趴在樹上，還能叫上一壺清茶在樓上觀景。

憑傅家的能耐，尋個好去處訂一間小閣自然沒問題，但是今日是端午，連河邊的茶攤子都客滿，傅家的那間小閣裡可是擠著姚氏母女，還有三房、四房。

陸氏和陸婉容都未出門，傅念君可一點都不想看見那幾個人。

岸邊突然傳來一陣陣的歡呼聲，原來是船隻列陣比賽前的舞蹈開始了。

東京德壽宮二大帙舞蹈曲譜，「海眼」和「收尾」，由即將參加「爭標」的船隊相繼表演，奪人眼球，十分精彩。

「妳們站得遠些，別被擠走了。」

傅念君不忘了叮囑不斷往前移動腳步的芳竹和儀蘭，幸好周圍有大牛、大虎等人護衛，也不會有人來擠她們。

舞蹈結束後，就會開始正式的爭標競渡，這一向是百姓最喜歡觀看的活動之一，終點有一長竿，竿上纏錦掛彩，稱為「錦標」，競渡的船隻以先奪取標者為勝。鳴鼓揚起，分左右翼，方舟疾行，往往會使浪花飛濺到橋頭擠著的百姓身上，可是百姓們卻不會躲避，反而都越發愛往橋頭擠，彷彿這樣也是參與的一種形式，甚至往年還有人生生被擠進池裡去的。

傅念君覺得芳竹和儀蘭這兩個小丫頭很想嚐嚐那滋味。

「娘子，要不要喝糖水啊？」

人都往池邊擠過去了，傅念君這裡也鬆快了些，芳竹見到楊柳樹蔭下有一叫賣糖水的小販，不由提議道。其實是她自己叫喊得口乾舌燥了。

儀蘭不以為然道：「我這裡有自備的清茶，怎可讓娘子喝那些不乾不淨的東西，娘子若真的渴，咱們尋個乾淨些的茶坊。」

傅念君在帷帽下微笑，對芳竹道：「多去買幾碗來，也給大家都喝個新鮮。」

大牛、大虎他們估計也都渴得厲害。

芳竹立刻興高采烈地過去了。

傅念君站在另一邊的樹下，就瞧著對面那小販攤子上來了一位模樣嬌俏的小娘子，身段誘人，旁邊跟著怯怯的一個小丫頭，她臉膚微黑，沒有戴帷帽，卻有一種健康向上的活力。

遊金明池，只有傅念君這樣少數的異類才會戴著帷帽，一路上還有不少小娘子投來異樣的目光，大概都在心裡暗道一句矯情吧。

對面那小娘子對賣糖水的小販說著：「倒一盅甜蜜的糖水來。」

小販殷切地用銅制杯子裝滿糖水送上，芳竹比人家晚一步，只能先等在一旁。

可誰知道那小娘子喝了一口，卻突然將手裡的銅杯往地下一摔，大聲斥責：「好啊！你這個賣糖水的卻來暗算我，你知道我是誰嗎？」

不止是小販，連一邊看熱鬧的芳竹都懵了頭。

小販一時不知所措，傅念君卻聽見那小娘子開始高聲數落：「我是曹門裡周大郎的女兒，我的小名叫勝仙小娘子，今年十八歲，從來沒有吃過別人的暗算……」

眾人就聽著這位周小娘子越說越高聲，越來越不饒人。

用得著這麼小題大做麼？大家心裡都是這麼一個想法。

傅念君卻注意到離那小販的攤子五步遠處，原本兩個正在說話的年輕人轉過了頭，其中一個矮胖敦實，看上去有幾分傻氣，另一個卻是劍眉星目，生得英氣勃勃。

傅念君愣了愣，似乎有點明白過來。

那周小娘子眼風不動，還在與小販歪纏：「今天你看著我是個不曾出嫁的女孩兒，就來暗算我，真是可惡！」

賣糖水的小販惶恐道：「告小娘子，小的怎麼敢暗算妳，斷斷是有誤會在裡頭！」

周小娘子說：「你賣我的糖水，杯子裡有根草。」

小販委屈地小聲抗議：「有根草也說不上暗算妳啊！」

「你想卡我的喉嚨，別以為我不知道。告訴你，我只恨我爹爹不在家，否則必然要跟你去衙門打官司。」

小販欲哭無淚，只想讓這位姑奶奶別鬧了，忙著要給她重新倒一杯，可周小娘子卻腳步不動。傅念君眼見適才那位英挺郎君笑露出白牙，端著手上喝空了糖水杯子走過來。

「小哥兒，你這糖水確實不乾淨，瞧，我這杯子裡還有泥，你是不是瞧我范二郎不起？」

傅念君嘴角抽了抽。

這還真是……一個杯中有草，一個杯中又有泥的。

只聽那位自稱范二郎的青年如此如法炮製了一番，責罵小販時也將自己的姓名年紀、住址與是否婚配統統說了一遍，順便還有自己愛好騎射和蹴鞠也說了。

小販越來越摸不著頭腦，一會兒看看周小娘子，一會兒看看范二郎，十分無辜。一旁等著喝糖水的芳竹也是看看左邊，又看看右邊，完全不知這是什麼情況。

那位周小娘子聽完了范二郎的話，卻是勾了勾唇角，看來十分滿意，便叫婢女付了錢，給了范二郎一個眼神，轉身飄飄然離開了。

那范二郎也是滿面欣喜，竟還朝小販拱了拱手，隨即回到了友人身邊，熱切地說著什麼。

這一盅糖水，還促成了一件好事。兩個未婚男女，不知對方底細，也不好當街追問，竟也能想出這樣的法子，互報過家門。若是有意的，這位范二郎只要去周小娘子的父親提親，便能成就了一段好姻緣。

只可憐那小販一頭霧水，無緣無故倒作了人家紅娘。

芳竹買了糖水回來，分給大牛、大虎等人吃了，也對這事頗為不解。

傅念君感慨：「妳還年紀小，自然不懂，那位周小娘子，可真是聰明。」直爽可愛。原來這世間尋常男女之間，還能有這般機緣。

傅念君突然有些羨慕周小娘子，她先相中了那位范二郎，可是礙於身分面子，便用了這般智計，若非如此，怕是金明池邊一面之緣，也終究只能與心儀之人錯肩而過。

儀蘭卻看明白了，偷偷在旁邊暗暗地嘀咕：「這般庶民家女子，臉皮恁地厚。」說完臉頰還紅紅的。

傅念君倒覺得周小娘子這樣主動爭取幸福的舉止，十分讓人欽佩。

是啊，這世上很多事情本就是轉瞬即逝，不強求、不強留固然是為人處世應有的灑脫態度，卻不代表只能坐在原地等待。情愛之事，本就不是比誰進誰退，一輩子的姻緣，也往往在那是否果決的一念之間。

傅念君心裡突然一動，覺得心弦有些亂了。想來她自己，這輩子怕是也難有這份勇氣……

「娘子？」芳竹喝完了糖水，伸手在傅念君眼前晃了晃。

「娘子在想什麼呢？這麼出神……」

傅念君輕咳了一聲掩飾，幸好有帷帽擋著，不至於讓她們看見自己熱燙的臉頰。她是如何都不會說出口，她適才不自覺想起了某個人。

此時，郭達終於又鬼頭鬼腦地出現了。傅念君知道，是周毓白脫身了。

他今天必是得要陪同今上出席，因此傅念君更想不通他為什麼非要選在今日與自己見面。

這是一間比較清淨的茶坊，二樓朝著東南面的樓閣，還能隱約見到其上幾個晃動的人影，皇帝和文武百官就在那裡。

周毓白正背著手朝著窗外，今日天氣好，清風吹拂，他的衣袍也因此多了幾分臨風御仙之感。他今日穿得莊重些，雖不是皇子正式的衣冠，卻和平素的打扮不相同，頭髮一絲不苟地束在遠遊冠（注）中，回過頭來一張臉因此更顯得輪廓分明，燦然奪目。而他走動之間，腰間皮鞓上垂著的玉銙更是敲擊著發出悅耳清脆的聲響。

傅念君暗暗掐了自己一把，然後抬頭望了望天花板。

周毓白隨著她的目光也往上看，微笑道：「頭頂上有什麼？」

傅念君嘆道：「沒有什麼，只是在想今日端午佳節，郡王這樣偷溜出來，似乎不大妥當。」

她這「偷溜」二字讓周毓白的笑意更是揚了幾分。他側身，能夠讓她可以看見遠處攢動的人影。

「妳爹爹和哥哥在那裡。」

傅念君走近，傅琨她是看不見了，遠遠能見到幾個緋色的人影，其中有一個就是傅琨。大宋四、五品官員服緋，未至五品者特許服緋，稱為「借緋」，而新科進士少數幾個才有這樣的體面。

傅念君想到今晨傅淵穿著緋色公服的樣子，確實有些不習慣，卻又覺得奇異地合適。就如冰雪罩頂的高山上，多了一抹不合時宜的鮮花之色，一種極為衝突之美。

傅念君微微笑了笑。

周毓白見到她眼底的一抹調皮，心裡想著適才見到傅淵的那張冷臉。他對自己多有審視的目光，周毓白瞧著近在眼前的那個纖巧可愛的小白下巴，傅淵對自己有些意見？

傅念君垂下眼，正好看見周毓白纖長的手還放在窗框之上，手指正輕輕點著朱紅色的窗框，瑩潤的指甲泛著同金明池碧波一樣的光澤。

傅念君心中正在琢磨著男人的手這般好看，也不知是不是一種犯罪時，那手的主人卻收了回去。

只聽他道：「這裡不錯吧，像不像看戲？」

這話說得放肆，他所謂的戲臺，正是今上與文武百官所在的高閣。若他不走，也要在戲臺上陪著他們演，真是沒有意思。

傅念君有些領悟，今天，那天子后妃所在處，必然會有些事發生，多半是張淑妃和徐德妃兩個人有所安排，而周毓白是不願意看著她們兩個鬧騰，才藉口溜出來的吧。

她心裡只悄悄擔心了一下父兄。

傅念君突然聽到周毓白沒頭沒尾說了一句：「今日文樞相也來了。」

樞密院攬軍權，掌軍國機務、兵防、邊備、戎馬之政令，與中書門下並稱為「二府」，樞密院中最高長官乃樞密使，人稱樞相，而文博就是如今的樞相。

自太祖杯酒釋兵權後，國朝便重文不重武，因此名義上二府並位，可朝廷權柄，依然重在中書門下，所以傅琨、王永澄在政權上遠勝過文博。

文博是老臣，已經快八十歲年紀，一直沒有致仕，他深知兵權乃歷來大宋皇帝之大忌，更加不敢放肆。好在他識時務，唯一的兒子也因身有殘疾無法入仕，孫子通過科舉走仕途，太宗皇帝

注 古代中國男子冠飾。

才對他這般放心，讓他在這個位置坐了這麼多年，直到今上繼位，一直到了如今。

傅念君琢磨了一遍文樞相的背景來歷，知道周毓白此時提起他，一定是為了暗示自己什麼。

她心中咯噔了下，有個念頭自然而然冒了出來，小心翼翼地問：「是文樞相……打算致仕了？」

「是。」周毓白點點頭，視線望向遠處波光粼粼的金明池水面。

11 我來護他

端午佳節時的金明池水，平靜之下，卻是暗潮湧動。

傅念君默然，覺得有千絲萬縷的心緒閃過，卻惱怒於自己怎麼都抓不住。

周毓白說著：「文博是個聰明人，同時，在後宮諸妃眼中，也是個不值得拉攏的廢人。」

相較傅琨、王永澄、孫秀這三位，文博這個樞相的存在低到讓人難以察覺。

固然徐德妃和張淑妃對插手樞密院的軍權還是心有餘悸，不敢輕易放肆，但也不得不說某些方面，正是因為文博的存在才阻礙了她們的野心。

老頭兒裝瘋賣傻的本事真是無人能出其右。

但他畢竟年紀大了，總不能永遠管著樞密院，他手底下那些小魚小蝦早就有心思活泛的了，因此文博一旦致仕，樞密院的格局便大不相同，而如今又是文官的天下，天子性軟，後宮干政，可想而知會樞密院將有怎樣的紛亂上演。

傅念君的手緊緊扣在窗舷上，指節泛白。

是了，她怎麼忘了，傅寧就是通過樞密院入職，一步步接近權力核心的。

幕後之人意在把持軍權，他到底想幹什麼？

而如今呢，當然一切都改變了，傅寧在傅家不可能再有出頭之日，傅淵高中探花，踏入仕途，即便傅琨沒有工夫料理傅寧，傅淵也絕不容許他眼皮底下的傅寧再有異動。

他今生已注定無法出頭，幕後之人的打算卻不會變化，他已經意識到自己這個「變數」，一定會想辦法調整策略，針對傅家。

軍權……傅家……

「是、是我爹爹和兄長……這件事和他們，有什麼關係……」傅念君白著嘴唇問周毓白。

他低頭，就望進她濕漉漉的眼睛，像是小動物，對他有些莫名的依賴。周毓白便覺心情還不錯。

他只是把可有可無的幾句話透露給她，她就能把所有事情想明白，不用人多費口舌來解釋什麼，就這一點，都屬難能可貴。

他說道：「妳兄長如今受官家青睞，或許不用多久，就會被提拔為中書舍人……」

傅念君眉心一跳，有一種極為不祥的預感。

傅淵風頭太勁，他在昭文館修史讀書未嘗不好，中書舍人雖然職位不高，卻是天子近臣，有時還替皇帝草擬詔書，十分容易窺得軍國機密。再加上傅琨的地位，這個差事就如雙刃劍，一個不好就會割破手。

傅念君隨即又苦笑。「郡王想說的肯定不是我兄長，文樞相致仕，影響的不會是他，我爹爹，是不是更危險？」

「傅相一顆心時時繫著百姓，也實在難得。」周毓白嘆氣，他突然這般感慨了一句，很快解了傅念君的疑惑。

「近來西夏邊境不穩，朝廷怕是要用兵了。」

與西夏的矛盾這些年從來沒有解決過，每三、四年便有這麼一場小打小鬧，雖不至於波及黎民，卻也有些損傷國力，只是若大宋不動兵退讓，他們就會變本加厲，多次進犯，將邊境子民殘忍屠戮。

西夏人是卑劣胡人之後，從來不知見好就收。

傅念君早在當日書房裡與傅琨那一番《漢書》對談開始，就已經瞭解了一些他的品行。傅琨雖為文人，骨子裡卻有一些熱血，想來若非如此，他日後也不會一力主持新政，造成在朝堂上樹敵無數，最後牆倒眾人推。在他為黎民百姓帶來無數好處時，官員們卻只會揪住他的不敬、私德，甚至種種經不起推敲的誣言大作文章。

傅念君甚至能想像到他那時的處境是何等悲慘，眾叛親離。

他雖文官，卻血性不減，這個當口，樞密院將有一場波動，西夏那裡卻必須嚴陣以待，穩住軍心。傅琨會做出什麼選擇，傅念君心裡已然一清二楚。

「我爹爹他……官家會讓他，權知樞密院？」這幾個字從她口中吐出，萬分艱難。

大宋冗員，常常權與職交錯，更常有以他官主持一官事務，稱為「權知」，而權知樞密院的官員，便稱知樞密院事，簡稱知院。文博致仕，一時很難找到有資歷頂替他的大人，而武官如今更是不可能領如此大權，想來想去，能臨危受命有資歷的大人實在不多，而中書門下的兩位宰相是最有資格做這個知院。

傅念君想到，參知政事王永澄素來在與西夏的外交上主和，他若成了這個知院，只怕西夏邊境的形勢不會改善，如此情況，傅琨為了邊境子民，就一定會爭取。

傅念君額頭上沁出一層薄汗來，這些朝堂之事，換了任何一個小娘子，可能都會聽得一頭霧水，可是她從小就浸潤在權術鬥爭中長大，平日所看所學，也皆是男子之事，她的眼光早已超出許多男子。

傅琨當然不能去接這個差事。

一國之大權，二府分立，就已經很好地說明問題了，傅琨為相，已是一人之下萬人之上，再延攬軍權，就如同是把他放在火上烤炙一樣。

「不行！」傅念君脫口而出。「這件事，有古怪。」

周毓白的神情依然淡淡的，很冷靜地反問她：「妳想得到的事，妳爹爹想不到麼？」

傅念君感到心涼。是啊，明知山有虎偏向虎山行，傅琨是明知這是個圈套也會往裡鑽，因為他不去做，就沒有人去做。

傅念君咬牙暗恨，恨文樞相這個時候撂挑子，恨王永澄古板守舊，更恨滿朝這麼多文武官員，學的盡是審時度勢，卻無半點血性和抱負。

這又能怪誰呢？這太平盛世慣壞了人，養出了無數的蠹蟲，百姓需要安定和平不假，可安定和平卻始終要有人去守護，並非躲在這富庶繁華的東京城中，邊境的荒涼和征伐就可拋諸腦後。

甚至與傅琨為多年好友的孫秀，傅念君也突然明白了，為何那日她去向傅琨詢問孫計相選婿一事上，傅琨的神色多有古怪，孫秀也並沒有採納傅琨的建議。

孫秀是三司使，掌管財政，一旦打仗，軍費便如流水一樣往外，無論敗仗勝仗，這三司使都討不了什麼好，或多或少會承受部分來自皇帝的怒氣。

永遠不能向皇帝開口說沒錢，說錢不夠，說湊不齊。孫秀也一定不希望傅琨去做樞密院知院。

傅念君嘆了口氣，彷彿傅琨就注定是獨自一條路走到黑的人，現在新政還未到來，僅僅是要主理樞密院，他身後就少有擁護。

「也不用太擔心，官家如今很信任傅相，這件事上，他不會吃虧。」周毓白說道。

傅念君只道：「只是今時罷了，若是日後官家疑我爹爹，今日他所做的一切，無論好事壞事，都只會成為別人的說辭和攻擊。」

就是這樣的道理，不做才不會錯；做了，哪怕全部是好事，日後也都難說。政治從來都是如此，因此如文博這樣的人，才能平平安安活到七、八十歲以高位致仕。

周毓白默然，知道她說得沒錯。他望著她低垂的頭顱，第一次發現她其實也有很多不平的情緒，憤怒的、失望的、怨恨的……

他輕聲道：「旁人為相，是為了天子，而妳爹爹為相，是為了黎民百姓。妳認為不值，可曾替他想過，他認為值得否？」

傅念君的睫毛翕動，波濤洶湧的心湖趨於平靜，半晌後才喃喃道：「確實。是我狹隘了。」

即便不問，傅念君也知道，對傅琨來說，這都是值得的。為了守護和平而向西夏用兵，為了百姓福祉力排眾議推行新政，他做的事，從來就不是為了自己。

傅念君抬頭，望向周毓白的眼睛閃閃發光，讓人一瞬間覺得彷若是天上的啟明星落入了她的眼中。

傅念君微笑。「我明白了。爹爹有他的事要做，我也有我的事要做，他護天下蒼生，我來護他。」

周毓白也不禁笑了。「妳還是個小丫頭呢，怎麼護他？」

所以還是，我來吧。

周毓白自打告訴她這些事起，就下定決心了，不管這件事是不是幕後之人刻意安排的，將傅家推向風口浪尖一事，他都會出手阻攔。這天下不是傅琨一個人的天下，也不該由他去背負，比起來，他貴為皇子更有義務和責任。

以往周毓白覺得要爭大位，不過是為了自己的母親，可是如今，他卻漸漸覺得自己其實也十分狹隘。看著這些各有心思的文武百官，看著只知奪權爭鬥的兄長姑母，看著利用他們的私心在背後挑撥四方、風生水起的幕後之人……

他才覺得他以往所思所想，是多麼可笑。他身上缺的便是傅琨那樣，捨我其誰的孤勇。

既然他們都做不到，那就他來吧。他才是唯一那一個適合的人。

風揚起傅念君的髮絲，有一縷碰到了周毓白的衣襟，他伸手揪住那髮尾，傅念君卻覺得彷彿自己的心跳從發尖傳遞了過來，臉頰上不由自主燒起來。

好在周毓白很快鬆開了手，又半轉身望向湖面。

湖面上此時正表演著水秋千，伎藝人從豎立著高高秋千的畫舫上蕩秋千，越來越高越來越快，最後與秋千架齊平時才雙手脫開繩子，縱身飛向空中，在藍天白雲間翻著筋斗，像隻輕靈的燕子鑽進水面……

喝彩聲遠遠地傳來，那人影點點的高閣上似乎更顯熱鬧。

傅念君側頭望著周毓白，突然道：「郡王此時在此，是因為後宮娘娘們會提及您的親事吧？」

周毓白微微側頭看她，沒有否認，只說：「妳現在同樣很危險。」

傅念君心中一突。是了，剛才說了這麼多，表面上看來傅家是得了皇帝青眼，傅琨一旦權知樞密院，必然是近十多年來權力最大的一位宰相，而傅淵今日又出席了……

按照張淑妃與徐德妃那兩位聞著點兒肉味，就咬住不會鬆口的性子，她和傅淵的親事恐怕也會被人提及。

傅念君更是驚出了一背心的汗，固然傅琨一定不會同意與徐德妃和張淑妃中的任一派系聯姻，可是畢竟還有個皇帝。

誰能架得住皇帝的賜婚呢？就是不知道官家心裡到底是什麼想法了。

傅念君偷偷望了身邊這位皇子一眼，卻不小心被他攫住了視線。

§§§

開闊高遠的高閣之上，四面通風，十分敞亮，這裡濟濟一堂坐著的，就是當今天子和后妃百官眾人。

皇帝身側，一邊坐著徐太后和徐德妃，另一邊則是舒皇后和張淑妃，其餘有體面的內外命婦、宗室女眷皆安排坐席在後。

此時，湖面上隨著表演水秋千的伎藝人落水，這裡也響起了喝彩聲。

徐德妃放下了手中替徐太后剝的橘子，也跟風輕輕鼓了鼓掌。她冷眼瞟著對面的張淑妃笑靨如花，隔著舒皇后正和皇帝說著什麼，一點也不顧及，徐德妃嘲諷地勾了勾嘴角，心底暗罵了一句賤人。

張淑妃年紀已經不輕了，卻是這後宮女子中最具風韻的一人，眼角眉梢具是暖意融融，與徐德妃刻薄的面容有天壤之別，便是年輕的舒皇后也不及她的鋒芒。

周毓白生得如此俊秀，舒皇后自然也是極為美貌，只是這種不沾煙火氣息的清淨之美並不很討皇帝的喜歡。皇帝並不屬意冷冰冰的仙女，他喜歡的是凡塵中能給他帶來愉悅、輕鬆的尋常夫妻之樂的張氏。

皇帝年近五十，卻保養得宜，戴著硬腳襆頭，頷下蓄著長鬚，看起來不像威嚴的一國之主，倒似是尋常的中年文士，儒雅清瘦，十分親和。

張淑妃正笑得花枝亂顫，嗓音如少女般嬌俏，正與皇帝笑鬧打賭一會兒哪條船會奪標，上一回合她已經輸了一籌。

徐太后頭髮花白，背心佝僂，可身上依然有年少時殺豬匠家掌上明珠的霸氣。

「吵什麼！吵得老身頭都裂了！」她不客氣地朝張淑妃剜了一眼。

徐太后這一嗓子或許能唬住別人，對張淑妃來說可就太習以為常了，只聽她冷靜地吩咐內侍去給太后娘娘倒盅敗火的清茶來，別讓她老人家喊倒了嗓子，徐太后板著臉，卻也不敢再發作。

皇帝全程不發一言，看似誰都不幫，其實他的心向著誰是很明白的。

皇帝與太后感情不好，本來皇帝就是太宗親自教養長大的，徐太后一個屠戶人家女兒，不過是先祖從龍有功，雞犬升天，連太宗自己都對他這個糟糠之妻看輕幾分，皇帝因此對她也沒什麼尊敬，加上她多年前算計親兒子睡了自己侄女，這件說出來就能讓人倒一輩子胃口的事，更是把兩人原本就不怎麼樣的母子情分給折騰得沒剩什麼了。

徐太后又不是什麼聰明人，這麼多年來也從沒想過與兒子修復關係，滿心算計的就是為徐家奪權，扶自己的大孫子肅王做皇太子。

皇帝氣苦多年，覺得這世上最巴望自己死的人裡，大概自己的老娘要算一個。

這樣的關係之下，自太宗皇帝去世後，皇帝身邊能帶給他「親情」的人，其實就只有張氏一個。

在陛下心裡，張氏才是妻，自己的老娘和徐氏，就屬於給他添堵的麻煩，只是礙著孝字，他才諸多容忍罷了。

徐德妃見狀，立刻出言解圍，她也曉得，自己唯一的指望就是徐太后，因此這些年來她也不往皇帝跟前湊，一心服侍姑母徐太后，指望老人家爭氣點多活幾年。她的壽命熬過皇帝，徐家和肅王自然有好日子，要是徐太后先一步薨了，那可真是對不起，依照皇帝看他們不順眼的程度，徐家也興盛不了幾年。

因此徐德妃難得替張氏說話，也順便將早就準備好的話拋出來：「官家，今日這般好景，正是該提幾句詩詞助助興才是。新科幾位進士都來了，何不讓他們藉此機會展示展示才學？」

張淑妃只是微笑，這個徐氏，在這點上是與她不謀而合。

皇帝點頭，讓身邊內監派了個小黃門去傳話，讓新科進士們今日好好賽賽詩詞。

後頭隔著帷帳坐著的各家夫人們都神態各異，走過張淑妃和徐德妃路子的幾位尤其忐忑，這新科進士裡很有幾個有才學有來頭的，若能有好機會求道賜婚旨意，這可是體面的大好事。

錢婧華的心情卻不大好，她身邊的連夫人拉拉她的袖子，輕聲道：「一會兒指不定會來傳妳，給幾位主子見禮時得機警些。」

錢婧華像是沒聽進去般點點頭。

她不是沒有進宮見過皇后、太后諸人，可連夫人卻獨獨提醒她這一回，也是同樣抱著讓皇上賜婚的主意。當然聖旨不可能今日下，不過就是指望著官家對她有個印象，後面的事才能順理成章。

賜婚給誰錢婧華心裡早就有數，給六皇子東平郡王周毓琛。

自錢婧華進京那日起，她就明白自己會有這一遭，指婚給皇子，是錢家表的忠心。可是張淑妃的為人……

雖然東平郡王問鼎大位很有希望，錢家也很有意圖想搏一搏，錢婧華卻只覺得累，她對這些事情沒有興趣。邠國長公主與盧家和連夫人有舊，當然這面子卻還不夠說動錢家把錢婧華嫁給周毓琛，更主要的原因來自於錢婧華的母親。

她悠悠嘆了口氣。

連夫人的女兒盧小娘子盧拂柔輕輕握住了她的手，悄悄用嘴型對她說著：「別怕。」

錢婧華點點頭。

幾個穿著緋色公服的身影隱約地出現在帷幕後，正是幾個新科進士，正在回答皇帝的話，這裡的女眷自然十分興奮，連早已出嫁的安陽公主也伸著脖子去張望。

安陽公主是張淑妃最疼愛的女兒，如今宮裡已無未嫁的公主，這位安陽公主自嫁人後就常常回宮陪伴母親，屢有越制。

邠國長公主對安陽很不滿，這不滿當然有一部分來自於張淑妃，更有一部分是她覺得這安陽囂張程度，似乎是妄圖與她自己媲美。她可是太宗與徐太后的獨女，唯一的長公主，豈是張氏的女兒能夠比肩的，簡直不自量力。

邠國長公主覺得自己被冒犯了，自然就很不客氣地斥責了安陽，一點面子都不給她留。

眾女眷一時不敢說話了，沒人敢得罪這位高傲霸道的長公主，只管豎起耳朵聽外頭的聲音。

「瓊林宴時隔得遠，沒怎麼瞧清楚，原來這位就是傅相公的長子，新科探花郎，如今一看，當真是芝蘭玉樹，一表人才。」

張淑妃笑著對皇帝說，不吝惜對傅淵的讚美。傅淵眉眼不動，一派淡定自若。

皇帝微笑著點頭，看得出來，他對傅琨父子相當滿意。

張淑妃敢這麼誇，也是因為膝下已無女兒可以婚配，倒是不怕人說什麼。這樣的俊秀人物也不可能做駙馬折了前程的，不要說駙馬，便是娶宗室女都是不可能的，因此張淑妃心思放得很明白，誇了兩句很快就移開了話頭。

「傅探花，聽說你還有個胞妹，本位（注）從來沒見過，今日見到你，不禁對你妹妹更好奇了。」

傅淵眉目一凜，原來目標不在他，竟在傅念君。

誰知徐德妃也十分配合地說想見見傅家嫡長女，除了舒皇后不做聲，竟全部像集體失憶般。

她們怎麼可能沒見過傅念君，她七、八歲時就進宮丟人的事，就算她們不記得，也會有旁人替她們記得，不過是如今傅琨可能要接掌樞密院的事一出，徐德妃和張淑妃的心思立刻就活了。

從前還會挑三揀四，覺得傅念君名聲臭，不值得花心思，可今時今日，兩人爭奪朝廷資源已成水火之勢。

張淑妃要聯姻錢家，徐德妃恨得牙癢，卻因為君子協定無法作怪，只好讓肅王扮孝子爭取帝心，好不容易最近就要拉攏孫計相成功了，又出了文樞相將要致仕一事，再看皇帝對傅琨父子的看重，這是要有大動作了，張淑妃和徐德妃也算是在皇帝身邊待了這麼多年的老人，這時候哪裡還能忍得住。

傅琨於官家如此重要，對她們就更重要了，從前覺得這位宰相很難拉攏，但是時至今日，立儲之事眼看就在眼前，兩人也都不管不顧要爭一爭了。傅相最疼愛先妻留下的嫡長女，這點只要有耳朵的人都聽說過，那麼傅念君清白不清白，她們也早不介意了。

張淑妃心想，讓兒子娶了錢婧華作正妃，再娶傅念君為側妃，可不就是一舉兩得、完美解決？再說聽兒子說周毓白似乎對她有意，那就更不能鬆了，只要求得官家聖旨賜婚，就是板上釘釘，老七和傅相能有什麼辦法？

而另一邊，徐德妃則恨死邠國長公主了，若不是她當日上門去打罵，照著傳言中齊昭若和傅念君的關係，豈不是這樁事就能水到渠成，傅家就不得不站在他們一邊兒了？

不過既然已讓邠國長公主給毀了，那麼她就是要想辦法阻止張淑妃的意圖。

那個傅家二娘子不是勾搭了齊昭若又勾搭周毓白麼，等她來面聖，她自然會主意對付，讓皇帝知道她是個這麼聲名狼藉、不知檢點的小娘子，御前失儀，就絕對不可能讓周毓琛或周毓白其

注 宋代妃子不住「宮」，住「閣」，所以稱自己為「本位」或「本閣」。

中任何一人聘她。

他們爭取不到傅家的資源，別人也別想。

徐氏和張氏兩個人心裡各自算盤都打得飛起，只等著傅念君露面。

可是傅念君，卻找不到人。

傅淵悄悄鬆了口氣。也是，這個丫頭如此乖覺，今日不露面，才是好的。只是讓傅琨和傅淵父子意外的，是半路殺出的程咬金，姚氏母女。

傅琨得知皇帝召見了傅淵尚且還能坐得住，可是一聽說他們派人去請傅家女眷，傅念君沒來，而姚氏來了，就再也坐不住了。

姚氏自然也進過宮，只是憑她的出身，還不至於讓張淑妃和徐德妃來結交。況且這段時日，人人都當傅家夫人身體不好，深居簡出，連庶務都不打理了。

她心中恨傅琨待自己薄情寡義，讓淺玉和傅念君兩個賤人都坐到了自己頭上來，連傅梨華的親事都不肯好好琢磨，要從那些窮進士裡挑，今日有這個機會得見貴人，她早就咬牙豁出去了。

張淑妃和徐德妃十分失望，對姚氏和她身邊畏畏縮縮的傅梨華沒有什麼興趣，但是姚氏卻長跪不起，十分唐突地竟跪在地上要請旨。

皇帝就算脾氣再好、再看重傅家父子，也很少見過這麼無禮的婦人，不由黑了臉色。

徐德妃卻先給徐太后使了個眼色，太后便接了皇帝的口，問姚氏所為何事。姚氏為了女兒，也顧不得什麼了，只說想要求道太后娘娘的懿旨為傅梨華指婚。

這話一出，滿座寂然。

張淑妃都不得不佩服一聲傅相這是當年腦子被驢踢了，娶了個什麼妻子，能不著調成這樣。

她自己身為枕邊人，想要求皇帝賜婚還要如此迂迴地試探、揣摩帝心，深怕官家疑了六哥兒，影響父子感情。

這個姚氏倒好，這麼橫衝直撞地要求指婚，這是有多大臉啊。

姚氏其實心裡也沒琢磨好就衝口而出了，她是被逼得沒法子了，她甚至更想多說幾句，把壽春郡王周毓白來傅家的事抖出來，說不定官家一聽，就立刻把傅梨華指給壽春郡王做王妃了呢？

當著這麼多人的面呢，她相信傅琨也不會讓自家女兒無法見人，一定也會求上一求的。

她這邊想得正美，徐德妃也在心裡暗自得意，心道這傅家的女人都是這種貨色啊，她側眼瞥著皇帝難看的臉色，忍不住嘴角的笑意。

最好能誘得姚氏多說幾句傅念君的不是，絕了張氏那賤人的想頭才好。只是她的打算很快也落空了。

誰都沒想到，一向能不說話就不說話的舒皇后卻主動開口了，輕柔的嗓音響起：「姚夫人，令嬡年紀還小，何必急於一時。傅相公乃是國家肱骨，他的家事官家必然會重視，若是傅相公看好了哪位才俊，官家和本位必然會恭賀貴府，給令嬡添妝的。」

溫和有禮，當之無愧的國母風範。這話裡的意思也很明確了。

賜婚可以，但是要傅琨親自來提。自家的事自己管，傅琨開口，皇家自然會下旨意賜婚錦上添花，卻不是誰都會給妳這個婦人臉面的。

姚氏當即嚇白了臉，她身邊的傅梨華也開始發抖。

傅淵緊緊攥著的拳頭終於微微鬆開了些，垂眼見到身邊閃過一抹袍影。是傅琨來了。

「皇上。」傅琨的聲音響起。

皇帝微微頷首。「傅愛卿來了。」

未得傳召而入，傅琨這是第一回。皇帝卻並未苛責他，只淡淡地點頭說：「愛卿想為千金求賜婚旨意？」

傅琨瞥了一眼地上的姚氏母女，十分冷靜地解釋，只說已經為次女相看過，不過是婦人無知，覺得求一道賜婚旨意比較體面。

誰都知道這是姚氏自作主張想求門體面婚事，傅琨親自說話，誰都會順著他的臺階下，給傅家留全面子。

皇帝知道傅琨沒有攀龍附鳳的意思，實在是娶的渾家不著調，他睨著一臉驚惶的姚氏，只道：「愛卿的夫人似乎身體不適，宣個太醫為她瞧瞧吧。」

這是天子恩賜，傅家眾人只有跪下謝恩。

姚氏心裡也知道壞了，官家說她有病，她就是沒有病也成了有病，此時她只恨自己糊塗，說的那都是什麼不三不四的話，恨不得抽自己一個耳光。

「母親，我扶您吧。」

姚氏耳邊響起一道冰涼的嗓音，凍得人渾身一顫，是傅淵。傅淵隔著衣服攙住她手臂的時候，那冰冷的溫度差點讓姚氏又腿一軟跪下去。

張淑妃望著傅家父子泰然自若、鎮定從容的樣子，再對比著姚氏母女一副嚇破了膽的樣子，暗道打聽來的消息果真都沒錯。這繼妻不受寵，繼妻生的女兒也不過爾爾，傅琨再得勢，這姚氏母女也是不值得拉攏的。

她笑盈盈地朝皇帝望過去，順著剛才的話題：「傅相的話倒是提醒了臣妾，官家若是肯給體面，為新科進士們指婚，也是一樁美事。」

皇帝摸著鬍子，只說：「這些青年才俊，都被朕那些愛卿們榜下捉婿捉得差不多了，用得著朕指什麼婚。」

徐德妃插嘴：「這進士們受官家愛重，宗室裡頭可還有好些好兒郎、好姑娘，官家可別忘了。」

皇帝道：「端午節又非七夕，妳們倒是一個個催著朕指婚了。」

原本這話就是要提的，只是出了姚氏這一樁事，似乎皇帝對指婚的興趣就不怎麼大了。

張淑妃和徐德妃心裡都有些不是滋味。不過好在還有徐太后。

「官家倒是不急，可是老身急了，六哥兒、七哥兒，還有阿若那幾個都沒有娶妻，官家就沒有給他們留意過？」

這是皇帝家事，傅琨就不好聽下去了，就要告退，皇帝卻不肯放過他。

「傅愛卿，你快來教教朕，這挑兒媳該是個什麼標準？」他是被這些女人逼急了。

皇帝性子仁厚，素日在朝堂上就仰仗大臣，而國朝素來文官勢強，皇帝若沒有太祖、太宗的能耐，就很容易被他們壓住，現在的天子也習慣事事聽大臣的，他不是不願去想，而是懶得想。

他就是這樣的性子，否則立儲之事也不會一拖這麼多年。

他知道徐太后、徐德妃、張淑妃、舒皇后對挑選周毓琛和周毓白的媳婦多有籌謀，他不想這麼隨便入了她們的套，也不想去想。若不是礙於家醜，真恨不得叫文武百官商量著拿個主意算了。

傅琨只好拱拱手，提了一些說和沒說差不多的標準：「自然是孝順良善、溫和有禮、通達明智……」

如此云云，皇帝也配合地點點頭，只對左右道：「正是這個理，趕明兒讓禮部蒐羅一下，再送進宮來甄選。至於阿若那裡，他有父有母，婚事又何須朕來操心，母后挑好了下道懿旨就是。」

他這麼一說，徐太后也無話可說了。

張淑妃氣得咬牙，皇帝這個愛「拖」的性子可真是幾十年如一日。立儲拖，現在挑兒媳婦也拖。若是傅琨肯多說一、兩句話，她也不用這麼辛苦。

皇帝不聽後宮的，只聽大臣的，連她當時想為自己堂伯父討一個閒職，都被御史台上書連罵了好幾天，罵得官家當場顧不得答應過她的「金口玉言」，直接反悔不認帳，張氏一包氣最後也只能往肚裡吞。

可是她沒有辦法，在政治混亂的年代，后妃可以左右朝廷，可是如今就太難了。所以她要這麼不惜一切地為兒子拉攏各種文武勢力，就是想等自己做太后時，不要再被這麼處處掣肘。

越這麼想，張淑妃一股火氣就上來了。傅家一定要爭取！

傅琨退下後，湖面上又開始了新一輪的爭標，也沒人再討論請旨賜婚的事，坐在帷幕後的錢婧華略略放了下心來。

只是連夫人同邠國長公主的臉色一樣不好看。

皇上這是什麼意思啊？自個兒的親兒子、親外甥，就是這麼一副事不關己的態度？邠國長公主還指望著她的皇兄一張聖旨讓齊昭若低頭呢，同時又能給全了孫家臉面。他不賜婚，齊昭若不肯娶，孫秀那人肯定又要開始掂量起來了，煩人！

而錢家那裡也是一樣的道理，同樣都是皇帝的親兒子，周毓琛和周毓白，他們選擇周毓琛，是因為覺得他有可能奪得大位。他們錢家的女兒是要做皇后，才不管對方是什麼人，但皇帝若是這麼個模稜良可的態度，那他們就也要好好想想了。

傅琨望著金明池的湖面，憑闌長吁一口氣。

幸好官家還不至於被後宮那幾個女人完全牽著鼻子走，徐氏一家與張氏是何其自私，他們想摻和爭儲也就罷了，如今竟想用東平郡王和齊昭若的婚事牽扯更多的勢力進來。看張氏的胃口，錢家似乎還滿足不了她，想把好不容易安定下來的朝堂攪得一團亂才肯甘心麼。

太祖、太宗兩位皇帝殫精竭慮，才換來如今的太平，前朝士族盡受安撫平息，外戚宗室乃至內監宦官也都不敢放肆，這樣的局面已經很難得了。

傅琨蹙眉，暗自下決心，看來要與朝臣聯名上奏疏，東平郡王娶妃必然要慎之又慎，以防張氏之賊心。

傅淵走過來，蹙眉喊了傅琨一聲。

傅琨轉回頭道：「把人送下去了？」

傅淵點點頭，臉色如寒冰，已經將對姚氏的不滿全部寫在了臉上。

「往後不可再隨意讓她們母女出門了。」傅琨淡淡地說著，對於姚氏，他這些時日來早沒了脾氣，也同樣，這些年的情分一起消失殆盡。

御前失儀只是個開始，若是接下來皇帝對傅琨父子真予以重用，姚家和姚氏必然是有心之人的突破口。

男人在官場拚搏，最忌後院失火，而如今的傅家最容易出這樣的事。

姚氏的事兩人暫且不談，傅琨道：「念君今日沒有出門？」

傅淵已經打發人去尋了一圈，只說：「臨出門前還見了一面，是往金明池來的，現下卻沒有蹤影。」

傅琨瞬間了悟。「你去看看壽春郡王可在此處。」

傅淵愣了一下，隨即也明白過來，臉上帶了一抹尷尬，心中暗自決定，有些話爹爹不方便說，他們兄妹倆又早就沒有了娘，看來如今只能他這做哥哥的，從旁去提醒她幾句了。

周毓白的目的肯定不單純，他只希望傅念君現在是真的變聰明了，不要被對方一張皮相迷走了神魂。

傅淵心有所思，匆匆下樓，沒有看清對方來人，不小心迎面與一人撞了個滿懷。

從鼻尖鑽進來的清新花香就可以判定，這是個女子，傅淵立刻退後，可是那女子似乎是因為生得嬌小，頭上的步搖掛在了他的前襟上，因為他後退一步的動作，步搖被生生從她頭上扯了下來，摔在地上，斷成了兩截。

傅淵愣了愣，先一步彎腰撿起地上的步搖。

對面的小娘子生得秀美靈動，似有幾分江南女子的婉約之意。

傅淵卻沒顧得及多細想，只作揖賠禮道：「得罪了。」

錢婧華自然是認得他的，如此年輕俊秀的探花郎，東京城怕是沒有幾個小娘子不知道。

她只淡淡笑了笑。「無妨。」

說罷要去接他手裡的步搖。

她也是因為心情不佳出來走動，一時也沒注意腳下，不完全是傅淵的錯。

傅淵把東西遞還給她，卻很堅持道：「這是在下摔壞的，自然該賠。」

傅淵很是就是論事，錢婧華便低著頭自報了家門，直到傅淵與她錯肩而過了，她還捏著斷了的步搖無法回神。

§§§

正被傅琨和傅淵無限揣測的周毓白和傅念君二人，此時的氛圍卻遠沒有這麼旖旎。

傅念君一邊為父兄憂心忡忡，一邊眺望著隔著大片湖面的遠處高閣。

周毓白今日叫她出來，其實倒真不是為了自己躲清閒，而是確實會知道那裡會發生什麼。傅念君現在不適合出現在那些人面前。

他幽幽嘆了口氣，剛想開口說讓她不用太緊張，今天這樣的日子，她也應該好好玩一玩，可是話還沒來得及出口，他就敏銳地察覺到四周的氛圍有些不對。

傅念君驚詫地望著自己手腕上那隻手，他這是要幹嘛？

抬眼望上去，周毓白卻肅容，朝她做了個噤聲的手勢。傅念君也跟著立刻警覺起來。

這四周太安靜了。她悄悄地嚥了口口水，問他：「陳護衛呢？」

周毓白低頭望著她的眼睛，一時也無法回答。

彷彿是為了回應她的話，緊閉的格扇被人狠狠推開，應該說是……被撞開。

確實是陳進。而且是極其狼狽的陳進。

「郎君！」陳進喊了一聲，立刻提起了手裡的刀抵抗，竟是外頭擁進來三、四個面目冷肅、穿短褐的漢子，手裡都提著武器。

周毓白這次身邊只有兩、三個護衛，能打到這裡來，怕是都招架不住了。

「郎君快走！」

陳進雖不如單昀的功夫好，卻也不算差，此時負傷，依然憑著一己之力抵擋他們的攻擊。

傅念君用自己最大的定力控制住尖叫的衝動。這會兒還能往哪裡走呢？

周毓白立刻就看到了大開的窗戶，他一把將傅念君扯到自己懷裡，問她：「會泅水嗎？」

傅念君白著臉點點頭。

可是正當兩人準備跳窗入湖水逃生之時，那窗戶邊突然就翻進來一人，提著劍就朝兩人砍過來。

周毓白眼疾手快，一下子將傅念君轉了個方向，自己右臂上卻被劃了一道，鮮血湧出來，瞬間染紅了他的衣袖。

冷靜，這個時候一定要冷靜。傅念君在這樣的生死關頭，出奇地理智回籠，她見那人蹲在窗框上還未站穩，當機立斷立刻將窗戶從內狠狠一關，那人正要提劍再往周毓白身上招呼，卻一下被窗戶拍上了天靈蓋，天旋地轉，後仰跌了下去。

那人也是練家子，一隻手立刻搭住了窗框掛在窗邊，還待捲土重來，周毓白還沒來得及做什麼，就見傅念君衝上去，掏出一把鋒利的匕首，毫不給人機會，二話不說就朝那人的手指劃過去。

一聲慘叫響起，血肉橫飛，兩截斷指隨著那人一起落進了湖中。

傅念君轉回頭，手裡還握著匕首，臉上還沾著血跡，蹙眉問周毓白：「您還好嗎？」

她這樣子可算不上好看。

周毓白勾唇對她笑了笑，眉眼生春，重新握住了她的腰肢，一步蹬上了窗框，將她也提上來，輕聲說：「做得不錯，別怕。」

其實她根本也不在怕的。兩人縱身一躍，風的呼嘯聲吹過耳畔，傅念君閉上了眼睛，還記著要握緊手裡的匕首，不能誤傷了周毓白。

自上回在繁台險些遇害之後，她隨身就備著這把匕首，就怕如今日之事發生。

落入水中時，她有一瞬間感覺到十分強烈的窒息的痛苦，他們所在的是一棟三層的小樓，直接這樣躍下水面，她也知道十分危險。

冰涼的湖水立刻淹沒她的五感，傅念君一遍遍告誡自己不能暈過去，可是迷迷糊糊間，她再也無力控制自己身體，心肝脾肺似乎都被人向外扯著般疼痛，只能察覺腰間還有一抹溫度。

她很想說，他可以放開她了，可是，說不出口。

12 互表情衷

傅念君不知自己暈了多久。

她是有意識的，卻覺得怎麼都睜不開眼睛，好像有人用千斤重的石塊壓在她胸口、頭上，讓她想掙扎也無法動彈。

她猛烈地咳嗽，隨著身體劇烈的顫抖，眼睛終於睜開了一條縫。

四周是茂密的草，足有半人多高，她坐起身，看見周毓白就坐在不遠處望著眼前的湖水。

他沒有穿外袍，手臂上的傷口簡單地用布條包紮著，似乎是從他衣服上撕扯下來的。

他也會有這麼狼狽的時候。

聽見響動，周毓白轉回頭，走到她身邊來席地坐下，雖然身上狼狽，可神態依然從容。

傅念君轉頭望了一下，才發現這裡根本連「島」都算不上，不過是水中之渚，方寸之地，皆是亂石和雜草，怕是金明池水滿之時這地方都會被淹沒，不過是今年雨水少，金明池中便露出了許多這樣的小渚。

他們所在的小樓就已經離熱鬧的爭標場所稍遠了，這裡肯定更加偏僻。

周毓白彷彿看出了她臉上的疑惑，只說：「很快會有人來帶我們的。」

傅念君望著他袍子上的泥點子，也說不好自己是什麼想法。

她望著那被紅色暈染的傷口，問道：「你的傷怎麼樣了？」

周毓白搖搖頭，把她的匕首遞還給她，取笑她道：「妳即便昏迷，也握得很緊。」

傅念君有點不好意思，垂眸見到自己領口微開，還露出了一截粉白的頸子，連鎖骨都若隱若現，立刻嚇得大驚失色，顧不得接什麼匕首，忙抱臂在胸前，含著幾分薄羞瞪著周毓白。

「我的外衫呢？」

除去了外衫，她的齊胸襦裙浸透了水，更將她的身段勾勒得一清二楚，腰肢曼妙，胸前起伏。

周毓白瞥開眼，只道：「從水裡把妳撈起來時就是這個樣子。」

傅念君冷靜下來，這裡就這麼大個地方，她的外衫確實不在這裡。她咬了咬唇，覺得這氣氛十分古怪，不過他的眼神也確實很清明，看起來對自己果真沒半點興趣。

她慢慢地放下手。也是，周毓白是什麼人，和他待在一起，若是十個人知道了會有九個會覺得是她非禮他，絕對沒可能是倒過來他對自己有什麼企圖的。

傅念君因此更放心了，對周毓白道：「我幫你把傷口重新紮一下吧。」

他自己幫自己打理得實在有些狼狽。

周毓白從善如流。

傷口已經不流血了，模樣卻實在猙獰，可是周毓白的表情卻雲淡風輕，若不是他額頭細密的汗珠出賣了他，連傅念君都要懷疑他是不是真的不怕疼了。

他是個意志很強的人，能受著傷還帶她到這裡落腳，顯然沒有她以為地那樣瘦弱。

周毓白微微轉回頭，那對顏色略淡的眼珠就在傅念君眼前，彷彿氤氳著極為纏綿的光影，給人一種如重新落水般的窒息感。

她定了定心神，不去看他的眼睛，低頭處理好他的傷口，輕聲道：「謝謝你了。」

「不恨我？」他回應了這三個字。

傅念君搖搖頭，周毓白告訴她有人會來帶他們，她就知道，今日行刺之事他多半心裡有數，怕是早就預備好了，想通過這次的事情引出幕後之人。

她是對方的蟬，他卻要做對方背後的黃雀。

他不會隱瞞她，自然而然的，她想知道，他就會說。

周毓白不得不承認自己有時真是心機深沉，他與她一起受傷，也便是抱著這樣的念頭，同生共死後情誼，她就不會恨自己了吧。

他不想隱瞞她，不想為今後埋下任何隱患，可是冒險的事又不能永遠不做，他們不能永遠處於被幕後之人壓著手腳打的地步。

他自嘲地想，他這樣的人從小精於算計，她不恨自己，卻也不會喜歡他吧。

傅念君垂著眸，周毓白望著她低下頭時從臉頰到下巴連成一線的優美弧度，越看越覺得呼吸有些艱難，一股十分壓抑的情緒湧上喉嚨，他想說些什麼，但最後那洶湧的情緒都被理智壓下。

腦中千迴百轉的思緒，最終都化為平靜，他打定主意站起身來想離她遠一些，卻冷不妨被一股力氣拽住。一隻小手堅定地拉住了他的衣裳下襬。

「我們談談吧。」

她的眼睛明亮，讓人無法拒絕。

周毓白又重新坐下，傅念君淡淡地笑著，望著他的眼神十分柔和。

有些話在決定說出口後，其實也不會那麼艱難了。她一直是個很有膽量和勇氣的人，她做過很多女子一輩子都不敢做的事，臉皮也比很多女子加起來都要厚。

唯獨在情感之上，因為前世的壓抑，她不太善於面對。

但是她素來就有征服不擅長的事的習慣，今早見識到那位糖水攤子前的周小娘子後，她就更明確了自己心意。

這天下很多女子，一輩子唯一勇敢的一次，可能就是為了情。

而她做任何事都很勇敢，卻唯獨不敢面對這個字。

「郡王。」她眉眼平和，說著：「你或許知道，也或許不知道，但是我的心情，今日很想告訴你，我確實……是喜歡你的。」

四周安靜得落針可聞。

而與這絕對的安靜相比，周毓白的內心可說是驚濤駭浪、天崩地裂也不為過。

無法言說的激烈情緒將他從頭到腳淹沒，若傅念君足夠細心，她就能看見他緊緊攥在衣袖下的手，正罕見地微微發抖。

這是周毓白這輩子第一次，有人能將他打得這般手足無措、無法接話，只能像個傻子般呆呆望著眼前的始作俑者。

饒是他把她的想法小心翼翼地揣度了千百回，也不曾想到過她會說這樣的話。

會這樣的，讓他覺得……這一切都是場夢境。

周毓白覺得喉嚨發乾，只生硬地吐出了一個字。

「妳……」

喜歡？她說她喜歡自己……

就這麼直白大膽、毫不避諱地，用這樣彷彿在說天氣一樣的神情告訴他。

她總是讓人摸不清楚路數，古怪至極，卻也……十分可愛。

傅念君瞧著他這樣呆愣的神態，忍不住噗嗤一聲笑出來，心道壽春郡王的謫仙皮子，看來也很容易就能撕下來嘛。

她有些得意，同時心中自然也是有些許失落的。

她既然說出來了，其實就是不指望會與他有什麼。關於成親，關於未來，她其實自己早就為自己斷下了一個「不可能」的結果。

她當然能理解周毓白的驚愕，但是覺得他的驚愕有些過頭了。

如今的他，在他尚未發生變故的人生之中，還是那個高高在上、聲名遠播的皇子，對他表露心跡的女子一定不少，不至於如此失態至此才是。想來想去，大約是覺得她實在不像做出這樣事的人。

傅念君不覺得這樣的事有什麼羞愧的，即便如傅允華那般作為賢良淑德的「典範」，也還會偷偷存著崔涵之的詩稿和周毓白的畫像。大家都是人，七情六欲乃是人之常情，她覺得自己當然可以坦然面對。

「妳是說真的？」

周毓白終於能夠說出一句完整的句子，定定地望著她。傅念君覺得他適才顏色還偏淡的眼珠，此時彷彿漸漸染上了一抹深色，彷彿有千言萬語蘊藏其中。

傅念君點點頭，也不怕他要說什麼不中聽的話，自己倒是先開口說明：「但是我絕無與郡王締結姻緣的心思，您可以放心。」

周毓白的眉頭又很快蹙攏在一起，心裡適才澎湃難以自持的情緒瞬間平復了好幾分。

她這是什麼意思？說喜歡他，卻不指望嫁給他？

傅念君微微側首，只說：「郡王無須刻意接近我，如今傅家的情勢，沒有人您更清楚，傅家並不適合與皇家聯姻，而我爹爹也絕對不會同意的。」

皇帝要對傅琨父子予以重任，就絕對不會輕易容許他左右立儲大事，他必須身為一個直臣、純臣，才能接過樞密院的大權、統領二府，將宰相之權發揮至極致。

如今張淑妃和徐德妃都像餓虎撲食一樣盯著傅家，恨不得能走通傅琨的路子，對周毓白來說自然也是一樣。

傅琨助他，他便能多奪得幾分勝算。

但是傅琨的想法，傅念君是早已與他談過的，父女二人也達成過共識，傅念君身為他的女兒，又並非很受宮裡各位主子的喜愛。她最好的歸宿，是嫁一戶普通平凡的人家，一定不會是京城裡那些錯綜複雜的豪門權爵，更非皇子和宗室。

傅念君多少也能察覺到周毓白待自己的與眾不同，她將這樣的與眾不同，歸咎於是傅家的緣故。

她是個通達聰慧的人，即便傅琨和傅淵沒有明說，她沒必要問就能肯定這一點。

傅琨的夙願是為天下、為子民盡心竭力，而非傅家的興盛延續，他早有打算待新君確立後歸權於朝廷、功成身退。

在這個節骨眼上，傅念君不想，更不會去拖他的後腿。

傅家和周毓白之間保持這樣的合作關係，不近也不疏，就是最好的了。

他們共同合作去查找幕後之人，可是爭儲之事，是周毓白自己的事。

「因為傅家，妳便覺得妳我之間絕無可能？」周毓白平靜地問她。

傅念君覺得他似乎湊近了兩分，略感不自在地往後仰了兩分。

「是。」她很果斷地承認，也十分冷靜地告訴他：「今日與郡王剖白心跡，也是我給您看的決心。我的喜歡並不會將如今的局面改變分毫，適合與您聯姻的，也不是傅家，但是郡王放心，傅家同樣不可能接受徐家和張淑妃的招攬，這是我們明確的立場……」

周毓白心浮氣躁，第一次覺得她的聲音刺耳得讓人想捂住她的嘴。他也確實這麼做了。

他的手掌上是一對眨動的大眼睛，濕漉漉地像隻單純可愛的小獸，纖長的睫毛甚至掃在了他手指上。

他的臉色卻越來越冷。

原來這麼久以來，他為她做的事、為傅家做的事，在她看來都是他用的「美男計」，都是他用自己來意圖達成招攬傅琨的目的？

她就是這麼看待自己的！這就是她所謂的喜歡！

他的怒意甚至能通過冰涼的掌心傳到傅念君的唇上。他身上那淡淡的檀木香從他的袖口竄進她的鼻子裡，他的表情卻是與適才截然不同的冷肅。

傅念君有時會怨怪自己總是想得太多，不這樣直白講出來是不是更好呢？她喜歡周毓白，這件事本身就讓她著實糾結了一段時日。

她知道他的宿命，甚至知道他會娶妻，會生下周紹敏這個兒子……

她自己又是死於周紹敏之手……這種尷尬實在是讓人難以想像。

但是很多時候，人心是不受理智控制的，或許從在萬壽觀第一次相識開始，或許是從上元節滿城燈火中的奔跑開始，也或許是兩人幾番來回刺探虛與委蛇開始，更或許是那個始終讓她無法忘懷、心有所感的夢開始……

發生就是發生了，不管他是刻意還是無意，她都不會逃避自己的內心。

她前世沒有體會過這種心情，死後重生，這半年多時間來又與他羈絆甚深。他是這樣的人，她很能夠理解自己的抵擋不住。

周毓白覺得掌下那雙柔軟的唇似乎動了動，像羽毛掃過他的掌心，更像螞蟻費盡心思地想往他心裡鑽。他立刻像被火苗燙著一樣收回手，垂眸狼狽地不敢去看她。

周毓白在心裡嘲諷自己，難道這就是所謂的自作孽麼？

他自詡聰明，智計過人，精於布局，可當他真的織了一張天羅地網讓她無處可逃時，卻從沒有想過她會這樣站出來，勇敢而果斷地說著自己無法配合他的籌謀。她覺得他的眼裡，永遠只有皇位和江山吧。

究竟是為什麼？這可真是個好問題。

周毓白望著遠處巍巍青山，突然笑了幾聲，可是眼底卻沒有一絲一毫的笑意。

即便她對自己懷了男女之情，可她為了父兄，會毫不猶豫地選擇斬斷這樣的情思。

所以她不像他，她可以這麼坦蕩地對他說一句「喜歡他」；她不像他，會有這麼多瞻前顧後的思慮。

「你……」傅念君剛開口，卻不妨被他驟然抓住了手腕，一把扯到了他眼前。

「妳可真是……」

他的聲音在她耳邊喃喃響起，傅念君靠在他懷裡動了動，剛想掙扎幾下，卻發現他力氣大得驚人，而從他掌心傳來的溫度也十分炙熱，讓她隔著衣服都能感覺到。

這是他們之間第一次靠得這麼近，除了在水中她沒有記憶的那段時候。

傅念君抬手推了推他的肩膀，他卻繼續在她耳邊道：「自以為是。」

傅念君愣了愣，也沒有想到他會這麼說。

她自以為是？是因為她說喜歡他麼，她也沒有求他的回應，怎麼就自以為是了？

她有點生氣地想掙脫他的束縛，卻換來他更加得寸進尺的欺負。

他直接把她擁到懷裡，手臂從她後腰圈住，將她整個人貼到了自己身上，傅念君身上的衣服

還沒有乾，胸前一些比較柔軟的部位就十分不方便

她氣急，要去掐他的手臂，周毓白卻絲毫不怵，竟輕輕地吻上了她的耳廓。

傅念君渾身一震，她沒有過這樣的經驗，她一遍遍地在想，他是不是瘋了？

周毓白的唇輕輕地刷過她線條玲瓏的耳朵，與他桎梏她的力道截然不同，輕柔而溫和。

他問她：「妳覺得自己把什麼都看明白了嗎？我的計畫、妳爹爹的打算，妳都清楚了？」

傅念君控制不住地渾身發顫，下巴卻被迫擱在他肩膀上，他身上的氣息讓她無法好好地呼吸，她自己的心緒也是控制不住地一團亂麻。

她突然有點後悔，她是不是就這樣把自己的底牌交到對方的手上了？

他不過是仗著自己喜歡他吧。

周毓白卻在她耳邊輕笑一聲，說著：「妳很聰明，卻還不至於能夠看透一切吧，不要著急地給別人都下定論，明天的事，沒有人會知道。」

他騰開左手去握她的下巴，將傅念君的臉轉過來，其實她此時腦中一片混亂，根本無法很好地理解他話中之意。

她看不透的東西，是什麼呢？

還沒有想明白，他的唇就壓了上來，從耳廓移到了她的唇上。

在水裡時沒有做的事，在她昏迷時也沒有做的事，此時終於給了他一個理由來執行。

周毓白心中滿足地喟嘆一聲。

這雙唇比他想像得還要柔軟甜蜜，他也不知是什麼時候對這雙唇產生了一些綺念，或許早在見她第一次對著自己喋喋不休時？

雖然從前並不會對女子有什麼特別的想法，但是周毓白自認是個很懂得適應和習慣的人，這

念頭終於在今日得到了滿足，哪怕是在他對她生著氣的時候。

可他也不知道自己會對她氣多久，或許是在結束這個吻之前吧。

傅念君睜著眼睛，實在無法理解此時的情形。

他在親自己！用他那線條柔和、十分耐看的唇輕輕地刷著她的唇。

他閉著眼睛，睫毛幾乎要碰到她的鼻樑。他身上清冽的氣息此時越發濃郁，讓她手足無措，心如擂鼓。

他緩緩睜開眼，對上她的眼睛，他在她唇上嘆息，輕聲說著：「閉眼。」

傅念君還未來得及反應，他的手就鬆開了她的下巴，覆上了她的眼睛。

被剝奪視線後的傅念君，很快又覺得唇上一暖，他在輕輕吮著她的下唇，力道溫柔，卻又讓人無法逃離。

傅念君伸手握住他捂著自己眼睛的左手手腕，氣息顫抖地說：「別。」

他卻絲毫不想聽她說話，重新又堵上她的唇。

這張嘴巴，今日令他喜，也令他怒，他是真的不想再聽她說什麼了。

也不知過了多久，傅念君氣喘吁吁地重見天日，臉頰潮紅，整個人痠軟無力，連腰肢都塌了下來，若不是被他抱著，怕是要一下子仰躺進草叢裡。

傅念君不合時宜地想著，平常小娘子們遇到這般厲害的輕薄，是不是先該哭一把？

但是輕薄她的人是周毓白，看來似乎還是她占了便宜，何況她既心悅他，便覺得此時他這般眼波瀲灩、臉紅氣喘的模樣更是別有韻味。可心中依然有氣。

他如此看輕自己，實在是可惡！

傅念君便又讓周毓白吃驚了一回，她以迅雷不及掩耳之勢伸出手一把勾住了他的脖子，仰首便湊到了他頸邊，狠狠地張嘴咬了一口。

周毓白眼中只有一瞬間的驚訝，隨即就又是了然的笑意。

他扶著她的背，也不阻攔她，只說：「妳這樣不服輸的性子到底是像誰？傅相麼？」

傅念君用牙齒磨著他頸側的皮膚，心道她從小便是在那般環境下長大，認輸便沒有好果子吃，連死到臨頭都不會蹙一下眉頭，又怎麼會輕易被他用這樣羞恥的方式打敗？

她這般想著，又加重了牙齒的力道。

周毓白抽氣，用極似勸哄的語氣說著：「輕一些。」

聽來很是寵溺，任她在自己身上為所欲為一般。

傅念君頓時意興闌珊，放開他的脖子，見到適才她咬著的地方已經滲出了血絲。

周毓白臉上卻帶著笑意，抬手用拇指抹去了她嘴邊自己身上流出的血液，彷彿是給了她一個無比鄭重的承諾。「以後我親妳，妳都可以咬我，只是別都咬同一個地方，能答應我麼？」

若不是他的語氣太過纏綿太過曖昧，傅念君應該也不會後悔，可他竟然還說「以後」。

她漲紅了整張臉，氣道：「你究竟是為什麼……」

周毓白此時身上帶著兩處傷，衣衫凌亂，臉上也因為適才的親密染著薄薄的紅暈，連嘴唇都是微微的紅色，這模樣確實讓人移不開眼。

他抬手將傅念君頰邊的髮絲別到腦後，回答她的問題：「因為我一定會娶妳。」

擲地有聲的一句話。

傅念君瞪大了眼睛。「我不能嫁給你！」

是不能，也是不會。

「是麼？」他歪了歪頭，樣子帶了幾分迷離。

或許是因為心中所想有所達成，他的氣確實消了。

他和她計較什麼呢？他不知道傅琨是怎麼養出這樣的女兒來的，她對朝堂和權謀有十分敏銳的感覺，可是對感情與婚姻卻有一套極古怪的想法。

或許是因為沒有人教過她，她也從來沒有像個普通的小娘子那樣，從小就會幻想描摹未來夫君的樣子，也好像對婚姻一事沒有什麼信任。

她說喜歡自己，可其實連她都分不清這是種怎麼樣的喜歡。

在她的想法裡，感情或許是能用理智去控制的東西，而婚姻，更是完全能與感情割裂開來。

多麼天真。

周毓白微笑。「要不要和我打個賭？」

「什麼……」傅念君覺得他這話越來越奇怪。

「打賭妳會嫁給我。」他的眼睛裡有光，讓傅念君難以招架。

他是不是腦子進水了？她可真想捧著他的頭左右晃晃看能不能聽到水聲。

周毓白卻站起身，撫了撫身上已經完全沒法看的袍子。「我贏了，妳就是王妃了。」

傅念君氣極，可真是謝謝他了！

「那你輸了呢？」她問道。

她現在還是覺得周毓白實在沒有必要娶她，他如果是聰明的，就應該明白傅家對他們幾位皇子的態度。他就該灑脫地撩開手，去爭取一個對自己更有利的妻子為後盾，甚至把錢婧華搶過來，也是個很不錯的主意。

「我輸了？」他反問：「這樣也好，我去傅家入贅可行？」

她瞠目結舌，覺得他是神智不清了，胡說八道地沒了邊際。

「妳既說了喜歡我，豈能輕易就把這一頁揭過去。」他理所當然地說。

「我不和你打這個莫名其妙的賭！」傅念君羞憤道。

他卻伸手點了點自己的唇，神情似乎帶了幾分回味。「可惜，已經蓋過章了。」

「你、你這人……」

傅念君也站起身，腳下卻一個不穩，頭重腳輕地往旁邊倒去，幸好被周毓白一把扶住。

「別說話。」他的掌心又貼住了她的唇，眼神卻望著遠處，輕聲說：「人來了。」

傅念君這才意識到，他說的應該是會來接他們的人。

她連忙回神，自己站穩，略略整了整衣服。

可是她並沒有看到任何人，只有一葉小舟從遠及近地漂晃過來。

傅念君疑惑地看了周毓白一眼，他卻只是盯著那小舟，直到小舟靠近了小渚，才從水面下鑽出一個人來，原來是此人在底下控制著這小舟行進。

傅念君剛才根本沒注意到舟下的人，這功夫，當著是馭水的好手了！

那人鑽出半個頭，是個三十歲左右年紀的漢子，臉上有未刮乾淨的落腮鬍，此時就像站在土地上一般自然，朝周毓白笑著點頭。

「郎君，這會兒就送傅二娘子回去？」

周毓白「嗯」了一聲，轉臉對傅念君道：「妳先上去。」

「那你呢？」

他搖搖頭。「我自有安排，天色要暗了，再不走，妳的名聲還要不要了？」

傅念君覺得他眼中好像帶了兩分戲謔。又不是她主動要和他待在一起的！

她提著裙襬坐上那一葉小舟，那漢子又很快鑽下了水面，再不露頭。

小舟輕輕地動了，傅念君回頭，望著周毓白正負手而立的身影，他的神情依然是明澈高遠，當然如果他不要輕輕抬手在唇邊示意的話，他這副樣子依然是很賞心悅目的。

傅念君氣呼呼地抬手，狠狠抹了抹自己的嘴唇，轉回頭去不肯再看他。

周毓白微笑著想，早知道適才力道就小一些，她的嘴唇有些紅腫，他是想提醒她回去抹一些藥，但顯然她是誤會了。

他輕輕嘖了一聲，其實也不用多隱瞞什麼痕跡，傅相大概早就知道了。

他也已無所謂傅琨的猜測，從前他沒有想與傅念君發展到這一步時，傅家父子或許就已經防備著他了，現在不過是坐實了而已。

手臂上的傷隱隱作痛，頸上被她咬出的傷口也不遑多讓。

他這輩子第一次這麼狼狽，也不知道算不算得上值得。

而傅念君坐在舟中，覺著這舟相當平穩，也無任何晃蕩的感覺，她再次暗嘆這人本事確實好，可是他怎麼呼吸呢？

她回頭看了一圈，才發現一根細細的蘆葦管子伸出了水面。看來是用這種方法隱藏行蹤。

她的手伸出舟外輕輕畫著水，突然間腦中竄過一個念頭。

她可真是被他欺負糊塗了，這個都沒想到！依照周毓白做事的脾性，他要布局，就鮮少會有疏漏的時候，那時在小樓之上兩人冒險跳入湖水中逃生，在湖裡應該早就埋伏了好幾個這樣的人。

如她舟底這個會泅水的人，一定不會只有一個。那可惡的傢伙！

而傅念君想要問幾句話，那人也躲在湖面下不冒頭，她也別打那主意了。

傅念君這才徹底篤定了，他們會到那個小渚上，也都是在周毓白意料之中，可是就連這個人和這條舟出現的時間，他都做了安排嗎？

他是故意把她留在那裡這麼長時間的！害得她、她被他……她越想越氣，又狠狠地抹了抹嘴巴。

此時若是有人在她對面，一定會覺得傅二娘子平日裡這雙微翹可愛的唇，此時紅腫得過分。唇瓣的主人正生悶氣，也不想再去管他在小渚之上接下去要幹嘛，恨不得能回去再把他推回湖中去才能解氣。

他的安排和籌謀她不是不想去猜，而是此際傅念君覺得自己腦中現在什麼事都理不清楚。她抬手敲了敲腦袋，暗恨自己沒用。

§§§

小舟終於緩緩靠近岸邊，那人也終於從水下鑽出頭來，朝傅念君咧了咧白牙道：「請娘子不用擔心，您的人就在岸邊接您，不會有事的。」

隨即他又補充了一句：「郎君那裡也不會有事的，您放心。」

傅念君沒好氣地說：「我沒有不放心。」

那人卻反倒露出一副「我懂我懂」的樣子，女人嘛，都是口是心非的。

傅二娘子是他們未來的主母，她說什麼就是什麼咯，反正從天清寺那回他們都能看出來，這一位，可是郎君心尖上的人，得罪不起。

傅念君瞧他臉色也能八成猜到他在想什麼，索性不解釋了。

等到小舟靠岸，她果真看到岸邊有輛熟悉的馬車，郭達看到她立刻迅速地跳了過來，傅念君轉回頭，湖面微瀾，水底下的人已經離開了。

芳竹和儀蘭忙著來攙扶傅念君，兩個人的模樣有點狼狽，眼睛通紅，看來是狠狠哭過了一通。

只有郭達最不著調，苦著臉把手臂伸給傅念君看。「您再不回來，我的手都要讓她們掐爛了。」

他手上青青紫紫的一片，都是芳竹、儀蘭發洩心中不滿的證據。

傅念君分別拍了拍兩個丫頭的臉，安慰她們道：「沒事的。」

她們跟在郭達身邊一定是安全的，何況若她身邊的人真出了事，周毓白難辭其咎。

「快回去吧，時辰不早了。」傅念君趕忙提醒她們。

幸好馬車裡早就準備了衣物給傅念君更換，芳竹和儀蘭替她梳妝，儀蘭幫她梳著頭卻忍不住掉下了眼淚。

「娘子今日真是遭了大罪了。」

芳竹也跟著點頭，替傅念君上口脂的時候心驚不已。

「落水時被魚給啃了，怎麼連這裡都碰傷了？」

她手上腳上有些擦傷倒也在所難免，這唇上是怎麼回事？

傅念君臉頓時臉頰通紅。兩個丫頭年紀還不大，尤其是芳竹格外地大剌剌，沒這麼容易想到那方面去，倒是儀蘭替她梳頭的手一頓，怕是已經起疑。

傅念君拉下芳竹的手。「別擦了，回去替我抹點藥。」

終於回到了傅家，傅念君原本高懸的一顆心也放了下來。

原本以為少不了要向傅琨交代一下今天的事，可是傅琨父子二人竟然都還未回府，姚氏倒是先被人送回來了，躲在房裡已經哭了許久。

傅念君打聽了一下，才知道她今日御前失儀，張口就想求官家給傅梨華賜婚的事。

姚氏可真算是傅家的一股清流了，不僅對官場上的事絲毫看不懂，連最基本的看人眼色都看不出來麼？

難不成她還會覺得自己這個傅夫人比傅相更有面子，值得帝后越過傅琨給她的親女兒指婚？姚氏這招自以為是的破釜沉舟，可真是只傷了自己，換不來一點好處。

可同時傅念君又有兩分慶幸，她這麼一鬧也好，這樣外頭誰都知道傅夫人不著調，她和她的女兒不受傅相喜愛，還在官家娘娘面前大大地丟臉，想必他們也就不會想著通過娶傅梨華來鞏固與傅琨的關係了吧。

否則依照姚氏和傅梨華母女的品性，徐德妃和張淑妃只要隨便拋個餌出來，她們就肯定會搖頭擺尾上趕著去咬。

就和陸婉容的父母一樣，傻得可以，實在是讓人無話可說。

因傅家眾人今日發生了這麼多事，也就沒有人注意到傅念君的回府，她也能好好在房裡休息一番，整理自己的心緒。

芳竹和儀蘭是知道她今日受驚的，熬了驅寒的薑湯，晚膳端了清粥小菜過來，生怕傅念君胃口不佳又病倒了。

其實傅念君除了被那個夢嚇到，面對其餘的事都還算鎮定。

她今日沒有用飯，饑腸轆轆地喝了好幾碗粥，看得芳竹和儀蘭目瞪口呆。她的氣色也不錯，半點都不像歷劫歸來。

儀蘭還有幾分慶幸。「娘子這樣也好，等見到了相公和三郎，說不定還能瞞過去。」

她還抱著這樣僥倖的念頭。

傅念君微笑，她這是躲得了初一躲不過十五，明日就算傅琨沒召她，她都得去和父兄把該說的話說完。

晚間要準備就寢時，傅念君卻喊住了儀蘭。儀蘭十分不解。

傅念君問她：「在府裡妳有相好的嗎？」

儀蘭大驚失色，連忙跪下叩頭，怕是傅念君要攆她出去。

「娘子待我這麼好，我怎麼敢！」

大宋民風開化，婢女與小廝、護衛若非死契賣身的，在府裡也都過得不錯，不至於真的像豬像狗一樣當奴才，自然他們不可避免的人性本欲也不會壓抑得太狠。哪家大戶人家沒點這樣的事，有些膽子大的小廝護衛甚至偷到主家娘子、妾室的房裡去，每年東京城裡都要傳這麼幾樁醜事。

在傅家，家風還算嚴格，婢女與小廝偷情的事不多，若真看對了眼去找管事的說項，和和美美成了親的倒有好幾對。

儀蘭生得好看，自然府裡也常有那浮浪的小廝示意她，只是她卻從來不理會，今日傅念君問起這話來，她以為是娘子要責備她了。

「不是的。」傅念君讓她起來。「不是疑妳，是想問問妳，這些事……」

儀蘭疑惑。「什麼事？」

傅念君想了想，還是問她：「一個男子若喜歡一個女子，是什麼樣子的？」

儀蘭瞪大了眼睛，久久無法回覆。

倒不是驚訝於傅念君問的話，而是在她心裡，娘子一向無所不能，無所不知，卻竟有反過來請教她的一天？

傅念君嘆氣揮揮手，心想自己今日也算是夠傻的，問這個做什麼。

「算了，妳去睡吧。」

儀蘭終於回神，臉上神色十分難言，好在她不如芳竹這麼咋呼，只望著傅念君小心翼翼地問：

「是壽春郡王他今日……？」

傅念君默了默，心想其實把身邊丫頭教得聰慧也不是件好事。

儀蘭終於放心了，拍了拍胸口道：「娘子，壽春郡王自然是喜歡您的。」她頓了頓，又補一句：「應該是很喜歡。」

傅念君覺得儀蘭可能對她有一些盲目自信。

儀蘭想了想繼續說：「我也不是很懂，或許喜歡誰就是想和他多說說話，多見見面，然後……」她臉紅了紅，聲音更細了。「就像郡王今日對您……」

傅念君黑著臉打斷她：「我們沒有什麼。」

儀蘭很客氣地沒有戳穿她的欲蓋彌彰，臉上的神情也是一副「我懂我懂」的樣子。

傅念君真不知道這些人都怎麼了，好像除了她和周毓白兩人，所有的人都像早就認定他們之間有什麼一樣……

傅念君嘆了口氣。

儀蘭趴在床邊問她：「娘子可是覺得心中不定？」

傅念君點點頭。是了，她也像這世間許許多多年輕女子一樣，學會了患得患失。

她只是不敢想像周毓白待她的心思，會如她待他一樣。

他在自己心裡，是個複雜的存在。可是她呢？

就像那時拒絕陸成遙時說過的話一樣，她都不是她自己，她身上有這麼多的祕密和責任，她無法坦然地接受別人喜歡自己。

或許是鑽牛角尖吧，傅念君承認自己不夠灑脫，甚至也會做一些無謂的想像，如果是之前的自己，身為三十年後的傅念君，和如今的他相遇，又會是什麼樣子……

「娘子同壽春郡王同生共死過幾遭，與旁人是不一樣的。」儀蘭信誓旦旦。

同生共死……傅念君無言，已經上升到那個高度了？

「他若不喜歡您，怎麼會救您那麼多次、幫您那麼多忙？」儀蘭理所當然地反問。

儀蘭並不知道傅念君與周毓白之間的內情，只覺得從邠國長公主上門尋釁開始，周毓白就處處護著傅念君。

這都不算喜歡，那什麼才算？

傅念君搖搖頭，也不多解釋什麼，輕聲道：「睡吧。」

這夜，傅琨和傅淵父子很晚才回府。

因為金明池發生了一些事。壽春郡王遇刺落水一事，讓官家再次勃然大怒。

皇帝派出了殿司和步司兩支虎翼水軍，在日暮時分才找到了受傷的壽春郡王。

這是繼上元之後的第二次了。

皇帝就是再不上心，也不能眼睜睜地看著自己的親兒子這樣被人折騰。

舒皇后流淚不止，可是從頭到尾一句話都未說。

傅琨知皇帝心思，這是打算徹查了。傅相沒退，今日前來觀賽舟和水戰的百官更沒一個敢說打道回府，只能餓著肚子等消息。

皇帝首先懷疑的就是今日沒有出席的肅王。原本病榻前的孝子，此時卻硬生生讓他覺得是早有籌謀。

張淑妃在心裡暗自得意，徐德妃卻驚詫地啞口無言。

她從未想過要謀害皇子，何況上頭還有徐太后壓著。她老人家雖偏心肅王，可周毓琛、周毓白到底都是她的孫子，她怎麼可能坐視肅王向他們動手，這指控實在是讓徐德妃又氣又急。

徐德妃一急就容易胡說八道，當即便向皇帝爭辯：「官家這猜測好沒道理，大哥兒前段時日宿在宮中，日日侍疾，孝心日月可鑑，轉頭怎麼就成了蓄意之舉呢？現在只因七哥兒遇刺受傷官家就疑心大哥兒，豈不是讓他寒心？指不定是有人眼紅大哥兒得您愛重三兩日，忍不住動歪心思了……」

皇帝冷道：「妳說誰有歪心思？」

張淑妃在旁邊看戲，她一點都不急著為自己和兒子爭辯，周毓琛和周毓白兄弟感情如何，官家比她還清楚，何況她本就沒有動過這心思，應該說她覺得舒皇后母子根本不足以和自己相提並論，何必多此一舉去尋周毓白的麻煩。

徐德妃一向不敢在明面上和張氏爭辯，只好挑軟柿子欺，便道：「妾身只是覺得七哥兒受傷的時機太巧合了，怎麼就是今日，就這會兒……上回的事也是這樣……」

兩次了，算來算去最可疑的都是肅王，說是湊巧她都不信。

皇帝聽明白了，氣道：「妳的意思是說，七哥兒是故意安排了這些戲，要陷害大哥兒了?!」

張淑妃見他如此生氣，也只能上去勸：「德妃姊姊大概不是這個意思，官家可別氣壞了身子。幾個孩子都是您親自看著長大的，兄弟感情一向和睦，怎麼可能會做出這等手足相殘的事。」

到底最瞭解皇帝的人只有張氏一個。

他這輩子最期盼的事就是後院和睦，母慈子孝，不要天天瞎折騰。起碼現在在他看來，舒皇后和周毓白母子做到了，張淑妃和周毓琛也算做到了，就這個徐氏，聯合著他的老娘，成天不消停。有氣當然先找徐氏撒。

徐德妃訥訥不敢言語，心裡埋怨徐太后早前因覺得身體不適先行回宮了，倒是讓她此時少了個幫手。

張淑妃眼睛一轉，便立刻有了主意。「官家，不如這樣，七哥兒這事讓大哥兒去調查，一來，好讓兄弟二人別因旁人的胡言亂語起了嫌隙；二來，大哥兒身為長兄一向有擔當，做事又謹慎，一定會盡心辦好的，您也能放心下來了。」

被指責為「胡言亂語」的徐德妃此時臉色鐵青，瞪著張淑妃那張狐狸精一樣的臉就滿肚子氣。黃鼠狼給雞拜年，她才不信張氏有這麼好心來給自己解圍。

皇帝一聽卻覺得很有道理，畢竟他也不能胡亂去懷疑自己一個兒子妄圖謀害另一個兒子，更重要的事，以皇帝一貫的性格，他是真的不願意去深想這件事。

張氏這個提議他覺得很妙，肅王去辦這件差事，又有百官盯著，如果是他做的，他就別想輕易搪塞過去；如果不是，也正好能解除自己的疑心，給他個表現機會。

皇帝摸著鬍子點點頭。「一會兒叫傅愛卿進來，我與他仔細說說……」

讓傅琨監督，他是萬分放心的。

張淑妃點著頭微笑，與皇帝並肩而立，談論著該怎麼安撫周毓白，兩人就像尋常夫妻一般，似乎完全忘記了還跪在地上的徐德妃。

徐德妃恨得咬牙，張氏這個賤人，還真以為自己是皇后了！可她卻又沒辦法，只能眼睜睜看著對方拿這件事做筏。

§§§

周毓白受的傷並不重，回到府裡後，宮裡就如流水般不斷送來補品和藥品，兩、三個老太醫更連夜被請了過來為他看傷。

若非規矩不合，怕是他耳邊還少不得舒皇后隱忍的低泣。

陳進也負傷了，不過他卻是傷得十分開心。周毓白看著他那快咧到耳後的嘴，不知道他是在開心什麼。

陳進有自己的道理，他是替主子開心。他眼睛尖，一眼就瞟見了周毓白脖子上的傷口，剛才太醫想要給他上藥他都自己將領口拉高不肯給人看。

還能欲蓋彌彰得更明顯嗎？

陳進清了清嗓子：「郎君雖然受傷，可也算是抱得美人歸了，這是喜事。」

周毓白蹙了蹙眉。抱得美人歸？怕還是有段距離。不過也不算沒有收穫，好歹是確認了美人的心意。

周毓白也不生氣，只道：「你很閒？事情都做完了？」

陳進道：「您脖子上的傷總得上藥的啊。」

不讓太醫來，只能他這屬下來了。

周毓白伸手接過他手裡的藥。「我等會兒自己來。」

他可沒有興趣讓男人碰自己的脖子。

張九承提著燈籠過來看周毓白，他臉上閃著一些興奮的光芒。

周毓白讓陳進退下，自己靠在榻上與張九承說話。

張九承道：「如郎君所願，這件事官家已經安排給肅王去辦，肅王此時正在府裡暴跳如雷，只是不敢發作。」

周毓白「嗯」了一聲。「大概明後日大哥就會來看我，讓府裡都準備一下。」

張九承摸著鬍子點頭。「這件事肅王心裡有氣，卻也發不到您頭上來，待過些日子他越查就會越發現種種證據對他自己不利，這暴怒的時候還在後頭呢。」

幕後之人慣用的老招數了，周毓白多少也有點瞭解。

他以肅王來打頭陣，上回沒成功，這次肯定不會放過。

那些刺客殺手的底細往後摸，也肯定多少能和肅王扯上關係，即便不能，周毓白也會派人出手，讓肅王找到他自己謀害親弟的「證據」。

依照肅王那個脾性，這件事就只能越鬧越大，而周毓白就是要讓這件事無法收場。

別人可以拿肅王當槍使，周毓白一樣也可以。

以彼之道，還施彼身。

「讓底下的人多用點心，埋好的線索一定要讓大哥能不太費勁地找到。」周毓白淡淡地吩咐。

張九承點頭，也帶了幾分遲疑。「郎君，若不是馮翊郡公，咱們這樣做也有些莽撞了……」

幕後之人肯定是不會留下證據的，他們留心了這麼久都抓不到他的把柄，可見對方也是很細心謹慎。

既然如此，只能反其道而行，沒有證據，就造一些證據指向周雲詹，讓肅王發現。屆時狂怒的肅王肯定不會輕易甘休。

周毓白此時卻沒有什麼心軟，他道：「張先生，即便不是周雲詹，他也脫不開關係。我雖不能肯定，手裡也無明確線索，可是有一個人卻幫我驗證了。」

張九承了悟。「是齊郎君……」

齊昭若這人實在是同以前大不一樣，且他三番兩次對周毓白的態度也讓他們摸不著頭腦，他那裡，自然也時時有人跟著打探消息的。

近來齊昭若總是盯著周雲詹一事周毓白早有耳聞。

張九承不解。「為什麼郎君會這麼猜想？齊郎君和馮翊郡公到底是……」

他發現自己又看不透了，因為實在是想不出一個合理的解釋，齊昭若為什麼會做這樣的事。

齊家和邠國長公主志在爭儲，按照齊昭若一貫的性子，當初設計他入獄的人是張淑妃，他要報仇也該盯著周毓琛和張氏，可他卻完全像忘了這件事一樣。

即便退一萬步來講，他變聰明了，看出那件事背後是有人操控，想要立志找出幕後之人，那麼他不與周毓白合作的情況下，他是靠什麼查的？

齊家和邠國長公主又沒有給他這麼大的權力，他是怎麼就懷疑到周雲詹身上去的？

周毓白搖搖頭，他不像張九承，要把任何事都條條框框理得很清楚才算完，他知道有很多事是解釋不清楚的。

「齊昭若他……不一樣。」張九承聞言蹙眉。

「他和傅二娘子兩人，或許真的，能夠知人所不知。」周毓白苦笑。

他其實早就懷疑他們兩人，只是一直以來，他都無法說服自己去信一些荒謬的念頭。

張九承也頓了頓。「郎君可是指那鬼神之事？」

周毓白搖搖頭，也不知是回應張九承還是在否認自己。

張九承也不追問，畢竟周毓白是主子，他是幕僚，主家沒有必要對他知無不言。

他岔開話題：「文樞相一旦致仕，傅相的地位也是要更上一層樓，如今郎君同傅家二娘子之間這般……也是最好。」

周毓白聽了這句話卻蹙緊了眉頭，打斷張九承：「傅家的事，我自有安排。」

梆子敲過了三更，周毓白累了一天，眉眼間也露出了疲倦，對張九承道：「不早了，先生早點歇息吧。」

張九承嘆著氣走出門，問了陳進幾句話，這小子也不似單昀能懂周毓白心思，張九承也不知周毓白剛才說的對傅家「另有安排」是什麼安排。

此時此刻，爭取做傅琨女婿的人選中，周毓白是最有利的，何況今日他與傅念君一同落水之事，瞞些不相干的外人是可以，瞞他們這些親信是不可能的。
這種事傳出去就是毀女兒家名節的大事，他們這裡就相當於握著傅家一個大把柄。
兩廂權衡，傅琨不想讓女兒聲名盡毀抬進王府作小，就不得不冒著皇帝忌諱，為女兒請旨嫁給周毓白。
當然這樣對傅琨來說是有損他在皇帝面前的忠心，但是依照皇帝如今對他的偏愛程度，他依然會是朝中最有權力的文官，這對周毓白來說，是大大的有利。
所以這還有什麼好猶豫的呢？
這刺殺又不是他們安排的，論起來傅家還要感謝周毓白救了傅念君的命才是。
張九承望著天上的月亮嘆氣。
最怕兒女情長英雄氣短，郎君可別走上那條路才好。

§§§

第二天天色剛濛濛亮，周毓白就醒了，他手臂上的傷讓他一夜沒有睡好，盜汗、多夢、渾身也沒有力氣。
畢竟昨天穿著濕衣服這麼久，恐怕寒氣多少還是入體了。
他想著傅念君，也不知她身體如何，有沒有染了風寒。她大概是想不到自己的，滿心只有她父兄和傅家，難為他倒還在夢裡惦記著她柔軟的唇瓣。
周毓白睜著眼睛毫無睡意之時，門外窸窸窣窣地響起了聲音。現在還不到他起身的時間，有這響動應該是有事發生。
他坐起身喚人，隨著端熱水的小廝一起進來的，是臉色相當難看的郭巡，身後站著一臉忐忑的陳進。

周毓白只穿著中衣，鬆鬆垮垮罩在身上，長髮披散，半靠在床邊，面容俊秀從容，在屋中不甚明亮的燈光下顯得十分人畜無害。

可是他看著下屬們的目光卻十分凌厲，讓他們兩個從腳心底開始發寒。

「說吧，什麼事情。」

郭巡腿一軟，就跪下去了，咬牙道：「是卑職沒用，求郎君責罰！」

周毓白的壽春郡王府裡分工很明確，張九承統領幕僚，單昀管理護衛暗衛，而江湖勢力，現在都由郭巡負責。他原本也是出身草莽，和弟弟郭達跟著義父落腳在壽春郡王府，義父過世後，他們兩個就給周毓白做事。

先前周毓白也暗示過他，若他今後不喜歡這裡約束的生活，他可以放他與郭達離去，等到單昀送達信，董長寧得到信後或許會親自赴京，周毓白承諾到時可以讓他們兄弟跟著董長寧回江淮一帶，要做什麼生意，江裡海裡的隨便他們倒騰。

郭巡也不是不心動，只是周毓白對他們如此恩重，他是肯定要為郎君鞠躬盡瘁的，倒是郭達那小子，他希望能讓他跟著董長寧出去歷練一番拳腳。

抱著這念頭，郭巡近來辦事尤為用心，可是這用心是一回事，辦差就是另一回事了……他現在更是羞愧地頭也抬不起來，恨不得抽自己幾個耳光。

「昨天那幾個混帳，在金明池裡撈了半天，想說聽您的吩咐把傅二娘子的外衫找回來，後、後來找是找到了，不過……」

周毓白斂眉。

昨天跳水，一時不察傅念君的外衫落在水中沒了蹤影，他一向謹慎，這衣服不能讓人一眼斷定就是傅念君的，可到底還要防著被人發現了做文章，於是命手下人去尋。這樣的小事，他們還出紕漏了。

「被誰拿去了？」

周毓白挑眉，心裡已經有了最壞的打算。

「是、是齊、齊郎君……」郭巡的頭越垂越低。

這齊昭若竟守在岸邊，好像早就知道他們那些人的來路一樣，那些人本來就是江湖漢，也不能名目張膽地打著壽春郡王府的招牌，不想鬧大就只能雙手奉上。

「郎君，他或許認不出來。」陳進在旁道，抱了一絲僥倖。

「他知道。」

周毓白語氣平淡，三個字就澆滅了兩人的希望。

齊昭若知道那些是他的人，也知道那件衣服屬於傅念君。他想做什麼？

「郎君，這件事不能讓他拿來大做文章，傅二娘子的名聲可是會毀了的，不如今天我們就潛入齊家……」

郭巡昂首，十分地慷慨激昂，一副要戴罪立功的樣子。

周毓白瞥了他一眼。「你沒有去看看那天狀元郎遊街時他那一箭的力道？別小看了他，除了單昀，你們誰去恐怕都難全身而退。」

郭巡噎了噎，只好嘀咕一聲：「這人是易經洗髓了不成，這麼能耐……」

周毓白抬手讓他們出去。「先別動作。」

如果他猜得沒錯，齊昭若拿到了那件衣服，不是去找傅念君，就是會來找自己。

他的路數很怪，從來就不是與邠國長公主和肅王一道的。出於這一點的考量，周毓白才敢按兵不動。

§§§

傅念君次日起身時確實覺得有些不舒服，打了兩個噴嚏，在芳竹和儀蘭的威脅下多穿了兩件衣服，才派人去告知了傅琨等等要過去見他。

壽春郡王端午節在金明池遇刺一事，傅家也收到了消息，畢竟昨夜因為這件事被皇帝遷怒而很晚才歸家的大人，不止傅琨一個。相信過不了多久，這京裡的街頭巷尾，都會開始談論這件事了。

傅念君自然知道這都是周毓白的安排，他想做什麼她沒有工夫細想，傅家的事她都忙不過來。

去傅琨書房裡的時候，不意外也見到了傅淵。父子倆的表情難得如出一轍，十分凝重。

傅淵一向如此，可對女兒從來都是和顏悅色的傅琨，今日卻消失不見了。

傅念君嘆了口氣，閃身進了書房。

「爹爹喝茶。」

她很乖巧地給傅琨奉茶。

傅琨望著她的笑臉，頓了頓也還是接過茶杯。

「哥哥也喝茶。」

傅淵竟也得到了她罕見的一臉討好。

他忍了忍，終究沒繃住，還是接過了茶杯，可他卻沒傅琨這麼容易妥協，沒有喝就把茶杯重重地擱在手邊，冷著臉先開口：「昨天去哪兒了？」

傅念君老實道：「爹爹和三哥應該都知道了。」

「妳倒是連個謊話都懶得編了。」傅淵冷笑。

傅琨咳了一聲，看著長子訓閨女的樣子又有些捨不得，只說：「三哥兒，你妹妹年紀小一時糊塗，你好好說話。」

傅淵額頭青筋跳了跳，從牙齒縫裡擠出了一句話：「你們有沒有做什麼……苟且之事？」

傅念君愣了愣。真不愧是傅淵，這成日想著念書的腦袋裡還會有「苟且之事」這四個字。

她嘆了口氣。「沒有。爹爹、三哥，你們也該知道，我不是從前的傅念君了，我與壽春郡王之間，清清白白。」

她一向臉皮厚，說謊不知道臉紅，臉上神情坦蕩，直視兄長的雙眼毫不退縮。

其實她和周毓白親都親了，哪裡算得上什麼清清白白。

可是不這麼說，怕是傅琨父子就要把自己關起來了，她被禁足倒是事小，只是如今外頭那麼多事，她實在怕他們一時不慎又入了別人的套。

傅淵的神色明顯帶了幾分狐疑，傅念君轉回頭去盯著傅琨，知道哪裡才是突破口。

傅琨微微嘆了口氣，說道：「昨日壽春郡王遇刺、跳湖逃生，當時妳可與他在一處？」

傅念君想了想，還是老實地點了點頭。

傅琨手邊的茶杯差點被他撞翻了。「妳可有哪裡受傷？妳這孩子，為何出了這麼大的事情，還一聲不響……」

傅念君心裡也有些暖意，在傅琨心裡，她的安危還是最重要的。

「爹爹不用急，我沒事。」

她把昨天的事簡單地說了一遍，只是略過他們二人在小渚之上的那些，再三強調自己沒有受傷，一切都在周毓白的掌控之內。

傅念君盡量讓自己做到面不改色，彷彿像在談論別人的事。

傅淵沉眉。「昨日之事，看來壽春郡王果真是早有安排，他年紀不大，心思卻著實深沉。」

傅琨摸著鬍子。「殺手應該確實不是他自己的人，只是借這東風，順利將肅王拖下水了。只是他不該讓念君也身陷這樣的陷境。」

看來傅琨此時對周毓白的觀感不大好。

傅念君忍不住開口：「他這點心思並未想瞞著爹爹，他昨日既肯與我坦白，就也是向傅家坦白的意思。」

傅淵在旁邊橫了她一眼，滿眼都是恨鐵不成鋼的神情，覺得她很是胳膊肘朝外拐。

傅念君也沒有辦法，很無辜地望了傅淵一眼。

基礎的陣線需要確立，傅家與周毓白合作對付幕後之人，就不能產生太大的嫌隙。

傅念君說服自己她完全基於這一點考量才替周毓白說話的，並非是……別的原因。

傅琨長嘆一聲，望著傅念君的神情有些難啟齒：「總歸是先前我們欠了他的情，當時鄭端的夫人魏氏一事，念君，是他提醒妳的吧？」

傅念君竟不知，傅琨與傅淵原來把那件事都謝在了周毓白的頭上。

那事可都是她的功勞呀。不過此際她卻不能否認，只好讓周毓白枉擔虛名了。

「這是我欠他的人情，卻不是傅家，更不是念君。」傅淵冷聲道：「他若是藉這般機會圖謀大事，倒是讓人看輕了。」

魏氏那件事傅淵一直記著，若真是周毓白出手，這個人情他們不欠也欠下了，那麼要還也該他去還。

傅淵盯著傅念君，眼中有一絲痛楚閃過。「昨日之事，本是他不夠光明磊落，再如何，不該將妳牽扯進來。」

傅念君心中暗自叫苦，這才想明白，原來傅琨與傅淵都想岔了，以為周毓白多方算計就是為了今日。其實周毓白幫傅家的地方倒是不算多，他救過的人，只有傅念君，這情也合該由她自己去還。

傅淵那件事，則完全是傅念君自己的主意，三哥該欠的人情，是她自己。

這錯綜複雜的事，全擰到一起去了，乃至於傅淵現在覺得周毓白故意施恩於自己，再從傅念君身上做文章，這是相當下作的行徑，心裡對他生了偏見。

傅念君總也不能開口說，其實昨天那些刺客，主要還是來殺她的。沒她過去，這局還布不成。

「不是的。」她急忙爭辯：「壽春郡王並非想用昨日之事做把柄，想拿捏傅家。」

傅淵卻覺得她是因為心裡有了情郎，腦子已經不清楚了，對她這樣不爭氣有點惱怒，索性撇開臉去。

「妳敢說心裡對他沒有情？」他氣悶地開口。

這壽春郡王竟是靠一副好皮囊就安全將她唬住了，傅淵覺得她那看臉的毛病沒完全改過來。

這都哪兒和哪兒呀……

傅念君覺得越說越亂了。

她忍住想朝傅淵翻個白眼的衝動，覺得他鑽牛角尖，只反問道：「三哥、爹爹，這麼長時間以來，你們可都還覺得我是昔日那糊塗樣子？這點輕重都分不清？」

她嘆了口氣，與他們正經地論一論正事：「文樞相若真的致仕，爹爹或許就要入主樞密院，朝堂之上雲波詭譎，爹爹身邊圍繞的危險只會多不會少，還有宮中徐德妃與張淑妃虎視眈眈，爹爹一人如何招架？連二嬸的娘家都差點中招，可見這時局對我們傅家是多麼不利，三哥如今入仕，也一樣是如履薄冰。在這樣的情況下，爹爹覺得我可會不顧大局去談些兒女私情？」

這一番剖白清醒而深刻，將傅琨心中的顧及都說了出來。

傅琨慈愛地望著傅念君。是啊，這孩子也不是個蠢的，她這番見識，才是他的嫡長女該有的。

傅淵也總算氣順了一點，望著傅念君不再眼睛不是眼睛，鼻子不是鼻子，說道：「既然知道，那妳與壽春郡王之間……」

傅念君打斷他：「壽春郡王或許當真是有意聘我為妻。」

她說這樣的話時臉不紅氣不喘，完全沒有一絲羞怯，很是就事論事。這話要放在半個月前說，一定會被人覺得她瘋了。

「但是以現在傅家的局面，爹爹，我們不能擇邊站。」她十分認真肯定地說著。

傅琨沒有說話，讓她自己說下去：「軍權素來乃是本朝大忌，爹爹做了樞密院知院，可能就要布局向西夏用兵之事，這時官家對您的信任絕不能出現半分動搖，不論是哪位皇子成了您的女婿，日後您就必然是他的擁護。您手握軍權，即便沒有此意，在官家看來，就像是臥榻之側有人朝他拔劍相向，君臣嫌隙在所難免。而立儲之事也不可久拖，您身居此位，有義務向官家進言，可是無論您心屬哪一位，出發點絕對是只能因為您是宰相，您是官家和天下的宰相。」

這些事她其實早就明白了，傅琨只是從來未與她明白說過。

「您的赤膽忠心，怎麼可以在此時因為我而染上汙點？」傅念君微笑。「所以，你們放心吧。」

傅琨和傅淵都一時無話。

傅淵心中大大鬆了一口氣。是啊，他這些日子太過驚弓之鳥，又因為昨天姚氏母女一事，像吃了蒼蠅般噁心，有些操心過剩，在這個家裡，其實傅念君並不比自己差什麼。

「可若是壽春郡王當真毀妳名節，用昨日之事來同爹爹談條件呢？」傅淵蹙眉對傅念君說著。

他對周毓白的人品還是存著很大的疑心。

這也不能怪他。初時對這位七皇子，傅淵自然也是頗有好感的，只是從他懷疑周毓白與傅念君私下聯繫之時，他就有些不滿了。

傅琨疼愛傅念君素來沒有原則，否則不會連她以前那麼荒唐都狠不下心去管教了。可傅淵不一樣，他性子一直就很板正，自從覺得該承擔起哥哥的責任後，便多留心起這個妹妹來，自然就覺得周毓白這樣不光彩。

傅念君搖頭道：「不會的。」

她倒不是說太信得過周毓白的人品，而是知道他沒有必要和傅家把關係弄僵。

「壽春郡王之所以不敢明面上與爹爹和三哥打交道，其實也是不想讓外人知道他與我們有聯繫。傅家和他，應當是平等的合作關係，他的目的是找出幕後之人，這件事上，和我們目的一致，若沒有儲位這件事擺著，我覺得這樣的合作也無可無不可。」

傅念君由此便把話半真半假地說給父子二人聽，上元節時她也險些被人刺殺，與周毓白認識後互為助力這些，隱瞞了一些不方便的話題，總也不算騙人。

確實周毓白對傅家也沒有很殷勤的態度，這點傅琨是清楚的，所以對於他，傅琨也確實一直處於觀望的狀態。

這幕後之人為何要害傅家和周毓白他們無從得知，但是聯手合作，卻是無傷大雅的。

傅琨也暗自鬆了一口氣。

「若是從多方原因綜合分析，其實我心中，確實更屬意壽春郡王為太子。」

傅淵聞言微微吃驚，這是父親第一次在自己面前明確表露出他的政治意向。

傅琨見兒女都如此懂事聰慧，索性也把話都說開了。

「昨日之事，以小見大，三哥兒你也多少看清楚了一些，張淑妃同徐德妃皆是虎狼之心，肅王才德平庸；東平郡王確實人品出眾，又似官家性情溫和，可架不住張氏此人野心；壽春郡王嫡子身分，皇后娘娘又溫厚賢慧，我只怕他算計太過，往後在朝政上，難免剛愎自用。」

就是說，傅琨其實更屬意周毓琛做皇帝，因為他最像當今聖上，好脾氣的皇帝才能讓百官放心，但是當中畢竟礙著個張淑妃。周毓白也不錯，可是從最近的事裡卻看出來他心計深，這樣的人做皇帝難免會獨斷專權。

但是相較而言，還是張氏的威脅更大，所以周毓白更適合。

傅念君明白傅琨對她說這話的意思，他心中想提周毓白為儲，就更不能親自做他的老丈人了。他是出於朝政考量，而不是姻親。

可這樣的話也不能擺上明面來說，難道跟周毓白挑明說：你別娶我女兒了，不娶你爹還能信任我，我還能幫幫你，娶了才會壞事。

傅念君暗自點頭，但是她可以通過私下向周毓白暗示幾句，依照他的聰敏，也應該很容易理解。

傅淵卻很認真地和父親談政治：「其實若無張淑妃，東平郡王當為最佳人選……」

傅琨道：「怎可能無張淑妃？官家是個明君，可他並非無情無欲、無識無感的仙人。這些年後宮與百官都逼他太甚，他所聊以慰藉的，不過一個張氏罷了。」

到底是傅琨最瞭解皇帝，不怪皇帝如此信任他。也只敢他說這樣的話，平素裡誰不是口口聲聲把「真龍天子」這樣的話掛在嘴邊，只有傅琨敢認為皇帝只是一個普通人。

其實若非礙於君臣之分，傅琨與皇帝年紀相仿、性情相合，怕是很容易成為知己好友。

傅琨只盯著傅念君的眼睛，傅念君抬頭朝他微笑，一如以往地眼中慧黠光芒閃過。傅琨明白，這孩子都懂他的心。

他心中一酸，柔聲問她：「念君，其實妳……心中也有壽春郡王是不是？」

他問這句話，並非是以傅相的身分，而是以一個疼愛女兒的父親。

傅念君愣了愣，說道：「但是我也從未指望嫁他。」

這便是承認了，可是又很灑脫，彷彿是件不值一提的小事。

傅琨聞言有些悵然，他曾在傅家宗祠中對傅淵說過，惟願兒女婚事順遂，嫁娶之人皆與他們有緣又有情。可終究，是他食言了。如今，他的女兒卻早就做好了為他犧牲的準備。

他是先為臣，為官，再為父。

阿君，是我對不起妳。他在心中朝亡妻默念。

傅念君卻笑道：「爹爹，您可忘了與我的約定？我今生是真不願在東京城裡嫁與權宦之家與人勾心鬥角，替丈夫謀畫前程，只求嫁個能讓爹爹放心、讓我安心的夫婿就很好了。」

周毓白……她只希望他今生能夠登上帝位，連帶著傅家不會傾圮，皇室慘劇也都不會發生，一切都不會朝著幕後之人安排的扭曲方向發展。若是能看到這些，她也算是無憾了。

傅淵也有些動容，覺得自己適才對她有些太過嚴苛了。

畢竟是這樣如花一樣的年紀，所思所慮，卻都是家族和父兄。

其實周毓白自己生得那個模樣，又是刻意接近她，她抵擋不住才是人之常情，可她卻能這麼理智地在這裡分析利害，比起許多小娘子為了自己的婚事和情郎，就要跟家裡一哭二鬧三上吊，她實在是乖得過分了。

傅淵越這麼想，就越覺得周毓白的人品不怎樣，好好地幹嘛引誘傅念君，有什麼事衝著他這個做哥哥的來啊。

想到傅琨出於大局考量，還要助周毓白爭儲，傅淵就覺得心裡有些不是滋味。

「妳怕什麼，若不想嫁，還有爹爹和我。總不能讓妳隨便委身於個不知深淺的人。」

傅淵的語調還是很冷，可話中的相護之意卻十分讓人受寵若驚和不習慣。

傅念君眨眨眼，看了眼傅琨，覺得這哥哥的情緒變化，還真是很容易讓人措手不及啊。

14 正面對峙

把該說的都說明白了，傅琨對於傅念君自然也不會再苛責。

「這些事都由我和妳哥哥兜著，妳往後不能再去見他了。」傅琨還是和傅念君強調了一遍。

傅念君想了想，還是乖乖地點點頭，其實最近這幾回，都是周毓白要見她啊。

「家中的事如今也只能託付給妳。」傅淵對傅念君道：「四姊兒不懂事，省得她出去亂跑惹禍。」

其實傅梨華胡鬧，也不過是仗著個姚氏，這弦外之音，傅淵是指姚氏不分輕重，只是他不能言長輩是非，只能把話頭引向傅梨華。

傅念君說道：「家裡的事爹爹和哥哥放心，昨天那樣的事純屬意外，往後再不會發生了。」

畢竟昨日是皇帝召見，他們誰也不能攔著姚氏，只要待在傅家，如今憑傅念君的手段，姚氏沒那麼容易想鬧事，就是姚家那位方老夫人三番兩次想上門來鬧，連她女兒的面都沒見到。

市井無賴的招數傅念君也不是不會使，只說姚氏是得了傳染厲害的毛病，方老夫人要見也成，見了就跟著留在傅家別出去禍害人了，還先一步去姚家給她外祖父傳了信。

姚安信早就看不慣這老娘們四處鬧騰，只說叫她也跟著留在傅家「養病」別回來算了，嚇得方老夫人連忙打道回府，再不敢上門胡攪蠻纏。

只除了昨天傅琨一時心軟，放姚氏出門散心。不過昨天以後，傅琨是再也不可能對她心軟了。

與父兄一道用了午飯後，傅念君這才回自己的院子裡。

儀蘭自剛才午膳開始時，就沒在傅念君身邊伺候，似乎是院子裡來了個小丫頭把她叫走了，傅念君想著八成是房裡有什麼事要她拿主意的，回去一看卻發現儀蘭急得滿頭大汗在等她。天還沒到盛夏，怎麼能熱成這樣。

「這是怎麼回事？」傅念君覺得這丫頭這情狀有點眼熟。

儀蘭有點膽怯地左顧右盼，拉著傅念君和她單獨說話。

「娘子，是、是那個齊郎君身邊的阿精……他、他又來了……」

傅念君氣笑了。「又？」

難不成又想來求她出主意救齊昭若？

若不是阿精還是一臉孩子氣，她都要懷疑那小子是看上儀蘭了，膽子真夠大過天的，還敢上門來。

儀蘭也不是不分輕重的人，上次的事是她一時惻隱，可她現在曉得娘子心裡的人多半是壽春郡王，那麼和齊郎君肯定只能是斷得乾乾淨淨了，不會輕易幫阿精傳話的。可這回實在是……

「這是……」

她從懷裡小心翼翼地掏出一小塊雪青色的布片，傅念君定睛看了看，覺得眼熟。

儀蘭當然也認得出來。「這是娘子昨天那件綃紗外衫上剪下來的！」

傅念君沉眉，這件衣服昨天掉在了金明池的湖水中。她拍了拍儀蘭的手。「別慌，這世上這麼多衣服，也沒人能說這件就是我的，就算是齊昭若拿到了我那件衣服，他難道還能誣衊我和他有私不成。」

「話是這麼說。」儀蘭道：「可是娘子，昨天的事不好隨意傳出去的，阿精拿這東西過來，是不是代表齊郎君知道什麼，用來警告咱們的？」

傅念君知道丫頭們膽小，尤其是在涉及到名節的事上，她們都覺得是比生死還要大。

「我出去見見他就明白了。」

齊昭若想幹什麼，一五一十問清楚就是了。

為了防止昨天那樣的事再發生，傅念君索性換了身低等丫頭的衣服。

阿精等在側邊小門口，見到傅念君出來，忙鬼鬼祟祟地往後退。

「你溜什麼，過來。」傅念君橫眉。

阿精呵呵地直笑。「娘子別來無恙，別來無恙啊……」

傅念君覺得他神色詭異，果真見到不遠處已經立著一個身影，挺拔如松，不是齊昭若又是誰。

她不動，他也不動。傅念君在心裡冷笑，還真當自己怕他了，轉身就要回府。

齊昭若走過來，叫住傅念君：「二娘子，可否借一步說話？」

傅念君原來在側門準備了一輛小馬車，想在馬車裡好好問問阿精，既然正主都出現了，她也沒這必要了。

她朝身後的儀蘭等人示意了一下，跟著齊昭若走到他適才站立的地方。

「你想說什麼？」她很不客氣地道。

齊昭若一雙眼睛卻是沉沉盯著她，眼神很讓人毛骨悚然。

傅念君強迫自己迎著那目光，可腳步卻不由自主往後縮，齊昭若當然是二話不說逼近她。

「你、你做什麼……我的人就在不遠處……」

她覺得今日的齊昭若十分可怕。就像……她死去那晚的……周紹敏。

「借一步說話，可不是指這裡。」

他的聲音響起，帶著讓人頭皮發麻的冷沉，傅念君還未來得及思考，就覺得脖頸一痛，眼前一黑。

暈過去前她腦中只有一個念頭。她可真是太天真了……

齊昭若這張皮相下的周紹敏其實一點都沒有變過。

上次在茶樓之中的單獨相處，她還覺得自己占了上風，其實不過只是他在人前逼自己做「齊昭若」而已。

他現在這樣，應該是……懷疑到什麼了。

§§§

傅念君是在一陣顛簸之中醒過來的。

頭還是疼，她覺得自己耳邊有風颳過。她在馬背上。

齊昭若正牢牢地將她鎖在懷裡。

傅念君下意識地想掙扎，他貼在她耳邊低聲道：「別動，快到了。」

傅念君渾身顫抖，他的嗓音讓她不自覺地想起那晚貼在自己脖子邊，鋒利卻又冷冰冰的劍，她甚至還能記得，那冰冷的劍鋒剜開自己鮮活跳動的心臟時的感覺……

似乎察覺到她的不適，齊昭若稍微拉開了一些距離，可是橫亙在她身前的手臂依然充滿著霸道囂張的力量。

這讓傅念君想起了昨天周毓白的懷抱，溫和清淺，像甜蜜的陷阱。

完全不一樣的感覺。這便是和自己厭惡的人貼近時的感受吧。

齊昭若沒有騙她，很快他們就到了一處僻靜的小院，花木扶疏，並非人群集中的市坊之地。

幾乎是齊昭若剛將她放下地面，傅念君就扶著樹乾嘔起來。

其實她很清楚自己的內心，倒不是真的多怕周紹敏，她怕的只是那段記憶，怕那種死亡的感受。

傅念君抬起蒼白的臉，看見齊昭若已經走到了自己面前，遞給她一個從馬上解下來的水袋。

她也管顧不了什麼，接過來用清水漱了漱口。

「進來吧。」

齊昭若轉身，推開了那個小院子的門。

傅念君白著臉跟在他身後，以他的功夫，她想要逃簡直是癡人說夢，因此也根本沒有想做無謂的抵抗。

這個院子不大，齊昭若引她到一間四面開闊的小亭裡坐下，也沒有茶水，卻是打算和她長談的樣子。

齊昭若望了一眼她的臉色，只是沉著臉。「從前只是懷疑，如今卻是確信了，妳對我，是又厭又怕，又恨又懼啊……」

他頓了頓，那雙桃花眼中似乎閃過一絲光芒。

「我和傅二娘子，是舊相識？」

傅念君渾身一怔。齊昭若並不是第一次問她這樣的話。

只是她能分辨出來，從前，他問的是她與「齊昭若」是否相識，而如今，問的卻是與「周紹敏」。傅念君穩住神色，一遍遍告誡自己，斷斷不能讓他猜出來。

她抬眸，只對他道：「齊郎君現在要翻舊帳有什麼意思？你我從前就不熟，把我擄到這裡，是不是太不把傅家放在眼裡了。我的丫頭找我不見，自會稟告我爹爹，屆時你擔待得起？」

齊昭若勾唇笑了笑。「傅二娘子何不坦誠些，以往相見，妳時時都是裝得鎮靜自若，怎麼今日不行了？是我這個人，帶給了妳這麼大的壓力？」

傅念君橫眉豎目。「我不明白你這是什麼意思。」

齊昭若也不再糾纏，岔開話題。「妳和我七哥是怎麼回事？端午那日是妳同他在一起。」

他後半句話是陳述的語氣。

「我沒有必要報備我的行蹤。」她依然很不配合。

齊昭若笑了笑。「那衣衫就是最好的證據，傅二娘子，妳這性子著實執扭，這樣也不肯認。」

傅念君心裡「咯噔」了一下，她之所以敢這麼有恃無恐，就是斷定齊昭若不會做損害周毓白利益的事。他要真把她那件衣衫拿出來做文章，屆時周毓白的名聲也不會白璧無瑕。

他應該只是拿了這衣服來問她話的。

她在心裡暗暗怪罪周毓白算漏了一步，讓這齊昭若也摻和進來。

齊昭若見她似乎在思索，心裡多半肯定了。「妳與我七哥，到哪一步了？」

傅念君不由竄火，這幾天是所有人都要來盤問她和周毓白發展到什麼地步不成！

她冷冰冰地回覆：「我們沒什麼。」

他說：「妳不能嫁給他。」

「我從來沒有想過嫁給他。」

傅念君知道他在擔心什麼，他擔心的事，正是從前她也擔心過的事。

父母若無法結合，那他們又從哪裡來？

這件事本身就很難討論，而當日天清寺那三無老和尚所言，又讓傅念君多少打消了這層顧慮，她或許本來就是「傅念君」，那麼就不存在傅寧和陸婉容必須要生下她這個假設。

可齊昭若又算是怎麼回事呢？她不明白，她知道他也一樣不明白。既然想不通，就索性放開手去辦好了，阻止她嫁給周毓白總是沒錯的。

齊昭若聞言倒是怔了怔。

「當真？」

「我沒有必要向你保證什麼。」傅念君的態度很不好。「父母之命大過天，我的婚事是爹爹做主的，目前而言，他並未曾想將我選為王妃。」

她又補充了幾句：「何況我的名聲你也是知道的，宮裡不可能聘我。」

齊昭若擰眉，仔仔細細地盯著她的眼睛看了半晌，傅念君正覺得他渾身的氣勢稍有收斂之時，就又聽他語不驚人死不休地說：「是，妳確實不適合嫁給他，嫁給我正好。」

嫁給我正好？這是什麼話？

傅念君如遭雷擊，實在想不通老天爺這是在同她開什麼玩笑，短短幾日，這父子兩人的桃花就在她身上開了個遍？一個接一個地說要娶她。

齊昭若勾了勾唇，十分不羈地將腿橫在石桌之上。

「傅二娘子，我和妳都有肌膚之親夫妻之實了，不嫁我還能嫁誰？我都不用將妳那件衣服拿出來，咱們的事本就被人傳了那麼多次……」

這混帳！他怎麼會說這樣的話！什麼肌膚之親夫妻之實！

傅念君頭頂險些冒火。「我與你什麼都沒發生、清清白白，你顛倒黑白，如此刻意抹黑我名聲，也是想將傅家當作軟柿子捏，齊昭若，你未免太看不起人。」

「是麼。」他眉眼不動，十分淡定。「就在這間小院子裡，難道妳都忘了？」

他隨口便說了幾個時日，隨即竟擺著一副輕佻的神情，將她渾身上下睃了一圈。

「倒是比之前瘦了，妳先前腰上有些豐腴的……」

他越說越不正經，越說越沒有顧及，彷彿她真的與他早就裸裎相對般。

傅念君紅著臉喝斷他：「你住口！」

她的第一反應，就是難道真的齊昭若又回來了？因為她也不確定從前的傅饒華和齊昭若到底到了哪一步，所以他嘴裡說的那些事，她一時反應不過來。

她的額頭冒出細細的汗珠來，可是一瞬間的猶豫過後再看齊昭若的神情，就見到了他眸中轉瞬即逝的冷芒。她上當了！

他還是周紹敏，真正的齊昭若沒有回來！

他不過是在試探她……他根本不可能記得「齊昭若」與「傅饒華」的事情。就如她一樣……

傅念君腿腳發軟，努力地讓自己的視線不去逃避他的審視。

他坐直身體，上半身微微朝她傾斜，低聲道：「還要裝嗎？傅二娘子，妳也失憶過了對吧？同我的情況……一模一樣。」

傅念君衣袖下的拳頭緊緊攥握著。她真的是一時大意了。

對於齊昭若，傅念君一直不敢和他有太多接觸，就是早就明白自己死在他手上這件事，給她帶來了多少恐懼，她面對旁人還能裝一裝，可是在他面前，真的太容易露出馬腳了。

「我不知道你在說什麼，我並未失憶。」她板著臉，依然是不肯承認。

齊昭若也很無所謂。「從前我就懷疑，妳與傳聞中的傅二娘子性子差太多了，加上傅家的事，還有妳刻意接近我七哥，這種種變化，若還是看不出來，我就真的太蠢了。」

他頓了頓。「不過，妳竟然會這麼容易被試出來，傅二娘子，妳在我面前似乎很難端起妳一貫的聰慧啊。我更加能肯定了，妳早就知道我是誰了，是不是。」

傅念君這才感受到刻骨的寒意襲來。

是啊，她僅僅憑藉一句「爹爹」就推斷出了他是周紹敏。已經經過這麼長時間了，齊昭若能夠猜出她來也並不奇怪。

因為如今的很多事，正是因為她的介入，而發生了翻天覆地的變化。

她在明，他在暗，除非她安安穩穩地耐心過自己的日子，否則被他看出來也是早晚的事。

「所以呢？你想說我是誰？」

傅念君也不再否認，與他面對面把話說清楚。

齊昭若凜眉。「按照妳性格陡然變化的時間來算，並不比我早幾日……對我顯然也是認識的，前後又力保傅家。」

他抿了抿嘴角，臉上的神情讓人捉摸不透。

「太子妃，好久不見啊。」

太子妃……

傅念君渾身一怔，更加印證了他的想法。

其實並不難猜，他以己度人，自己以齊昭若的身分醒來，齊昭若是他的表叔，而如今的傅二娘子，與三十年後的太子妃，也是一樣有部分親緣關係，所以奪舍這件事，在完全陌生的人身上，可能是無法實現的。

齊昭若自己的推斷是這樣，又加上她看他的眼神，從之前就讓他覺得無比熟悉。

那種複雜倔強、充滿恨意，卻又想強制壓抑恐懼的眼神。不是傅饒華看著齊昭若的眼神，而是傅念君看著周紹敏的眼神。

難怪他一直想不通她為什麼那麼怕自己，又那麼恨自己。

太子妃這個稱呼……真的已經離傅念君很久遠了。

齊昭若站起身，伸了伸腰，在她身上投下一片陰影，傅念君下意識一縮。

他盯著她，勾了勾唇。「妳怕什麼，我難道是什麼殺人狂魔，現在就會殺了妳麼？」

他難道不是麼？在傅念君眼裡，他永遠都是那夜渾身染血、如修羅再世的模樣，無法在她腦海中洗去了。

他靠近她，坐在她身邊，扣住她的手腕將她拉到自己面前。

傅念君賣力掙扎，只是這點力氣對他來說不過是蚍蜉撼樹罷了。

他譏諷地問她：「所以呢？妳報復我的方式，是勾引我父親？」

傅念君覺得心裡一把邪火直燒，她在他面前，從來就沒有理智這種東西。

她也不知從哪裡生出來的力氣，用盡全力抽手就是一巴掌，打在了眼前這張比女子還嬌豔漂亮的臉上，他白皙的皮膚上立刻浮現五個清晰的手指印。

齊昭若沒有躲，只是靜靜地看著她。

傅念君從來就不覺得打他會有什麼愧疚，她恨不得再打十巴掌！

齊昭若一把握住她又想翻起的右手手腕，攏到自己掌心，只用一隻手，就桎梏住她的雙腕，讓她的一雙手再無用武之地。

「打上癮了是不是？」他挑眉。

傅念君狠狠地盯著他。他其實完全能理解她的恨意，畢竟她死得確實冤枉。

他無奈地反問她：「我受妳一巴掌是應該的。可是妳自己說說看，妳與我交換立場，面對仇人一家，難道不會趕盡殺絕？」

他殺她，是因為她是太子妃，並不是因為她這個人。她知道，她都知道！

傅念君雙手被制，只能任人魚肉，她冷笑。「所以我該感謝你殺了我麼？」

「女人總是不講道理的。」他一副很無奈的樣子。

「對於生死大事，你去和誰講道理?!」

她覺得這人實在是不可理喻。

「妳現在還活著！」齊昭若覺得她鑽牛角尖。

「那是我命大，你是我的仇人這個事實，會因為這件事改變嗎？」

兩人大眼瞪小眼。

想來還有與殺身仇人當面對峙，這樣的境況，旁人也是絕不會有了。

齊昭若盯著她的眼睛。「所以，妳想把我這條命拿去？」

傅念君微微偏轉開頭。「你已經死了，我不想再糾纏這些。」

冤冤相報何時了，從前的周紹敏自己就是最好的例子，他殺了很多人，自己也被人殺了。

他並沒有成功報仇。傅念君唯一希望的，就是他離自己遠一些，從此兩人再無瓜葛。

「是麼。」

他輕輕地笑了，又捉著她的手往自己身前靠過來。這樣的動作就十分接近輕薄了。

「你……」她依然是橫眉怒目。

他笑了笑，俯首在她耳邊道：「但是我會同妳一直糾纏下去的，妳那麼聰明，知道原因的。」

「我一直以為你還算正人君子，竟如此卑劣！」

她明白他的意思，她現在是傅家的嫡長女，掌握的人手和資源甚至在他之上，他要報仇，卻礙於齊昭若這個紈絝身分處處掣肘，邠國長公主又是一貫霸道強勢之人，並不肯在大事上聽從他一言半語。

他自然希望她的本事能為他所用。

「卑劣？妳是這麼認為的？」他反問她：「妳我都知對方底細，既然彼此都對對方不放心，最好的方法不是綁在一起？」

傅念君發現從前她是真的不瞭解周紹敏，以為他不過是冷酷殘忍罷了，時至今日，她才發現他的性格是多麼扭曲。

周毓白並沒有好好培養這個兒子。

傅念君眼眶微紅，覺得這是自己受過的最大屈辱，遠比那晚被他殺了時還要沒有尊嚴。他把她當作什麼了？他以為自己是誰?!

傅念君狠狠地朝他「呸」了一聲，咬牙道：「我告訴你，我並沒有原諒你，你殺我在前，如今卻倒過來要利用我和傅家，憑什麼？我沒有這麼下作！」

齊昭若愣了愣，只看著她似乎強忍著淚意的倔強臉龐出神。

傅念君揚起脖子，絲毫不肯妥協。

她助周毓白，初衷就是為了傅家，可她沒有義務替他們解決周氏皇朝內部的陰謀，她更加不會受齊昭若這樣的威脅。

她嘲諷道：「我不會答應的，你殺了我吧，有第一次就有第二次，你知道怎麼讓人最痛的。」

她閉上眼，將決絕蒼涼的眼神留在眼皮之下，齊昭若望著她顫抖的濃密眼睫毛，心裡突然湧現了一種難以言說的滋味。

傅念君絕對不會容許自己在齊昭若面前屈服。

他心裡一陣煩躁，那種悶痛的感覺毫無由來，只讓人氣急敗壞。他手下力道加重，狠狠地握了握她的手腕，那雙纖細潔白的手腕很快就被他握出了一段瘀青。

可是傅念君不願意吭聲求饒，只是眉心皺得緊緊的，死命咬著唇不肯呼痛。

「妳離我七哥遠一點。」他只是冷著嗓音強調，話語中還帶著三分急迫。

他真的只是怕她改變了自己的命運嗎？他也不清楚，他只是有些慌亂，周毓白並不是這麼容易靠近的，這個女人，這個女人……她怎麼有這麼大本事？

傅念君卻偏要和他唱反調：「你有什麼資格對我做的事指手畫腳，有本事，你去他面前坦誠一切，讓他繼續娶你的母親，生下你這個混帳！」

齊昭若知道她是在激怒他，他將左手狠狠地扣上她下巴，臉幾乎貼上了她的臉。

傅念君還是閉著眼睛，讓他有一種感覺，她連看自己一眼都不願意。

這個發現讓他的心火一下就竄了上來，遠比她剛剛所說的任何話都要讓他無法接受。

他從牙齒縫裡擠出一句話：「妳可以試試看，是啊，我知道怎麼讓妳最痛……」

正當傅念君以為他忍不住朝自己動手時，他卻輕輕地俯首貼上了自己那張粉嫩的嘴唇。

傅念君感覺到了他的鼻息，立刻睜開眼，下意識偏開頭。

他只吻到了她的嘴角。接著就是一聲驚天動地的尖叫。

她像被驚住了的小獸，根本不顧受傷地開始掙扎，齊昭若差點沒有辦法將她鎖在懷中。

傅念君從來不會有這樣失態的時候。只是她忍不住，真的忍不住，她絕對忍受不了這個人這樣碰自己。

與此同時，院門被人狠狠地拍響了。

齊昭若擰眉回頭，對方似乎只是意思一下地拍門，很快隨著一股風，兩扇門被人一腳踹開。

周毓白大步走進來，郭巡立刻側身讓開半步。

他今日穿著月白色的錦袍，一如往昔般清雅怡人，只是周身的氣息卻如黑夜一般濃重，讓人透不過氣。他的眼神，已經直直地射向二十步外亭中的兩人。

齊昭若眼中的情緒十分複雜，只聽周毓白冷冷地吩咐左右：「去外面等著。」

郭巡退後半步，將柴門重新掩上。

齊昭若能夠感知到危險的氣息，他也一時忘了分寸，沒有留意到門外的人到底來了多少。

周毓白大步走過來，以齊昭若所見過他今生最難看的臉色對他道：「把她交出來。」

齊昭若站起身，卻依然沒有放開傅念君，她步子有些踉蹌，齊昭若下意識一把握住她的腰肢助她站穩。

周毓白的眼中飛快地閃過一絲殺意。

他沒有動身，只冷冷地說：「放開她，我的人都在外面，我不想動手。」

齊昭若武藝高，憑他自己當然無法與他動手，他將人都留在外面，就說明不想讓這事鬧大。

齊昭若苦笑，他終於確定，周毓白對傅念君，確實是動了真情。這場面，多麼諷刺。

他鬆開手，傅念君便急急地退開他，周毓白伸手攬住她，將手裡一直拿著的披風披在她身上，一把橫抱起她。她渾身都在發抖。

周毓白轉身便走，回頭時只是給了齊昭若一個十分刺骨的眼神。

「你最好想想清楚自己在做什麼。」

他這樣的神情和語氣，彷彿讓齊昭若又看到了那個對自己不屑一顧的父親。

他勾了勾嘴角，重新坐下來，覺得心中的情緒翻湧，卻無一個出口可以宣洩。

周毓白抱著傅念君快步離開，門外車馬聲響起。他們來得快，去得也快。

阿精不知道何時躡手躡腳地鑽了進來，看著齊昭若這副樣子很是心痛，想要開口安慰他幾句：「郎君，您沒事吧？」

齊昭若冷道：「沒事。」

他今天，似乎真的做了一件錯事。只是她嘴角的芳香還留在他鼻尖縈繞不去。

他似乎聽見阿精在嘆息：「喜歡一個姑娘不能用這樣的方法呀，您這樣是把機會拱手讓給別人英雄救美了啊……」

喜歡？齊昭若對這兩個字有些迷惘。

他確實不想讓傅念君和周毓白在一起的原因，是為了讓父母能夠結合麼？他似乎覺得不全是。

他說要和傅念君糾纏在一起，要娶她，是為了讓她成為自己的助力嗎？他似乎覺得也不全是。

「郎君，您也不是沒有機會的，好好去道個歉，這事也就過去了……」阿精還在他耳邊喋喋不休。

齊昭若倏然站起身來，讓阿精未盡的話都憋回了喉嚨。阿精愣愣地盯著他。

齊昭若望著大開的門扉，深深蹙了蹙眉，他腳步微動，卻又被阿精扯住了袖子。

「下次，下次吧郎君，沒事沒事，輸一程還不算輸。」

阿精好像很是明白他的企圖。

齊昭若只覺得這個女人本事確實大，何止是周毓白被她影響，他自己更是……

是從寥寥幾次會面，她不給他好臉色開始？還是從更早的那夜大火，她在他的劍下慨然赴死之時？

他好像忘了和她說一件很重要的事。他好像也……喜歡她。

但是似乎，已經沒有必要了。

15

江山美人

周毓白把傅念君抱進馬車，他抬手拍了拍她的背，輕聲說著：「好了，沒事了。」

傅念君的神智回籠。

是了，周毓白過來了……

郭達一定立刻去報信了。

他彷彿知道她在想什麼，只道：「放心，妳的兩個丫頭沒有稟告妳爹爹，這件事不能讓他們知道。」

傅念君點點頭，勉力支撐自己離開他的懷抱。

「謝謝。」

他不太願意聽她說謝謝這樣的詞，重新將她抱回懷中，輕輕地抬手撫上她的嘴唇。

傅念君偏開頭，臉色很不好看。

「抱歉，能否給我一塊帕子。」

周毓白遞出懷裡一張素綾的帕子，她接過來便去擦拭唇瓣，力氣之大，好像要將自己的嘴唇擦破皮才肯甘休。

周毓白扣住她的手，擰眉道：「妳這樣擦得乾淨？我幫妳？」

說罷就低下頭，輕輕地吻了吻她的嘴角。

傅念君下意識想躲，可是他卻在她耳邊低語：「等往後回憶起來的時候，我希望妳能只記得現在，而不是方才。記得我，而不是他。」

只記得他的吻。他輕輕印上了她的嘴角，溫柔而纏綿。

傅念君突然就覺得心定了。她如今才知道，她有多眷戀這種感覺。

等到兩人氣喘吁吁地分開，傅念君的臉上才終於不是方才的慘白顏色。

周毓白給了她一點空隙，讓她能夠大口大口地呼吸新鮮空氣。他替她整了整鬢邊的頭髮，傅念君卻不敢看他，他心裡應該充滿了疑惑吧？

她和齊昭若之間，顯然不止是舊情難了可以解釋的了。

他不問，她反而心中更加沒有底。但是她卻不知道該怎麼說。

怪力亂神之語，很多時候都是自己騙自己的藉口，譬如李道姑說她被「神仙指路」，傅琨輕易便信了。因為他心中肯定也早就期盼過無數次，他的女兒能從荒唐改過來，所以她的變化，傅琨其實是樂見的。

但是如果當日她直言她是另外一個人，而不再是他的女兒呢？她相信自己不會有一個好下場。

道理是這般道理，所以齊昭若也不會輕易到周毓白面前來坦誠自己的底細。

他們兩個人，在某些方面來說，確實是共用一個祕密而無法讓第三人知曉。

這就注定了她有很多話不能向周毓白解釋。

但是她卻不知道，周毓白早就在心底起了疑惑，不用她來開口，他便能夠將事情往最接近真相的地方猜。

他待她稍稍回復心緒後，遞給她一杯溫茶。傅念君接過來仰頭喝了個乾淨。

她一向很堅強，只要周紹敏這個惡夢的陰影能離她遠一些，她不至於如此失態。

她此時已經想得很清楚了，他能夠威脅她的把柄其實並不多，若他要不肯放過自己，她也不會妥協，定要同他魚死網破的。

既然都這麼打定主意了，還有什麼好怕的呢。

她把茶杯遞回給周毓白，眼睛中又有了神采。何況眼前這個人出現，總是能給她帶來一些心理上的安定。

周毓白道：「好一點了？不怕了？」

傅念君搖搖頭。

他輕輕嘆了口氣，說道：「還記得從前，我們一樣是坐在馬車裡，我當時對妳態度不好，因為妳身上的祕密太多，卻不願意讓我窺得一點半點。」

傅念君愣愣的，不知道他說這個幹什麼。

周毓白算是明白了，同她說話，真的沒有必要旁敲側擊，左右踟躕。「妳看，我其實那個時候心中便有不平，我期待著能夠參與妳全部的生活，知道妳所有的事情。這種感覺……妳懂嗎？」

他冰涼的手指再次撫上了她的臉頰，她眼神裡的迷茫讓他心生憐愛。

「時至今日我才終於能肯定，妳的祕密，與齊昭若有關。」他輕描淡寫地說著：「這件事可真是太容易讓人嫉妒了，不過好在，我一直是極有分寸的，何況妳又說喜歡我……」

傅念君的臉頰微微地泛起了緋紅。

她覺得他這話前言不搭後語。她自然無法理解周毓白這樣有七巧玲瓏心的人，不明白他的彆扭和獨占欲，既想得到她又不想強迫她。

但是今日見到她此狀時，他才覺得自己有多小氣。她的祕密，帶給她的只有痛苦。齊昭若這個人，是她痛苦的源泉。

「告訴我，念君，妳想要他死嗎？」他輕輕地問她。

傅念君倏然張大瞳孔，拉住了他的衣袖。「不可！」

絕對不行的！

她並不在乎齊昭若的生死，可是那具身體裡的靈魂，是周毓白三十年後的兒子。她不能看著周毓白做下這樣的事。

傅念君的骨子裡其實是個相當重倫理親緣的人，否則這輩子，她不會乾乾脆脆地拒絕陸成遙，也不會在明知傅寧是個最大的隱患之下，還為他遮掩那麼久。

說到底，是她心裡的魔障過不去，前十幾年的人生，畢竟是她真實經歷過的，無法說忘就忘。

周毓白為了她而殺了自己如今的表弟，實際上的兒子。她無法想像若有一天他知道始末後，這會是多大的打擊，她不想讓他受自己這樣的煎熬。

「理由呢？一定有理由吧。」他很平靜。「不會是為了他，既然他的存在讓妳這麼介意，抹去不就好了，是不是？可當時齊昭若入獄，救不救他就在我一念之間，妳卻讓阿精來給我傳話，還分析利弊，希望我出手……所以，他有不能死的理由。告訴我，是什麼？」

他真的太聰明了。傅念君知道，她根本已經來不及編一個像樣的藉口了。

周毓白換了個姿勢，側身將她完全抱在自己懷裡，傅念君掙扎了一下，卻在他輕輕地安撫之下放棄了。

他並非是想對她做什麼，而是接近於勸哄。

「念君，妳的心事太重了。但是妳我總要成親的，妳不能永遠一個人背負所有的事情。」

「我們不會成親。」她默默低頭反抗。

他完全不理她，輕輕摸了摸她的頭髮。「或許是我看起來非常不值得信任，但是有些話，我不得不和妳說明白。」

他想要說什麼？

周毓白的手從後伸出來捂住了傅念君的嘴巴，輕輕地用手心貼著她的粉唇，涼涼的，倒反而讓她的臉更加燒了起來。

他的話裡沒有一點欲念，極為冷靜。「妳不願意說，就讓我來猜猜吧。」

「我從前不瞭解妳，只聽說傅相公的長女行為品德如何不堪，如何無禮，後來在萬壽觀認識妳，到妳主動向我投誠，才漸漸與妳接觸。妳的變化如此之大，我也派人去查過，有些不能解釋的事，推在神仙頭上總是沒錯的。」

他頓了頓，又繼續道：「可是齊昭若也出現了這樣的情況。我雖與他不算親密，可他畢竟從小是跟著我們長大的，我和六哥都覺得古怪，只是誰都沒有說破而已。妳看，連長公主都覺得這個兒子比以前那個好，我們外人又能說什麼呢？」

他接下來的話，卻讓傅念君睜大了雙眼。

「若不是長得一模一樣，我會覺得他根本就是另一個人。」

他依然是用很平靜的語氣，述說著這在旁人看來很荒謬的言論。

「但是我又讓人查了，從他身上的胎記，乃至小時候同我一起騎馬摔跤留下的疤，都沒有變，他自然還是我的表弟。我也跟著世人一樣試著說服自己，不過是我多疑多心罷了，他當然是齊昭若，不會是別人。可若是他與妳這輩子都毫無交集，或許我不會把這個猜測說出來，但是今日，我一定要問問了……」

周毓白看著她說：「念君，妳，到底是誰呢？妳和他，究竟是誰？」

傅念君的手顫抖著覆上了他捂住自己嘴巴的手掌。

他緩緩地放開了，手移到她的腰上將她一擁，讓她的背心貼上了自己的胸口。

傅念君張口結舌。「我、我……」

周毓白在她耳邊輕笑。「別怕，我難道會害妳嗎？我還要娶妳的。」

傅念君真覺得他不正常，他難道不會覺得自己是妖怪？這樣都還要娶她？

「這很奇怪？大家都能夠相信『神仙指路』了，這有什麼值得讓人驚訝？」他聽起來很是無所謂，反而很有心情調侃她。

同樣都是怪力亂神，他的猜測卻更有理有據。

「你能夠預知很多我不知道的事，而齊昭若也是一樣，那幕後之人也是一樣，這就足夠說明問題了。雖不可思議，卻不至於讓人手足無措。」

他握住了她的手，好像這根本是件不值一提的小事，他用她的手去觸碰自己的臉龐。她細白的指尖微顫，他卻不讓她退開。

他的皮膚很好，嘴唇、鼻子、眼睛的線條都十分完美……傅念君抬頭看他，這張臉，彷彿是她夢境中的那個人，可是卻又完全不一樣。

他望著自己的樣子，他眼神中的柔和，讓她漸漸忘記了渾身的緊繃和壓抑。

「妳認識我，對嗎？」

傅念君的睫毛顫了顫，低下頭，應聲道：「是。」

認識他，遠在他們見面之前，遠在很多很多年前，她還是個孩子的時候……

周毓白沒有追問，馬車裡安靜無聲。

她聽見他在自己頭頂一聲嘆息，隨即就把她抱在懷裡。她的臉貼在他胸口，第一次聽到他清晰而有力的心跳聲。

「我不該問的，也不想問下去了，我知道答案一定並不美好。」他在她耳邊說著。

結合從他們相識到如今，傅念君對他的態度來看，她所知的他的結局裡，他一定是失敗了。

聽她親口承認後，反而換來自己的不痛快。周毓白扯扯嘴角，覺得這就叫作繭自縛。

傅念君費力地抬頭，對他道：「你想知道的話，我會告訴你。」

周毓白像摸小狗一樣揉著她的頭，勾唇笑：「現在不怕了？祕密都被我知道了。」

她搖搖頭。「從前覺得這是很了不起的事，說出來會惹來殺身之禍，可是現在……」她看了他一眼。「我覺得即便沒有我，你也不會失敗。」

這也是她覺得奇怪的地方之一。

周毓白的聰明遠在她想像之外，起碼目前來說，幕後之人占了這麼大的優勢，卻並未從他身上惹到半點便宜。他真的會被對方對付得一敗塗地嗎？他連她和齊昭若身上，這樣匪夷所思的事情都能猜出來了。

她開始隱隱有一種感覺，一種之前她都不願意去深究的想法。

難道這個三十年前，與她所知的三十年前，並不是完全一模一樣？

宿命輪迴之說，這些對她來說都太複雜了，她覺得若有機會她還要去一次天清寺，去見見那個老和尚，即便他只是再點化她一、兩句，或許她就能想通一些事情。

周毓白聽出了她的意思，眉眼間帶了笑意，更顯得人似美玉。

「謝謝妳對我這麼高的評價。」他說著：「但是可以的話，我希望妳只是做妳爹爹的女兒、做傅家的嫡長女，朝堂之事，本就是男人的事。」

她提醒他的事已經夠多了。不止是傅念君，如今的周毓白心境也大有不同，他只怕她被旁人懷疑，引來不必要的麻煩。

傅念君對他扯出了一個淺淺的笑容，隨即想到了什麼似的，蹙了蹙眉。

「齊昭若那裡，你……」

「我明白。」

周毓白嘆了口氣，後仰靠在馬車壁上，臉上的神情也有點糾結。

「妳不想我對付他的原因，是在我身上，而非他身上，是不是？」

傅念君猶豫了一下，依舊是點點頭。

周毓白呼出了一口氣，覺得問出來下一句的自己也荒謬得可以。

「他墜馬那一日，睜開眼對我說的第一句話，是叫我做『爹爹』，這也不是他糊塗了，而是我……」

傅念君看著他的臉色，突然有點莫名同情他。不過其實他心裡也早就肯定七、八成了，只是情感上逼自己不肯去相信而已。

她還是很讓他絕望地點了點頭。

周毓白抬手，用手掌蓋住了自己眼睛，彷彿很怕她看見他此時的表情。

她覺得他這個小動作格外可愛，竟不自覺抬手去扯他的手，想看看壽春郡王此時的模樣。

周毓白的眼裡似乎閃過一絲極淡的羞澀，這是傅念君第一次見到他露出這樣的表情。

傅念君忍不住笑出來。

周毓白作勢要去捏她的臉，她忙左右閃躲。

「當心。」他怕她不注意頭撞上身後的車壁，忙伸手去拖住她的後腦。

傅念君覺得他做這些親密舉動，是越來越自然了。

周毓白沒等她紅著臉推開自己，就先一步鬆了手，讓她正身坐好，只嘆息道：「我實在想不到我會娶什麼人，還會……」

還會生一個這樣性格的兒子。

他無法斷定若沒有傅念君，他會有什麼樣的擇妻標準。今生遇見她，那麼除了她之外，他大概就不會再考慮那樣的事情了。

他微微勾唇笑了，像是想起來什麼似的說道：「所以那會兒，妳篤定我會娶一個比我小十幾歲的妻子？還說我是什麼桃花開得晚，才能生個得天獨厚出眾優秀的兒子……」

他帶笑的眼神看得她越來越臉紅，當日的話本是提醒他，如今卻成了他嘲笑自己的話柄。

傅念君嘆了口氣。是了，周毓白怎麼看都不像相信命定姻緣之說的人，而何況傅寧和陸婉容這輩子不就分開了？

她只支支吾吾道：「具體是誰我也不知道，但是確實與你相差年紀甚大。」

究竟他未來的夫人姓甚名誰、身在何處，現在只有齊昭若清楚了。

周毓白挑了挑眉。「無論是誰，這事都是不會發生的。」

他不想去追究那是誰，因為不管是誰，他都不可能走上那條路。他甚至覺得傅念君所知的未來，或許就像是莊周夢蝶，蝶夢莊周。在虛幻與現實之間，未必件件都會實現。

傅念君不置可否，顯然沒有他這樣的信心。

周毓白也不想一而再，再而三強調自己的態度，畢竟事情做了讓人看到結果才是最重要的。

他叮囑她：「妳一會兒到家之後，不用慌，若妳爹爹問起，就說和我出去了。」

「那怎麼行。」傅念君立即反駁：「若我爹爹知道，這事……」

她才剛剛允諾自己與周毓白不會再接觸，今日又由他送回去，那是真跳進黃河也洗不清了。

「這樣不行，在前面街口，你把我放下來。」

周毓白似笑非笑地看著她：「妳出門這麼久，毫無交代，妳覺得能瞞過妳父兄？或許從前還可以，端午節後，妳覺得仍舊可以？」

傅念君語塞，傅琨倒是還好說，傅淵那裡，她的信譽應當是一塌糊塗的。

他突然臉皮就變厚了。「妳不說同我在一起，難道說被齊昭若擄了去？這樣才是不為自己、不為他們考慮。好歹同我在一處，他們也就頂多在肚子裡咬牙切齒腹誹我幾句，總不能揪著我的領子來罵我。」

傅念君倒是不知道他是個這麼喜歡揹黑鍋的。

「壽春郡王可是轉性了？我爹爹和哥哥討厭你，你沒想個轉圜的法子，還要變本加厲？」他的想法真是讓人弄不清楚。

他卻是從她這句話裡聽出了別的意思，笑道：「妳很怕父兄討厭我，我就真的不能娶妳了？」他輕咳一聲。「放心，他們對我已經很不滿了，再不滿也就只能這樣了。」

這是完全放棄掙扎了。

傅念君也不多說什麼，周毓白的主意她從來就是猜不透的。

若是旁人想攀附傅家、聘娶傅家女兒，必然會將自己的姿態放低，好好討好一下傅琨，哪怕張淑妃都指名要見傅念君、巴結傅相。偏周毓白這副成竹在胸的樣子，給人沒有半點誠心實意的感覺。

傅念君雖說不會嫁他，可那是形勢所造，她的內心裡，自然也還是有些失望的。

她並非期望周毓白跪在傅琨面前求他將自己嫁給他，只是少女情懷，總對喜歡的人抱有一些奇異的幻想。

但傅念君的理智很快將這幻想擠出腦海，換上了公事公辦的口吻，旁敲側擊地提醒了周毓白幾句：「我爹爹那裡，你不去惹他就是好的。立儲之事他的態度略微傾向於你，郡王，你……別做傻事。」

好在他其實也不會為了她做傻事的。她想著。

周毓白卻笑了，沒有回應她這句話，反而道：「剛才和妳說的還是沒明白？朝堂之事妳能少插手就少插手，乖乖待在家中，這對妳有益無害。」

他的反應，好像根本不在乎傅琨願不願意在儲位之爭中支持他一樣。

傅念君看他的眼神，好像覺得他腦袋燒糊塗了沒醒一樣，很是嫌棄。周毓白見到她這麼有神氣，勾唇笑了笑。幸好，他趕得及，也更幸好，他比齊昭若快一步……

傅家到了，傅念君匆匆理了理衣服，頭髮適才就亂了，她索性拔下了髮簪，讓滿頭青絲垂在肩上。

釵環淩亂，從她髮間掉下來一支花絲蝶形的簪釵，小巧玲瓏。

周毓白看見了，那小東西正好落在他手邊三寸處，他不僅沒提醒她，反而偷偷用寬大的袖子將其掩住。

傅念君左右摸索了一下，覺得再無遺漏的東西，才匆匆與他別過下車。

芳竹和儀蘭已經紅著眼睛在等她了。

車裡的周毓白撿起她遺落的那支簪釵，想到這東西都是成對的，怕是她很快就會發現，待日後說不定會來找他討要，看來他要好好想想該怎麼狡辯了。

他的手指摸索著簪釵上精緻的紋路，想著傅念君適才對自己說的話。

傅相支持他的前提，是不會同他結親，他其實早就多少能明白這意圖，如張九承所言，江山與美人之間，孰輕孰重，難道還用選？

周毓白卻是笑著對張九承說：「在我這裡，江山與美人，從來就不是選擇。」

因為他不會讓自己面臨二者擇一的兩難境地。

功成名就和得到幸福，難道是什麼非此即彼的矛盾之事？

周毓白覺得許多人的想法都未免有些可笑。做皇帝就要薄情寡義，兒女私情便要用社稷江山來成全？他有能力做到，為什麼非要放棄其中之一？

傅念君和皇位，都會是他的。

§§

傅念君回去以後，芳竹和儀蘭都已經嚇破了膽子，尤其是儀蘭，那一副面孔彷彿傅念君已經發生了不測。

「聽著，我沒事，妳再擺這表情出來，才是此地無銀三百兩。」傅念君嚴肅地警告她。

儀蘭點頭，很慶幸道：「幸好是壽春郡王送您回來的，否則……」

她不敢把這個否則說下去。傅念君的名聲已經夠差了。總以為和那個齊郎君斷得乾乾淨淨了，可誰知他又糾纏過來。若是壽春郡王同娘子就此生了什麼芥蒂，可怎麼辦才好？

傅念君擔心的卻是其他的事。「爹爹和三哥知道嗎？」

芳竹搖頭。只是傅念君心裡卻有點不安。

翌日，她的院子裡多了幾個孔武有力的僕婦。

她們對傅念君很是恭敬，只道：「娘子要在府裡走動是可以的，若要出府，我們幾個也會跟著您。」

「只是跟著？」傅念君不信這樣的鬼話。

她們也很直白地回道：「三郎君和相公首肯了，您自然是哪裡都能去的。」

這就是很明白的禁足之意了。

這幾個人都是生面孔，打聽了一下，她就知道是傅淵從他名下的莊子裡撥過來的人手。

從前的傅饒華也總是三天兩頭被禁足，可是姚氏的人往往架不住她撒潑，傅琨又對她睜一隻眼閉一隻眼，傅淵親自對她出手，也還是頭一回。

他如今這麼忙，還要抽空親自料理她，傅念君倒是沒想到。

這種被自己的哥哥關在府裡受罰的感覺，她從前真沒經歷過。她微微嘆了口氣，待在府中也有好處。

五月是個好時節，端午節後天氣漸暖，傅家也有喜事。

大娘子傅允華的婚事終於定下來，她挑挑揀揀這麼久，眼看就快十八了，終於訂了親。

四房裡金氏哭天搶地了半天，都拉不回傅四老爺的決心。

「她是傅家的嫡長女，怎麼能堪堪配個田舍郎，這也太說不過去了啊……」

金氏哭嚎的聲音，那兩天恨不得讓全傅家的人都聽見。

傅家的嫡長女這個說法也沒錯。傅琨雖為長子，卻因舉業入仕，晚成婚，與大姚氏婚後又過了好些年才得了傅淵，因此反倒讓最小、最紈絝的弟弟趕在前頭生了傅家這一輩的長女。

只是這傅四老爺的嫡長女，說出去誰認識？

金氏素來就愛打小算盤，她雖看不懂什麼朝堂政治，但是眼看這些天到傅家拜訪的人絡繹不絕，她就覺得這是個好徵兆。

藉著「傅家嫡長女」的名頭，她的女兒或許還能搭上這股順風，尋個好姻緣。

只是傅琨早就出言不肯再管他們的事，而傅念君又將傅家把持得厲害，就是金氏想走走傅琨身邊老僕的路子都不行。

如此傅四老爺自然不耐煩了，傅琨已經不止一次催促他，傅允華不訂親，傅家剩下的姑娘怎麼辦。

因此在「有心人」的誘導下，他就擇了一個年輕學子，名喚徐信。

話說這徐信也是有了功名在身，今年二十歲，生得端正體面，按理說算是少年得志。

只是他這功名，考得卻是明經，而非進士。明經及第分四等，這徐進成績也算不錯，考了第一等。

可這明經和進士實在是差得太多了，也不怪金氏死活不肯。

三十老明經，五十少進士。三十歲的明經就算老了，這兩科在難度上可說是天上地下。明經科主要考儒家經典，進士科主要考詩賦和政論，不是死記硬背就能考上的；大宋文人大多自視甚高，因考取明經便不能考進士，大多寧願讀書到白髮蒼蒼也要考進士，也正因如此，進士的官職和社會地位，都不是明經可以比擬的。

這徐信不考進士考明經，其實並非他才學不夠。他家住開封府陳留縣，也算是有屋有田，殷實富足，只有一個寡母，病重羸弱，徐母今生願望，就是能看見兒子做官入仕，徐信為了完成母親願望，實在耗不起考進士，就報了明經。

傅四老爺一輩子都沉迷風花雪月、山水詩情，哪裡管得了官場上的事。這樣一個女婿，本來就比進士們低了一大截，怎麼可能揚眉吐氣、位居高位，給妻子掙誥命？

金氏因此死活不肯，卻被傅四老爺呵斥：「他要有本事，明經出身也一樣能為官為宰，妳這婦人懂得什麼，膚淺庸俗！當真是侮辱傅家門楣！」

金氏欲哭無淚，她再沒見識，也知道除非像前朝的狄仁傑那樣，受武后格外看重破格提拔，否則明經出身，怎麼可能做到宰相。

但是最後金氏胳膊擰不過大腿，在傅允華的哭哭啼啼中，這親事還是定了下來。以後傅允華就要嫁去陳留了，不說離東京城多遠，反正是不可能三天兩頭回娘家的。

促成這樁婚事的「有心人」，自然是傅淵兄妹。

傅念君早就知道金氏不消停，她那點不該有的心思雖不至於影響到傅家前程，可總是隔三差五地冒出來拖後腿也很讓人不耐煩。

人選是傅淵去找的。

徐信雖然在官場上是不可能有什麼大作為了，可是為人至孝，可見品德不差，而且家資富足，日後也是個體面的員外。這樣的人家，配傅允華已經是相當不錯了，畢竟傅四老爺除了傅琨的兄長這個名頭，什麼也不剩下了。

除了傅家，東京城裡沸沸揚揚的事不止一樁。

先是傅念君早就預料的太湖水患，終於發生了。而這一次，因為周毓白的早有提防，太湖沿岸地區的災情都得到了很好的控制，雪花一般的奏章飛到皇帝跟前，倒是人人都誇周毓白好。

大家都看得出來聖上很高興，因此給兩位年輕郡王進封之事也重新提上了議程。

東京城裡的大商戶們也都在琢磨著，趁著這次災情能發一些財。只是江南地區一向糧食富足，開封距離江南又不近，可圖利潤也很有限。

幸好傅念君是早準備著的，這次水患，她也通過早已低價購入的陳糧賺了一筆，不過暫時她還不敢把這件事告訴傅琨，不然怕要換來無期限的禁足。

傅琨倒是因為這回的事，對周毓白的好印象又加深了一些。

身為一個父親，他自然不喜歡如此和自己女兒過從甚密的年輕人；但是身為宰相，他當然樂見一個皇子這麼有能力。

傅念君例行去給傅琨送自己做的點心時，傅淵正好在傅琨的書房裡。

傅琨剛在他面前說了幾句關於這次太湖流域治水的措施，誇獎周毓白有先見之明。

傅淵的臉色不大好看，看見傅念君就下意識瞪了她一眼。

傅念君被瞪得莫名其妙，只好道：「三哥要一起吃嗎？」

最後三個人就在堂堂傅相的書房裡吃起了點心。

太湖水患的事，讓朝堂忙碌了起來，而百姓們關注的，卻是另一件事。

那位從前聲名赫赫，卻因科舉失利快被人遺忘的蘇選齋，頓時又聲名鵲起了。

他如今的詞，幾乎比當朝幾個大儒的佳作傳唱程度還要高。

只是這些詞的源頭，皆是京裡各大秦樓楚館，也就說，這些驚才絕豔的詩詞，都是從官妓口中傳唱出來的。

往往妓館裡常有好詩詞，可是傳唱程度這麼高，這還是頭一回。

這些詩詞也不似那些花紅柳綠、甚至曖昧輕浮的豔詞，好幾首都是婉約靈動，嫵媚多情又雅俗共賞，連傅琨都品評過一、兩首。這讓蘇選齋的才名，再次用另一種方式傳遍了東京城。

傅念君也能想到，這多半是周毓白在後面推波助瀾。

這個蘇選齋，本來就要被幕後之人廢了，周毓白要把他扶起來，自然要用個好方法。

只是沒想到，會這麼地……另闢蹊徑。

要聖上重新看見蘇選齋，是這件事裡唯一的難題。

或許按照這個趨勢，真的能夠讓皇帝欣賞到他的才華。

傅念君對蘇選齋的關注不太多，她一直留意肅王奉皇命調查周毓白遇刺一事的進展。她若開口問，傅琨也不會不告訴她，畢竟這件事官家也吩咐給了傅琨督辦。

「肅王殿下近來疑了宗室裡的馮翊郡公，日日守在他家門口拿人，進出來往的人，連個……打更的都不放過。」

其實傅琨是保留了說，肅王根本就是連倒夜香的都不肯放過，臭得長隨們睜不開眼也要盤查。

傅念君倒不知這位肅王殿下做事還挺可愛，頂著炎炎的日頭，就肯一天天守著對方慢慢耗。

從上回和氏璧的事裡也能多少看出來，肅王不是個會轉彎的腦子，是一根筋繃直了的性子。他好不容易從聖上那裡得來的一點愛重，卻因為這件狗屁倒灶的事惹了一身腥，現在怕是比周毓白更恨那個幕後之人。

上回端午節肅王沒有出席，確實也是病了，如今他卻是不管不顧自己的身體，非要將人抓住不可。

傅念君暗嘆周毓白這招……可真夠損的。

周雲詹那裡遲遲尋不到強有力的證據，自然，若他真是幕後之人，憑他多年來的手腕，怎麼可能有明顯的證據留下給旁人抓。

而周毓白所安排的那些蛛絲馬跡，也只能用來引導肅王去找周雲詹的麻煩，不能真正用它們去定他的罪。

所以現在的局面，就是肅王盯緊了周雲詹和他死磕。

傅念君想到了一件事。「那麼爹爹，洛陽陸家那裡，陸三老爺和陸三夫人怎麼說，他們不是說搭上了肅王殿下的線？現在呢？」

「肅王根本不記得他們。」傅琨長嘆一聲，和她細說這件事。

這事是兩個小輩自己去尋的路子，傅淵和陸成遙人在京中，又已入官場，搭上肅王府的長史、幕僚等人也不算難。傅琨父子如今受官家愛重，自然誰都要給幾分薄面，而若肅王對陸家真有意的話，對陸成遙應該也有拉攏之意。

幾番試探，果真如他們所料，肅王府並未對潮州陸家有什麼多餘的想法。

肅王現在一心撲在那件替弟弟找刺客的事上，差辦不好，哪裡還敢再去和什麼前朝世家東拉西扯攪和不清的，平白犯官家忌諱。

陸成遙因為這件事氣得厲害，這樣簡單一個套，他的父母就急不可耐地往裡鑽，也不知他們是聽信了誰的胡言亂語。

陸成遙甚至還託傅家找了牙人，要在東京購置房舍，這是打算長居了。

傅念君點頭，那幕後之人是對陸家迅速收手了，莫非真是那周雲詹……因他被肅王纏得沒辦法，此時不能也不敢再對外有任何舉動，所以陸家這次就這麼輕易全身而退了？

「那傅寧呢？爹爹打算怎麼處置？」

傅琨彷彿覺得她問這話很奇怪。

「有妳二嬸和三哥在，還輪不到我來處置他。」

傅念君在心裡暗嘆。是啊，這一世，傅寧根本從來沒被傅琨看在眼裡過。

畢竟傅寧連鄉試都還沒通過，誰和他談殿試？

二房裡陸氏這裡，最近確實有一件大事，讓傅念君聽了著實驚訝了一回，是關於陸婉容的親事。

這五月，莫非真是個適宜談論嫁娶訂親的好時候？

陸氏嘴裡要與陸婉容訂親的人，不是旁人，正是她自己的親兒子，傅瀾。

傅念君不得不再次佩服了陸氏一把。果真不是一般的夫人。

這姑母讓侄女兒做兒媳婦的美事很多，但是多半是姑姑喜歡侄女兒，肥水不流外人田。陸氏是眼裡不揉沙的個性，傅念君就不信出了上回那事，她還會看得上糊塗的陸婉容。何況陸婉容心裡有傅淵，這得是多心大的母親才會為兒子聘她。

陸氏吊著嘴角自嘲道：「或許就是我上輩子欠陸家的，她那個性子是禁不得事。妳是越挫越勇，可她呢，打擊一回就鑽進牛角尖出不來了。嫁去旁人家，過往的事難保不被人家翻出來，到時她要怎麼辦？跟在我身邊，年年教，日日教，再過一、二十年，不信她還是塊不可雕的朽木。」

陸氏自上回打定主意要出手後，就格外有鬥志。

傅念君暗嘆，確實還是陸氏將陸婉容看得透，她記憶裡的母親，可不就是被過去所困，生生將自己給耗死了。

§§§

傅念君去見陸婉容，出乎她意料，陸婉容的狀態倒是比先前好了很多，想來這陣子的事情對她影響很大，卻不至於都是消極的。

「哥哥因為我的事去求了姑母整夜，念君，我不是什麼都不懂。」

陸婉容拉著傅念君的手，似乎幾日之間，人已經成熟了很多。她其實並不蠢，只是有時心思太過敏感而已。

「妳看，我因為自己的小兒女心思，拖累了哥哥，拖累了姑母，家族也與我們生了嫌隙，真要論起來，我真是個罪人。」

傅念君蹙眉，握住她的手。「喜歡一個人並不是什麼錯，只是這世上……無奈的事太多。」

她並不比陸婉容厲害多少，也沒那麼出塵能一眼看破世上的七情六欲、愛恨糾葛，她唯一比陸婉容強的，就是咬牙挺下去的決心。

陸婉容的眼神閃了閃，對傅念君扯出一抹笑容道：「我明白的，念君。妳……有喜歡的人麼？」

傅念君猶豫了一下，還是點點頭。

陸婉容眼中露出了然的神色，也不追問她是誰，其實心裡早就有七、八分猜到了。

「念君，我確實不如妳多了，我只顧著自己痛快，從來沒想過旁人。我要向妳道歉，對妳，對三表哥，對傅家……」

傅念君沒想到她會有這樣灑脫的一面，或許是經歷了最近的事情，她最終發現，少女情思才是最不值得她傷懷的？

感情之事能順遂的人並不多，傅念君也覺得她和周毓白之間，或許最終會無緣，只是日子一樣要過，飯一樣要吃，而傅家也絕對不能倒。

陸婉容也知道，陸成遙與陸家三老爺夫婦倆之間隱隱的裂痕只會越來越深，他們兄妹倆要在東京生存下去，她再也不能把自己當作不聞窗外事，只讓哥哥擋在前頭，成日傷春悲秋的嬌養閨女。

「妳真的想明白了？」傅念君問她。「妳對四哥他……」

傅念君看得出來，陸婉容並不喜歡傅瀾，與他只是表兄妹之情，而傅瀾對她，也未見有多少心思。

陸婉容的眼神卻很堅定，她點了點頭。「我跟著姑母要學的東西還很多，表哥他雖然交遊廣闊，在許多人看來有些不定心，可我知道，他是個有擔當的人。姑母將他教得很好，我有信心，能夠做一個很好的妻子。」

傅念君轉念想了想，也是如此，天下夫妻，靠彼此愛戀過一輩子的實在少之又少，陸婉容能將自己的態度如此扭轉，以後一定過得不會差的。

傅念君心裡雖然依舊有些失落，覺得對不起陸婉容，畢竟她曾經那麼信誓旦旦想讓母親得到幸福，善始善終。可是終究發現自己的能力太有限了，重活一次，老天也並不會給妳太多的心想事成，她也沒本事幫陸婉容心想事成。

「我還比妳大幾個月呢。」陸婉容去捏了捏傅念君的耳朵。「妳不用事事為我操心，我就這麼不懂事？」

「當然不是。」傅念君也微笑回應她。

是呀，陸婉容有自己的人生要過，幫她避開傅寧，這就是傅念君唯一能幫她的忙了，往後的事，傅念君再也插不上手。

兩人又回到了當初相識時那樣，有說不完的話，從府裡的事談到府外的事。

除了傅淵、傅寧這兩個人避口不說，其餘的，都不是禁忌。傅念君還將端午那日陸婉容錯過的金明池水戰繪聲繪色地講給她聽，陸婉容聽得陣陣唏噓，直言後悔，要等明年一定要提前去占個好位子。

明年的現在，陸婉容或許就已經嫁給傅瀾了，倒是不知她自己還有沒有出嫁。

一直到陸婉容身邊的詹姑姑來叫了三次，兩人才收了興致一起用晚膳。

這位詹姑姑就是傅念君當日死在東宮中時的詹婆婆、伴在她身邊最後的人，比她先一步死在周紹敏的劍下。

如今的詹婆婆還是滿頭烏髮，沒有絲毫老態。

這一次，詹婆婆不會死得那樣慘了吧……

詹婆婆每回見到傅念君都忍不住要在心底嘀咕幾句，這傅二娘子，每回瞧自己的眼神怎麼就那麼滲人呢？

想來想去，自己也沒什麼地方招惹到她呀。

§§§

這天傅淵親自打發人來請傅念君，她倒是有些意外的。

他好意思把當日科考時日日為他開小灶的妹妹「禁足」，怎麼現在又要請她去他那裡了？

傅念君當然也不會和傅淵真的生氣。

她這禁足，其實禁得是她去見周毓白，近來周毓白身邊的事又是肅王，又是蘇選齋的，想來也沒工夫來見她。

傅淵這次也確實是有事拜託給傅念君。

他一向只擺紙筆書冊的桌案上，正放著一支翡翠吐珠攢絲步搖，流光溢彩，顯然價值不菲。

傅念君十分狐疑地看著他。「這是三哥給我的……歉禮？」

傅淵噎了噎。「我又沒做什麼對不起妳的事，為什麼要給妳歉禮。」

關於禁足的事，他可不覺得自己做錯了。

他好不容易抽空能從宮裡回來一趟，竟然第一件事是擺著這首飾給她看？還只是看，也不是送她的。

傅念君真覺得傅淵病得不輕。

傅淵咳了一聲，雖然仍是面無表情冷冷的一張臉，可是傅念君如今與他接觸多了，也能多少分辨出這冷臉與冷臉之間，也是不同的。

比方現在，這種「冷」，其實裡頭還摻加著些許不好意思。

他這種罕見的不好意思，讓傅念君立刻聯想到十萬八千里外。不是給她的，傅淵也不可能替姚氏、傅梨華置辦東西，那麼只可能是送給別的女子，莫非他這是瞧著旁人訂親的訂親、成婚的成婚，心裡也動了綺念？

就不知是哪家女兒？

傅淵兀自道：「聽說妳和吳越錢家的小娘子薄有交情，這件東西，妳替我交給她吧……」

竟是錢婧華！傅念君睜大了眼睛。

是什麼時候的事？

16 釜底抽薪

傅淵竟看上錢婧華了。

她可是就等著周毓琛的封王旨意一下，就要和他訂親了啊。

怎麼就偏是她呢？

傅念君看傅淵的眼神裡立刻就飽含了幾分不敢苟同，她就不信他人在朝中，會不知道錢家的動向。

錢婧華雖未訂親，卻也差不多了，傅淵竟能如此出格？

傅淵被她這奇奇怪怪的眼神看得是好氣又好笑。

他眼神掃過桌上的步搖，只說：「端午那日我不小心撞壞了錢家小娘子頭上的步搖，允諾賠償給她，可她所戴的步搖是江南的工藝，耽誤了多日，才算尋工匠打了這支差不多的。」

原來是這緣故。

「畢竟是將要訂親的小娘子，我也不能同人家隨意往來，妳既與她有交情，由妳交給她是最好的。」

傅念君默了默，說道：「三哥，你讓人去打這步搖，會不會被人落下把柄？」

她素來在這些事上就會多留個心眼。

傅淵卻哪裡需要她來提醒。「我自然是用妳的名義去尋的工匠。」

傅念君：「……」

她這真是第一次發現傅淵還有這一面。甩鍋給她不僅又快又穩，事後還很坦蕩磊落，毫無愧疚。

她無奈道：「我尋常是不大登人家的門的，三哥你也不是不知道，何況是錢家。不如我下個帖子給人家，招待她來我們府上？屆時姑娘們之間送點東西，也半點扯不到你身上的。」

傅淵點點頭說：「也好。」隨即又道：「是因為妳這陣子在家裡悶壞了？」

傅念君覺得好笑。「這倒沒有，我在府裡一切都好。」

傅淵一副欲言又止的樣子，似乎是想提周毓白，又有些不好開口，最後還是閉了嘴，依舊留給了傅念君一張冷臉，要讓她自己揣摩其意。

傅念君低頭微笑，傅淵並不太會做一個好哥哥，儘管他在學習。

好吧，她就多擔待些吧。

§§§

給旁人下帖子，傅念君會怕她們不敢來，給錢婧華她倒是不擔心。

兩人雖然僅僅只見了一面，卻對彼此印象都很好，何況錢婧華還是傅允華的救命恩人，她來傅家，自然是受歡迎的。

而傅琨對這件事更是鼎力支持，他覺得傅念君終於能像正常人家的小娘子一樣，有閨中往來的密友，實在值得慶幸，還特地要撥銀錢給她們置辦席面。

傅念君無奈道：「府裡的銀錢現在是誰說了算？還不是我。爹爹要拿錢給我，其實還是我自己拿錢給我自己。」

傅琨一想覺得也是，哈哈一笑，就隨她去了。

和錢婧華一道來的，還有武烈侯盧璿和連夫人的女兒盧家小娘子盧拂柔。她們倆關係素來好，焦不離孟孟不離焦的，一起過來也實屬正常，儘管傅念君知道盧小娘子並不是很看得上自己。

傅念君也邀請了陸婉容，四個女孩子在一處，簸錢下棋，說說笑笑的也很有趣味。

三人直誇傅念君心思巧，在六夢亭附近糊了天棚，池子裡的荷花都已經含苞欲放，襯著綠油油的荷葉，看著讓人心曠神怡。

傅家其餘的小娘子都沒出來，傅家姊妹不和早就不是什麼稀罕事了，當日趙家文會時錢婧華和盧拂柔就已親眼目睹了傅梨華尋傅念君麻煩，又把傅允華推下水池的一幕。

只是盧拂柔多少還是有點替錢婧華不值，好歹她也是傅允華的救命恩人，如今傅允華卻連來見她一面都不肯。

救命之恩，還比不上她自己的臉面重要。如此看來，傅允華這人，看似溫柔和順，其實也十分虛偽。

幾個小娘子一道飲了幾杯薄酒，都有些上頭，錢婧華還嚷著想去泛舟，卻被傅念君制止了。

「知道妳水性好，但是也不能胡來。」

她見時機差不多了，請錢婧華移步一起更衣，實際上是將傅淵交代她的東西奉上。

錢婧華臉上還是染著薄薄的紅色，也不知是因為這件東西，還是因為酒意。

「如此，就麻煩代我謝過令兄了。」

傅念君其實不大擔心錢婧華心中會有了傅淵，畢竟傅淵雖優秀，真要論起來，品貌風度與東平郡王周毓琛不過在伯仲之間，而人家還是身分尊貴的皇子。

錢婧華如今出入宮廷頻繁，想必與周毓琛也見過好幾面，相處多了自然就會有些許感情，不至於會念念不忘一個只有一面之緣的傅淵。
起碼傅念君是這麼想的。
何況她與錢婧華的交情也並未到那個份上，不想交淺言深，便就此打住，完成了傅淵交代給她的任務就好。
錢婧華倒是好像沒有這個覺悟，彷彿還有話和她說：「盧姊姊她……妳別同她置氣。」
傅念君只說：「這怎麼會，盧娘子很好相處。」
盧拂柔雖然對她略有輕視，只是這種輕視掩藏得還算好，也並未很明顯地表現在臉上。
傅念君自然知道流言的殺傷力，盧拂柔的母親又是連夫人，言談之間肯定是多有瞧不起傅念君，她對自己會有那樣的偏見也在能理解的範圍內。
傅念君不會給自己找不痛快，對盧拂柔客客氣氣、保持分寸就是了。
錢婧華左右瞧了瞧，很小心地問她：「崔家的事，妳知道麼？」
崔家有什麼事？傅念君倒是沒留心。
錢婧華道：「崔家似乎對我盧姊姊有意。」
傅念君恍然，原來崔家幫崔涵之制定的目標，轉到盧家頭上去了。
錢婧華也是個聰明人，她並未很明確表現出要向傅念君打聽崔涵之，接不接話都由傅念君自己決定。
傅念君和崔涵之是退過親的，而在外頭看來，顯然是傅家占著理，那麼到底崔家有什麼內情就很讓人費解了。但實際上其實也沒什麼好說的。
傅念君笑道：「錢家在江南一帶還有什麼打聽不到，崔家在丹徒鎮上是大戶人家，更加不難打聽。」

她也不適合多說，索性一腳把球踢回去。

錢婧華搖頭感嘆，模樣很是俏皮。「人人都說傅二娘子不會做人，我瞧妳啊，明明是太會做人。從妳嘴裡聽不到半句別人的是非長短。」

片葉不沾身的性格。

傅念君也揚了揚頭，配合她道：「那妳可還想給我下套鑽？」

錢婧華笑著要去擰傅念君的臉，心裡倒是真喜歡她。

傅念君也明白，錢婧華多少給自己透露了一個消息。盧拂柔跟她來傅家，或許就是抱著想打聽傅、崔兩家退親一事而來，錢婧華視她為親姊姊，也不好多說什麼，只能這樣委婉給傅念君提個醒。

只是傅念君也是見慣世面的人，不至於把底都對人交代了。崔家的事，她是打定主意要裝傻到底。崔涵之如何關她什麼事，他和自己，早就毫無關聯了。

兩人說完了話，重新回到了六夢亭裡，盧拂柔和陸婉容也在說話，見她們回來，盧拂柔就提議，下次可以一道出門去遊玩。

傅念君心想這話竟能由盧拂柔提出來，不知她是否存了刻意？還是想與自己打好關係，再細細探聽崔、傅兩家退婚的細節？

錢婧華本就是個嬌俏性子，活潑得很，聞言立刻應聲說好，可隨即她臉上又染了一層失望。

「城裡的園林都逛遍了，也沒什麼好去處。可惜今年出了江南水患之事，也不好太過放縱，我在江南時本來一直是惦記著去洛陽看看牡丹的。」

「是啊，洛陽天王院裡最後一株牡丹怕是還沒謝呢。」陸婉容接道。

天王院是專門種牡丹的花園子，裡頭有幾十萬株牡丹，每逢牡丹盛開之時，洛陽城裡的仕女們個個都要攜伴而去。

陸婉容是洛陽人，自然從小就有機會見識那花中之王的風采，今年因為發生了這麼多事，她也不想回家，這才留在了東京。

「姚黃總是買不到的，魏紫的價更是驚人，最差、最便宜的也要一貫錢。」陸婉容說著。一貫錢都能買一畝良田了，當真是奢侈，而最貴的一株要三十貫。

錢家家財萬貫，錢婧華自然不覺得這有什麼，傅念君瞧她這架勢，暗道她幸好沒去洛陽，不然是肯定要千金萬金地買牡丹。

錢婧華瞥見她的笑意，立刻會意，假做惱怒。「妳笑什麼？我們南邊養出來的牡丹總是不成，還不許我喜歡喜歡？」

「行行行。」傅念君說道：「只是家中有魏紫沒什麼稀奇，妳要見了『歐家碧』，怕是要挪不動道。」

「歐家碧是什麼？」錢婧華張大了眼睛問。

「是一種綠牡丹，用玉千葉、雲樓春等白牡丹做原種，淺碧綠色模樣，十分好看，遠非姚黃、魏紫可比。」

「還有碧綠色的牡丹？」陸婉容也詫異。「我在洛陽這麼些年也從未聽過，念君，妳在哪裡見到的？」

傅念君這才意識到，這是三十年前，歐家碧還未問世。

「書上……書上說的。」她只好推給書。「我三哥書房裡有一本關於種植牡丹的書，我閒來翻閱看到的，想必是有奇人種出來過。」

在這關鍵時刻，她這個做妹妹的拿哥哥擋擋刀也絲毫不猶豫，也是跟他學來的好習慣嘛。

錢婧華道：「令兄還有雅興種牡丹？」

傅念君覺得她眼中有光芒亮了亮，心裡忍不住嘀咕，傅淵要是能有這雅興，可真是太陽要打西邊出來了。

傅念君不想讓錢婧華對他有什麼美好的幻想，只好很盡責地拆臺說：「可他連最容易養活的雜草都種不活，還談什麼牡丹。」

三個小娘子聞言都笑起來，只有陸婉容笑過後眼中閃過一絲落寞。

盧拂柔岔開話題：「如今連芍藥都快開了，還惦記什麼牡丹。我家中有兩盆早緋玉、綴露千葉，開出來也是極其漂亮的。」

錢婧華附和：「連夫人喜愛芍藥，這東京城中，怕是沒有哪家的芍藥比得上妳家了。」

話題順著就是要約日後上盧家去賞芍藥了。

傅念君沒有接話，她總覺得這裡頭有些不對勁，何況連夫人大概也不會很希望她登門。

盧拂柔又接續錢婧華適才說城內沒什麼好逛的話，提議去城外的汴堤遊覽。陸婉容沒有去過那麼遠的汴堤，好奇問：「聽說汴堤附近都是成片的柳樹和榆樹，這有什麼好看呢？」

錢婧華也覺得不妥。「那裡這麼遠，我們幾個女兒家要過去也不方便，除非有家中兄弟相伴，這事兒還要驚動長輩。」

畢竟，也不是誰家的兄弟都願意沒事做，還陪著姊妹玩耍當保護神的。這話便只能不了了之。

時辰也差不多了，酒也散了，錢婧華和盧拂柔兩人也該打道回府。

傅念君問起錢婧華誰來接她，她只說是自己的兄長。

錢家進京，都是錢婧華的兄長一手安排，二十來歲的少年郎，已經很有擔當了。

臨走之時，傅念君只覺得盧拂柔用欲言又止的神色看了自己幾眼，她只好假裝看不懂。

盧拂柔終究還是忍不住，試探她：「崔六娘子與妳可有往來？我見過她幾面，倒是覺得人還不錯。」

崔家奚老夫人的一位孫女，曾經想試探著拿來與傅淵搭關係，傅念君怎麼會不記得。

傅家和傅淵當然不會去理會，他們沒有欠崔家什麼，管對方送來什麼娘子，他們都不會接收的。

傅念君故作驚訝。「是麼？姨祖母似乎是帶了一個孫女上京的，我隱約也記得，那就是崔六娘子麼？她行六？那她姊姊和妹妹呢？」

一連串的問題砸回去。

盧拂柔瞬間無言以對。你們家親戚妳反過來問我？

錢婧華忍不住給傅念君遞了個眼色過去。她這些促狹的法子都是哪裡學來的？

傅念君一直送她們到了車邊，不遠處見到一個瘦高的男子身形站立著，正在與一個馬夫打扮的下人說話。

那應該就是錢婧華的哥哥了。

傅念君和她兩人點頭示意告辭，才轉回身離開。

錢豫走過來，只見到了傅念君在轉角離去後的半截衣裙，只問：「那就是傅二娘子？」

自家妹妹同他說過幾次，說這東京的人都沒有眼力，傅二娘子明明是個妙人。

錢婧華點點頭，錢豫也就未再多問。

§§

壽春郡王府，外出多日的單昀已經回來覆命了。

他帶回來的消息，董長寧擇日就會北上。

周毓白了然。「江南水患，這樣好的機會可以掙錢，他一定不會放過。」肯定是賺足了錢才會想到來辦差事，這董長寧本就是這樣一個豪邁性子的江湖漢。

旁邊的張九承等人聽得尷尬。

單昀又道：「舒公還給您帶了話，說是……讓您趕緊娶妻。」他很老實地有一說一，有二說二。

周毓白這次派他南下，有另一項任務，便是讓他沿途去見了見自己的外祖父舒文謙。

周毓白笑道：「這件事催也沒有用。」頓了頓又道：「也不用太久了。」

單昀一向篤定他對傅念君有心思，可張九承一直覺得他在這件事上有些犯糊塗了。

「郎君，您還琢磨著要聘傅相家的二娘子為妻？」張九承臉上乾枯的皮都皺攏在一起，看來很是苦惱。

周毓白好整以暇地反問：「不行麼？」

張九承覺得他是故意在裝傻，行不行的自己都和他分析過好幾遍了。

「郎君，您……這官家的意思，等江南水患平定了，大概就要為您和東平郡王進封了，屆時他與錢家小娘子訂親，張淑妃手中爭取到錢家，對我們是大大的不利啊。在婚事上，您可要再好好考慮考慮。」

周毓白點頭，反問張九承：「那如果張淑妃損失了錢家，我是不是能夠不必要同他們一樣，將自己的婚事做籌碼了？」

張九承愣了愣，這話是什麼意思？

周毓白覺得張九承這麼大年紀了，有時得失心卻還是那麼重，一下就認了死理。

張淑妃和周毓琛想通過聯姻來鞏固自身實力，固然在政治上來看沒有錯，可不代表著他自己就也要在這上面追回來一程才行。總歸還有別的法子。

比方說……

「假如，六哥和錢家小娘子的親事成不了……」周毓白微微勾著嘴角說道。

張九承驚訝地緩緩張開了嘴。

「您、您想要將錢小娘子給搶、搶……」

他從前不是不肯做這樣的事嘛！不是沒能力，而是這樣的吃相也太難看了，他不屑做。

周毓白瞟了他一眼。「當然不是。」

他終於明白張九承怎麼這麼大年紀還是孤家寡人一個，他怕是根本娶不上一個好媳婦。

他敢娶錢小娘子？那傅念君肯定給他一個後腦杓轉身就走，絕對不肯給他留半點機會了。就是側室，也不能這麼委屈她；她越要逃避，他就越要讓她風風光光、堂堂正正地嫁給自己。

他真是萬分期待看見她那一副無可奈何的樣子，口口聲聲說不能嫁他，連試都未肯去試。

想到這裡，周毓白便在心裡忍不住為自己嘆氣，有時先說出口的，未必是用情深的那方啊。是他虧了。

張九承卻在心中默默覺得周毓白此時的笑容十分幼稚，有點傻，只是他沒這個膽子說出來。

周毓白將思緒抽回。「這親事尚未定下，一切都不好說，而即便定下了，還不一定就能順利。我不娶錢家小娘子，卻能為錢家提供一個更好的選擇。」

張九承道：「如何還有比東平郡王更好的選擇？」

周毓白不肯自己上，哪裡還有更能入錢家眼睛的人選？

周毓白笑著扣了扣桌子。「我自然有辦法讓錢家改主意。」

張九承默了默，冒著主子的不快，繼續道：「即便您不娶錢小娘子，娶傅二娘子也頗艱難。傅相一心要做純臣，斷斷不會留下這個機會，讓人詬病他是日後抱著要做國丈的念頭。」

傅琨這個人，說起來也有幾分文人的耿直，他對擇儲之事的態度很明確，那就是就事論事。他不接受周毓白的拉攏，同時也不會接受旁人的拉攏，這算是一件大好事，何況傅念君都直接提點了周毓白，言道傅琨心中本就是更屬意他的。所以這個時候，非要和人家唱對臺戲幹嘛？

可周毓白卻不這麼想。

「傅相固然忠君愛國，可是張先生，這江山社稷是他的，還是我們周家的？」

張九承心裡咯噔了一下，這話乍一聽倒像是要陷傅相於不義了。

「自然是官家的，也是周室的，更是天下萬民的。」

「既然如此，為何事事都要仰仗傅相？他要做賢相，固然是出於對百姓江山負責的考慮，可是在世為人，並非個個都能一心入化境，全無私欲。你說，傅相難道不是想實現自己的抱負？」

即便如張九承這樣不走科舉仕途的人，做周毓白的幕僚圖的是什麼？是為了證明自己，是為了他天生喜歡的權術爭鬥。

張九承默然。周毓白在這件事上，比他更像一個局外人。

確實如此，樞密院不由傅琨去接管，找遍滿朝文武，難道就真沒一個能堪大用的？不過是傅琨自己的責任心太大，為民請命的夙願也太強，愛往自己身上壓擔子。可是犯得著嗎？

依照皇帝那個清淺的性子，根本不可能逼他到那樣的境地，所以，讓傅相代行二府之責的必要性在哪裡？

張九承突然明白周毓白的用意了，他額頭上立刻沁出一層薄汗來，也不敢擦拭。

「郎君這是要……釜底抽薪？」

周毓白是要直接削傅琨的權，讓傅家從風口浪尖退下來，讓傅琨從萬人仰仗的高度上走下來！這法子……他真不知道該說什麼好。

傅家如果不是最重要的，傅琨如果不再是左右軍權朝政的人物，那麼周毓白要娶傅二娘子，自然不會受到現在這麼大的阻力。

但是為了要娶人家女兒，就要算計人家老爹，張九承覺得也忒不厚道。當然周毓白心裡卻有另一層隱憂不能告訴張九承。

傅家顯然也是幕後之人的目標之一，即便那幕後之人真是周雲詹，可自己現在也還沒有贏。傅琨和傅家太過出頭，總是讓他覺得其中有些陰謀的氣息。

這件事他想了很久，甚至不敢在傅念君面前透底。

周毓白不太敢賭，西夏的戰事一開，勝敗就都壓到了傅琨的肩膀上，東京距邊境千萬里遠，能做手腳的地方太多了，他看顧不過來，所以真的不敢賭。

傅琨可以像個熱血少年一樣，全無顧忌地為朝廷、為皇帝效命，傅念君也可以一片摯孝地為她爹爹出謀畫策、鞠躬盡瘁。

可他曾在心裡默默答應過她，他要為她護住傅家、護住她的親人。這事的風險太大了。在他看來，傅琨的實力完全沒必要在此時此刻全暴露於人前，他的用武之地終究不是在沙場，而是在朝政。

周毓白抬手捏了捏眉心，心裡也因為做下這個決定而覺得煩悶。

他不止是為了能迎娶傅念君才這麼做，可他就是很擔心。在她眼裡，他步步為營，算計到她爹爹頭上，阻礙傅琨仕途，不顧朝政蒼生，就平白給二人之間增添了隔閡。

說到底她也只是個小娘子，若親情放在眼前引導，再來上點突如其來悲天憫人的情懷，就怕她要大大地怪責自己了。不過既然已經決定，周毓白也就徹底地放手實施下去。

「那郎君打算怎麼做呢？官家對傅相的屬意已經很明確了，而且傅相也不是旁人，這件事做起來頗難。」

周毓白再聰明，他這個皇子要去和掌握實權的宰相別苗頭，依然無異於螳臂當車。

張九承也相信他沒那麼蠢，弄些沒必要的名頭去抹黑誣衊傅琨。被他知道了不肯再支援周毓白不算，被傅二娘子知道了不肯嫁給他也不算，被官家知道了……那可就是直接一張詔書將他罰出京去做個閒散王爺，徹底一敗塗地了。

就是張淑妃和周毓琛，不也一樣在傅琨面前不敢放肆。

張九承越想越灰心，實在覺得周毓白這個主意從頭到尾都餿極了。

周毓白見到他灰敗的臉色，也好笑道：「張先生，您平素就是與人勾心鬥角太多了，因此想的都是害人的主意，沒有充滿好意的主意？」

充滿好意？

周毓白低頭抿了一口茶。「傅相最怕什麼，他的弱點是什麼，他不是早就已經告訴你我了？」

他最怕的，就是旁人用他兒女親事做筏，無端引得他牽扯進錯綜複雜的派系勢力裡，阻礙他在皇帝眼前純臣的地位。

借力打力，不用費心去找別的突破口，就從這裡開始。

張九承眼睛一亮，恍然大悟。

妙！太妙了！他果真是鑽進了死胡同，不如郎君遠甚啊！

張九承的嗓音聽起來有兩分顫抖的激動：「是老兒太蠢，這都想不明白！原來如此，原來如此啊……郎君先前就說了，要給錢家一個更好的選擇！不錯不錯，傅相家中嫡長子已經成年，人品俊秀，堪為良配！若是錢家女嫁了傅家郎，吳越國舊主，與清貴權相的聯姻，官家定然不肯再放手給傅相軍權。」

傅家若與錢家聯姻，必然引起皇帝的猜疑，雖然錢家如今已無實權，但是名聲尚在，可這種猜疑又不至於讓他覺得他們有反心，只是不能將軍權再隨便交出去而已。

「可是錢家怎麼肯呢？」張九承又重新深深擰起眉頭。

錢家與傅家聯姻，固然也是不錯的選擇，可畢竟與皇室聯姻，錢婧華說不定就成為了皇后，那才是母儀天下，錢家日後就徹底安全了。

下一代皇位繼承人身上流著錢氏的血，還有什麼比這保障更讓人安心？

何況這樣一來，朝廷以後再往錢家撈銀子的時候，錢家也不會覺得那麼肉痛了。

就是這麼一個粗俗簡單的道理，反正都是要給人家搜刮，給半個自家孩子搜刮還安慰一點。

周毓白笑道：「他們會肯的。」

他十分篤定。其實長公主的面子又值幾分呢？錢家也不過是相中了周毓琛的前程，覺得他有可能登基而已。那麼他周毓白，一樣有這個機會。

「首先，我會成為傅相的女婿，若我成事，傅淵便是國舅，錢家依然可以保證與皇室的關係，甚至下一代的孩子還能締結姻親。」他說得大言不慚。

什麼「我會成為傅相的女婿」這句，單昀在一旁只能偏過頭，恨不得捂住耳朵不敢聽。

「其次，」周毓白不去看他們古怪的臉色，一派正經道：「即便我不能成事，傅淵與錢婧華也並不會受到完全的波及。這樣進可攻、退可守的位置，他們為什麼不同意？押在六哥身上，要麼就是全贏，要麼就是滿盤皆輸，他們為什麼不選擇五五開的機會？」

這樣一說，確實錢家與傅家聯姻的計畫也很可行。

「但是要錢家出爾反爾，恐怕還是有些難……」張九承說道。

畢竟張淑妃的怒火不是誰都能承受的。

周毓白點頭。「這也不難，我自然還有錢家的一樁把柄。」

張九承有點佩服他，這種握著人家把柄、擺明要上門去威脅人家的話，從他們郎君嘴裡說出來，竟是這麼理所應當又理直氣壯，帶了幾分他從容不迫的獨有氣勢。

「可傅家那裡呢？您也說了，傅相是絕對不會肯的。」張九承還是忍不住提醒他。

傅琨若有這麼容易放手，周毓白也不用轉這麼大個彎了。

周毓白微微一笑，傅家麼，既然他那位未來的妻子不肯與自己站在同一陣線上，他自然只能想辦法走走大舅兄的路子了……

他沒有把計畫全盤托出的打算，索性岔開了話題，對張九承道：「江埕那邊，讓他不要放鬆了蘇選齋，免得他又沒了骨頭不知輕重。」

蘇選齋這人確實有才氣，也有傲氣，只是這傲氣帶了股酸腐，他若真要離經叛道，索性便狂放得狠一些。

這些日子他在坊間名聲大躁，周毓白還覺不夠，又讓江埕給他安排了幾齣好戲，比如什麼游湖時跳入水中撈月，將妓女比作月中嫦娥；或外出泛舟不帶竹篙槳櫓，揚言要隨天地遨遊之類……聽來像發瘋，卻又常常被人讚許為名士作風、狂傲不羈。

張九承聽了周毓白的吩咐，自然忙應了下來。

蘇選齋這件事，其實風險頗大，張九承一直是持保留態度。畢竟周毓白雖是皇帝的親兒子，可是他也一樣沒把握，皇帝會真的通過這樣捷徑，認同蘇選齋的才華。

這件事急不得，只能且行且看。

此時，郭巡正好接到了郭達最新的消息，趕著來和周毓白彙報。

郭達所通報內容，說的是錢婧華和盧拂柔前去傅家作客一事，還道幾人或許還會有下次出行。

周毓白想了一會兒，倒是微笑著提筆，寫了一張字條，讓郭巡遞給郭達。

郭巡心裡腹誹，郎君這是幾日沒見，就要給傅二娘子訴衷情了？竟讓他們兄弟做這樣的事。

但是周毓白卻極為嚴肅地盯著他。「這是正事，耽誤不得。」

郭巡立刻收起了戲謔心思，垂手應是。

§§§

齊家。

這幾日誰都能看出齊昭若的心情不佳。

只是他再也不是從前的齊昭若了，不可能對著下人和擺設隨便發一頓脾氣，打人罵狗地遷怒。可齊家上下都寧願他遷怒，畢竟連池子裡的金鯉，都能感受到從他身上散發出的那陣可怕沉鬱的氣息。

現在郎君給人一種壓抑的威懾，一個眼神過來，讓人從腳底心開始發寒。可是儘管如此，一家之主邠國長公主卻並不打算輕易饒過自己的兒子。

「狀元郎秦正坤已同孫計相家中大娘子訂親了，若兒，你到底還要阿娘怎麼勸你才肯鬆口？」

齊昭若早晨出門前，被她叫住了一同用早膳。

母子倆在早餐桌上的氣氛，十分冰寒，簡直在如此暖和的天候裡凍煞人。

齊昭若淡淡地回應：「誰愛娶誰娶，總之那個人不是我。」

邠國長公主暗暗咬了咬牙，只道：「原因呢？」

從前的齊昭若雖然各方面都不如現在，可是唯有一點，就是在聽她的話上，遠不是現在這副叛逆模樣。

齊昭若冷笑。「我提醒過阿娘，只是您聽不懂。」

肅王並不值得拉攏，邠國長公主現在所作所為，不過是白白犧牲他的婚姻而已。只是他再怎麼說，她都不會聽，他也懶得一遍遍地說。

邠國長公主見他如此桀驁，立刻脾氣上來了，抬手就摔了粥碗。

屋裡的僕婢都不敢出大氣。邠國長公主的脾氣幾十年如一日，早上就摔盤子摔碗的也不是什麼稀罕事。

只有她身邊的總管太監劉保良敢上前去收拾碎片，一邊矮著身子勸兩人。

邠國長公主板著臉看著齊昭若，心裡是又心酸又心寒。「那個小賤人又勾引你了是不是？若兒，你聽阿娘一句話，你不能和她有什麼首尾，平白玷辱了你自己……」

齊昭若深深地擰著眉，只不答話，邠國長公主心裡更肯定了，氣道：「你是不見棺材不落淚，來人，把東西拿上來！」

有個侍女戰戰兢兢地端上了一樣東西。正是傅念君那件雪青色的外衫，從齊昭若屋裡搜出來的。

齊昭若倏地站起身。

「慌了？」邠國長公主冷冷地挑了挑嘴角。「你日日放在床頭，這就是傅家二娘子的對吧？你還要替她遮掩，真不知她給你灌了什麼迷湯了！連外衫都能贈與你，她下次還要拿什麼東西來？真真是不要臉的東西，寡廉鮮恥……」

「夠了！」齊昭若喝斷邠國長公主對傅念君的刻毒咒罵。

邠國長公主臉色鐵青。

她從以前最心疼的就是兒子，齊昭若也和她親，習慣對她撒嬌耍滑，邠國長公主也是因此更縱得他無法無天，讓他哪怕在外頭闖什麼禍，她都願意和有本事為他擺平。

但是自齊昭若墜馬性情大變、到傅念君的出現，都讓她陷入了極其不正常而扭曲的心理。最早對傅念君的厭惡和恨意，來自於旁人的引導，邠國長公主將齊昭若失憶的錯怪到她頭上。但傅念君打了個漂亮的翻身仗，當面打了她的臉，且傅家態度強硬，事後讓她在宮裡和百官面前受了好大的氣。

邠國長公主本就不是大度之人，再加上如今，從前親密無間的兒子與自己漸行漸遠，甚至不斷毫不留情面地抗拒她安排的婚事，只是為了個傅念君？

邠國長公主根本不是因為喜歡孫家小娘子，也不是因為非要拉攏孫家才這麼逼齊昭若。她想證明，她不肯承認！不肯承認她自己這個親娘十幾年的愛憐與呵護，就在一夕之間被傅念君那個不要臉的小賤人毀於一旦！

她是那樣一個名聲汙糟、一塌糊塗的人，她早就打聽過，傅念君同很多人，包括周毓白都糾纏不清。為著這麼一個女人，齊昭若就和她大呼小叫？

邠國長公主怎麼可能不生氣。

劉保良知道她的這個情緒，不敢馬虎，立刻跪著請她坐下，要倒茶給她順氣，順便使眼色給侍女去請大夫。

邠國長公主卻已接近情緒失控，索性將桌上的盤盞全部掃在地上，哐啷啷碎了一地，一片狼藉。

齊昭若哪裡知道，這世上有些母親便是對假想的兒子心上人都能抱有這麼大的惡意，只是瞬間跳開四濺的湯汁碎瓷，在旁淡淡地盯著長公主。
不管劉保良怎麼和他使眼色，他都不打算來個孝子跪下認錯磕頭的戲碼。
他很小的時候母親就過世了，他對母親這個身分並沒有太多的依賴，所以注定無法給邠國長公主一個貼心親密的兒子。
他做不到。他的父母親緣關係，從來就不同於常人。
邠國長公主紅著眼睛，恨恨地咬牙，嘴裡喃喃念著什麼，仔細一聽便知是關於傅念君的惡毒詛咒。幸好還有劉保良在她身旁軟言安慰，穩住她的情緒。
齊昭若只是轉身將那件自己原本藏好，今日這麼快被翻出來的外衫握在手裡，靜靜地看著邠國長公主，既像是警告，又像是勸慰。
「和傅二娘子沒有關係，我的婚事，多勞您費心了，這東西放著平白惹了人閒言，此時毀去就是。」
齊昭若說罷二話不說，生生用手將那外衫扯成了幾片破布，扔在一片狼藉的地上。

17 所謂宗室

誰都無法再用這幾塊破布做筏子了。他手上的功夫從來就不是開玩笑的。

邠國長公主和劉保良看他的視線，都在驚異中帶了幾分複雜。

齊昭若拱手。「兒子還有差事，就不陪您了。」

說罷大步跨出去，毫不留戀。

劉保良知道這樣不行，立刻低頭與邠國長公主說了幾句話勸住她，將她交託給幾個侍女，便自己起身向齊昭若追了出去。

「郎君、郎君，且住，且住！」

齊昭若停下腳步，回頭轉身，目視眼前這個一身文士氣息、半點都不像太監的駙馬府內務總管。

劉保良向齊昭若綻開一個和煦的笑容，人到中年，溫雅之氣卻不減。「郎君，有幾句話，卑職想同您說一說。」

其實時辰尚早，齊昭若今日是要同肅王一道去周雲詹那裡。齊昭若他點點頭。

劉保留知道他現在的性子沉默寡言多了，微微嘆了口氣。「長公主的脾氣，您也是知道的，這麼多年了，她看似隨心所欲，其實身上背負的東西也很多，這頭一樁，就是為了您。」

齊昭若倒是不置可否。他也是在權力鬥爭中掙扎過的人，邠國長公主助肅王，到底是為了滿足自身對權力的欲望，還是為了他的前程，這還真不好說。

「公主過得辛苦。」劉保良的眼神意有所指。

齊駙馬受不了她常年的性格，其實也在外頭偷嘗紅粉，從年輕時夫妻二人就相敬如「冰」了，在邠國長公主心裡，確實只有兒子才是最重要的。

在這種情況下，她性情暴躁，常常大喜大悲，情緒崩潰，太醫早說了無法根治，只能時時紓解心懷，慢慢調養。而像今日這樣的情況，是生生被齊昭若氣出來的。

劉保良言外之意，齊昭若聽得很清楚。

「公主並非執著於憎惡傅二娘子，只是郎君知道，她總要有個寄託。您自失憶後便不再與她親近，但是母子天性，總不能一直這樣下去，今日傅二娘子還未過門，就鬧得這般不可開交，往後呢？若您真遂了意，娶她過門，您可有為她們婆媳想想？」

劉保良嘆了口氣，他其實也曾試圖勸說邠國長公主低頭去傅家求親便是，但是卻引來她很大的反彈。

她抵抗的，不是傅念君，不過是她自己的心魔而已。

這件事劉保良知道，齊昭若也知道，可是終究是骨肉之恩，難道為了個女人還要大逆不道麼？

齊昭若覺得心中一陣煩悶。傅念君本來就恨自己，他和她也根本談不上結親，其實一切都是他……自作多情而已吧。

還無端惹來了邠國長公主這麼大的反應，真是太諷刺了。

「劉總管，我明白。」他冷冷地說著：「很感謝你的勸告，但對於和孫家聯姻這件事，我依舊無法接受。」

無關孫秀的女兒好看還是難看，無法接受就是無法接受。

他從小就常常在想，世上的夫妻難道都是像他父母那樣，冷冰冰的似陌生人嗎？

這樣的話，何必要成親生子？平添孩子的苦惱。自然，那時他還小，不知道世上大多數的夫妻和家庭，和他們家是不一樣的。只是這印象一直存留在他腦海中，至今無法抹去。

劉保良意味深長地看了齊昭若一眼，繼續說：「郎君自墜馬醒來後，性子就同以往大不相同。這些話放在過去，是卑職僭越，如今您對自己的親生母親都如此涼薄寡淡，也太過反常，這樣的話，恐怕是要尋個高人來替您看看的……」

齊昭若笑露出白牙，陰森森的目光盯著他，什麼時候一個內侍也能來威脅自己了？

「劉總管，我勸你不要再自作聰明了，這對我們都沒好處。」他轉身就走，不給劉保良留一點面子。

劉保良看著他大步離去的背影，默默地嘆了口氣。

隨著時日越久，他越發不肯收斂，彷彿就是不同的兩人啊……

等劉保良回到適才邠國長公主用早膳的堂屋，地上已經被收拾乾淨，邠國長公主正狠狠地握著一個侍女的手，眼神放空地盯著門口，等看到劉保良的身影才稍稍鬆了口氣。

她的氣已經順過了，此時臉色有點蒼白，眉眼間依然帶著隨時捲土重來的戾氣。

好在太醫很快就趕到，用銀針過穴，又吩咐用了她平日吃的藥，才算緩過勁來。

休息了片刻，邠國長公主又急著拉劉保良說話。

劉保良在心裡嘆氣，上前親自奉茶，一邊勸慰著她，一邊伺候她用酸甜的梅餅去去嘴裡的苦味。

「公主莫急，郎君不過是一時轉不過念頭來，此時已經醒悟了，大概等歸家就會來向您致歉，他今日是有正事要辦……」

長公主咬牙。「都是那個不消停的小賤人！為何還不訂親，也好絕了若兒的心思！」她隨即又立刻轉了心思。「傅相這是什麼意思？這麼個東西，難道還要待價而沽不成？」

劉保良畢竟是後省出身，對於朝政大事並不敢涉獵太多。

若是前省出身的內臣，文采斐然，與大臣權宦結交的也不在少數，自然能懂得些朝政。他們後省的宦臣，從小學的便只有如何伺候好主子。

即便劉保留比之旁人聰明許多，也不敢隨意揣測當朝宰相的意圖。

只是他為了安撫邠國長公主，只能提出一個方案：「傅二娘子如此名聲，恐怕婚事艱難，畢竟傅相如此高位，又疼惜女兒，或許又想為她挑選一位如意郎君，如此才不尷不尬地拖著。公主若有心，派人前去說媒，試探一番，自然能知結果；若能成事，亦可免去您後顧之憂，說不定傅相還會念著您的好。」

「當真可行？」邠國長公主狐疑。

劉保良只能嘆氣。「傅二娘子來往之人，如壽春郡王，皇室豈可能接納如此品行之女？她沒有更好的選擇。」

邠國長公主頷首，握住劉保良的手道：「果然還是你有辦法。」

§§§

齊昭若今日去的，是馮翊郡公周雲詹府上。

肅王的嫡長子周紹雍與他一同前往。

周紹雍長得並不像肅王，生了團團喜氣的一張臉，眉清目秀，總是帶著三分笑模樣，十分討長輩喜歡，也很得幾位年齡相仿的叔叔們的照顧，因此即便在如今皇家關係有些緊張的當口，他和周毓白、周毓琛、齊昭若等人都有不錯的聯繫。

此時他嘴裡正叼著一根柳枝兒，坐在馬背上搖搖晃晃地對齊昭若說：「表叔啊，是不是又被長公主罵了？瞧你這臉色臭的，哎，她老人家怎麼這麼不愛消停呢，我難得上回你家門，逮著我就是一通數落。啊，好痛苦，我做錯什麼了？嚇得我都不敢去了。你看，我爹爹這些天忙不開，今日又去七叔那裡了，只能我來……」

他說起話來就喋喋不休的，和齊昭若的沉默形成鮮明的對比。

「小表叔啊，你說這樣子有意思麼？我覺得這刺客這事還是抓不出癥結來，天天去二堂叔府上也沒用啊。再說我覺得蹊蹺，你說他做什麼要去刺殺七叔，他膽子能這麼肥？哎是不是有人看他不順眼想算計他，小表叔你說話啊你怎麼不理我……」

齊昭若覺得有一千隻蒼蠅在自己耳朵旁邊圍繞，見這小子騎在馬背上搖搖晃晃不消停的身影，更是一陣眼花，忍不住伸出馬鞭去抵他的脊背。

「閉上嘴，好好騎馬，你這騎術誰教的，坐不坐得直？」

周紹雍很委屈，他這騎術不就是和齊昭若半斤八兩麼，怎麼現在就他一個人「不堪入目」了？

齊昭若沒有義務和一個小輩，還是肅王的兒子談論關於周雲詹的事。

周紹雍是皇孫輩中年紀最大的，算起來更是周紹敏的堂兄。

在齊昭若所知的記憶裡，肅王被皇帝厭棄，又染上了通敵大罪後，一家人都貶為庶民。肅王在沒幾年的監禁生活中就去世了，而也算不幸中的大幸，周紹雍最後雖並不算完全平反，卻也不至於淒慘地受唾罵而死，在大宗正司還領了一個小官，平平安安。

簡單來說，如今這個陽光開朗的少年，在齊昭若對他有限的記憶中，就是沒有什麼很重的痕跡，默默無聞地退出了這場你方唱罷我方唱、害盡了所有皇帝親兒子的爭儲大戲。

這也是個不錯的結局了。

「小表叔啊！」周紹雍一張笑臉又湊到齊昭若面前來了。「想什麼呢這麼出神？」隨即又賊兮兮地一笑。「我猜猜我猜猜，是不是想著未來表嫂了？我可都聽說了，長公主給你安排好了親事，就等著和六叔、七叔一起定下來。是誰來著？」

他很誇張地一拍手，做痛心疾首狀。「是孫計相家的小娘子？哎我說，你沒見過吧？哇他家那幾個閨女長得，還真不好說誰比誰更醜，簡直難分高下……表叔，我知道的，你最愛美人，你這回……」

周紹雍的眼神裡帶了幾分同情。

齊昭若現在最恨的就是有人提他這樁親事，陰惻惻一個眼神掃過去，嚇得周紹雍把剩下的話都吞了回去。

齊昭若掃了他一眼。「孫計相有三個女兒，大娘子訂親了，我阿娘給我說了第二個，這第三個還沒主。你年紀也不小了，我看人家與你倒是挺合適的。」

周紹雍渾身僵硬，彷彿連手臂上的汗毛都一瞬間倒立了。

齊昭若滿意地策馬向前，再不理會他。

周紹雍好久才回神，喃喃道：「別開這種玩笑……」

兩人到了周雲詹府上，其實這裡是秦王周輔的故宅，周輔生前並未將兩個兒子分家，他身體不好，一生只得了兩個兒子，大兒子高密郡王留下一個遺腹子周雲禾後就過世了，小兒子廣陵郡王也只有周雲詹一個獨生子，在三年前也已經過世。

值得一提的是，周雲詹的父親廣陵郡王一生並未娶妃，只納過一個有西域血統的胡姬，他並非嫡子出身。秦王一脈雖然落沒了，但是堂堂一位郡王不能無妻無子，因此周雲詹也被當作嫡子教養，當然也因為現在的皇室，尤其是徐太后領頭，並不重視宗室，只要保證不讓他們絕嗣就可以了。

周雲詹、周雲禾幾個就算站在徐太后面前，估計她也認不出來。

對於宗室，其實他們都只有一個要求，不鬧事，自然有銀米供養到老，至於想入仕得到朝堂權力，幾乎是比小宗入大宗、繼承到皇位還難。

因此對於周雲詹要謀害周毓白一事，多數人的反應還是不信。

肅王手裡，也只有有限的蛛絲馬跡。

周雲詹對他們三天兩頭的拜訪也已經習以為常了，尤其是齊昭若。

周紹雍坐不住，拉著周雲禾去玩蹴鞠了。天氣好，齊昭若也和周雲詹並肩立在場邊看他們和一幫小廝護衛嬉笑打鬧著玩耍。

周雲詹負手而立，目視前方，淡淡地說著：「你們大可不必日日來我這裡，我不過是個身分低微的宗室，實在沒有必要去害壽春郡王。」

「哦？」齊昭若道：「那麼你的意思，是七哥陷害你？」

周雲詹微微轉回頭，看著齊昭若。「何必這樣？我以為我與你之間還有點交情。」

指的自然是他們從前。

齊昭若冷笑。「我也以為憑藉你的聰明，其實早就知道我別有圖謀。」

周雲詹默然，深邃眼眶中的眸子閃過一絲凜冽的光芒。

「畢竟沒有哪個閒散宗室名下，可以隱藏這麼多的私產。」

齊昭若勾了勾唇，這一點也是最近讓肅王死咬不放的證據之一。

周雲詹只說：「這點我很早就解釋過了，也並未有明確律法規定我不能擁有私產，何況真的追查到底，那些東西也確實並非在我名下，帳本人手也都清清白白，你們還想查什麼？」
齊昭若眯了眯眼，因為就這一點證據，足夠證明他心中的疑惑了。
總之周雲詹就是幕後之人這點，從當初的五、六成可疑，在他心中已上升到了七、八成。
齊昭若殺氣驟起，抬手就扭住了周雲詹的領子，陰著臉道：「不用和我嚼這些沒用的廢話，你自己做過什麼心裡明白。」
哪怕現在的他還沒有資格做什麼，但是齊昭若篤信，若有機會放蛟龍入水，這人一定會重新掀起一場不可控制的腥風血雨。
周雲詹只是微微偏過頭，漠然道：「那你不如此時殺了我，以此杜絕你心裡的……恐懼。」
他勾唇而笑。「齊昭若，你怕我，為什麼？」
齊昭若將手裡的勁加大了些，手指不自覺掐上了他的脖子，臉色也更不好看。
「你盡可以繼續裝傻。」
恐懼……其實周雲詹說對了。
就如傅念君對他一樣，齊昭若對幕後之人也是如此，恐懼死亡的痛苦再次降臨，恐懼曾經未戰勝的對手依然會將自己踩在腳下……
他到了此時，才算能深切明白傅念君心裡對他的觀感。周雲詹一眼就看穿了他。
「不是你還有誰？周雲詹，你手下的勢力沒有這麼快瓦解乾淨吧？這麼多條人命，費心去查，總會有結果的。」齊昭若冷笑。「你自然不會是一個人，你一定……還有同謀。」
端看他做的事情，就絕對不可能靠他一己之力籌謀布局。
可沒有證據，就什麼都不是。
但是就算周雲詹本事再大，也不可能將所有痕跡全部抹去，只要財力、物力投下去，總能找到的。

只是問題也在這裡，調查刺客這件事，有衙門，有肅王，皇帝並不可能特別撥銀錢，而肅王更加不可能自掏腰包，憑藉他有限的手下和府衙的辦事能力，能查到周雲詹的底細就叫怪了。

齊昭若也恨自己本事不夠，現在邠國長公主對他束縛得厲害，他很少能有一展拳腳的時候。若是之前，他還能去找周毓白。可是經過那件事，他不知道該怎麼去見他。

事情怎麼會發展到這一步呢？有一天他會和自己的父親……

齊昭若皺了皺眉，想到了別的事情，可手頭的力氣還是沒鬆開半分。周雲詹並未做掙扎，仰著頭，讓他扼著脖子，氣息卻越來越短促。

「表叔！」「表哥！」

隨著兩聲少年的喊叫，齊昭若意識到有什麼東西飛快向自己過來。是一顆藤編的鞠球。

「再不放開他就要被你扼死了！」

周紹雍手放在嘴邊，正大聲朝齊昭若喊著，邊飛快跑過來。

齊昭若連忙放開手裡的衣襟，周雲詹腳下不穩，跌坐在了地上喘著粗氣。

四周的護衛小廝也都在往他們這裡跑。

周雲詹一邊咳嗽，一邊用極為沙啞的嗓音對齊昭若輕嘲道：「你依舊還是不敢啊……」

他敢這樣挑釁自己！

齊昭若又一步跨到他跟前，居高臨下地睨著他。

「讓你好好活著才更有意思，讓你接下來看著自己的計畫一點點被公諸於眾，讓你的幫手，一個都不漏。」

周雲詹輕輕嗤笑了一聲：「好，我等著那一天。」

這混帳，他怎麼敢有這樣的自信？齊昭若再將他的脖子掐住。

周紹雍已經撲到了齊昭若身邊，用力攀著他的手臂，神色急切，滿頭的汗。

「小表叔！」

他真怕齊昭若瘋了，他差點就掐死了人家！

而周雲詹的弟弟周雲禾也立刻衝到了他的身邊，幫他順氣。如今衣衫都薄，周雲詹脖子上一道明顯的痕跡看得人觸目驚心。

周雲禾望向齊昭若的眼神陡然帶了幾分恐懼。

周雲詹與周雲禾兩兄弟從小如親兄弟般長大，感情很深，周雲詹此時正死死扣著周雲禾的手，彷彿在警告他不要衝動。

「我沒事……」他的聲音依然沙啞。

周雲禾的一隻手在袖子下緊緊攥成了拳頭，只得低下頭去一言不發。

這場面怎麼看，都像齊昭若仗著性子欺負人。

他從前就算是再怎麼過分，也不至於欺辱到自家人頭上來。

畢竟皇帝和邠國長公主也要面子，太宗皇帝的親弟弟，如今的子孫卻落到這樣的下場，御史台的大人們第一個坐不住啊。

周紹雍也不肯鬆手，急得拉著齊昭若。「小表叔，我們今天先回去吧，我請你喝酒，別、別鬧了……」

齊昭若壓抑住了心頭的火氣，看著周雲詹那雙定若深潭的眼眸，終於明白他是在故意激怒自己。

想博可憐嗎？他嗤笑一聲，冷冷地推開周紹雍，轉身就走。

周紹雍望著他離去的背影，也是抓耳撓腮的，迴身見到周雲詹與周雲禾兄弟倆依然保持著剛才的姿勢，緊密地靠在一起，他最終抿了抿唇，說道：「我去看看他。」

言罷就追上了齊昭若的背影。

周雲禾見他們兩個離去，才終於不甘地望向周雲詹。「哥哥，我們為何要受如此的……屈辱。」

他紅了眼眶，顯得十分可憐。

周雲詹撫著自己的脖子輕輕咳了兩聲。「因為他們才是這個國家的主人。」

而他們這些宗室，不過是望著人臉色生活的親屬。不過是皇子皇孫的親屬罷了。

「這、這樣的話，我們還不如去西京呢！」周雲禾忿忿道。

宗室人多之時，難以管理，便會有部分遷出，最近的就是往西京。

雖然也不能隨心所欲，總比在這裡放鬆。

隨著越多的宗室，越來越大的開支就會成為三司財政的巨大負擔。宗室享受衣食無憂，卻喪失了自由，他們甚至不得隨便與普通市民交往，也不得離開集中居住區，若無召令，離開開封更是犯法。

周雲禾心中其實也知道，他們是沒有資格離開開封的。可這日子過成這樣算什麼呢？他心中充滿了不忿。

明明本來齊昭若、周紹雍這些人也該過他們的生活啊！他們有什麼資格這樣高高在上呢？如果是太祖皇帝自己的子孫繼位的話……

周雲詹打斷他道：「別說胡話了，我們都遷出，旁人會怎麼看官家。」

苛待叔叔的子孫，怕是太宗皇帝的事又要被拿出來，讓市民悄悄嚼一番舌頭。

他們存在的意義，只是為了皇帝的面子。這實際上不過是一種變相監禁。

太宗皇帝兄終弟及繼承了皇位，在他登基之初，秦王周輔就曾在朝堂上指著他的鼻子說過一些難聽的話。

周輔從小就與太祖皇帝更親，對於他的這種放肆，太宗皇帝當時選擇寬容大度地原諒，可是終究有沒有原諒，通過幾代子孫的際遇才能最終看出來。

周雲禾想到這些，也不敢再說什麼了，紅著眼扶起周雲詹送他回房。

而追著齊昭若離開的周紹雍，也確實履行承諾，將齊昭若拉去喝酒，一邊喝酒還不忘一邊繼續嘮叨：「小表叔，你今天確實有點過分了，他也沒做什麼，你把他弄死了可怎麼辦？」

周紹雍一臉恨鐵不成鋼的表情盯著齊昭若，親手替他斟酒。

齊昭若悶聲喝著酒，一聲不吭。

「再怎麼樣，這事也不歸你管啊，你看七叔都沒去盯著他，你去湊這個熱鬧……這下好了，傳了開去你又要被官家責罵，然後長公主又得鬧。」

陡惹一場麻煩。周紹雍搖頭嘆息，覺得齊昭若很是不開竅的樣子。

齊昭若微微蹙著眉頭，視線望向了窗外。街上駛過一輛黑漆馬車，四周有護衛數人，一看就是有武藝在身。

「咦？那是七叔……的車？」

周紹雍也把頭探了過去，隨即又飛快地把頭縮回來，如驚弓之鳥一般。

「壞了壞了，今天我爹爹和他有事商議，怎麼商量到街上來了？不能看見我吧，哎呀我得躲躲……」

齊昭若卻沒有理會他，自顧自站起身來，思索著快步離去。周紹雍一看就知道他是要去聽壁角，忙「哎哎」叫了兩聲自己也跟了上去。

周毓白和肅王約在這個茶坊，其實是肅王的主意。

肅王這幾天很是焦頭爛額，也無任何途徑可以抒發心緒，約在這個連帶著熱湯的茶坊，還想邀著周毓白一同泡熱湯。

周毓白從來沒有這樣的興致，他就連在自家沐浴都十分挑剔，肅王如此只能長吁短嘆地和這位生疏已久的弟弟純喝茶。

「老七，大哥對不住你。從前的事，也一直沒給你個交代，不過你放心，大哥絕對沒有害你的意思。上元節的時候，那事真不是我做的……」

周毓白微笑點頭，不如肅王的侷促，反而很是怡然。「我自然明白，大哥不是那樣的人。」

肅王鬆了一口氣。「你明白就好。」

周毓白在心底發笑，他能忍到今天才把話說開，也算不容易了。

肅王並不是個聰慧又很有擔當的人，急功近利，剛愎自用，但是有一點卻確實像今上的兒子，就是無法做到心狠手辣。

周雲詹這件事是個不大不小的絆子。周毓白並未指望肅王能出上多少力，因為肅王沒有意識到幕後之人的存在，也根本不會想到他自己差點被對方算計得毫無反擊之地。

無知者無畏，這一點周毓白也算佩服他。

他如今時時盯著周雲詹，不過是因為這是皇帝交代的任務，他完成這樁差事才能得到父親的表揚，只是出於這個目的而已。

但現在這當口，周雲詹似是而非地有一點嫌疑，可又沒有確實的證據。謀害皇子的罪名不小，隨便找人頂包一旦糊弄不過去，倒楣的就是肅王自己。

官家肯定會質問他，到底是沒盡心辦事，還是別有用心欲蓋彌彰，其實他才是謀害嫡親弟弟的凶手？

這麼一個看似簡單的局，就這麼把他困住了。要想破解也很容易，周毓白自己出面不就好了。他若是能突然「想起」什麼關鍵的線索，自己向皇帝去提供一、兩句證詞，肅王這裡就會簡單許多。

「老七，你看，這件事本來也是你自己身邊的事，大哥這些天為你奔波，找到了一些線索，但是實在不好那拿這些去給周雲詹定罪啊。」肅王的神情很為難。

周毓白點頭，就像小時候一樣，露出十分仰仗長兄的表情。「多謝大哥。」彷彿完全沒有聽明白一樣。

肅王清了清嗓子，只好把話再說明白一點。拉拉雜雜說了一通，周毓白才做出恍然大悟的表情。

「大哥是想讓我去爹爹面前主動澄清一二，當日刺殺我之人似是張宣徽身旁近人？」

張宣徽是指張淑妃的堂伯父張任，如今是宣徽使，也算是張淑妃如今在朝中最有力的後盾，不能說無才，只是才不符名，前年更是加了端明殿學士，氣得好幾位老大人只覺得「學士」頭銜從此玷辱了自家身分，紛紛寫摺子要鬧辭官。

肅王沒想到他會直接這麼說出來，一時臉色也有點不好看。

「依我看，大哥這招不太妙。」周毓白很冷靜地就事論事：「大哥和我說這些，必然是相信我的，但是此舉明刀明槍實在不妥。你這樁差事雖是張淑妃在爹爹面前進言才領的，但是在民間，於你的聲望卻極好。」

愛護弟弟的長兄，總是能掙得人幾分好感。

周毓白舉杯飲茶，神態自若。

「我雖相信大哥不會派人刺殺我，可我上元遇襲之事還未有定論。當時大哥因為和氏璧的事，派了很多人南下，正好那夥水賊也是從江南北上，這種種，爹爹含糊帶過的原因，說到底還是不大相信你罷了，他若完全信你，為什麼不把事情攤開來細查？」

肅王無言以對。

「所以。」周毓白微笑。「爹爹這次把事情攤開了說，說明他相信你了，大哥的孝順赤誠並非一無所獲。這件案子可以無疾而終，卻斷斷不能通過你來打斷。」

肅王不自覺頷首。

「張淑妃這樣明晃晃的一個靶子立著，這件事且不說爹爹會信你信我幾分，其實對張宣徽來說，依然傷不了他根本，爹爹卻反而會覺得我倆沆瀣一氣，擺明給張淑妃難看。到最後，是六哥得益，還是我們得益？」

肅王剛才因他的拒絕而變難看的臉色，此時倒有些和緩了。周毓白把條理都理清楚說給他聽，肅王才驚覺，他還真是差點走了一步蠢棋。

周毓白也在心裡感慨。

怎麼肅王三十幾歲的人，還這麼天真呢？

他這個主意明顯就是他自己的小算盤，像過家家的孩子一樣，被張淑妃絆了一跤，就也要去推她一把出口氣才肯甘休。他這心思，肯定也沒和府上幕僚商議過，就這麼到他面前來說了。

真是不設防。

「倒是……真的如此。老七，你說得有理。」

肅王點點頭，看著周毓白，眼神有點複雜。好像覺得這個弟弟不應該這麼善意提醒自己。

周毓白其實並不想管肅王，對方想自己蠢死也無妨，只是他這話不說，肅王回去和幕僚一合計也會被全盤否定，不如自己現在先點醒他，免得他回去後還覺得自己別有用心。

肅王存了幾分試探的口氣問：「那你還有更好的招數？」

周毓白失笑，他是真把自己當作手下來使喚了。

他說道：「總之這個法子不好，大哥不可太急於求成。」

他也對肅王這種在「知心大哥」與「不恥下問」之間切換自如的態度十分無奈。

肅王蹙眉。

「周雲詹這件事說難辦難辦，說好辦也好辦，固然沒有實質的證據可以指認他遣人刺殺我，但是他名下私產過豐也是不爭的事實。」

「是啊，他若沒有賊心，賺那麼多錢做什麼？」肅王瞪著眼睛，腦筋是一條直線。

周毓白點頭。「這不能定他的罪，但是您可以去找祖母……」

肅王還是覺得不妥。「她老人家身分擺著，可是壓迫宗室的罪名，就是爹爹也擔待不起啊！」

周毓白接道：「大哥想岔了，我們是天家，是皇子皇孫固然不假，可是在此之前，我們首先是一家人。祖母就像是家族的老祖宗，同民間百姓一樣，大哥說是不是這個道理？」

「是……可……」

周毓白覺得自己和他說話真是太累了，只能忍著心底的不耐，循循善誘：「律法上有『別籍異財』之說，小輩不能自行立門戶，這是不孝的大罪。但周雲詹又不太一樣，他的父母均已過世，他可以置辦自己的財貨，但是我們是天家，天家就沒有分家之說，既然沒有分家之說，難道他能說祖母不是他的長輩？」

不要說出五服了，在尋常家族血緣上，周雲霰、周雲詹和周雲禾這幾個，其實都屬徐太后的孫子。

天家，與平民，既相同，又不同。

肅王眼睛一亮。「如此就師出有名了。」

周毓白微笑。「法理不外乎人情，總會有漏洞的。」

總有一些地方，是對方察覺不到的。

「他雖然判不上一個『別籍異財』的罪，可是從情理上來說，確實是冒犯了長輩，冒犯了祖母。這話就是放到御史台去，各個台諫官也不能梗著脖子同爹爹吵。」

是啊，矛盾就矛盾在這裡，這是一個律法與天家之間的矛盾。周雲詹雖不能判罪，可確實有錯。

周毓白很少和人這麼費口舌地把這麼簡單的道理一講再講，他口乾舌燥，仰頭飲了一杯茶，繼續道：「如此一來，大哥就可以名正言順地處理周雲詹這件事。他犯錯，就該認罰，當然這罰又不能太重。」

「那要怎麼罰？」肅王已經完全投入到周毓白這一番言論裡了。

府裡的幕僚和他談論計策時他還要爭上一爭，強頭強腦不肯聽從，這會兒卻是半點異議都沒有。

「大哥，你可知道清源郡公周雲霰如今可好？皇城司的人還是常常出入往來他府上？」

肅王不以為然。「不就那個樣子，只要他安分守己，在家守著妻兒，待過幾年爹爹會封個郡王給他，領個虛職也算是很不錯了。」

周毓白點點頭。「不如讓周雲詹去陪他？」

肅王仔細一想，立刻大喜。「好主意好主意，老七！還是你有辦法，太妙了……」

周雲霰是重點監察對象，周雲詹比他的境況好很多，但沒有實際證據他們不能拿他怎麼樣，讓他去同周雲霞作伴的意思，就是將他也納入皇城司的監視之中。

肅王可以甩開這件惱人的差事，又能辦得漂漂亮亮，讓人無話可說，以後周雲詹在皇城司的眼皮子底下，就是想作怪也難了。

而且皇城司如今大部分權力，都被張氏那個女人竊取了，出了事只能是她的責任。她來害自己，他就把鍋再重新甩回去！一舉數得啊！

「老七，你怎麼想到的？實在是聰明！」肅王仰頭哈哈地笑了兩聲。

可是他的笑聲很快又收住，再盯著周毓白的目光就多了幾分審視，甚至隱隱泛著冷光。

「你幫我，是為了什麼？」

就知道會有這齣。周毓白無奈地嘆了口氣。「我不是幫大哥，也是幫我自己，這件事不解決，難道還能一直拖著？為了我的事勞師動眾，我也擔不起這個名聲。」

肅王卻不信，就算周毓白如今在兄弟中爭儲勢力並不如他和周毓琛這麼強，可他嫡子身分畢竟像塊大石頭一樣壓在他心上。

而且他一向與周毓琛的關係比與自己好，這事會不會有什麼內情？

周毓白看他如此神情，哪裡能猜不到，只說：「大哥，你可以回去同幕僚商議，這件事上，我只是不想再鬧下去了。我們畢竟是兄弟。」

今上仁厚，兒子們多少也都隨了他的脾氣，甚至兩個得勢的妃子也同樣不敢引他們做出骨肉相殘的事來。起碼現在是這樣。

肅王道：「老六若也有這樣的想法，張氏就不會這樣咄咄逼人了。」

周毓白微微偏轉過頭，神情好似悵惘地望著窗外。

「大哥不用急，你想動張宣徽，其實也是想打軍隊的主意吧？他一向鎮天平軍，也算是股不小的勢力，張淑妃手上握著幾個武將，這次她逼迫於你，大哥可是害怕了？」

肅王默然。

這小子確實不可小覷，把他的心思全都說中了。

周毓白也無意再藏拙，他不想看肅王和張淑妃盡辦蠢事，兩敗俱傷，平白給幕後之人添了機會。能提點的，他就一定要出手。

18 娘子罵街

周毓白直視肅王的眼睛，言語中的認真讓人無法忽視。

「大哥，或許你聽不進去，但是這話我還是要說。與其用刀用槍地去搶，讓爹爹不喜、讓朝臣厭棄，不如選個平和些的方式，你想沾手軍權，其實眼下也有機會。」

肅王擰眉。「你是指傅相？」

傅琨入主樞密院之前，是唯一的機會了。

皇帝對傅琨的態度很多人都清楚，肅王不可能不知道。

肅王說道：「傅相油鹽不進，姑母又與他生了嫌隙，徐家要拉攏他實在是難……」

傅琨一直都不怎麼愛搭理外戚徐家，而徐太后、徐德妃也是個硬脾氣，哪裡肯低三下四去討好。從前就不肯，現在知道傅琨要攬權了再去，太讓人指摘了。

周毓白像是無意地說著：「姑母素來就心高，與傅家略有嫌隙而已，但是最牢固的關係，還是數聯姻……聽說張淑妃也在打傅二娘子的主意，大哥可知道？」

肅王的消息也不確切，但是有所耳聞。「果真？你也聽說了？張氏的胃口當真是大，已經有了吳越錢氏的小娘子做媳婦，還想著傅相的女兒？」說著冷笑一聲。「錢家定然不會同意的。」

周毓白聳聳肩。「同意不同意，也不是我們說了算，六哥倒是能坐享齊人之福了。」

肅王倒是聽出來他話中的酸意，微微勾了勾唇，過來人般地拍拍周毓白的肩膀。

「大哥懂，你這年紀，正是慕少艾的好時候，娘娘不替你張羅，老六長得不如你，倒是左一個右一個的，也難怪你心裡有不平之氣。」

周毓白用一種「感謝理解」的眼神望著肅王，點點頭。肅王重新找回了做大哥的氣勢，想到了之前聽說的傳聞。

「你真的中意傅家二娘子？她的名聲可不怎麼好聽啊。」他一直對這傳聞抱著懷疑態度。

周毓白沒有承認也沒有否認，只是眼神黯然，淡淡地嘆了口氣。

肅王哪裡還有什麼不明白的，立刻驚覺。「還是你屬意的也是錢家小娘子？」

周毓白微微偏轉開頭，神情悵惘，彷彿有些印證了他的話。

肅王恍然大悟，什麼傅二娘子，原來不過是老七的障眼法罷了，他是不敢和老六爭錢婧華。

「老七，你放心。」肅王突然豪氣干雲。「你今日幫了大哥這麼大的忙，大哥一定也會幫你的，你的心上人還未訂親，一切都有轉機。」

周毓白卻低頭苦笑。「哪裡還有什麼轉機？我並非圖錢家金銀，不過是欣賞錢小娘子罷了，只是他終究是六哥和張淑妃瞧上的，我又如何奪人所愛？」

肅王不以為然。「哪裡就是奪人所愛了，他們不過是貪慕錢家富貴而已。再說，你雖比六哥兒小一歲，但是你為嫡他為庶，斷斷沒有你為他讓路的道理。你喜歡，就該去爭取，感情這事上，就當爭取！」

肅王彷彿在這方面很有經驗的樣子。周毓白在心底發笑，臉上的神色卻不變化。

「我謝謝大哥的用心，只是這事兒，終究還要看命數和緣分了啊……」十分悵然傷懷的模樣。

肅王心裡也有自己的主意。

這錢家和周毓琛聯姻對他不利，和周毓白聯姻倒是更好，且不管周毓白說的話有幾分真假，他是真的喜歡錢婧華這個人，還是喜歡錢家，總歸今日這敘話，他們兄弟二人合計了周雲詹之事，肅王往後不能獨善其身，周毓白也同樣不能。

周毓白替自己解決了這麼一個麻煩，恐怕就是為了換取這個機會。

人就是這樣，旁人來幫你，無所求你反而心中存疑，有所求你才會安心。肅王如今接受起周毓白的建議來就更為心安理得了。

「你擔心這麼多做什麼？大哥知道你要辦這件事不便利，你和老六一向感情也不錯，但是張氏既想著錢家又想著傅家，哪裡有這麼好的事。朝秦暮楚，得隴望蜀，得給他們點教訓。你放心，這事兒大哥先給你去探探底。」

他也不敢太誇下海口，心裡卻打定主意，肯定要攪黃了周毓琛和錢婧華的訂親才行，既能賣個人情給周毓白，對方恨起來，又不會恨到他頭上。

這主意越想越好，試問鷸蚌相爭，漁翁得利的事，誰不願意做？

肅王喜孜孜地又勸了周毓白幾句，很有一副看透世間癡男怨女的通透豁達心境，最後才滿意地先一步離開茶坊。

周毓白單手撐著下巴，似笑非笑地看著肅王離去的身影。

單昀不知何時閃身入內，垂手伺立在旁。

周毓白悠悠嘆了口氣，感嘆起來，也不知是不是在對單昀說：「如今為了娶妻，倒真是要費好一番工夫。」

無奈某些人還渾然不覺。

單昀沒有答話，只是突然走向西牆，將手抵在牆面上。

他神色凜然，周毓白見狀問道：「怎麼？」

單昀回答：「似乎有人。」

周毓白挑眉。不久單昀走了回來，臉上緊張的情緒鬆了些。「或許是卑職想多了。」

上次周毓白遇刺受傷，單昀不在他身邊，這次單昀回來後就常常怕這樣的事再次發生，因此格外小心。

周毓白倒不擔心會是刺客。這種時候派刺客出來，並不是很好的主意。

當然理由不是因為周雲詹現在身受監禁，無法布局，而是現在的局勢已經有了很大的變化。

他心中先前有七、八成猜測周雲詹是幕後之人，但從最近這段時間的觀察來看，周雲詹的表現太過不作為。示弱固然是個比較能讓人掉以輕心的法子，但他總覺得和幕後之人交手的幾次，對方都不像這般性子的人。

所以究竟周雲詹是什麼底細，依舊要查下去。給肅王提出那個主意，也是他仔細考慮後的結果。

周雲詹和幕後之人，終歸是大有聯繫。

周毓白朝單昀點點頭，示意他無須過去探查。單昀鬆了一口氣，等兩人先後踏出雅間時，單昀到底還是多心往旁邊望了一眼，似乎也並沒有發現異常。

§§§

齊昭若此時在門內緊緊捂著嗚嗚叫著的周紹雍的嘴，等確定門外沒聲音了才把人放開。

周紹雍靠在牆上喘氣。「小表叔，你、你還想殺了我啊……」

殺周雲詹不夠，拉他當墊背？

齊昭若一個眼神橫過去，都怨這小子不幹好事。

剛才他們兩個貼在牆上聽壁角，齊昭若耳力好，隱約能聽到幾句話，什麼錢家、傅家之類的周紹雍的耳力肯定是不行的，聽得意興闌珊還要強扒著去聽，最後頭碰牆出了一聲輕響。

隔壁單昀的耳力自然遠勝普通人，立刻就察覺到了。

周紹雍撇撇嘴。「隔壁不就是我爹和七叔，咱們犯得著嗎？」

齊昭若不和他解釋，兀自提步離開了。

只是今日老天似乎不太眷顧他，甫一出門，就看見前街有人潮圍觀，一時間郎君們策馬就有些艱難，周紹雍派身邊一個小廝過去打聽了一下。

小廝回來稟告：「是前頭水粉舖子裡幾個小娘子吵架，吵得凶了攔住了去路，說不定還要動手。」

周紹雍拍了拍胯下的馬，好笑道：「哪家的小娘子這般厲害？這如今京城紈絝們敢在外頭動手都得回家挨一頓鞭子。」

例如他和從前的齊昭若。

小廝不好意思地搔搔頭。「好像是傅相家的小娘子，和孫計相家的小娘子……」

周紹雍驚訝地張了張嘴。「傅二娘子？」

不能怪他先入為主，傅念君就像是做得出來這種事的人。

小廝猶豫地點了點頭。周紹雍立刻幸災樂禍地下馬，齊昭若制止都來不及。

周紹雍甩了馬鞭，嘴裡還說著：「就是與七叔有些內情的那個吧？我去瞧瞧。」說完，他便一溜煙兒就往人群裡鑽。

小廝看得很尷尬，只好問坐在馬上的齊昭若：「齊郎君也一起去看看？」

齊昭若下馬，沉著臉，只一個眼神就害得那小廝差點咬斷舌頭。

傅念君在前面……可是他卻舉步維艱。

§§§

其實這件事發生得突然，傅念君也不知為何會變成這樣的境況。

近來她不用像之前一樣提心吊膽不敢出門，傅琨與傅淵也總算不再禁她的足，當然有部分原因是那天邀請錢婧華上門後，她和盧拂柔兩人就真的與她來往密切起來。

今日錢婧華還約她出來。

傅琨對這樣的事自然是鼎力支持，傅念君也看得出來，錢婧華是個骨子裡相當不肯墨守成規的人，與盧拂柔雖親密，卻總覺得束手束腳，倒是和傅念君相處時，說話做事無須思索。

這樣突然被引為知己的體驗，傅念君多少也有點不明所以和受寵若驚。

今天出門來，沒有料想會遇到孫計相家的小娘子們。

狹路相逢，莫非遇到過第一次，第二次就會相繼而來？

沒想到她和孫家娘子的緣分會在這裡。

孫大娘子近來心情很不好，因為她和今科狀元秦正坤的親事也定了下來，今天好不容易出門散散心，就又碰到了傅念君。

那日還只是半張臉，今日在這家小娘子們光顧的水粉舖子裡，自然大家都不會掩面。

彼時錢婧華正拿著最新的胭脂叫傅念君試試。

傅念君原本就生得嬌豔，再塗脂抹粉，更是比錢婧華都多兩分嫵媚殊麗之色。

「我從小就喜歡妹妹，只是我爹爹阿娘卻沒有滿足我這個願望。瞧瞧，多好看，東京雖為京都，這妝容卻也不比我們江南的好看……」

說著還要動手動腳去拆傅念君的髮髻，要給她梳個江南時興的式樣。

「妳可以了啊。」傅念君拉下她的手，錢婧華還比她矮一些，卻真的把她當作妹妹了，還是那種隨便她擺弄都不會生氣的妹妹。

孫大娘子見了傅念君和錢婧華這嬌豔如花、各有千秋的二人，立時心底湧上了自卑自厭，以及一些說不明白的惱恨情緒。

她對著店裡的夥計便道：「取那同她們一樣的胭脂來。」

那夥計瞧了一眼，只道：「那是天宮巧，緊俏得很，不知娘子是何家貴人？」

其實倒也不是店夥計狗眼看人低，只是孫家娘子們鮮少露面，認得的人不多，不似錢婧華，回回都是一擲千金的氣派，而這玩意兒也不是隨便能拿來試的，未曾訂下，夥計不敢貿然拿出來示客。

當然還有一點，這世上之人，無人不愛美，孫大娘子這般尊容，多少有些減分。

孫秀是三司使，家中錢財豐足，如今竟被人如此質疑，孫大娘子當即心中的情緒爆發出來，兩個妹妹怎麼都攔不住，還揚言要砸了這家舖子。

這樣囂張的小娘子可是很久沒見了，大家也都想瞧瞧這是何方神聖。

錢婧華知道事情是因手裡這盒天宮巧胭脂引起的，便也大方道：「人家要試，給她先試試我這盒吧。」

錢婧華的婢女將東西捧過去，卻誰知更加觸了孫大娘子的逆鱗。

她身邊的妹妹孫二娘子十分無奈，傅念君和錢婧華兩人，就是滿東京去找，大概也很難找不出比她們倆更漂亮的未嫁小娘子了，她大姊在這撒氣算什麼呢？她這是又發病了。

孫大娘子抬手就砸了那胭脂，氣得咬牙，還大聲地嚷了出來，說不要旁人碰過的東西。

錢婧華立時便生氣了，也不管這人是什麼來路就要衝過去。

今天盧拂柔不在，就更沒人勸得住她。

傅念君頭疼地拉住她，越接觸她就越發現，錢婧華根本就是個披著閨秀皮子的野丫頭，而且一副心腸熱得過分。

這從她當時二話不說就能跳水池，去救素不相識的傅允華一事中，就能看出來，何況此時事主還是被她認定為朋友的傅念君。

「她針對的是我，妳犯不著衝動。」傅念君一把拉下張牙舞爪的錢婧華。「隨她去吧，多一事不如少一事，妳犯不著自降身分。」

其實她也沒什麼同情心，但是孫大娘子這副樣子讓她很眼熟。

她見過這樣的情況。邠國長公主就是這副脾性。

傅念君也說不好這種突如其來的情緒爆發是不是一種病，姑且就算吧。

那麼對於犯病的人，她還去計較什麼呢？

這孫大娘子和邠國長公主也是一樣，只能朝著旁人發脾氣，平時的日子裡大概是把自己壓抑得狠了。

她不希望錢婧華自降身分，和這個半瘋不瘋的女人去吵。

錢婧華卻完全不能理解她的意思，她似乎終於明白了一些事，更加忿忿。

「妳在東京就是這樣忍一日過一日？怪道妳名聲最差，既然已經這樣了，還怕什麼？」

她這兩句話，讓傅念君頓時有些無言以對。錢婧華的意思，既然都已被人罵得很難聽了，再無理取鬧一次也無傷大雅啊。

傅念君鬆手，不再阻撓她，微微勾唇笑。「也是，東京很久沒有傅二娘子的新流言了。」

錢婧華也朝她狡黠一笑。「再給他們添一筆錢小娘子的談資。」
兩人如此氣勢，孫家三位小娘子當然沒想到。
孫二娘子讓妹妹拉著大姊，自己上去道歉，可傅念君和錢婧華卻不肯聽了，一定要讓孫大娘子道歉。
「這位妹妹，」錢婧華對孫二娘子很和氣，她的態度取決對方的態度。「妳姊姊無禮在先，現在又當街辱罵我的朋友，妳固然是個好妹妹，可是妳姊姊的事也不該由妳插手，請讓開一步。」
孫二娘子忍不住牙關打顫。
孫大娘子的嘴根本不可能被小妹捂住，也確實嚷嚷到大夥都聽見了。
「……我說得沒有錯，傅二娘子本就不檢點，她上次私會男人……我還要向這樣的人道歉？」
竟然連這樣的事都敢隨便往外說！這下孫秀的臉是整個被丟了個乾淨。
錢婧華看著孫大娘子冷笑，對滿臉尷尬的孫二娘子說：「妳們當真一母同胞？她可比妳差遠了。」
傅念君倚靠在一旁的櫃檯上，抬手扯了扯自己的臉，對孫大娘子說著：「妳是討厭我，還是討厭我這張臉？妳想要的不是胭脂，是我這臉吧？」
她神情中的高高在上簡直能讓人氣炸了肺。
錢婧華在她耳邊低笑。「真是因為醜人多作怪？」
傅念君攤攤手，上次她就覺得孫大娘子看自己的目光有些怪異，今天再見，也能看出她比兩個妹妹在打扮上精心多了，可見她是極其在乎容貌的。
那麼旁人的漂亮，本就是她眼中的罪了，何況是和她從小就有過節的傅念君。
不過傅念君絲毫不在意踩人家的痛處，也很喜歡往人家傷口上撒鹽，幾句話就把孫大娘子氣得臉色慘白。

於是孫家的侍女們也受主子指使，動不過口就動手，兩批人推推搡搡的，像幾百隻鴨子快吵翻了天。

胭脂舖的掌櫃哪裡敢拉，在旁邊急得直冒汗。

圍觀的人多，可絲毫沒有人打算出手，周紹雍擠在人堆裡上竄下跳的，什麼都看不清。

「怎麼樣怎麼樣？打起來沒？誰贏了？」他眼睛閃閃發光地拉著路人問。

聽說這女人吵架打架最有意思，抓頭髮帶尖叫，鞋子首飾亂飛，攻擊武器的指甲，相當精彩啊。

路人多半覺得他有病，沒人理會他。

好在場面很快就控制住了。錢婧華的哥哥錢豫正好在附近，聽到自家小廝來報，說自家娘子被傅二娘子帶著在街頭和人打了起來，他當即還以為自己是在做夢。

他妹妹幾時變成這麼個潑婦的？

傅二娘子，果然是東京城裡的傳奇人物，這才上傅家門幾趟啊……

他一出現，自然沒有人敢再動手，他二話不說讓人先將錢婧華架上馬車，又吩咐一隊人送已經狼狽不堪的孫家姊妹回去，並且已經早一步通知了孫家。

至於傅二娘子……他掃視了一圈，發現沒有傅二娘子。

她跑去哪了？錢豫無話可說，得了，這位還是個打完架就跑的主。

滿場凌亂總算是清理出來了，道路重新恢復通行，看熱鬧的人光見著錢豫的衣著打扮，就能隱約猜到今日打架的幾位小娘子的身分，定然是高高在上的貴女。

這可真是東京城裡少有的大事了，足夠街頭巷尾傳幾天。

錢豫一腳蹬在妹妹的車轅上，掀開車簾，盯著裡頭髮髻有些鬆散，卻揚著紅暈、氣色很好的臉，冷道：「回去好好給我交代，這種架打贏了又能怎麼樣？」

依照她們幾人的身分來說，名聲傳出去都不好聽，誰又贏了呢？

錢婧華卻是執拗道：「為了痛快。」

錢豫氣得一把放下了簾子，一時也沒想好用什麼話來罵她。

「念君！哥哥，念君她……」錢婧華還擔心著傅念君。

可是這會兒，錢豫哪還肯理她。

§§§

傅念君倒真是被迫離開「戰場」的。

此時她正被某個登徒子摟了斜靠在馬車上，這馬車停在一條死路裡，倒是挺隱蔽。

「長本事了？會和人打架了？」周毓白的呼吸噴在她耳邊。

多日沒見，他卻從來沒想到會是這個場景。

傅念君掙扎了一下。「先放開我。」

周毓白鬆開了手臂，傅念君整了整衣服坐起來，臉上依然很平靜，伸出了一雙手。

「這能算打架了？我這十根手指頭上的指甲都好好的。」

只有丫頭們推搡了幾把，就被圍觀之人說成是打架了。她的表情很無奈。

周毓白失笑。「那妳還想真打？」

傅念君聳聳肩膀，對方如果有意圖要打，那就打好了，她也是無所謂的。

「到底是怎麼惹了孫家的小娘子們？」

傅念君指指自己的臉，眼睛卻很同情地盯著周毓白。「無妄之災，純粹是因為生得好看。」

神態自若，還自覺臉皮一點都不厚。她相信應該沒人能比周毓白更瞭解這種感受了。

周毓白不理她的調侃，駁回：「男人之間不會因為這種無聊的事打起來，或者說，正常人都不會吧。看來孫計相教女兒，比妳爹爹失敗多了。」

他這樣拍未來泰山的馬屁，也很行雲流水。

傅念君聽他那麼說，反而在心中腹誹，其實照從前的傅饒華和傅梨華如今的情況來看，傅琨和孫秀其實是半斤八兩。

這些一心撲仕途的大人物，不管是為名為利還是為蒼生，大概都沒有什麼空管教後宅的。能把女兒教得出眾的大人們，必然首先身後要有位好夫人，顯然姚氏和孫家夫人都不屬於此中人物。

周毓白見她這一副不敢苟同的樣子，覺得很有意思，忍不住伸手去捏了捏她圓潤的臉頰。

「最近在家過得很不錯？氣色很好。」

白裡透紅，整個人像新鮮的蜜桃般水潤可人。

傅念君拉下他的手，忍不住掏出帕子給他擦了擦手。「是剛才錢小娘子給我上了妝，你別沾一手的粉了。」

她覺得男人大概都分不清氣色好和上了胭脂的區別。

周毓白見她此狀，卻反手扣住她的手，將她扯到自己身邊來，笑道：「不敢髒了娘子的手。」

傅念君怎麼聽都覺得這句話實在輕浮，一把脫開手，偏開頭去，賭氣道：「你把我的丫頭們又弄哪裡去了？我要回家了。」

周毓白說道：「她們都熟門熟路了，都乖乖等著呢。」

傅念君氣道：「也不知是誰的丫頭。」

她身邊的人全部都是他的下屬了。

周毓白笑了一聲。「妳家裡不讓妳隨便出門，是不讓妳隨便來見我，今天這機會，我還要謝謝錢小娘子。」

傅念君點點頭，但是樣子很敷衍。她其實覺得不見他也好，見了反而自己心裡放不下。

不過這種情緒她不會告訴他，免得他得意。

她微微嘆了口氣，問他道：「你有沒有法子幫幫她？」

「她要我幫什麼？」

傅念君蹙眉。「她今日這樣，固然有大部分原因是為了我，可是我總覺得她心裡是不開心，壓抑得狠了，難得有這樣的機會發洩……畢竟吳越錢家的小娘子即將與周毓琛訂親，她不會不顧及名聲的，她反倒……」

周毓白頷首。「她不想嫁我六哥，又沒有法子。」

「是啊，你有辦法幫她吧？」傅念君朝他討好地眨了眨眼。

周毓白見她這副難得有些討好的模樣，失笑道：「在你眼裡，我就這麼無所不能？」

雖然他本來就不會讓他們那樁親事成，可是不能這麼容易讓這習慣了過河拆橋的丫頭遂意。

傅念君嘆氣，在她的記憶裡，錢婧華嫁了周毓琛結局不好，可是那是建立在幕後之人大獲全勝的情況下，今生多了很多變數，她自己、齊昭若、周毓白……

周毓琛應當也不會落個那樣慘的結局。

她早前想的是，既然他們夫妻二人不會慘死，錢婧華嫁了他，或許也算能有和和美美的一生。

但是眼下看來，錢婧華內心其實相當排斥這樁親事，她並非傅念君所以為的那樣，對周毓琛有情。

傅念君一直是個不太愛多管閒事的人，但今日見錢婧華對她確實有幾分真情，她也無法用漠然來回應，因此索性開口問一問周毓白，這件親事是否還有轉圜的餘地。

周毓白故作為難。「還挺難的，讓她嫁不成我六哥，錢家豈肯死心？難不成嫁給我麼……」他的笑意在眼底蔓延。

傅念君白了他一眼，她如果會被他這種話逗到就不是她了。

「好啊，你去娶吧，搶哥哥的妻子，傳出去真是一樁美談呢。」

周毓白若肯出手，早不會到了如今還按兵不動。

「這件事不用妳操心了，我原本就不打算讓他們的親事成。」

「你要做什麼？」傅念君狐疑地看著他。

周毓白展顏對她笑了笑。「不告訴妳。」

傅念君：「……」

這人到底是誰？他什麼時候變成這樣的？

「隨便你。」她說了一句，轉身作勢要下車，卻被他從後面一把拉住了重新抱回懷裡。

傅念君氣道：「能不能別學登徒子，無名無分的孤男寡女……哎！」

他湊在她脖子邊親親咬了一口。

周毓白說：「名分……妳不是不稀罕？」

傅念君氣道：「是不稀罕，你快放開我。」

上回在金明池湖中小渚上，她是昏了頭讓他得逞，此時她可清醒著，再不能讓他迷惑了自己。

周毓白也是真做不來厚顏無恥的登徒子，他人生中也只有少數幾個時候臉皮能那麼厚了。他沒完全放開她，依然抓著她腰間垂下來的絲條，傅念君簡直拿他沒有辦法。

她問他：「你讓郭達給我傳話，讓我在盧家有約時去赴宴，為什麼？盧家有什麼古怪？」

周毓白換了一副很正經的模樣。「盧家的連夫人有點古怪，妳去見見她也好，看看她到底想要什麼把戲。」

「她對我能有什麼企圖？」傅念君不解。

「對妳有企圖的人可多了。」他用手指理著她的絲條，笑道：「妳爹爹如今是站在風口浪尖，妳哥哥是一時能擋住說親的人。倒是妳，小娘子家本就吃虧一點，妳可別被人算計走了。」

傅念君覺得她最該防的，應該是他的算計，旁人若有意冒犯她，也沒有那麼容易。

她點點頭。「我知道了。」

話說夠了，傅念君理了理衣服準備下車，周毓白在她身後語氣嚴肅說了句：「等下。」

傅念君愣了愣，以為他還有什麼事要說，回過頭，卻覺得眼前一黑，伴隨他身上那清新的檀木香氣。他竟俯身而就，趁她不注意在她唇上印了一下，又很快退開，讓她措手不及。

傅念君瞪大了眼睛，有點不敢置信。

周毓白微笑道：「幫妳的好姊妹一點小忙，總得有些回報。」

傅念君咬了咬唇，也不和他辯駁，輕輕哼了一聲轉身下車，車簾子被重重地放下，表達了她的不滿。

周毓白用自己的指尖摸了摸唇，默默感慨，其實做登徒子的感覺還是不錯的。今天這個，算是意外收穫了。

踏出車外的傅念君倒是狠狠地用手背擦了一下唇，努力調整呼吸，跟著不知何時出現的單昀去尋芳竹她們。

§§§

傅念君回府時，傅家上下都已經知道今天發生的事。

錢豫在通風報信這樣的事上可是一點都不馬虎，因此傅家眾僕看向傅念君的目光很複雜。

傅琨把傅念君叫到書房，聽她簡單交代了一遍。

他多少知道孫家大娘子的情況，這件事確實不能怪傅念君，他對女兒說道：「這件事妳放心，妳孫世伯並非不分青紅皂白之人，這件事上必要孫家大娘子給妳道歉。」

傅念君見傅琨這麼果斷，反倒有些不想讓事情鬧大。

傅琨卻打定了主意。

好在孫秀確實不是個糊塗人，他也知道傅琨對這個女兒一向護得緊，隔天就帶了孫大娘子來傅家道歉。

孫大娘子今日看上去正常了許多，臉色卻有些頹敗，整個人有一種不符合年紀的萎靡。傅念君更加肯定了她或許是有什麼病。

孫二娘子陪著姊姊一起來了，舉止得當，對傅念君表現得也很是歉疚。傅念君對她觀感不壞，卻也不耐煩和孫家姊妹多接觸，依她的性子，道歉完了就能送客了。

可是到底人家如此誠心，又礙於孫、傅兩家交情，她也只能把她們留下用飯，連帶著傅允華、傅梨華、傅秋華都出席了。

錢家也在晌午前來人了。錢豫帶著錢婧華，也是來道歉的。他回去一問就知道了昨日的事，原來不是傅二娘子帶著他妹妹胡鬧，是錢婧華自己要鬧，因此今日走這一趟，也很有必要。

傅琨同孫秀有事商議，小一輩中最說得上話的傅淵最近忙得很，整日在昭文館中不得休沐，最後還是陸氏把傅瀾推了出來迎客。

錢婧華看孫大娘子依舊眼睛不是眼睛，鼻子不是鼻子。她這人本來就是愛恨分明的性子，只是今日是在傅家，也犯不著同孫家姊妹起什麼衝突，當作看不見就是了。

倒是傅梨華，在飯桌上一如既往地對錢婧華獻殷勤。

傅念君並不熱衷於家醜外揚，所以錢婧華雖然知道傅梨華有些不上道，卻也不甚清楚她和傅念君之間的過結，因此還算和氣。

芳竹悄悄地和傅念君咬耳朵：「娘子，四娘子怕是又不安分，有鬼點子呢，您可不能掉以輕心了。」

傅梨華乖了很長時間，很容易讓人掉以輕心。

傅念君也覺得姚氏母女一碰到外人在場就會瘋魔，總鬧些不正常的事出來。她對芳竹低語了幾句，叮囑讓派兩個人盯著些姚氏母女。

飯後，幾個小娘子照例要去傅家後院裡的荷花池邊坐坐，這幾天荷花都開了，滿池芬芳，還有蜻蜓和蜜蜂間歇團團圍繞，充滿夏日意趣。

孫大娘子由妹妹陪著，呆愣愣地也接不上什麼話，卻也不敢離開，而亭子裡幾個小娘子玩起了簸錢，嬉笑熱鬧成一團。

傅念君突覺自己的袖子被拉了拉，卻是芳竹鬼鬼祟祟地低聲與她說：「娘子，四娘子不見了，我去看過了，也未去更衣。」

傅念君凝眉，傅梨華又想弄什麼事出來？

於是她低頭和錢婧華說了幾句，就暫且跟芳竹離開了六夢亭。

「夫人的青蕪院那裡，有人來回話嗎？」傅念君問道。

芳竹搖搖頭。傅念君想了想，覺得能讓姚氏母女費盡心思的事，也就只有傅梨華的親事，姚氏甚至已經求到官家跟前去，完全不顧和傅琨撕破臉皮了，可見傅梨華的親事在她心中占著多大的分量。

今天府裡來了誰，一清二楚，只有錢豫這一個如意郎君。

吳越錢家的郎君，她們竟然敢說算計就算計？

傅念君雖然覺得這有些荒唐，可又覺得這荒唐對於她們母女來說，也是說得過去的。

她當機立斷，吩咐芳竹去叫大牛、大虎等人，自己則帶著丫頭婆子去傅瀾與錢豫飲茶之處。

他們二人選了一叢修竹邊，那裡建了一間不大的敞軒，底下就是流動的活水，連著種荷花的池子，可因為背陽，這裡並未有荷花盛開，倒是偶爾隨著流水緩緩淌過來的落花，看著很有意趣。

錢豫和傅瀾就是在此處喝茶的。

「人人都道傅相家中的園林別緻，整個東京也找不出第二處，確實不假。」錢豫瘦削俊俏的臉上揚著一抹淡淡的笑意。

「過獎了。」傅瀾應和了幾句：「畢竟不如江南的園林，巧奪天工，多有奇才。」

其實除了這樣不鹹不淡的談話，他也有些不太能應付眼前這個人。

錢豫比他大好幾歲，幾乎已經是錢家的掌舵人了，和他這個還未成親的毛頭小子比，成熟穩重多了。

錢豫也曾娶過一房妻室，只是早夭，聽說他也守了有一年多。

飲多了茶，傅瀾先告辭去更衣，錢豫也站起來走動了走動，忽見旁邊的修竹叢中有人影微閃，他下意識喝道：「是誰在那裡？」

一個小娘子跌跌撞撞地跑出來，狼狽地倒在地上，像被地上的什麼東西絆了一跤。

依照錢豫的身家，其實對這樣的女禍很有警惕心，當即他也不敢上去垂問，頓足不前。

傅梨華在地上趴了一會兒，大概見他沒有反應，只好兀自爬起來，照著姚氏與她串過的詞，抬起一張嬌俏的臉，雙目含淚，對著錢豫道：「你是何人？也是來看我笑話的麼？我知道的！爹爹厭棄我，阿娘責罵我，我……嗚嗚嗚……」

一連串破碎的傷心之語。她掩面而泣，看模樣確實像是剛被爹娘訓斥過，格外難過的小娘子。

原來也是傅相的女兒……錢豫在心中頓了頓，猜測這裡頭到底有幾分真假。

畢竟是這樣楚楚可憐的小姑娘。

傅梨華一把甩下自己擦過淚的帕子，彷彿根本沒看見錢豫一樣，自顧自氣怒地咬牙說著：

「我活著也是沒有意思的！」

說罷竟抬腳就往那水溝邊走去，這是氣得狠了要尋短見。

這裡溝渠不寬，水卻是很深，一路連著外頭。

錢豫見她此狀，來不及多想什麼，腳步先動了，嘴裡喊道：「這位小娘子……」

19 唐突蹭宴

錢豫下意識地要去制止她，畢竟是發生在他眼前的事，她大概又是傅相的女兒，總不能真的看她做傻事。

只是他還沒來得及接近傅梨華，就被接下來發生的事情驚了個目瞪口呆。

不知從哪裡嗖嗖鑽出幾個身影，行動迅速，但傅梨華的反應也不慢，一看情況不對，叫了一聲，忙要縱身往溝渠裡跳。誰知卻還是慢了一步，身體剛剛要往前傾，就被一個孔武有力的婆子一把拉住了腕子，順勢抱住了她的腰，重新又提回了原地。

這一幕連傅梨華自己都難以相信。

「薛姑姑，多謝了。」

傅念君的聲音在身後響起，傅梨華見到了她身後的一堆人，差點眼前一黑。

傅念君身後都是嚴陣以待的丫鬟僕婦，還有兩個外院的護衛，那陣仗之大，像是家裡進了賊一樣，更代表了她的坦蕩磊落。

傅梨華心中氣極，傅念君怎麼什麼都知道？這家裡當真被她把持住了嗎？

傅念君朝錢豫點點頭，淡淡說道：「錢郎君多擔待，我這個妹妹時常有這樣的毛病。」

她伸手指了指自己的頭，暗指傅梨華腦子不正常。

錢豫有點想笑，好在忍住了。

傅梨華氣得咬牙，卻改變了以往的戰術，學聰明了，知道有男子在場，和自己的姊姊大呼小叫只是丟了自己的身分，因此一邊欲掙脫身後僕婦們的鉗制，一邊流淚道：「二姊，妳為何要這樣說我……」

彷彿她是世上最可憐的人，傅念君是個極惡毒的姊姊。

當然她這戲演的，在傅念君眼裡水準還完全不夠。

「我不是一直這麼對妳麼，難道只有今天嗎？」傅念君淡淡地瞥了她一眼，完全不在意坐實惡姊姊的名頭。

傅梨華和錢豫都被噎住了。芳竹和儀蘭則早就見怪不怪了，她們娘子經常一句話就把人給噎地無話可說。

傅念君走近兩步，儼然配合著傅梨華的戲，繼續對她那個「可憐」的妹妹殘忍下去。

「把她拎回去，別出來丟人現眼了。」

「妳、妳……」

傅梨華泫然欲泣的眼睛立刻轉向了錢豫。

沒辦法，原本的計畫落空了，給他留下個讓人心疼的印象才不算虧。

男人都喜歡柔弱得似小白花的女人，這點總是沒錯的。她以前就是太愛與人爭鋒，如今幡然醒悟，也想到以往自己和傅念君兩相對比，誰高誰低一目了然。

錢豫覺得這是人家的家事，因此即便收到了那樣的眼神也是偏開頭去，不肯隨便開口。傅念君倒是心裡對他欣賞了幾分，還好是個不昏頭的男人。

傅念君對他道：「今天唐突錢郎君了，是我妹妹的不是，也是我這個做長姊的沒好好管教。」

她揚了揚手，傅梨華就被人捂著嘴巴連拖帶拽地扯走了，根本沒機會辯駁，看似好像真的要被傅念君帶下去好好「管教」了。

錢豫朝她拱拱手，傅念君微笑著轉身，沒有一絲一毫的拖泥帶水，一如她適才帶人過來時的氣勢。

錢豫想到了外頭對傅二娘子的評價。蠻橫囂張，霸道無禮，不過倒是別有一番活力。

傅瀾正好趕回來，路上他耽誤了工夫，因為被一個丫頭糾纏了許久。那自然也是姚氏的人。

「這、這是怎麼了？」

他很不解，剛才的幽靜之處，現在怎麼這麼多人來來往往的？府裡進賊了？

傅念君和他打了個招呼，也沒有多說，只道：「四哥去招待客人吧，一點小事而已。」

傅瀾聽完更是一頭霧水。

等離開錢豫有段距離後，傅梨華就再也忍不住，早就盤旋在心裡的辱罵之言一瞬間傾瀉出來。

「妳這個賤人！妳憑什麼！放開我，我是傅家的主子！你們都瘋了麼……想挨板子嗎?!」

果然還是一點都沒變。

傅念君走近她，淡淡地說：「再罵啊，罵得響一點，錢家兄妹還沒走，我領他們過來聽聽？」

傅梨華渾身一顫，惡狠狠地盯著傅念君。「和他們有什麼關係，這裡也是我家，我又不是妳，一直被爹爹禁足，我想去哪兒就去哪兒，妳憑什麼讓人抓我！」

傅念君無所謂地聳聳肩。「無所謂啊，我就是惡毒，喜歡欺負妳不行麼？還有啊，妳今天為什麼去哪裡，又到底想做什麼，不是沒辦成就當風過水無痕了，我還有客人要招待，妳先想想怎麼和爹爹解釋吧。」

傅梨華不信邪，還是梗著脖子。「我本來就什麼都沒做！」

她敢這麼肯定，就是知道如錢豫這樣的君子，是不會輕易說人是非長短的，尤其是涉及到深宅內院的小娘子。何況她確實什麼都還來不及做，沒人能夠罰她！

傅念君實在沒眼看她這副蠢樣，揮揮手讓人先把她帶回去看管起來。她倒是覺得傅梨華今天在錢豫面前的表現有點超常發揮了，是否暗地裡有人指點呢？

從前姚氏身邊那個總出餿主意的張氏，已經被她尋個由頭打發出去了，近十年怕是沒本事回東京，姚氏的權力都被她和傅淵逐漸架空，姚氏已沒有什麼稱手的人可以用了。

或許是傅梨華自己開竅了吧。她慶幸自己來得早，晚一步等傅梨華自己往渠裡跳，錢豫無論是袖手旁觀還是伸手去拉，都不是太好的結果。

傅家和錢家不太適合在這個時候鬧矛盾。

芳竹和儀蘭在後頭也暗暗地互相拱了拱手臂，尤其是芳竹，臉上很是得意。

「四娘子很久沒作怪了，這回還沒本事興風作浪呢，就被娘子給滅了，大快人心。」

從前囂張不可一世的傅四娘子，如今已經沒有資格做她們娘子的對手了。

儀蘭也微笑。「娘子幾句話，就讓她無招架之力了。」

而另一邊的錢婧華，因久等傅念君不至，當然也起了疑，在場的幾人又不敢拉她，她便藉口更衣想去尋一尋傅念君。

一路都沒有尋到，傅梨華也一樣消失不見，她心中的疑惑更甚。傅家後院極大，她又是帶著自己身邊的丫頭行走，一時走岔了方向。

錢婧華繞了一圈找不太到路，只好嘆氣。「算了，先回六夢亭吧。」

轉過一道回廊，卻險些撞上前面的人。對方一身官服，已脫了冠，正是剛剛回家的傅淵。

錢婧華抬頭，見到他冷峻嚴肅的面容，立刻想起了端午節在金明池的一面之緣。

好在她今天沒再讓他把首飾給撞壞了。傅淵稍稍退後半步，似乎也認出了她，微微施了禮。

錢婧華也低頭回了禮。傅淵點點頭，似乎是讓她先行的意思。

錢婧華也不知怎麼，解釋的話就衝口而出了：「我是來尋我哥哥的。」話出口，又差點咬了舌頭。

傅淵頓了頓，說：「我也正要去見妳哥哥。」

他知道錢家兄妹來了，錢豫的身分，還是要他去招待比較適合。

錢婧華低著頭，暗罵自己亂說話。和他說這個幹什麼？他會不會覺得她是故意沒話找話？

她是傅念君的客人，和傅淵又沒有關係。

傅淵見她踟躕的樣子，便明白她是找不到路了。「錢娘子可與在下同行。」

錢婧華聽他這麼說，心下一陣慌亂，立刻脫口否決：「不用了，我去尋念君。」

傅淵頷首，與她錯身而過。

錢婧華心中懊惱極了，走開數十步遠才對身旁侍女惆悵道：「素伊，我適才的舉動是不是很奇怪？」

前言不搭後語的，他一定覺得她是個很古怪的人。

素伊答：「娘子多想了，傅郎君一看就是君子，不會這樣想您的。」

錢婧華嘆了口氣，突然想到了什麼似的，伸手往自己頭上摸，大驚失色道：「今日我戴了那支步搖嗎？」

自然是指傅淵「賠」給她的那支。

素伊點點頭。錢婧華更是懊惱，他剛才一定看見了，帶著他給的步搖來傅家，還被他看見了，是不是會讓人有所誤會呢？

錢婧華氣得在原地跺腳。她的丫頭素伊是第一次見主子這樣，這傅家的地是怎麼得罪她了？

「娘子您……和傅郎君還挺有緣。」素伊乾巴巴擠出了這一句。
錢婧華忙回身去捂她的嘴，像做賊一樣左右看了看。
素伊嗚嗚地掙扎了幾聲。
錢婧華放開手，正色道：「不許胡說啊。」
素伊覺得自己沒胡說，明明是她患得患失地想很多。

§

傅念君回到六夢亭的時候，臉上雲淡風輕，像是什麼都沒有發生過。
傅允華和傅秋華看她的眼神如今都帶了幾分怯意，好像她是個凶神惡煞的女魔頭。
只有錢婧華還敢開口問她：「四娘子去哪了？怎麼還沒過來？」
傅念君坦然道：「她突然身上不舒服，我剛才去看過了，沒事。」
如此也沒有人敢多問了。氣氛有點詭異，孫二娘子提議早點散了，大家也都首肯。
等送客人離去後，傅念君才到傅琨的書房裡去。
傅琨的臉色不太好看，傅淵站在一旁，說著：「四姊兒剛走。」
原來已經訓過了。
「她竟然敢做出這樣的事來！」傅琨依然還在氣頭上。
傅念君親自倒了茶捧過去，給父親告罪：「這事也是我太唐突，沒想個最妥善的法子。」
其實當時那種情況，也不會有更妥善的法子了。
傅琨嘆氣，神色有些悵惘。他並不是因為今天這樁事生氣，而是氣傅梨華竟成了這麼一個厚顏無恥的人，他氣自己失敗，把好好的嫡女教養成這個樣子。

傅淵朝傅念君搖搖頭，示意她不要多說。現在說什麼，傅琨恐怕都沒有辦法聽進去，畢竟傅梨華也是他的女兒。

傅念君大概能猜到傅梨華剛才在這裡都說了些什麼，一定是大大的不孝和不敬，甚至怪責怨懟自己的爹爹。

對於一個父親最大的傷害，也莫過於此了。

傅念君有些後悔，反省自己從前是否有些做錯了。或許她應該早一點出手，不要因為厭惡姚氏和傅梨華母女，就把她們逼到如此境地；將她們趁早分開，讓傅梨華重新好好接受教養，哪怕她會依然恨自己，依然不懂事，可也不至於會像今天這樣頂撞父親，寡廉鮮恥。

她現在越發膽大，越發不肯相信傅琨，少不了姚氏的功勞。

她們母女已經打從心底裡認定傅琨眼裡只疼惜傅念君，一定會將傅梨華推入火坑。

當然她們覺得的火坑，就是不論傅琨看中的青年才俊有多才高、有多謙遜，家中不是金山銀山，身分不是萬人之上，那就屬於火坑了。

這樣扭曲的觀念，如今已經深植入傅梨華的內心，再也難以根除。

傅淵和傅念君一起離開了傅淵的書房。

「這幾日妳不用和爹爹多說了，這些事交給我來辦吧。」

傅念君道：「三哥的差事這麼忙，還要管家裡，不妥。」

傅淵瞥了她一眼。「那麼讓妳去，更逼得她們使些下作手段？我不是為了幫妳，是為了爹爹，今天四姊兒說的話……他聽了心裡也是很難過的……」

那些誅心之言，從自己女兒的嘴裡吐出來，這其中傷害，旁人無法理解。

家庭和睦的夙願對於傅琨來說，真的很難。

傅念君嘆氣，當年他要是扛住姚家和自己母親，不娶不懂事的小姚氏，或許如今的一切都不會發生了。

「錢家那裡怎麼說呢？錢郎君心中可有芥蒂？」

傅淵回：「我已探過他口風，他也不是笨人，這樣的事說出去對大家都不好，揭過去也就算了。」

傅念君點頭。「錢家也算是會審時度勢。」

傅淵對錢家沒有什麼特別的想法。這樣一心與皇室攀姻親的家族，他心裡多少有些輕視，固然對方是為了明哲保身，只是要犧牲家中嫡女去換庇佑，這樣的事在他看來總有些不舒服。

傅念君打量他神色，覺得有點不正常，立刻脫口問：「三哥在想誰？」

傅淵冷冷地瞪她一眼。「別說渾話。」

傅念君不怕死。「錢小娘子她今天……」

「妳是又想禁足了？」

「為什麼要禁我足？」

「沒有為什麼。」

「……」

傅念君無法想像這冰塊情竇初開的樣子，好像是她想多了。

§§§

盧拂柔依約請傅念君過府去賞芍藥花，傅念君想到了周毓白之前的囑託，覺得這個盧家可能有些內情，心裡十分好奇，便也同意了。

出門前一日，卻還有一樁事發生。

傅梨華已被關了好幾日禁閉，卻在這天早晨很湊巧地掙脫束縛，一路衝到了傅琨的書房門口。

她二話不說就跪在了傅琨面前。

傅琨朝中事忙，已經好幾天沒有休息了，如今為著西夏頻繁擾境的事，朝中上下分成了好幾個黨派，爭辯越演越烈，江南水患還沒完全處理妥當，一波接一波的事情，讓傅琨這些日子鬢邊又多長了幾根銀絲。

他已經好幾日都沒有好好休息，只是傅梨華眼中當然看不到這些。

她只顧著哭泣，開始埋怨傅琨偏心不公平。

傅琨頂著疲憊的神色，問她究竟怎麼回事。

原來是傅念君要去盧家之事讓她受不了，非要一同去。

「爹爹何故偏心，盧家給傅家面子，難道只是給二姊的嗎，我也是爹爹的女兒，為什麼我卻不行？爹爹，女兒不會再犯了，我只是想有正常的交際，爹爹，我也想去……」

邊哭邊求，模樣很是可憐。

她確實比從前長進了，不再梗著脖子無理取鬧，也曉得挑傅淵和傅念君都不在的空檔來演這齣戲。

傅琨被她纏得不耐煩，最後竟是揮手同意了。有傅念君的地方，想必她也出不了什麼亂子。

傅念君午歇醒來，就聽到了這個消息。

她坐在床沿冷笑。「越發長本事了。她還在禁足，這是誰幫她的？能讓她這麼跑去爹爹面前鬧。」

要知道傅琨書房那裡的消息，肯定是有人在幫她。

儀蘭幫傅念君按摩小腿，一邊說著：「夫人這麼些日子沒動靜，想是在為四娘子籌畫呢。娘子，四娘子要去盧家做什麼啊？」

傅念君也想不到因由，唯一的解釋，就是她們母女對錢豫還沒死心。

盧家之宴，錢婧華自然也會去的，但她不覺得經過那回事之後，錢豫還會主動出現在有傅家女的場合。畢竟換了是她，要是知道有人虎視眈眈把自己當作塊肉骨頭等著啃，一定會主動避遠一些。

傅念君讓丫頭給自己穿妥了衣服，直接去見傅琨。

傅琨不能同意這件事。無論傅梨華想做什麼，傅念君都覺得防微杜漸最好，一定不能讓她有機會去做。

何況她去盧家，也是因為周毓白有交代，她想看看盧家到底這麼殷勤地邀請她是否別有目的，帶著一個傅梨華，她沒有這麼多時間心力去看顧。

只是她低估了傅琨對傅梨華的失望程度。

「如今攔著她，也只會與妳我攔出更深的嫌隙。」傅琨摁著眉頭低語，模樣有些憔悴。「她如今行事越發乖張，關在家中也學不到好，出去丟兩回人也就知道厲害了。何況有妳在旁，她也翻騰不了什麼事。」

「可是……」傅念君皺眉。

道理是這道理，傅琨也足夠信任她，但是她真的怕傅梨華瘋起來，她自己招架不住。

傅琨擺擺手。「我教女兒不行，妳阿娘去得早，妳小時候我就沒有怎麼管束過妳，好在妳現在懂事了，但是四姊兒……我對她也有愧疚，她現在成了這樣，我也有責任，我不是一個好父親。」

「不是的，爹爹，這不是您的錯。」

傅念君明白傅琨的想法。他其實已經失望透頂了，只是他身為父親，並不擅長與女兒溝通，如今怕是有點縱容傅梨華的意思了。心灰意冷，不願意再多管教。

她不想嫁清貧士子就不嫁，出去碰碰壁也就知道富貴人家的艱難了。他是抱著這樣的想法。

只是他太不瞭解女人，更不瞭解姚氏母女，傅念君覺得傅梨華早已入了魔障，不可能因為幾次碰壁就死心，她今生若嫁不到富貴無雙的夫君，是不會肯甘休的，但是讓她嫁了富貴人家，肯定又會給傅家留下無數隱患。

到底是傅琨自己的骨血，兩難之地。

傅念君嘆了口氣，實在不忍心再逼迫傅琨。「好，爹爹，我明白了，我明天一定盡力看著她，不讓她出醜。」

§§§

第二天，姊妹倆分坐了兩輛車去盧家。

芳竹對於傅梨華死皮賴臉地要「蹭宴」的做法非常看不上，蹭吃蹭喝的有，蹭宴會的還真少見。收到請帖的不是她，她跟著去算怎麼回事？

傅念君倒是很平靜。「以往也沒有什麼人會請我，今次好不容易有了，讓她沾沾光吧。」

芳竹撇著嘴，人家姊妹情誼好的就罷了，可傅梨華每每看著傅念君的眼神，都是恨不得把她吃了，一邊罵著恨著，一邊還要來沾光，臉可真夠大的。

武烈侯盧璿的府邸，是前朝王府改建，規格自然大氣，傅念君第一次登門，盧拂柔和錢婧華早在二門候著她。

幾人打過招呼，錢婧華目光瞥過傅梨華，臉上也有淡淡的不喜。

她也是個聰明人，哪怕親哥哥錢豫再語焉不詳，她也能聽出一二端倪。這個傅四娘子，似乎很不安分。

如果說從前在趙家文會上傅梨華所做種種只是小女兒傲氣，性子蠻橫嬌慣，那麼如今她竟然絲毫不顧及傅家和錢家的身分，公然覬覦她哥哥，她只能說這個小娘子品德已經極其敗壞了。

「妳怎麼把她也帶來了？」錢婧華湊在傅念君耳邊低語。

家醜不可外揚，傅念君也沒有勇氣將傅梨華和傅琨的事一五一十都說出來，只道：「帶她見見世面。」

錢婧華從她的口氣也多少能聽明白一點，心底默默嘆了口氣，心道果真如外頭所說，傅家什麼都好，只是這後宅裡的麻煩太多。

她倒是越發覺得傅念君幸好是這個性子，否則這樣的妹妹，還有這位妹妹背後的繼母，若真是心慈手軟之人，她一定是沒有什麼好日子過。

傅念君四周打量一圈，問錢婧華：「我看今日外頭的車架牛馬很多，盧家大宴賓客？」

錢婧華點點頭，「不止是我們，來了許多郎君。」

傅念君真是怕聽到這「郎君」二字了，在她看來，傅梨華現在就像聞著味兒的蒼蠅，一定不能讓她看見男人，不然保管要出事。

只是這種話她也只敢在心裡想想，唯一能做的只有回頭盯著傅梨華，一刻也不敢放鬆。

傅梨華如今轉了性子，今日的討好目標顯然從錢婧華更換到了盧拂柔，不知道是因為看出來錢婧華與傅念君走得近無法下手，還是覺得差點算計了錢豫，對他的妹妹臉皮沒法再厚起來。

盧拂柔的表現也淡淡的，不冷不熱，但是傅梨華絲毫不在意，一直揚著甜甜的笑容，十分乖巧。錢婧華也覺得稀奇。

「上回就想問妳了，四娘子同在趙家見的時候變化有些大，說話做事，雖然有些刻意，確實是收斂了。」她不太慣常評論別人，不過是和傅念君說，也無礙。

傅念君點頭。「受人指點了吧。」

錢婧華笑道：「你們府裡的高人真不少。」

幾人邊走邊說，一同去了盧拂柔早已準備妥當的後院。

今日來了不少貴女，大多數都是前朝勳貴之後。

這些小娘子都有著經久世家出身的高貴和傲氣，如今改朝換代了，依然改不了她們的架子。

盧拂柔身為東主，不可能一直陪在傅念君身邊，為傅家姊妹介紹的任務自然只能由錢婧華來承擔。

只是傅梨華很快就與旁人搭上了話，依然只有傅念君和錢婧華自己說話。

錢婧華為她介紹一個身形高挑纖瘦的小娘子：「那是盧姊姊的族妹，盧七娘子，想不到她竟也來了。」

盧七娘是什麼人物，傅念君多少也有耳聞。

盧拂柔與她並無血緣關係，盧七娘乃是那位越國公盧琰的嫡親孫女，玉川盧氏的嫡長女。玉川盧氏是汴州一帶幾百年的名門望族，盧琰更是前朝本朝無人不知的人物。盧拂柔的父親盧璿是前朝柴氏宗室，只是盧琰的養子，當年靠著盧琰相護才活下來的，因此在地位上，盧拂柔自然不能與盧七娘相提並論。

只是一個賞花宴而已，她竟也出現了。傅念君微微覺得驚奇。

她遠遠望過去，只覺得那小娘子並不十分殊麗嬌豔，皮膚白皙，細長眼睛，眼中自有一派高貴凜然的氣度，身邊圍繞著幾位小娘子，卻無一人能入她的眼，便是皇室的郡主縣主，怕是也沒她這份傲氣。

傅念君注意到還有一撥三、五個小娘子另外站著，似乎與盧七娘等人並不親近。

當中一位小娘子生得靈巧可人，眼角有一枚小痣，話還沒說就眼波流轉，很是聰慧的模樣，舉止儀態優雅漂亮，一看便是從小浸潤在禮儀教養之中，傅念君都自愧不如。

錢婧華道：「那位更了不得，河東裴氏的嫡女，裴四娘子，閨名如煙，就是裴氏那一支『西眷裴』知道吧？」

裴氏是真正的宰相門第、公侯之家，自古就是三晉望族，歷代怕是再也找不出一個比他們更聲勢顯赫的名門巨族了，裴氏在前唐時極盛，曾出過數以百計的宰相，裴氏三支五房無一不顯赫，光西眷裴一支出過的名士，就已讓人瞠目了。

傅念君笑道：「我生活在東京，卻還不如妳遠在江南知道得多。」

錢婧華撇嘴。「若非本朝門閥士族勢力大大削弱，換做從前，她們這樣的出身連看我們一眼也嫌棄。」

這話倒是不錯，傅家世代清流，可追根溯源，祖先卻不顯赫，不過是窮書生靠著科舉翻了身；而錢家也曾裂土封王，可到底也是泥腿子老祖宗頭破血流和人搶下的地盤，和他們那種從古到今都是貴族的人家還是不可比的。

好在到了本朝，這些士族漸漸如昨日黃花，再也不復從前輝煌了。如今的世道，再高貴的出身也得認命，除了如盧家、裴家這樣的家族，許多家族包括陸家，也都開始另尋門路，因為敵不過這世道，架不住那些手握重權的清貧士子們，更架不住那些坐擁金山銀山的低賤商戶。

「她們怎麼會出現在這裡？」傅念君問道。

盧七娘和裴四娘在東京城裡並不十分出名，並非是她們不夠出眾，是她們嫌東京城配不上她們而已。在她們看來，如今的東京盡是庶民，充滿了「庶民的味道」，她們從小嚮往的就是祖輩們口中曾經那些衣帽風流的日子，出行必是高高在上，鮮花鋪路，庶民見了跪拜，朝臣見了施禮，無人敢忽視她們血統上的高貴。

而如今這東京城的繁華，在她們看來，只是新貴暴發戶碾壓了他們世家尊嚴的象徵，這無疑是一種恥辱。她們自然不喜歡待在東京。

錢婧華想了想，臉色有些惆悵。「女子一輩子，都是要嫁人的。」

傅念君明白了，盧七娘和裴四娘都到年紀了。

婚姻的迫切讓她們願意暫時放下高貴的身分重新回到東京。畢竟這時節，許多青年才俊蜂擁而來，可供她們的家族挑選，而更重要的是，有兩個成年皇子的親事懸而未決。

貴族也不可能一直高貴下去，仙女也是要走下雲端踏入凡間的。

傅念君看著錢婧華的臉色，知道她是想到了自己，都是抱著同樣的目的，可是錢家的表現，比之盧家、裴家卑微了很多。

雖然皇室更願意同錢家結親，可這除了證明錢家很有錢之外，什麼都證明不了。

錢婧華其實骨子裡還是有些嚮往盧七娘、裴四娘骨子裡的血統吧。

錢婧華對傅念君笑了笑，心照不宣。兩人又說到，盧七娘曾經有個姊姊，因為不堪下嫁之辱，年紀輕輕就做了女冠（注），長伴青燈古佛，後來不知受了什麼委屈，自盡在庵堂裡。

用死亡成全自己的尊貴。

她並不羨慕盧七娘和裴四娘，她只是羨慕那種勇氣和自傲，與生俱來的高高在上，寧願死也不願意踏入凡塵的決心。盧家出得了這樣的小娘子，可她就做不到。

傅念君也嘆氣，她知道勸什麼都沒有用的，這世間，女子本就艱難，而錢婧華又是個通透如玉的聰明人，自然只能注定活得更累。

此時盧七娘和裴四娘也都看到了傅念君。

關於傅二娘子的傳聞五花八門，她們隨便問一問身邊的人，都能說出幾句來。盧七娘只是冷淡地瞥了一眼過來，裴四娘倒是好修養地朝她微微笑了笑。

錢婧華低語：「她們是等著妳過去打招呼呢。」

傅念君佯裝詫異：「她們期待我去打招呼嗎？不怕……」

不怕有辱身分？

錢婧華笑道：「名聲這樣的事情，聽是一部分，總不能盡信，何況傅相的身分擺著，她們架子端得再高，能不給妳幾分薄面？」

這小娘子們之間來往，也是刀光劍影，半點馬虎不得。

傅念君並不喜歡這樣的閨秀交際，但是既然決定出席了，總也避不過。

她上前去與那幾位小娘子打了幾聲招呼，倒是傅梨華見傅念君與盧七娘說上了話，立刻在旁邊脆生生地插嘴：「問各位姊姊好，我在傅家行四……」

如此笑語嫣然，乖巧逢迎，也讓人對她使不出壞脾氣。

盧七娘表情淡淡的，她身邊幾位小娘子對傅梨華倒都算客氣。傅念君與錢婧華相視一眼，退開半步。

傅念君在錢婧華看好戲的目光中苦笑。「我現在也是越來越看不透她了。」

注 即投身道門的女道士。

兩人只能看著傅梨華與盧七娘那裡打完招呼，又轉到裴四娘跟前去。

「我總覺得裴小娘子老是在瞧我，是我自作多情了？」傅念君偷偷問錢婧華。

錢婧華也趁機和她咬耳朵：「我聽說過一件事，不知道真假，妳想聽不想聽？」

想聽不想聽這樣的話問出來，多半是問的人很想說。傅念君無奈地看了她一眼。

果然錢婧華很快自己就交代了：「聽說裴家有意將裴四娘許給壽春郡王做王妃，只是這也要舒娘娘點頭，也難說……妳和壽春郡王之間……唉，妳說她要不要看妳？」

傅念君佯裝不知。「看我又如何，我同壽春郡王也沒什麼。」

她說起謊來臉不紅氣不喘。

「從前壽春郡王不是替妳在長公主面前說過話？一度傳得沸沸揚揚的……」

傅念君詫異道：「這都多久以前的事了，還拿出來說？沒有更新鮮的了？」

錢婧華看著她的神情，心中也小小地疑惑了一下，難道真是傳言有誤？好在錢婧華也不糾結於此，很快展眉朝傅念君笑了笑。

而另一邊，傅梨華已經成功與那幾位小娘子搭上了話，有說有笑的，儼然已如老相識熟稔。

很快地，盧拂柔陪著她母親連夫人過來了。

傅念君已經很久沒見到連夫人了。自從魏氏死去，曾經因為魏氏而接觸過的兩人，難免有些尷尬。傅念君早就知道連夫人不喜歡自己，這次還特意邀自己上門，實在是古怪。

連夫人與眾位小娘子點頭致意，接著笑著吩咐下人準備開宴，一時間都是年輕小娘子們熱鬧的道謝聲。

傅念君也隨錢婧華去向連夫人道謝行禮。

連夫人朝她微笑：「原來是傅二娘子，多日不見了。」

傅念君也道：「難為夫人惦念。」

連夫人看著她的目光沒有很熱切的溫度，帶著些意味不明的審視，讓傅念君很不舒服。

好在傅念君此際還是有「盟友」的。傅梨華不等人招呼就迫不及待地湊到連夫人跟前去了，親親熱熱地喚著，讓人無法直接忽視她。

傅念君很自覺地給她讓出地方，躲在背後默默長吁一口氣，帶她來總算還是有這個好處。

開了宴，眾小娘子依次落座，傅念君身為傅琨嫡長女，原本當是居最高位的，但是顯然連夫人比較推崇盧、裴兩家人，傅念君便與盧七娘、裴四娘的座次比肩。

連夫人自認規矩大，這筵席也無甚出彩之處，中規中矩，還不如平日裡三五個小姊妹私下聚，還能飲兩杯薄酒，行個酒令，找些趣味。

如此用完了飯，轉到偏廳去喝茶，一班小娘子們才敢熱熱鬧鬧地說起話來。

裴四娘很自然地與傅念君談起茶來，傅念君偶爾也應和一、兩句。

裴四娘也算知道了這位傅二娘子不好對付，嘴巴緊得很，一點也不似外頭說的愚笨不堪。而傅念君懶得應付對自己別有用心的小娘子，可是礙於客人身分，也不可能甩手離去，好在傅梨華總是會在這個衝出來幫她的「忙」。

她也不知是怎麼想的，似乎是但凡和傅念君有來往的人，她都必須要去插一腳，生怕別人忘了她傅琨嫡次女的事實，強烈地在人前博眼熟。

「裴姊姊，妳這件衣裳真好看，是東京時新的款式？」

她狀似天真地硬插入傅念君和裴四娘的談話。裴四娘眼中有疏離，但是表面上卻截然不同，親親熱熱地接過傅梨華的話頭。

傅梨華用眼角很快拋給傅念君一個示威的眼神，彷彿她把裴四娘搶走了。

真幼稚。傅念君心裡好笑，乖乖地走開了，她倒還真希望傅梨華每次都那麼「幫忙」。

很快一些茶點也擺了上來，香噴噴的千層酥糖酪，以桂花、玫瑰兩味調香。

「看著像是蘇式點心。」有人說著。

傅念君一向對美食很有研究，這樣的茶點也不是不瞭解。

丫頭們用小盞分裝了點心盛給每個小娘子，傅念君瞧了一眼給自己眼前的小丫頭，並未立刻接過。

那小丫頭的手似乎微微顫抖了一下，傅念君這才將那小盞接到了手裡。

旁的小娘子都在用這點心，並多數都點頭稱讚，說這手藝的廚子滿東京也難找。

「傅二娘子，妳不吃麼？」盧拂柔的聲音響起。

眾人的視線聚焦到傅念君身上來，彷彿她很是不給盧家面子。

傅念君微笑，轉而移向了盧七娘，笑道：「七娘不吃麼？」

盧七娘卻冷冷地瞥了她一眼。「我不用甜食。」

比傅念君反應更快的是盧拂柔，她立刻叫人把盧七娘手邊的點心撤了下去。

「是啊，盧七娘子是從來不吃甜食的，嚴於律己……」

立刻有人奉承起來，雖然傅念君不知道不吃甜食有什麼值得好奉承的。

但是盧拂柔很快又把目光轉回到傅念君身上，彷彿盧七娘不吃是可以的，她不吃算是什麼意思呢？

傅念君的手指輕輕拾起一根銀匙，但是很快又放下，說了一句：「婧華呢？我留給她嚐嚐。」

盧拂柔欲言又止。錢婧華已經不在此處很久了，而盧拂柔此時的神色似乎有些緊張，卻又很快偏過頭去，彷彿心中猶疑不定。

傅念君垂眸看著眼前這碟點心。莫非真的有內情？

堂間小娘子們熱火朝天地談笑著，無人注意著她此處動向，只有盧拂柔適才的表現有點不自然。

很快眾人面前空了的小盞就有人來撤下去了，只有傅念君面前的原封不動。

那個來撤東西的小丫頭的手抖得更厲害了，傅念君在心中暗笑。這到底是誰的人，這麼不經事？

沒過多久，眾小娘子就要重新移步到後花園，盧拂柔特地遠遠地落於人後同傅念君說話，前言不搭後語的，說到一半半途又被連夫人身邊的丫頭叫走了，留下一個丫頭替傅念君領路。

「似乎走錯了吧。」傅念君止步，冷冷地道。

那丫頭一陣膽顫，卻強自鎮定。「沒有走錯啊，傅二娘子……」

「有沒有走錯妳心裡明白。」

傅念君懶得理盧拂柔這些拙劣的小手段，她想把自己騙去哪裡她都不會就範的。

「等、等下啊，傅二娘子……」

那丫頭似乎急了，匆匆忙忙地迴身要制止她，卻被腳下的步子又絆了一下。

「妳……」

傅念君沒聽見任何聲響，轉身，卻見到那丫頭已經軟了身體倒在地上，旁邊半蹲著一個人，正是單昀。他什麼時候出現的？

單昀抬頭，朝傅念君比了一個噤聲的手勢，視線卻凌厲地看向她的身後。傅念君顧不得為什麼他會出現在這裡，立刻點頭閉了嘴，單昀動作利索地將那地上的丫頭拖到旁邊草叢之中，傅念君也一個閃身躲到一棵樹後。

她適才完全沒有留意身後是否有人跟蹤。

隨著一抹鵝黃色影子閃過，傅念君在心底冷笑，果真是傅梨華。

傅梨華環視四顧，神色焦急，不時還暗暗咬牙跺腳，彷彿因為跟丟了傅念君而耿耿於懷。

單昀躲在草叢之中，隨手在腳邊撿了一顆小石子，往迴廊轉角處的一根柱子上打過去。輕微的響動，吸引了傅梨華的注意，她小心翼翼地轉過了迴廊，繼續探頭探腦地往另一邊去了。

傅念君從樹後走出來，單昀朝她拱了拱手，指明了一個方向。「郎君在前面等您，這裡就請交給卑職吧。」

傅念君咬牙。「單護衛，這裡好像是盧家。」

單昀給了她一個疑惑的眼神，好像在說：所以呢？

傅念君覺得他不愧是周毓白的下屬，也不知他們究竟想搞什麼鬼，只好沿著他指的小路往茂盛的草木中鑽。

20 破釜沉舟

她這是受什麼罪！傅念君覺得自己也是瘋了，為什麼不扭頭就走呢？

她停下腳步正胡思亂想，就被人突然從身後捂住了嘴巴，轉了一個圈抵到一棵樹上。

不是周毓白又是誰。

她嗚嗚叫了兩聲，一雙眼睛水汪汪地瞪著他。周毓白輕輕「噓」了一聲，微微偏過頭，側耳傾聽。

傅念君這才注意到有幾個女子的笑鬧腳步聲路過，好在盧家後院草木蔥鬱，他們這裡是背陽處，本就陰暗，不容易被發現。

誰能想到堂堂的壽春郡王，會在這裡躲躲藏藏的不敢見人。

等外頭的聲音遠去了，周毓白立刻放開手掌，對她展顏笑了笑。

「我不是故意的。」

不是故意的才怪！

傅念君整了整衣服。「你們主僕都這麼一驚一乍地做什麼，這裡是盧家啊！」

「我自然知道。」

他負手而立，身姿筆挺，皎潔如月，讓人一點都聯想不到，他是個會在別人家隨便私會小娘子的登徒子。

傅念君嚴肅地看著他。「郡王尋我是有什麼大事？可否告知一二，連夫人今天看我的眼神確實古怪，盧家是否有什麼打算？你特意來提醒我，其實也不用如此……」

周毓白似乎覺得她這樣喋喋不休很有意思，微微側著脖子，笑道：「妳怎麼會聯想到這麼多，我有說什麼嗎？」

傅念君愣住了。「那你讓我來盧家做什麼？」

周毓白攤開手，示意這四周。

「不就是為了私會？」

「……」

傅念君氣得差點轉身就走。

周毓白輕笑，彷彿很正式地給她解釋了一遍：「連夫人治家不嚴，她家後宅要安排人進來還是比較容易的。」

盧璿愛美人，後宅鶯鶯燕燕的一堆，自然乾淨不了。所以周毓白就這麼堂而皇之？

「本來以為妳爹爹和兄長會將妳關到天荒地老了，那日在街上遇到純屬意外，妳看，要見妳一面當真是艱難。」

傅念君蹙了蹙眉。「所以剛才的丫頭是你的人？那點心呢？又是怎麼回事……」

周毓白的臉色也微微變化。「我的人需要用騙的將妳騙過來？」

傅念君：「……」

這混帳！他是不是覺得他勾勾手指頭，她就會自己過來！

周毓白眉間的暖意收斂，沉眸道：「這盧家後宅確實亂，什麼事都有可能發生，我知今日妳身邊必不太平，只是沒想到她們的法子這麼粗疏。」

傅念君心裡的氣悶漸漸散了些。她也知道周毓白不可能只為了要見她一面就安排這些。盧家確實有問題。

她問道：「為什麼是我？是誰盯上我了？」

周毓白的目光鎖在她臉上，仔細打量了一圈，最後嘆了口氣。「有時候也不知道該說妳是聰明，還是真的不設防。」

「我若不設防，此時便已經被連夫人給賣了吧。」她想到剛才盧拂柔的種種模樣。

「原本以為盧娘子還算是個好的，適才給我上加了藥的糕點那表現，卻實在太過差勁。」

她以前不算討厭盧拂柔，兩個人因著錢婧華，只是來往平平，就算中間隔著個崔涵之，她也無法想像一個無冤無仇的小娘子會來害自己。

周毓白若有所思的表情卻讓傅念君側目。

她有些狐疑道：「難道說……你知道我那糕點被動了手腳？」

周毓白失笑，伸手點了點她的額頭，讓她一時之間來不及避開。

「妳這腦袋瓜子裡都在想什麼，把我想成什麼人了？」

傅念君只覺得現在的周毓白，和從前確實有些不一樣。

周毓白道：「妳把適才的情況仔細說一遍。」

傅念君回憶了一下，從那點心上來，丫頭和盧拂柔的表現，到她遇到單昀之前。

周毓白想了想，對傅念君說：「連夫人雖然並不聰明，可是不至於做手腳這樣馬虎。丫頭的表現太過異常，就極容易讓人起疑，她為什麼會犯這樣愚蠢的錯誤？」

傅念君卻對他這話中的另一點很奇怪，暫且不論是不是連夫人下手的，她不明白的是：「連夫人到底為什麼要對付我？」

周毓白道：「這不是對付妳，只是……」他頓了頓，又反問她：「妳以為我今日為何會出現在這裡？」

傅念君想到了盧家這場宴會，道：「客人來了很多？」

周毓白點頭。「我六哥也來了。」

東平郡王周毓琛來盧家並不奇怪，畢竟他與錢婧華的事是盧家和連夫人在其中大力促成，盧家與錢家關係很好，他過府來十分合理。但是周毓白特地提了這一句。

傅念君蹙眉，覺得自己的猜測有些荒唐，可是又想不到別的可能了。

「難道你是說，連夫人是為了東平郡王，這和我有什麼關係……」

周毓白笑起來，帶了些揶揄神色看著她。「妳是不是覺得……因為我六哥也中意妳了？」

傅念君真想對他翻個白眼。

「不敢。」她冷冰冰地說。

她不是自作多情的人，與周毓琛也見過幾面，不至於聯想到這一層去。

周毓白說：「傅二娘子如今的婚事可真是個香餑餑，人人都想來咬一口，瞧，都這樣了，我怎麼還能坐得住？」

因為傅琨水漲船高，而傅念君半年多來的表現也越來越「正常」，連張淑妃都在端午節時在皇帝面前開口說要見她，這就足夠證明了。

傅念君裝作沒聽懂他的後半句話，只談正事：「所以連夫人是因為張淑妃……難道想讓我私下同東平郡王會面？」

周毓白道：「大約如此。」

傅念君從心底鑽出一陣邪火來，這兩個女人，身居如此高位，竟然敢做這種事！

她們把一個未婚小娘子的名節尊嚴置於何地！

她冷笑道：「我自己是什麼人，旁人就怎麼對待我，換了盧七娘同裴四娘，她們也沒有這膽子。」

她其實在人前不會說這樣的話，但是對面是周毓白，她就什麼也不顧了。

周毓白拉過她的手腕，說道：「別說氣話，張淑妃從來做事就是不顧後果，她當初連齊昭若的性命都敢不放在眼裡，什麼小娘子能讓她收手？不過是妳爹爹是塊難啃的骨頭，只能從妳這裡下手罷了。」

他的語氣很平靜，讓她的理智也慢慢回籠。

從手腕上的溫度讓她覺得心安，周毓白不是普通的毛頭小子，遇到這樣的事不是立刻跟著她大罵出氣，而是很快讓她冷靜下來。

她確實沒有資格去對張淑妃生氣，就連太后和皇后都沒有，何況她呢？

「我明白。」她沒有收回手，淡淡地嘆了口氣。「張淑妃與連夫人敢私下籌畫這樣的事，就根本不打算顧及我爹爹的面子，她想的，是讓我給東平郡王當妾吧。」

說得再好聽，側妃也還是妾。

周毓白微笑點頭。「不過都有做我的王妃這個選擇了，妳自然不可能去當他的妾。何況……」

他輕輕地湊近她，調皮道：「我六哥也不如我生得好看吧。」

傅念君差點忍不住笑出來。她從前根本不知道周毓白也會說這樣有些輕浮的玩笑話。他好看不好看，和她有什麼關係？

她紅了臉，輕輕地把手掙開。「我不知道。」

周毓白的臉皮還沒有厚到追問著她到底誰好看的地步，只輕輕咳了一聲，望著她笑。

「可是連夫人怎麼會幫張淑妃這樣的忙？我記得她與長公主私交不錯，當初長公主允諾張淑妃保證錢家與東平郡王的婚事，不就有很大一部分關係是通過她？怎麼轉頭就與張淑妃有這樣親近的接觸了？」

盧家和連家都是前朝勳貴，絕不可能自降身分去低就個張氏。

周毓白點頭。「也有妳想不通的事情？妳仔細想想，能有什麼讓兩股原本不相干的勢力，迅速凝結到一起？」

傅念君給出了個保守的答案：「共同的祕密，或者……共同的敵人。」

他回道：「她們這種……應當屬於前者。」

共同的敵人……傅念君想了一圈，也不覺得她們有共同的敵人。硬要說起來，前朝世家與今朝新貴本就是不可調和的矛盾，張淑妃與連夫人的敵人該是彼此才對。

「什麼共同的祕密？」傅念君不自覺湊近了周毓白。

他瞧著她這樣的神色，也甚為滿意，總算她越來越倚靠自己了。

「確切來說，應該是張淑妃握住了連夫人的把柄吧。」

傅念君恍然大悟。「是從前魏氏那一件？」

魏氏雖死了，可是畢竟這對於連夫人來說也算個不可掩飾的汙點。

傅念君知道底細，周毓白也知道，她想著難怪連夫人看著自己的目光很古怪，她心裡肯定也是有數的。

周毓白搖搖頭。「張淑妃握著皇城司大部分勢力，她確實有可能打探到這件事，但絕對不僅僅是因為這件事。」

他沉眸。「魏氏是幕後之人養的死士，她的底細很難翻出來，而連夫人與她的往來，頂多只算作女眷不光彩的私密隱晦事，沒有實證，頂多被人暗地裡說幾句難聽話，而大多數人也可能會認為這不過是流言中傷。」

傅念君默然。確實如此，魏氏這個人本就是不光彩，而且死無對證，和她牽扯上的夫人也不在少數，未必傷得了連夫人。

所以連夫人還有別的把柄，被拽在張淑妃手裡？

傅念君抬眸問周毓白：「一定還有別的祕密，你也知道是不是？」

周毓白溫和地笑了笑，毫不吝嗇地誇讚她：「當真是聰明。」

這能算什麼聰明？傅念君覺得他是故意的。

她問：「是什麼？」

他故意回問：「想知道？」

「不想知道了。」

誰稀罕他故弄玄虛。她假意抬腳要走，卻被他拽住胳膊，重新被他擁回懷裡。

很快，傅念君覺得額上一暖，是他的唇印了上來，像展翅的蝴蝶，很快又飛走了。

他帶點無奈的聲音在她耳畔響起：「把給妳縱出脾氣了，不會學人家撒個嬌？」

傅念君撇撇嘴，嘀咕了一句：「我憑什麼……」

其實撒嬌這樣的事，她也學過，只是學得不太成功而已。畢竟身為一個合格的太子妃，能留住丈夫的心更好，不能的話，她也無法學著那些姬妾成日圍繞著男人耍心眼。

端莊、聰慧、冷靜、從容……傅寧對她的要求更側重於這些。

周毓白拍拍她的頭就把她放開了，沒名沒分的時候，他也不想太過輕浮惹得她心裡不愉快。

畢竟身為一個小娘子，她確實該有自己的堅持和選擇，他沒有資格逼迫她。

他只能通過一些並不高明的法子，讓她主動相信，他們之間她所以為的那些麻煩，都會被他一一解決。

傅念君仰頭看他，他的臉上一如從前，帶著淡淡的暖意。

她不知道是不是自己眼花，她覺得從前看他的時候，明明是一副拒人於千里之外的模樣。他這位假謫仙，其實根本就沒有意圖要普渡眾生，他只是把鋒利和冷硬都藏在深處，身上很難找出他對有什麼東西感興趣的痕跡。

如今，依然俊秀無雙，風姿卓然，眼角眉梢卻終於多了些不同的感覺……

最好希望他別笑。她真是受不住。

傅念君低下頭，在心裡默默嘆了口氣，勸自己，其實得到或得不到這樣的人的垂青，她也不應該覺得遺憾，畢竟此刻，她覺得很值得。

周毓白見她突然陷入沉思，也不明白她在想什麼，輕輕握拳扣了扣她的小腦袋。

「暫且將妳腦袋裡的東西擱一擱，不是要聽張淑妃威脅連夫人的把柄？」

傅念君「嗯」了一聲，等著他繼續往下說。

「其實這件事，還是和錢家有關。」他緩緩道：「妳應當聽說過一些錢家的舊事吧？」

傅念君點頭：「聽我二嬸提過一些。」

「妳可知錢郎君與錢小娘子的母親是什麼人？」

傅念君詫異。「錢家夫人……」

周毓白點點頭。「連夫人的祖父連重遇是閩室舊臣，曾拚死護幼主逃入吳越。」

這樣的提示就已經很明白了。

傅念君驚道：「閩室王家後人，並非是男子……那位幼主，其實是女兒身？」

周毓白點點頭。「她就是如今吳越錢氏的當家夫人。」

傅念君不知道該說什麼。所以連夫人對錢家這麼推崇，對錢婧華這般照顧，其實根本不是因為錢家的關係，而是因為他們連家世代就是閩室的舊臣，她自然會盡一切所能護住主子的孩兒們。

她只能吐出一句：「錢家……也太大膽了。」

當年閩室被絞殺，因為態度桀驁，十分不馴，被後周朝廷下令殺無赦，當時的太祖皇帝還是大將軍，他帶著人馬深入閩地，與閩國殘部多次交戰。

打仗倒也罷了，南方蓊鬱山林裡的瘴毒濕氣最能讓人九死一生，固然當時他與後周柴氏皇朝已成反目之勢，朝廷也不過是想叫他與閩室王家後人打個兩敗俱傷。但是當年他損兵折將，從此染上瘴癘，對於閩室狡猾無賴依然是深惡痛絕的。

而當時的王家也不可能像吳越國一樣，主動獻地投誠。

四方搜查，斬草除根，最後依然還有餘孽留下。

這樣與本朝太祖有血海深仇的家族，傅念君覺得不論誰做皇帝，也都無法容忍。錢家的膽子確實太大了！

周毓白說道：「當年連重遇攜幼主逃入吳越，那還是個孩子，要取他人頭獻給朝廷很容易，而後來錢家投誠，何必再冒風險留下他們呢？」他笑了一下。「只能是為了和氏璧。」

肅王當時私自派人尋訪偷出傳國玉璽和氏璧，還遭人追殺，雖然後來迫於形勢，與周毓琛兩人將此事在皇帝面前囫圇地圓過去了，但像周毓白這樣有心的人，還是能夠查到一些的。

當然主要是董長寧給他帶來了一些消息，當時錢家也確實派出了殺手想搶回和氏璧。

傅念君明白了。「當年閩室幼主逃入吳越投奔錢家，錢家接納他們，並非是看重閩室有復興之可能，只是圖他們手中的和氏璧；錢家匿而不報，已經這麼多年了也不肯露半絲風聲，說明……他們當年投誠後並不肯甘休，他們其實有過逐鹿之心。」

有過。即便如今沒有，從前一定是有的。

而和氏璧就是王家後人的嫁妝，當然錢家此代家主，可能也是真的愛上了如今的夫人，甘願將祕密塵封埋葬。

但是從和氏璧被人重新翻出來的那一日起，就注定他們的事早晚瞞不住。幕後之人，可能早就知道了。

周毓白嚴肅地點點頭。「所以這件事鐵證如山，一旦揭發出來，錢家很可能就此萬劫不復。」

錢家那位夫人也一定不會有好下場。甚至連夫人也會受波及。

張淑妃手裡真正威脅連夫人的，就是這件事。

畢竟大宋皇朝對待前朝勳貴再寬容，也不可能容忍錢家在眼皮子底下有反心這麼多年，還窩藏閩室餘孽與和氏璧。

這樣的前因後果一串聯，傅念君就也立刻想通了錢家現在如此戰戰兢兢，非要低湊著讓錢婧華嫁皇子的原因。

或許這一代的錢家家主知道復興無望，也可能是失了和氏璧怕多年祕密早晚爆發，所以這般想讓錢婧華嫁給皇子。成為皇后，好歹還能得個穩妥的保障。

傅念君吁了一口氣。

錢家想讓錢婧華做皇后的意圖太過強烈，那麼自然與張淑妃的來往交鋒中就處了弱勢。

你來我往的爭鬥中，一方稍稍露怯就會居於下風。先前是張淑妃巴著錢家，想為周毓琛找一個可靠的錢袋子，而現在，張淑妃掌握了這個把柄，他們的立場就可以說是完全對調了。

錢家更想要促成這門婚事，因為只有這樣，他們與張淑妃母子才會真正成為同舟共濟的夥伴，榮辱與共；錢家的威脅，也將成為張淑妃母子的威脅。
這樣的想法未免有些天真。其實傅念君覺得錢家這代家主大概不如其祖先。缺的東西……大概是魄力。
這件事其實錢家沒有到一敗塗地的地步，張淑妃也只敢用這個把柄威脅他們，她難道真的敢鬧到聖上面前去？鬧出去了誰都討不了好。
然而錢家先在心理上輸了一籌，使得張淑妃和周毓琛抓住了機會。
而連夫人自然更不是什麼聰明人，她也怕錢家出事，怕自己受牽連。她嫁給盧璿這麼多年，兒女雙全，雖然後宅裡不太平，終究也是勳貴中有些體面的貴夫人。
她早就不是前一代的連家人、不是她的祖父，會為了舊主拋頭顱灑熱血，忠肝義膽不顧一切。說到底，人都是自私和膽怯的。她沒有猶豫地就選擇向張淑妃母子妥協。
傅念君嘆了口氣。「說到底，錢婧華還是最無辜的。」
她的親事就這樣隨隨便便地被拋了出去，起起伏伏的陰謀和算計，和別人都有關，就是和她的終身幸福無關。
「所以妳看，錢家的事情已經變質了，不再是從前那樣單純的兒女聯姻。妳上次問我能否攪了這婚事，如今知道其中的艱難了？」
周毓白好像故意要在她面前邀功一樣。
傅念君瞧了他一眼。「可是壽春郡王真沒有辦法？您可早說了，這親事是成不了的。」
周毓白淺淺地笑了一下。「盡力而為。」
她問道：「但錢家這件事你是怎麼打聽到的？張淑妃是通過皇城司麼？」
周毓白道：「我也是機緣巧合，才剛知道不久。而張淑妃……妳心裡明明也有答案，皇城司如果查得出這事，太宗時或許就會解決了，不至於拖到如今。」

傅念君心裡沉了沉。「……幕後之人，果然又有招數。」

可是她聽說馮翊郡公周雲詹都被嚴加看管起來了，難道還有本事做手腳？還是說……他們又被誤導走錯了方向？

周毓白看出了她的灰心，拍了拍她的頭。「放心，一切都在往好的方向發展。」

傅念君頓時就心安了。

她如今越來越有一種錯覺，周毓白似乎真的無所不能。他總是能讓她放下心，總是能說幾句話就讓她完全信任。

那個一敗塗地、雙腿被廢，在青檀樹下孤單寥落的身影，似乎離她越來越遠……她眼中，只有如今這個輕裘緩帶、指顧從容的翩翩少年。

「妳又瞧我瞧得出神了。」

周毓白好心地提醒她，眼中的促狹一覽無遺。

他在心中暗忖，看來常常與她見面還是好的，起碼還能用「美色」吸引她一二。

傅念君偏過頭，執拗否認：「沒有。」

周毓白也不逗她了，說著：「錢家的事不用擔心，張淑妃能用這個把柄，我也可以。他們自己立不住，就不要怪別人處處拿他們下刀。」

這話也是傅念君心底的想法，說到底都是吳越錢家自己的選擇，促成了今日被動的局面，乃至於連夫人甚至願意幫著張淑妃，來牽自己和周毓琛的線。

張淑妃也是被養大了胃口，錢家和傅家，一個都不肯放過，實在是人心不足。

若真讓他們成事了，錢婧華將被置於何地，自己又將被置於何地？她那個王妃當得憋屈，而傅家的面子將完全落到地上被人踩。

「話說回來，連夫人算計我失敗，她恐怕不會就此收手。」

傅念君隱忍著怒氣，對連夫人和張淑妃的恨又湧了上來。

周毓白想了想。「剛才我問妳上點心時的種種表現，就覺得奇怪，連夫人此般恐怕是勢在必得的，怎麼可能留下這樣大的破綻。所以我猜，可能她還沒來得及出手，盧家小娘子想先一步讓妳躲過禍事。」

給她送糕點的無疑是盧拂柔的人，她們那拙劣的演戲水準傅念君還是能看出來的。或許是想下什麼藥讓傅念君無法再應付宴會。

她默了默。「若真是如此，她倒是心地良善。」

周毓白搖頭。「也未必，她與錢小娘子親如姊妹，為了她，而不想妳嫁給我六哥也有可能，但也或許是為了別的事。總之妳並未欠她人情，無須過意不去。」

傅念君自然不會感情用事，盧拂柔當時是想害她還是幫她，如今都無從得知了。畢竟那糕點她沒有吃下去，而對方的意圖和動機她也沒必要去揣測。總之盧家的人，她並不想有過深的接觸。

她問道：「那你說，適才為我引路的丫頭，會是連夫人和盧小娘子誰的人？」

周毓白搖頭。「無從判斷，畢竟妳沒有走過去。」

傅念君想到了剛才單昀刻意用石子引導傅梨華離開，不知怎地，她心裡有些不好的預感。

「不行，話說得太久了，我得回去看看。」

傅念君轉身要走，卻被周毓白一把拉住。

「連夫人今日要拿妳做筏，找不到妳的人她就無從施展，妳倒還要去往火坑裡跳？」

傅念君搖頭，憂心忡忡。「我倒是能應付，但是今日我那個四妹妹也跟來了……你是知道她品性的，我覺得那是火坑，可對她來說會覺得是蜜罐，爭著搶著也要往裡跳，我是怕她……」

怕她一不小心見著周毓琛或別的什麼郎君就往上撲，根本都不用別人來下圈套。

說這話的同時，傅念君腦海裡又閃過一個念頭，今天傅梨華死命要跟她來，不惜再次寒了傅琨的心，代價那麼大，難道是預感會有這樣的漏給她撿？

但是傅念君很快又否定了這個猜測，姚氏母女應該是因為不放過任何一個能接觸優秀郎君的機會，並非是獨獨算到今天吧。

「她近來把妳嚇成這樣？」周毓白見她此狀，忍不住調侃道。

「她是已經瘋了。」傅念君心有戚戚。

和瘋子談理智，她也沒有這興趣。

他點頭。「我們一起出去看看。」

「一起？」傅念君狐疑。

他們兩人有什麼資格能一起？他到底在想什麼？

周毓白顯得很理所當然。「誰叫腳下只有一條路。」

傅念君默了默，突然問他：「你有沒有聽到什麼聲音？」

周毓白也跟著側耳聽了聽，果然一陣嘈雜。

「似乎是東北方向，人聲，很多。」

傅念君抬腿就往外面走。這裡幽靜偏僻，只有半間來不及整修的小柴房，堆著花匠素日打理花草的物什。

一個人影突然閃出來。傅念君嚇了一跳，定睛一看，原來是單昀。

原來他躲在這裡替他們兩個把風。

傅念君心頭湧上了一陣羞惱之意，此時卻顧不得這麼多了，不去看單昀的眼神，用一種很奇怪的姿勢問他：「單護衛，你知道發生了什麼事嗎？」

單昀的耳力比他們好，但是他一直躲在此處，也不可能完全明白是什麼事，只好老實交代：「腳步雜亂，男女人聲嘈雜，可能是出了什麼事，也驚動了前院。」

傅念君在心中祈禱了一千遍，千萬不能是傅梨華出事。

她又暗罵自己不中用，受不了周毓白的誘惑，雖然他們兩個躲在林中也沒做什麼，可是一講話就講了那麼久，她實在是太沒分寸了。

她回頭與周毓白告辭，急匆匆地提了裙襬往前跑。

周毓白和單昀主僕二人只能面面相覷。

單昀忍不住問：「郎君，傅二娘子看卑職的眼神很古怪，是卑職做錯了什麼？」

周毓白從喉嚨裡滾出一聲低笑。「她就是害羞而已。」

她竟也有害羞的時候。

傅念君沒有走幾步，在拐角處就被人一把拉住了袖口，她嚇了一跳，再一看，卻是兩張俏生生的小臉，此時臉色都很蒼白。正是芳竹和儀蘭。

傅念君這才意識到她們兩個躲在這不起眼的小室內，可能是哪個值房婆子的歇腳處。

「妳們倆怎麼會在這兒？」她把她們倆一把揪出來。

儀蘭見她終於出現了，心裡放心下來一大半，可還是急得牙關打顫。「娘、娘子……您、您怎麼失蹤了那麼久……我、我們等您等得好苦……」

這話聽來倒像是話本子裡被負心漢拋棄了的糟糠妻，再配上這樣泫然欲泣的表情，更有說服力。

傅念君拍拍她們的臉。「對不住，我適才有些事情發生，一個轉身就忘了妳們，妳們怎麼知道在這兒候我？」

芳竹哭喪著臉。「有個小丫頭來撞我們，趁機塞給我們一張字條，示意我們來這裡等您。」她攤開的手心裡果然有一張字條，已經被汗水浸得發皺了，可見這丫頭用多大力氣握著。

傅念君吩咐：「好好收著，回府以後再燒，一定要當心。」

芳竹用力地點頭，細心地收進貼身荷包裡。

傅念君心道，周毓白還真是在哪兒都有眼線，在人家後宅也方便他算計自己！不過她卻沒心情再想這些。

「妳們知道前頭發生了什麼事嗎？」

兩個丫頭搖搖頭。她們很乖，說讓躲在這兒，就躲了這麼長時間，自己嚇自己，哪裡管這會兒發生了什麼事。

傅念君道：「走吧，我們過去看看。」

盧家的後院裡也有一片小湖，這湖是額外挖出來的，平日裡種些水蓮等物，妙趣自然不如傅家的，可是這有水的地方就有麻煩，尤其是對小娘子們來說。

傅念君今日算是又徹底瞭解到了這一點。

若有機會，她真想把全天下人家後宅裡的水池子填平。

果真是有人落水了。

岸邊嘈雜成一片，小廝和護衛也聚了不少，迴廊下也站著大大小小看熱鬧的丫頭、僕婦。

這盧家的後宅，治理得確實不怎麼樣，該有的規矩一點也沒立起來。傅念君往小娘子們最多的地方走去。

有一個如洪鐘般的聲音喊著：「讓讓，讓讓，給小娘子騰個地方！快扶回屋去！」人已經救上來了。

傅念君四下打量了一圈，好在還沒有今日赴宴的郎君們過來，若是那些男子都趕到了，說明是剛演完一出英雄救美的好戲。

「傅二娘子，多時尋不到妳，妳從哪裡來？」

一個小娘子同傅念君打招呼，傅念君淡淡地朝她點頭致意，繼續往人群裡瞧，因為沒有花心思留意對方，也忽視了對方眼裡的嘲弄和看好戲的意味。

傅念君看清楚了，是一個渾身濕透的小娘子裹著幾件外裳，正瑟瑟發抖被擁在一個婆子的懷裡。幸好不是傅梨華。傅念君的心總算落定。

這時卻又有人發出一聲尖叫：「傅四娘子又要跳了！」

傅念君的心重新被提回嗓子眼。好好好，果真哪裡都有她！

傅念君卻看見另一邊，傅梨華正猛地衝向水池，披頭散髮地哭喊道：「讓我死了算了，妳們攔我做什麼……」

旁邊三、四個小娘子和丫頭、婆子都紛紛攔著她，亂成一團。

傅念君只覺得眼前一黑，咬著後槽牙，現在她真是恨不得親自踹傅梨華進水池。

她在自家跳溝渠，到旁人家就跳水池！她到底還想怎麼樣！

「我沒有臉面見我爹爹與娘親了，我死了就是……」傅梨華邊哭邊掙扎著要往湖裡跳。

「真要死也該換個地方跳，在人家家裡算什麼？」

傅念君聽見一聲不客氣的嘲諷，回頭見到三、五個吊著眼梢在看戲的小娘子，也不知那句話是誰說的。

那幾位小娘子見到傅念君回頭，也不怵，依然調笑故我，用眼神傳遞嘲諷之意。

傅念君也不予理會，大步走向傅梨華。

傅梨華正被人拉著手臂掙扎，讓對方有些招架不住。盧拂柔也在不遠處，指揮著僕婦。然而不知是礙於傅梨華的身分還是如何，在她這樣的撒潑之下，沒有人敢真把她扛到肩上。

盧拂柔見到傅念君出現，目光中閃過一絲慌亂。

傅梨華倒是出人意料，竟是一下子往傅念君撲過去。

「二姊，二姊，我……我不活了……我、我的命怎麼這樣苦啊……」邊哭邊嚎。這會兒倒是姊妹情深。

傅念君冷冷地瞥著四周只會乾瞪眼的盧家下人。

她說著：「有勞諸位先扶我妹妹起來。」

傅梨華卻是掙扎著撒潑。「二姊、二姊，妳好狠的心，妳怎麼此時才出現，我、我都已經……」

她還不忘聲淚俱下地指控傅念君只顧自己，不顧與她的姊妹情誼。

傅念君心中火起，直接讓芳竹上。「將她拉起來。」

芳竹和儀蘭撩了撩袖子，聽話地就去把傅梨華扯了起來。

傅梨華對於這招顯然是用得很熟練，又扭著身子要往地上坐。傅念君不等她脫身，便上去揪住她的衣襟狠狠地抽了她一個耳光。

聲音之響亮，幾乎都壓過了四周嘈雜的人聲。四周的人似乎都屏住了呼吸。

姊妹之間打鬧的有，這麼誇張的還真是少見啊。

傅梨華徹底懵了，適才還楚楚可憐、滿含熱淚的眼中倏然閃過一絲怨毒。

傅念君卻不在意。她冷道：「自己沒規矩，別丟傅家和爹爹的人。」

「妳！」傅梨華氣得大叫：「妳根本不知道發生了什麼事！」

「發生了什麼都不是讓妳不顧廉恥、撒潑無賴的藉口。」傅念君絲毫沒有軟化，聲音反而提高了幾分：「我教訓妳，是因為妳不懂規矩，和妳要死要活的原因無關。我身為妳的長姊，若見妳這樣放肆都不予教導，我也有愧於傅家。今日原是妳要跟著我來的，妳這般不知禮數，也是我的錯，回家之後，我自然會去領罰。現在收拾好了，隨我回屋裡去，連夫人和盧娘子難道會委屈了妳？」

傅念君一席話說得流利暢快，傅梨華還未來得及反應，就已經被芳竹上手用帕子捂住了嘴。

傅念君朝盧拂柔歉疚地點點頭，隨即走近傅梨華，低聲說：「妳知道的，妳再瘋，我可以比妳更瘋的，妳還想嫁人，我無所謂的，要不要試試？」

傅梨華立刻就噤聲了，但是心裡又是滿滿的不服，傅念君一定是唬自己的，她就不信她真的不想嫁人。可傅梨華又沒膽子賭，萬一兩個人弄得兩敗俱傷都下不來台，她可就虧大了。

這短暫的猶豫之下，四周已經擁上了好幾個僕婦，簇擁著傅梨華回屋去，容不得她再鬧。

傅念君朝盧拂柔走去，盧拂柔卻反而被她這氣勢唬地往後小退半步。

傅念君現在不想和她說剛才糕點的事，只問：「盧娘子，我妹妹到底是怎麼回事，妳能同我說說嗎？」

盧拂柔點點頭，兩個人邊走邊說。

原來傅梨華這次發瘋確實和東平郡王周毓琛有關，這件事果然往傅念君所預測的最壞的方向發展。

也不知是不是機緣巧合，傅梨華真的遇到了周毓琛，自然他本來是連夫人為傅念君特地「準備」好的。

東平郡王不勝酒力，在午宴上飲多了酒，就歇在偏房裡。

總之被發現的時候，傅梨華便攏著衣襟蹲在地上哭，非說是是周毓琛趁著酒意輕薄了她。

周毓琛自己也不甚清醒，可也曉得這必然是場算計。按照他的想法，這事兒發生在盧家，自然要等長輩出來說話，為了保全姑娘家的名節，他也不會胡言亂語，只保持沉默。

但是傅梨華最擅長的，就是對付這種君子作風。

連夫人匆匆趕來，見到此般場面臉也是黑了一半，她自然先將周毓琛引開，招待他，吩咐盧拂柔和一干僕婦帶傅梨華下去梳洗。

傅梨華裝鵪鶉半晌，就是知道她若在連夫人面前鬧定然討不了好，而面對盧拂柔就容易很多，她也更不能隨隨便便就被她們拿捏了，當作風過水無痕。

也不知她哪裡來的力氣，自己就飛快地衝出屋去，一路喊叫，往人多的地方繞，要衝到池子邊去尋死，話裡話外更是自己的清白不保，連夫人卻袒護東平郡王，她只能一死了之。

今日盧家這麼多客人，外頭的小娘子們怎麼可能不來看這熱鬧。

推搡之下，還有個小娘子被傅梨華擠下了水。

就是適才傅念君看見，狼狽不堪被撈上來的那個。

而連夫人正陪著東平郡王，一時沒趕過來，才讓傅梨華將場面鬧得這麼一發不可收拾。

她這是破釜沉舟的拚命之舉了，如果不能嫁給周毓琛，傅梨華就只有死路一條。她賭的，就是爹爹不可能眼睜睜地看她死。

傅念君心頭怒火灼燒，比知道連夫人和張淑妃意圖算計自己時的怒火，還要旺一千倍一萬倍。

如果知道傅梨華有朝一日會將傅琨和自己置於這樣的境地，她還不如早點動手殺了她！

盧拂柔顯然也多少能感受到傅念君的怒火，因心理清楚這事是由她母親連夫人而起，她在傅念君面前也就矮了些氣勢。

傅念君親自盯著傅梨華，她也不敢再放肆，何況她也已經起到了自己想要的效果，現在盧家起碼有一半人都知道傅四娘子被東平郡王輕薄了要尋死。

傅念君將傅梨華暫且安置在一間耳房（注）後，十分沉著地等連夫人過來。

傅梨華坐在美人榻邊，頂著巴掌印，眼中帶著嘲諷，盯著傅念君，還有隱隱的得意。

傅念君冷笑。「但願妳能心想事成。」

傅梨華卻只當她是嫉妒，抬了抬下巴。「我自然會心想事成，但是妳，妳就難了。」

說罷竟哈哈大笑起來。

這賤人永遠別想心想事成！

（未完待續）

注　中國傳統建築設計中，在主房屋旁邊加蓋的小房屋。

國家圖書館出版品預行編目資料

念君歡 / 村口的沙包著. -- 初版. -- 臺北市：春光, 城邦文化出版：家庭傳媒城邦分公司發行, 民109.1
冊；　公分

ISBN 978-957-9439-74-9（卷三：平裝）. --

857.7　　108019089

念君歡〔卷三〕

作　　者／村口的沙包
企劃選書人／李曉芳
責 任 編 輯／劉瑄

版權行政暨數位業務專員／陳玉鈴
資深版權專員／許儀盈
行 銷 企 劃／陳姿億
行銷業務經理／李振東
副 總 編 輯／王雪莉
發 行 人／何飛鵬
法 律 顧 問／元禾法律事務所　王子文律師
出　　版／春光出版
臺北市 104 中山區民生東路二段 141 號 8 樓
電話：(02) 2500-7008　傳真：(02) 2502-7676
部落格：http://stareast.pixnet.net/blog E-mail：stareast_service@cite.com.tw
發　　行／英屬蓋曼群島商家庭傳媒股份有限公司城邦分公司
臺北市中山區民生東路二段 141 號11 樓
書虫客服服務專線：(02) 2500-7718 / (02) 2500-7719
24小時傳真服務：(02) 2500-1990 / (02) 2500-1991
服務時間：週一至週五上午9:30～12:00，下午13:30～17:00
郵撥帳號：19863813　戶名：書虫股份有限公司
讀者服務信箱E-mail: service@readingclub.com.tw
歡迎光臨城邦讀書花園 網址：www.cite.com.tw
香港發行所／城邦（香港）出版集團有限公司
香港灣仔駱克道 193 號東超商業中心 1 樓
電話：(852) 2508-6231　傳真：(852) 2578-9337
E-mail : hkcite@biznetvigator.com
馬新發行所／城邦（馬新）出版集團　Cite(M)Sdn. Bhd
41, Jalan Radin Anum, Bandar Baru Sri Petaling,
57000 Kuala Lumpur, Malaysia.
Tel: (603) 90578822　Fax:(603) 90576622　E-mail:cite@cite.com.my

封 面 設 計／Ancy
插 畫 繪 製／容境
內 頁 排 版／極翔企業有限公司
印　　刷／高典印刷有限公司

■ 2020 年（民 109）1 月 2 日初版　　Printed in Taiwan

售價／320元

城邦讀書花園
www.cite.com.tw

本著作物繁體中文版通過閱文集團上海玄霆娛樂信息科技有限公司 www.qidian.com，授予城邦文化股份事業有限公司春光出版獨家發行。

ISBN　978-957-9439-74-9

廣 告 回 函
北區郵政管理登記證
臺北廣字第000791號
郵資已付，免貼郵票

104 臺北市民生東路二段 141 號 11 樓

英屬蓋曼群島商家庭傳媒股份有限公司
城邦分公司

請沿虛線對折，謝謝！

愛情．生活．心靈
閱讀春光，生命從此神采飛揚

春光出版

書號：OF0063　　　書名：念君歡〔卷三〕

請於此處用膠水黏貼

【念君歡截角蒐集活動——忠實讀者好禮相送！】

即日起至 2020 年 1 月 15 日止，完成以下活動步驟，就可參加「《念君歡》截角蒐集活動」活動。

前 50 名寄回的忠實讀者（以郵戳日期順序為憑），春光出版將會提供神祕小禮物給你唷！

數量有限，行動要快～

活動步驟：

1. 裁下《念君歡》系列**任兩集**之書腰折口截角（集數不得重複），並連同春光回函卡寄回。
2. 將本回函卡的讀者資料都完整填妥。
3. 將裁下的兩張「截角」和本回函卡一起寄回春光出版，即完成活動。（建議把小卡放入回函卡中，再將四邊用膠水黏貼封好即可寄回。）

春光出版將依照回函卡收件郵戳日期，依序贈送前 50 名忠實讀者，越早寄回，越早收到春光神祕小禮物喔！

〔注意事項〕

1. 本活動限台、澎、金、馬地區讀者。 2. 春光出版保留活動修改變更權利。

您的個人資料

姓名：＿＿＿＿＿＿＿＿ 性別：□男 □女

地址：＿＿＿＿＿＿＿＿＿＿＿＿＿＿＿＿＿＿＿＿

電話：＿＿＿＿＿＿＿＿ email：＿＿＿＿＿＿＿＿

為提供訂購、行銷、客戶管理或其他合於營業登記項目或章程所定業務之目的，英屬蓋曼群島商家庭傳媒（股）公司城邦分公司，

於本集團之營運期間及地區內，將以電郵、傳真、電話、簡訊、郵寄或其他公告方式利用您提供之資料（資料類別：C001、C002、

C003、C011 等）。利用對象除本集團外，亦可能包括相關服務的協力機構。如您有依個資法第三條或其他需服務之處，得致電本公

司客服中心電話 (02)25007718 請求協助。相關資料如為非必要項目，不提供亦不影響您的權益。

1. C001 辨識個人者：如消費者之姓名、地址、電話、電子郵件等資訊。 2. C002 辨識財務者：如信用卡或轉帳帳戶資訊。

3. C003 政府資料中之辨識者：如身分證字號或護照號碼（外國人）。 4. C011 個人描述：如性別、國籍、出生年月日。

請於此處用膠水黏貼